이세계 미궁의 최심부 **9** 로 향하자

와리나이 타리사 지음 **우카이 사키** 일러스트
박용국 옮김

"무슨 생각으로, 이런 짓을──!"

아이카와 카나미

"네…….
곰곰이 생각한 결과에요."

[식스티 가디언] 빛의 이치를 훔치는 자 노스휘

꾸미지 않은 로드는
마치 대국의 젊은
왕녀와도 같아 보였다

[피프티 가디언] 바람의 이치를 훔치는 자 로드] 티티

이세계 미궁의 최심부로 향하자
9

와리나이 타리사 지음 | **우카이 사키** 일러스트 | **박용국** 옮김

SNOVEL

CONTENTS

1. 미궁의 뒷면, 비아이시아국

"──그러니까, 나는 『이곳』에 **떨어졌다**는 거야?"

나는 가장 먼저 정보 정리부터 시작했다.

지금은 그렇게 해야만 할 만큼 특수한 상황이었다.

조금 전까지만 해도 나는 『본토』라 불리는 발렌시스 대륙 중앙에서 격전을 펼치고 있었다. 그 상대는 팰린크론 레거시. 『어둠의 이치를 훔치는 자』의 힘을 얻고, 천 년 전의 『세계봉환진』을 이용해서, 역대 최악의 적이 되어 내 앞을 막아섰다.

팰린크론은 모든 의미에서 강적이었다. 함께 싸우던 동료들은 잇따라 전선을 이탈하고, 혼자 남아 1대1 대결을 벌여 패배 위기에 내몰렸다. 하지만 그런 상황에서 예상치 못한 지원군이 나타났다. 와이스 하이리프로페와 라이너 헤르빌샤인, 이 둘이었다. 그리고 와이스 씨는 스스로를 희생했고, 나는 라이너와 힘을 모아서 간신히 팰린크론을 물리쳤다.

그 뒤로는 기억이 날아가 버려서, 정신을 차리고 보니 나는 낯선 성의 방 안에 잠들어 있었다.

눈을 뜨는 동시에 『바람의 이치를 훔치는 자』인 소녀, 로드 티티와 만나고, 그 마력의 짙은 농도에 압도되어, 시키는 대로 최상층의 전망대로 끌려갔다.

높다란 전망대에서 보이는 광경은 더없이 이질적이었다. 위를 올려다보면 빈틈 하나 없이 하늘을 메운 먹구름. 아래에는 지나치게 거대한 성. 그 성을 둘러싼 도시. 그리고 그 도시를 둘러싸고 있는 것은 아무것도 없는 허공. 새까만 하늘에 떠 있는 것 같은 이 세계를 가리켜, 로드는 『미궁 66층의 뒷면』이자, 『마왕성』이라고 했다. 그 말을 부정하고 싶어도, 눈앞에 보이는 광경이 광경이니만큼 그럴 수도 없었다. 무엇보다 눈앞에 있는 『바람의 이치를 훔치는 자』가 거짓말을 하는 것 같아 보이지가 않았다.

"응, 응. 지상에서 미궁 깊은 곳으로 **떨어졌다**고 생각하면 대충 맞아. 카나밍이 문자 그대로 위에서 떨어졌을 때는 깜짝 놀랐지 뭐야."

나는 전망대에서 로드에게 질문하고 있었다.

그녀는 그런 내 질문에 조금도 망설이지 않고 고분고분 대답해 주었다.

팰린크론이 남긴 『세계봉환진』에 잡아먹혀서 여기로 떨어진 건 분명해 보였다. 그 점을 수긍한 나는, 가장 중요한 의문에 대해 확인하기 위해 물어보았다.

"있잖아, 로드. 나 말고 여기 떨어진 사람은 더 없었어?"

"있었어. 여기에 떨어진 건 카나밍이랑 라이너, 이렇게 둘이었어."

"그 밖에는? 여자애가 하나 더 있었을 텐데……."

그 자리에는 우리 이외에도, 정신을 잃은 여동생도 있었던 것이다.

"없었는데? 둘만 왔어. 나중에 라이너한테 물어보면 내 말이 정말이라는 걸 알 수 있을 거야."

내 얼굴이 저절로 일그러졌다. 목숨이 붙어있는 건 다행스러운 일이지만, 히타키가 없으면 아무런 의미도 없는 것이다.

로드의 말이 사실이라면, 대재앙이라 해도 과언이 아닌 그 전장에 히타키 혼자 남겨졌다는 얘기가 된다. 그게 정말이라면 지금 당장이라도 구하러 가야만 한다.

피가 들끓는 것 같은 조바심이 나를 사로잡았지만── 그래도 나는 이성을 붙들고, 이런 상황에서 가장 유효한 스킬을 발동시켰다.

[스킬 『디 커버넌터(최심부의 서약자)』가 발동했습니다]
특정한 감정을 대가로 정신을 안정시킵니다.
혼란에 +1.00의 보정이 붙습니다

이 조바심을 내 힘으로는 처리할 수 없다는 걸 알고 있었기에, 나는 감정을 쌓아 두기로 했다.

당연한 얘기만, 통째로 가져가는 건 아니었다. 악감정을 완전히 없앨 수 있다면 편리하겠지만, 그것은 인간으로서 해서는 안 될 일이리라. 예전에는 그런 짓을 했다가 끔찍한 고생을 한 적도 있었다.

조바심을 그대로 남겨둔 채── 그러면서도『시조 카나미』처럼 폭주는 하지 않는 정도의 정밀한 조정이 필요하다.

"후우……."

미완성 상태였던 때와는 달리, 스킬『디 커버넌터』는 임의 조절이 가능하다.

지나치게 합리적이지도 않고 지나치게 감정적이지도 않게, 최적의 감정을 유지한 채 로드에게 질문을 던졌다.

"그럼, 라이너는 지금 어디 있지?"

현재의 선결과제는 동료인 라이너다. 그는 지상에서 벌어진 싸움의 전말을 알고 있을 가능성이 있다.

"으음……, 라이너는 65층을 향해서 미궁에 도전 중이야."

"도전 중? 그 녀석 혼자서 미궁에 갔다는 거야?"

"응. 오늘 아침에 나갔으니까, 이제 조금만 더 있으면 돌아올 것 같은데?"

"……그럼, 일단 그 녀석을 기다려 볼게."

우리는 와이스 씨의 중재로 화해했으니, 서로를 적대하지 않고 협조할 자신이 있었다.

"그래? 그럼 기다리는 동안 얘기라도 하면서 성 밑 도시 산책이나 할까?"

마음 같아서는 눈앞에 있는『보스몬스터』에게서 떨어져서 혼자 정신집중을 하고 싶은 심정이었다. 하지만 어린아이 같은 호의가 담긴 로드의 눈이 나를 붙잡고 놓아주지를 않았다.

로드가 『불의 이치를 훔치는 자』 아르티나 『나무의 이치를 훔치는 자』 아이드처럼 무언가를 숨기고 있는 것 같지는 않았다. 굳이 따지자면 『땅의 이치를 훔치는 자』 로웬과 비슷한 분류로 보였다. 아직도 내 마음속에는 아르티와 작별하던 때의 장면이 깊이 새겨져 있다. 웬만하면 이제 두 번 다시 하기 싫었다. 로드라 자처하는 이 소녀와도, 친구 로웬때와 같은 식의 작별을 맞이할 수 있었으면 좋겠다── 그렇게 생각했다.

지금 나는 여유 부릴 상황이 아니다. 하지만 그렇다고 해서 다른 건 다 내팽개치고 여동생만 생각해서는 안 된다. 중요한 건 밸런스다. 여동생이 가장 소중하기는 하지만, 그 가장 소중한 것 이외에 다른 것들을 모두 내팽개치는 극단적인 행동은 피해야 한다.

충분히 고민한 끝에, 나는 로드의 제안을 받아들이기로 했다.

"그럼 그렇게 하자. 안내를 부탁할게, 로드."

"응, 알았어! 나만 따라와─. 시내에 가 보자─."

로드는 신이 나서 고개를 끄덕이고, 내 손을 잡아끌었다.

그리고 우리는 성 밑 도시로 향했다. 우선 전망대에서 내려와서, 아무도 없는 성 안을 걸었다. 기다란 계단과 기다란 복도를 지나, 울창하면서도 아름답게 손질된 정원으로 나왔다.

그렇게 길 안내를 받는 동안의 시간을 활용해서, 나는 〈디멘션〉 이외의 마법들을 시험해 보았다.

당연하다는 듯 빙결마법은 구축에 실패했다. 팰린크론과 싸우는 과정에서 『물의 이치를 훔치는 자』의 마석이 몸속에서 뽑혀나가고 말았기 때문이리라.

다음으로 시도해 본 것은 〈커넥션〉. 하지만 〈커넥션〉의 출구 쪽이 유지되고 있는 것 같지가 않았다. 스테이터스를 살펴보아도, 최대 MP의 감소는 찾아볼 수 없었다. 한계를 넘은 전투를 벌이는 와중에 무의식적으로 해제히고 만 것 같았다.

그리고 가장 뼈아픈 것은, 리퍼와의 『연결고리』가 단절된 것이었다.

워낙 많은 해제 계열 마법에 노출되는 바람에, 단단한 저주와도 같은 『연결고리』마저 사라져 버렸다. 이러면 내가 무사하다는 소식을 지상의 동료들에게 전할 수도 없다.

상황의 절박함을 재인식하는 동안, 어느덧 나는 로드를 따라 드넓은 정원을 지나 성 밖으로 나와 있었다.

관리하는 이가 없기에, 성문은 활짝 열려 있었다.

마지막으로 성문 앞의 다리를 지나, 우리는 시내에 도착했다.

──그 순간, 세계의 색이 돌변했다.

정적에 싸인 성 밖의 세계는, 화려하고 왁자지껄한 시가지였다.

보석과 광석으로 장식된 미궁연합국과는 다른 방향성을

지닌 활기가 넘쳐흐르고 있었다.

『라인(마석선, 魔石線)』은 찾아볼 수 없었다. 그 대신 여기저기 심어진 식물들이 길가를 장식하고 있었다. 길에는 부드러운 흙이 깔려 있어서 걸어도 다리가 피곤하지 않았다. 시골 특유의 평온함이 느껴졌다.

늘어서 있는 가옥들은 하나같이 낡아 보였다. 벽돌집은 거의 없고, 거의 다 목조건물이었다. 높은 2층 건물보다는 평평한 집들이 많았다. 자연을 개척해서 만든 것 같은 분위기인 연합국과는 달리, 『이곳』은 자연과 일체화되어 만들어진 도시 같았다.

오가는 사람들의 질도 달랐다. 살벌한 흉기를 지닌 사람은 한 명도 없었다. 미궁연합에서는 절대로 찾아볼 수 없던 광경이었다. 이 도시의 평온함이 사람들의 복장에도 그대로 드러나 있었다. 전쟁은커녕 사소한 분쟁조차도 없는 나라이리라.

단, 어쩐지 좀 기묘한 구석이 하나 있었다. 다리 너머에서 오가는 사람들 중에 순수한 인간이 한 명도 없다는 점이었다. 놀랍게도, 모든 이들이 귀며 꼬리 부분에 특정한 동물을 닮은 특징을 갖고 있었다.

"로드……. 이곳은 천 년 전을 재현해 놓은 곳이라고 했지?"

"맞아―."

"수인(獸人)들밖에 없는데."

"요즘은 수인이라고 부른다는 모양이지? 천 년 전에는 『마

13

인』이라고 불렸는데 말이야-. 천 년 전의 『북쪽』은 『마인』들에게 남은 최후의 낙원이었어.”

로드는 대수로운 일 아니라는 듯 말했지만, 그녀가 한 애기가 사실이라면 이곳이 바로 천 년 전 『북쪽』의 왕국이었다는 뜻이다. 나는 호기심 어린 눈으로 주위를 둘러보며 걸었다.

“카나밍! 일단 뭐라도 좀 먹으러 가자! 내가 음식 잘 하는 곳을 알고 있으니까, 거기로 데려다 줄게!”

로드는 익숙한 발걸음으로 도시의 사람들 속에 섞여 들려 했다.

그러나 주위의 시선은 피할 수 없었다. 비교적 귀염성이 있는 토끼 귀나 강아지 귀를 가진 수인들부터, 온몸이 비늘로 덮인 리저드맨(도마뱀 인간)까지, 수많은 사람들의 시선이 우리에게로 쏟아졌다.

이곳에서는 평범한 인간인 내가 오히려 소수파인 모양이다. 그래서 이렇게 주목을 받는 건가 하는 생각을 하고 있으려니, 고양이귀를 가진 소녀 하나가 달려왔다.

“로드 님-! 안녕!”

“안녕. 오늘도 날씨가 좋네, 베스.”

날씨가 좋다고? 아니, 완전히 먹구름이 가득한데…….

혹시 게임 속이라면 마왕의 지배하에 놓인 지역처럼 시커먼 하늘인데…….

그런데도 베스라는 이름의 고양이귀 소녀는 새까만 하늘

을 올려다보며 미소 띤 얼굴로 대답했다.

"응, 날씨 좋네! 그건 그렇고! 있잖아, 로드 님! 이 사람이 바로 그 사람이야?!"

"그래. 우리 마왕군 근위기사단장 카나밍이야!"

"끄, 끝내준다! 역시 진짜였구나! 전설 속에서만 들었는데! 그런데 무지 평범하게 생겼네! 꼭 인간 같아!"

"자세-히 느껴 봐. 카나밍은 분명히 최강의 『마인』이니까."

"우와아. 진짜네. 마력이 엄청나……!"

소녀는 동경 어린 표정으로 나를 쳐다보았다.

반면에 나는 어색한 웃음만 지을 수밖에 없었다.

"단장님이 깨어났다고 사람들한테 얘기하고 올게!!"

소녀는 고양이처럼 뛰어갔다. 그런 소녀와 교대하듯이 다른 수인들도 다가왔다. 보아하니 지금까지 계속 말 걸 타이밍을 재고 있었던 모양이었다. 방금 그 소녀의 천진난만한 인사가 그들에게 계기를 준 것 같았다.

"호오, 이 분이 바로 근위기사단장님……? 전설 속에 나온 것과는 외모가 너무 다른 것 같은데……."

"하지만 『주술』로 보면 인간이 아닌 건 틀림없어."

"진정한 『마인』이라고 알려진 것 치고는 하나도 강해 보이지가 않는데……."

"아무것도 안 쓰고 있잖아. 가면의 기사가 아니었어?"남녀노소 갖가지 수인들의 평가가 쏟아졌다. 몬스터 같은 외모의 수인도 섞여 있어서, 안 그래도 어색한 웃음이 한층 더

15

굳어졌다. 새 같은 날개를 지닌 자며 물고기 같은 지느러미를 가진 자 등등, 정말 각양각색이었다. 로드가 그런 사람들 앞을 막아서고 쫓아냈다.

"애초에 어차피『이곳』은 평화로우니까 기사단장 같은 건 필요 없지만 말이야ㅡ! 자, 자, 신기하다고 빤히 쳐다보면 못써! 이제 언제든지 만날 수 있으니까!"

주위 사람들은 쓴웃음을 머금은 채 로드의 지시를 따랐다.

"하긴 그렇지. 기사 같은 건 우리랑은 상관없는 얘기긴 해."

"맞아. 어차피 여기는 싸움 하나 없는 세계니까."

"그럼 또 보자고, 카나미 씨."

사람들은 신참인 내게 가볍게 손을 흔들어 인사하고 떠나갔다. 신기하긴 하지만 그 이상의 관심은 업다는 태도로 흩어졌다. 나도 덩달아 손을 흔들어 인사했다. 하지만 가슴속은 편안할 수 없었다. 마치 옛날얘기 속 세계에 떨어진 것 같은 기분이었다.

도시밖은 암흑. 여기는 존재할 리 없는 천 년 전의『북쪽』왕국. 그리고 여기서 나는『시조 카나미』이자『근위기사단장』님. 팰린크론과 싸우면서『나는 나』라는 확신을 얻지 못했더라면, 정신이 어떻게 돼 버렸어도 이상할 게 없는 상황이었다.

"로, 로드……. 왜 사람들이 다들 나를 알고 있는 거지?"

"그야, 카나밍은 천 년 전의『북쪽』왕국에서 모르는 사람이 없는 유명인사였으니까."

대, 대체 무슨 짓을 한 거냐. 시조 카나미…….

그나저나, 애초에 『이곳』은 천 년 전의 『어디』지?

내가 되찾은 기억 속에도 사도 시스와 함께 『북쪽』으로 향하는 얘기는 분명 존재하기는 했다. 그 여행의 목적은 『마력을 모으는 것』이었다. 그리고 마력을 모은 결과──히타키는 『괴물』이 되었다. 『이곳』은 그 사이의 시대라는 건가──?

내가 시대 고찰에 골머리를 앓고 있는 동안, 우리는 도시 안의 유난히 큰 가옥에 도착했다.

커다란 간판을 읽어 보니, 이곳이 식당이라는 걸 알 수 있었다.

로드는 단골인 듯 익숙한 발걸음으로 들어가서, 직원의 안내에 따라 가게 제일 안쪽으로 갔다.

홀의 인테리어는 술집에 가까웠지만, 안쪽의 룸은 귀족의 방처럼 호화로웠다.

"VIP룸이야! 왜냐면 나는 로드니까!"

그리고 로드는 주문을 받으러 온 여자 점원에게 명랑하게 말했다.

"메뉴에 있는 거 전부 다 갖다 줘! 확확 가져오라고! 회복 축하연이니까!"

"아, 알았어요!"

점원은 허둥대며 달려갔고, 멀리 있는 주방이 소란스러워졌다.

얼마 지나지 않아, 눈 깜짝할 사이에 룸의 테이블에 음식들이 놓였다. 무모한 주문이라 생각했는데, 이 식당은 그 주문에 완벽하게 부응해 낸 것이다. 나도 음식점에서 일하던 몸인 만큼, 그 숙련도에 눈이 휘둥그레질 수밖에 없었다.

"카나밍. 오늘은 내가 쏠 테니까 마음껏 먹어도 돼─."

"······잘 먹을게."

나는 식기 전에 먹어야겠다는 생각에 젓가락을 집어 들었다.

그리고 나는 한 가지 이상을 감지했다. 테이블에 놓여 있는 음식들과 식기가 너무나도 눈에 익었기 때문이다. 그렇다고 연합국의 발트에서 갔던 술집에서 본 음식이나 식기들과 닮은 건 아니었다.

원래 세계에서 자주 보던 것들이 놓여있었기에 놀란 것이다.

젓가락을 놀려서, 일본풍 나물과 비슷한 음식을 입에 넣었다.

입 안에 퍼지는 것은 술과 간장의 맛. 어쩌면 미림도 들어가 있는 건지도 모르겠다.

"맛있잖아······. 그건 그렇고, 왜 이 조미료가 여기에 있는 거지······?"

"그야 당연하지. 이걸 가르쳐준 건 카나밍이었으니까."

"내가······?"

정말 무슨 짓을 한 거냐, 『시조 카나미』······.

그리운 고향의 맛에 입맛을 다시면서, 나는 시조 카나미에게 태클을 걸었다. 자세히 보니 가게 안의 인테리어도 내 세계의 것과 비슷했다. 일하고 있는 점원의 의상도 유니폼처럼 정돈되어 있었다. 미궁연합국에는 없는 문화였다. 『이방인』이 끈기 있는 포교활동을 했던 흔적이 엿보였다.

"아니, 그건 일단 넘어가자. 지금은 그보다 더 중요한 얘기가 있으니까."

나는 고개를 가로젓고 본론을 떠올렸다.

이제야 좀 차분하게 얘기할 수 있게 됐으니, 상세한 상황을 확인해 볼 생각이었다.

"그래. 천천히 얘기해 보자."

"나는 여기 오기 전에 지상에 있었는데……, 그때 그 자리에는 나와 라이너, 그리고 잠들어있는 여자애 하나가 있었어. 로드는 정말 그 여자애에 대해 모르는 거야?"

"으─응, 정말로 몰라. 여기에 떨어진 건 라이너랑 카나밍 둘뿐이었는걸. 혹시 한 명이 더 침입했다면 내가 분명히 알아챘을 거야."

"알았어. 그리고 라이너가 먼저 눈을 떠서 미궁으로 갔다는 거지?"

"맞아. 모처럼 온 손님이니까 좀 더 성대하게 환대해 주고 싶었는데 말야. 거국적인 축제를 벌여도 좋을 만큼. 그런데 라이너가 거부하지 뭐야. 어때, 카나밍은 축제 안 열래?"

"안 해. 그럴 시간도 여유도 없어."

나도 모르게 말투가 험악해졌다. 새로 얻은 스킬 덕분에

19

이성적으로 행동할 수 있는 능력을 얻긴 했지만, 아직 완벽하지는 못했다. 그 조바심을 보고, 로드가 가만히 내게 물었다.

"으—응. 혹시 이번에도 히타키 일 때문에 조바심 내는 거야?"

지금까지 나는 일부러 히타키의 이름을 언급하지 않았었다. 그랬는데도 로드는 당연하다는 듯 여동생의 이름을 언급했다.

"너……, 히타키에 대해 알고 있는 거야?"

"알고 있지. 그것 때문에 카나밍이 온 세계에 복수하려고 했었으니까."

"혹시 그 뒤의 일에 대해서도 알고 있어?"

"복수한 다음? 그건 나도 몰라. 왜냐면, 나는 그 일이 벌어지기 전에 카나밍한테 배신당해서 죽었으니까—."

이번에도 당연하다는 듯 자신의 사인까지 밝혔다.

적어도 입 안 가득히 음식을 우겨넣고 우물거리는 상태에서 할 얘기는 아니었다.

"나한테 배신을……? 그, 그게 진짜야?"

"진짜진짜."

"저기……, 너는 『시조 카나미』를 미워하고 있는 거야?"

"그건 이제 신경 안 써. 왜냐면, 배신해 달라고 부탁한 게 바로 나였으니까."

"엉? 네가 부탁했다고?"

"카나밍은 그런 내 부탁을 들어줬어. 그리고 죽은 뒤에는 나한테만 이렇게 좋은 세계를 마련해줬어. 그러니까 나는 카나밍이 좋아!"

"아니, 잠깐. 나랑 너는 대체 어떤 관계였던 거지? 전혀 감이 안 잡히는데……."

"으—음. 솔직히, 떠올리기 싫어서 얘기하기도 싫은데. 애초에 기억을 완전히 잃어버린 카나밍이 부러울 정도야! 아—, 나도 잊어버리고 싶다……."

"하지만 천 년 전의 일을 물어볼 사람은 너밖에 없어. 조금이라도——."

많은 가디언들이 사라지는 바람에, 현재 천 년 전의 일을 아는 사람이라고는 리퍼, 사도 시스, 아이드뿐이다. 가능하면 여기서 조금이라도 정보를 수집해 두고 싶었다.

하지만, 로드는 숨기고 있던 막대한 마력을 흘리면서 고개를 가로저었다.

"——**과거 같은 건, 이제 아무 상관도 없어.** 왜냐면, 지상이건 『북쪽』이건, 이제 아무 관계도 없는걸. 나는 『이곳』에서 평화를 손에 넣었으니까!"

로드는 웃으며 단호하게 말했다. 더없이 행복해 보이는 표정이었지만, 마음속 깊은 곳은 일그러져 보였다. 『이 세계』와 마찬가지로 일그러져 있었다.

그 해맑은 태도 뒤에, 가디언 특유의 위태로운 면이 엿보였다.

하지만 그렇게 시원스럽게 단언하는 로드의 말에 뭐라고 대꾸해야 좋을지, 정답을 알 수 없었다 나는 로드에 대해 몰라도 너무 몰랐다. 그리고 로드는 『카나미』에 대해 알아도 너무 잘 알았다. 괜히 자극해서 벌써부터 소란을 일으키는 건 좋지 않다는 판단 하에 대답했다.

"아, 알았어……. 너는 이제 과거에 대해서는 아무 관심도 없다. 『이곳』에서 평화롭게 지내고 싶다. 그렇게 알고 있으면 된다는 거지?"

"그래, 맞아."

"그럼 『이곳』에서 편하게 지내도록 해. 단, 나와 라이너는 아마 금방 여기를 떠나게 될 거야."

"라이너랑 똑같은 얘기를 하네–. 『이곳』에서 좀 더 놀다 가도 되는데 말이야–."

"그럼 지상에서 할 일이 다 끝나면 한 번 더 올게. 그때 같이 놀자."

"응! 약속한 거야!"

일단 평화롭게 헤어질 수 있도록 약속해 두었다. 로드가 그렇게 서두르는 것 같지는 않으니, 그녀와 차분하게 마주하는 건 동료들이 모두 모인 뒤로 미뤄도 늦지 않을 것 같았다.

이제부터는 『이곳』에 대해 확인하면서 라이너를 기다리기로 했다.

그러는 동안에, 테이블 위에 놓여 있던 음식들은 무시무시한 기세로 줄어들었다.

나는 별로 먹지 않았다. 로드가 혼자서 소비하고 있는 것이다. 그 어마어마한 먹성을 지켜보면서, 나는 음식에 곁들여진 수프를 입에 머금었다가 다시 고향의 맛과 재회했다.

"여기 음식 진짜 맛있네. 그나저나, 이거 된장국 아냐?"

"카나밍이 가르쳐준 요리를 내가 도시에 한층 더 퍼뜨린 거야. 다 끝내주지 않아?"

"아아, 마음이 편해지네……."

시간이 없다는 건 알고 있지만, 나는 그 살인적인 힐링 요리에 압도당하지 않을 수 없었다.

따끈한 된장국을 위장에 담고, 담아 두었던 숨을 내쉬었다. 지그시 눈을 감고 멍하니 허공을 바라보았다.

지금 나는 분명히 평온함에 휩싸여 있다―― 그러나, 그 여운을 모조리 깨부수는 소리가 울려 퍼졌다.

VIP룸 문을 거칠게 열어젖히며 금발 소년 하나가 들어왔다. 의상은 좀 달라졌지만, 알아보지 못할 리가 없었다. 내가 기다리고 있던 인물, 바로 라이너였다.

"지금 이렇게 눌러앉아 있을 때냐……! 지크!!"

입을 열기가 무섭게, 그는 긴장이 풀린 나를 다그쳤다. 그리고 요란한 발소리를 울리며 이쪽으로 다가왔다. 로드는 그 무례한 손님을 미소로 환영했다.

"아. 라이너, 어서 와―!"

"로드! 성에 아무도 없어서 얼마나 당황했는데! 메모라도 남겨두고 갔어야 할 거 아냐?!"

"아, 그러고 보니 그랬었네. 깜박했지 뭐야-."

로드는 머리를 긁적이며 "미안-"이라고 사과했다.

그런 로드를 황당하다는 듯 쳐다보는 라이너에게, 나도 말을 걸었다.

"라이너, 무사했구나. 다행이야…….."

"그래, 무사했고말고. 잠깐 자리 좀 빌릴게."

우리가 식사 중이었다는 걸 깨달은 라이너는 성큼성큼 비어 있던 자리로 가서 앉았다.

"라이너, 갑작스런 질문이라 미안하지만, 팰린크론 녀석을 처치한 뒤에 무슨 일이 있었는지 나한테도 가르쳐주면 안 될까?"

"알았어. 바로 설명해 주지. 빨리 출발해야 하니까."

라이너는 테이블에 놓여 있는 음식들을 집어먹으며 대답했다.

내가 정보를 원하고 있으리라는 걸 예측하고 있었던 것이리라. 막힘 없는 설명이 시작되었다.

"그 싸움이 끝난 뒤에, 힘이 다한 우리 둘은 『세계봉환진』에 잡아먹혔어. 지크의 검……, 로웬 씨의 힘이 빌려서 수정으로 몸을 보호한 덕분에 우리는 안 녹고 버틸 수 있었지만, 대륙 속 깊은 곳에 곤두박질치게 됐어. 그게 바로 『이곳』『미궁의 뒷면』이라는 곳이지."

"우리 둘만……? 우리 말고 다른 사람은――."

"미안하지만, 여기 떨어진 건 우리 둘뿐이야. 네 동생은,

당신이 기절해 있는 사이에 끌려갔어. 그 동생을 끌고 간 건 가디언 아이드였고."

그런 내 질문도 미리 예측하고 있었던 것이리라. 로드와는 달리, 라이너는 분명하게 내 의문을 해소시켜 주었다. 단, 아이드의 이름이 등장했을 때, 식사하던 로드의 손길이 잠시 멈추었다.

『나무의 이치를 훔치는 자』와 『바람의 이치를 훔치는 자』. 두 사람은 서로 면식이 있는 사이인 모양이었다.

그도 그럴 것이, 지상에 있을 때 아이드는 『로드(통치하는 왕)』를 기다린다고 대놓고 발언한 적도 있었던 것이다.

"미안. 지켜주지 못했어. 그때는 그 애가 네 여동생이라는 걸 몰랐어."

"아니, 애초에 왜 가디언인 아이드가 히타키를……?"

"아이드는 뼛속까지 교사 체질이고, 건국에 환장한 바보야. 아마 건국을 위해서 인재를 모으려는 꿍꿍이였겠지. 나라에는 힘이 필요하다고 입버릇처럼 얘기했었으니까. 로드한테 듣자하니, 히타키라는 애는 엄청나게 강하다지? 아마그 때문일 거야."

"그렇게 된 거였군……. 하지만 히타키는 잠들어 있어. 그것도 엄청난 저주로 인한 잠이야. 별반 전력에 보탬이 되지는 않을 텐데……."

"상대는 아이드니까……. 전투 이외의 마법에 대해서는 초일류야. 뭔가 잠을 깨울 방법이 있는 거 아냐?"

히타키를 깨울 수만 있다면, 그것도 나쁘지는 않다.

나에 대해서는 엄격한 가디언이었지만, 다른 사람들에 대해서는 예의 바른 녀석이었다. 『주얼크루스』아이들이 잘 따르던 걸 보면, 교사 체질이라는 말도 틀린 건 아닐 것이다. 아마 히타키에 대해서도 성실하게 대하긴 할 것이다.

하지만 그렇다고 계속 남에게만 맡겨 두고 있을 수는 없는 노릇이다. 히타키를 지키는 건 나의 사명이다.

그런 내 심각한 표정을 보고, 라이너도 내가 하고 싶은 말을 알아챈 듯 얘기를 이어갔다.

"그래, 맞아. 빨리 지상으로 돌아가서 모든 걸 다 되찾아야 해. 그 의견에는 나도 동감이야."

음식을 다 먹어치운 라이너는, 곧바로 자리에서 일어섰다.

그리고 예전의 그였다면 절대 하지 않았을 얘기를 입에 담았다.

"나도 빨리 신의 현신을 지키러 가야 되니까."

그 모습은, 그야말로 기사 그 자체였다. 그도 드디어 진정한 자신을 발견한 것 같았다.

"라이너. 이제 라스티아라와 안 싸우는 거야?"

"싸움이라 봤자, 내 입장에서는 목숨을 건 싸움이었지만……. 뭐, 네 말대로 이제 싸움은 안 해. 앞으로는 형님의 유지를 이어서 그 여자의 기사 노릇이나 할 생각이야."

"다행이다. 그 말을 들으니까 이렇게 반가울 수가 없네."

그건 다시 말해서 내 동료가 되겠다는 것과 마찬가지다.

지상으로 돌아가면 동료들에게 라이너를 소개해 줘야겠다. 지금까지 반대했던 여성 멤버들도 지금의 라이너를 보면 납득해 줄 것이다.

"그럼 이제 슬슬 밖으로 나가지. 지크한테 부탁하고 싶은 일이 한둘이 아냐. 시간이 없으니까, 빨리 비궁으로 가자."

라이너는 방에서 나가려 했다. 나도 그 뒤를 쫓아 자리에서 일어서려고 했지만, 중간에 다리에 힘이 풀려서 자칫하면 넘어질 뻔했다.

"그래, 가자── 어엇……, 아직 몸이 제 컨디션이 아니네. 마석이 뽑혀 나가서 그런 건가."

건강 상태는 완전히 회복됐지만, 몸의 밸런스가 은근히 틀어져 있었다. 『물의 이치를 훔치는 자』라는 커다란 힘을 잃어서 그런지, 몸의 활력이 반감되어 버린 것 같은 느낌이었다.

하지만 그렇게 휘청거리는 나를 본 라이너는 다른 이유를 언급했다.

"무리하지 마, 지크. 1년이나 잠들어 있었다는 모양이니까 그럴 수밖에 없지."

"아아, 하긴 그래. 아주 오래, 잠들어 있었, 으니까……?"

라이너의 입에서 나온 단어 하나가 내 말을 가로막았다.

"──이, 1년?"

"그래, 1년. 로드가 말하길, 그 싸움이 끝난 지 1년 가까이 경과했다더군. 그러니까 느긋하게 눌러앉아 있을 시간이 없다고 아까부터 계속 얘기했잖아."

반사적으로, 나는 테이블에 남은 음식들을 입 안에 우겨넣고 있는 로드에게 눈길을 돌렸다. 그 시선을 받은 그녀는 허겁지겁 입 안의 음식을 꿀꺽 삼키고 설명을 시작했다.

"후우. 그야, 아무리 나라도 그 단단한 수정을 말끔히 제거하려면 시간이 걸리니까. 수정이 너무 단단한 게 문제였다고. 내 잘못이 아니었다니까?"

정말인 모양이었다. 내 감각으로는 하루 정도밖에 지나지 않은 것처럼 느껴졌지만, 현실은 그렇게 만만하지 않았던 모양이다. 목숨은 건졌지만, 그에 상응하는 대가를 치러야 했던 것이다.

라이너가 유난히 서두르는 이유를 알 것 같았다.

"서, 서두르자……!!"

된장국을 마시고 있을 때가 아니라는 것을 통감한 나는, 비틀거리는 다리를 움직였다.

하지만 로드가 그런 나를 제지했다.

"아, 잠깐잠깐. 오늘은 나도 같이 갈게. 이제 식사도 다 끝났으니까!"

"로드도 우리와 같이 가겠다는 거야?"

"그야, 거기서 싸울 거잖아? 바람 마법사가 아닌 카나밍이 갔다면 죽을지도 모르니까 말야."

별 대수로울 것도 없다는 말투로 죽음의 가능성을 언급하는 로드. 66층은 그만큼 위험한 곳이라는 걸까. 그리고 라이너는 그런 로드의 동행 제안에 떨떠름한 얼굴로 대답했다.

"지크는 바람의 기사인 내가 날리면 돼. 너까지 따라올 필요는 없어."

"나, 날린다고……?"

두 사람 사이에 오가는 살벌한 단어에, 나는 그 말의 의미를 묻는 시선을 던졌다

"66층은 하늘이니까 말이지-. 벽도, 미로도, 아무것도 없는 하늘."

"그 하늘에 있는 드래곤이 엄청 성가신 놈이야. 벌써 몇 번씩 싸워 봤지만, 공략 방법을 도저히 찾을 수가 없었어. 그래서 지금껏 지크를 기다렸던 거야."

"풍룡(風龍) 엘펜리즈 말이지-. 으-음, 옛날 생각나네-."

66층의 하늘에는 용이 있다는 모양이다.

그것도, 현재의 라이너조차도 "공략 방법을 도저히 찾을 수가 없었다"고 할 정도로 강력한 용이.

"가자, 지크. 우리 둘이서 드래곤을 사냥하는 거다."

라이너가 손을 내밀어서 악수를 권했다.

"드래곤이라……. 나만 믿어. 이래봬도 『용 토벌자』라는 별명이 붙어 있는 몸이니까."

내가 그런 라이너의 손을 힘껏 움켜쥐자, 하나의 『표시』가 시야에 나타났다.

[파티]

라이너 헤르빌샤인이 가입했습니다

게임 속에 흔히 나오는 파티 멤버 추가『표시』였다.

그토록 바라던 라이너의 완전한 화해였지만, 이 시스템을 만든 게 다름 아닌 나였다고 생각하니, 갑자기 이『표시』가 민망하게 느껴졌다.

히죽거리면서 묵묵히『표시』마법을 개발하는 내 모습이 뇌리에 떠오른다…….

게임적인 연출을 엄청 좋아했구나,『시조 카나미』…….

하지만 이『표시』덕분에 도움을 받은 적도 많이 있었다.

이를테면, 동료의 스테이터스를『표시』로 알아볼 수 있다는 것처럼 말이다.

[스테이터스]

이름 : 라이너 헤르빌샤인 HP369/369 MP102/246

클래스 : 기사

레벨 25

근력12.24 체력9.21 기량10.56 속도15.34 지능12.00

마력 9.89 소질3.87

선천 스킬 : 바람마법2.01

후천 스킬 : 신성마법1.25 검술2.34 혈술1.00

최적행동1.22 불굴1.02

라이너는 팰린크론과의 싸움을 거치면서 한층 더 레벨업을 해서, 라스티아라를 비롯한 내 동료들에 못지않은 스테이터스를 손에 넣었다. 와이스 씨의 마력과 혼을 흡수한 덕분인지, 각종 수치들이 급격하게 상승해 있었다.

드디어 동료다운 동료가 들어온 것 같은 느낌이었다. 라이너의 성격은 (다른 동료들에 비해) 지극히 정상적이다. 무엇보다, 믿음직한 동성 동료라는 점이 최고였다.

이렇게 우리는 뒤에서 "나도 동료! 나도 동료!"라고 띠들어대는 가디언을 데리고 가게 밖으로 나왔다. 미궁으로 가려면 도시 구석 쪽을 통해야 한다고 하기에, 그대로 걸어서 시내를 가로질렀다.

이동하면서, 라이너에 이어 나 자신의 스테이터스도 확인해 보았다.

[스테이터스]

이름 : 아이카와 카나미　HP293/293　MP945/945

클래스 : 탐색가

레벨 22

근력12.55　체력14.11　기량18.57　속도22.96　지능18.67

마력38.34　소질6.21

선천 스킬 : 검술3.79

후천 스킬 : 체술1.56　차원마법5.27+0.10　감응3.56

뜨개질1.07　속임수1.34　마법전투0.73　대장장이0.69

봉제0.68

팰린크론과 싸울 때는 글자가 깨져서 읽을 수 없게 되어 있던 스테이터스가 원래대로 돌아와 있었다. 전투가 끝나고 상황이 일단락된 덕분에, 드디어『표시』가 상태의 변화를 따라온 모양이었다.

다만, 스테이터스의 수치에 커다란 변화가 생겨나 있었다.

우선, 원칙적으로 절대 변하지 않게 되어 있는『소질』이 약간 깎여나간 게 눈에 띄었다. 그에 따라서『마력』수치도 감소해 있었다.

반대로 레벨은 올라 있었다. 이동하면서 은근슬쩍 라이너에게 물어보니, 내가 잠들어 있는 동안에 치료의 일환으로 레벨업을 시켰다고 했다.

이렇게 현재 상태를 확인하는 사이에, 우리는 목적지에 다다랐다.

그리고 나는 그 비현실적이기 짝이 없는 풍경에 아연실색했다.

도시의 가장자리── 그 대지의 끝은 뚝 끊어져서 낭떠러지를 이루고 있었다. 멀리서 보기에도 무시무시했는데, 가까이서 보니 더더욱 무시무시했다. 밑을 내려다보면 끝도 없이 이어진 새까만 암흑. 돌멩이 하나가 떨어졌는데, 그 돌멩이는 소리도 없이 어둠 속에 빨려들어 사라져 버렸다. 메아리는 하나도 들려오지 않았다. 그곳이 바닥없는 골짜기라는 것을 깨닫고, 등골이 서늘해졌다.

그 벼랑 앞에, 보라색 〈커넥션〉 하나가 우두커니 서 있었다.

그 〈커넥션〉의 완성도는 범상치 않았다. 척 보기에도 내가 만든 문보다 밀도가 압도적으로 높다는 걸 알 수 있었다. 건드리면 사라질 것 같은 허술함은 티끌만큼도 느껴지지 않고, 우뚝 선 산 같은 든든함이 느껴졌다. 보아하니 고위 차원마법 〈커넥션〉에 또 다른 고위 차원마법이 덧씌워져 있는 모양이었다. 모종의 마법으로 공간을 통째로 고정해 둔 것이리라.

"──좋아, 가자, 지크."

라이너의 뒤를 따라 〈커넥션〉을 통과했다.

문 너머에서 기다리고 있는 것은, 시야 가득 끝없이 펼쳐진 초원이었다.

미궁 안인데도 바람이 몰아쳐서, 초원의 키 작은 풀들을 흔들어댔다. 약간 어둠침침한 천장은 놀랍도록 높아서, 미궁이 아닌 지상이 아닐까 하는 착각이 들 만큼 탁 트인 느낌이 드는 층이었다. 이 66층에는 세계를 가로막는 장애물 따위는 아무것도 없었다── 고 생각했지만, 그건 아니었다. 초원 한가운데 탑 같은 좁다란 나선계단이 있었다. 미궁으로서 최소한의 모양새를 갖추기 위해 대충 갖다 붙인 것 같은, 허술한 계단이었다.

"여기가 66층……. 아무것도 없네."

"아무것도 없지만 문제는 있어. 위를 봐. 보면 알 수 있을 테니까."

라이너의 재촉에, 나는 위를 올려다보았다. 순간, 뭘 보라는 건지 이해할 수 없었다. 그럴 수밖에 없을 만큼, 그것은 지나치게 거대했다. 짧은 시간 안에는 전모를 파악하는 게 불가능했던 것이다.

천장이라 생각했던 녹갈색 면이 움직이고 있었다. 마치 살아있는 생물처럼.

"어, 혹시……."

"그래. 저게 65층으로 가는 길을 가로막는 용. 엘펜리즈야."

구름보다도 거대한 생물이 유유자적 비행하고 있었다.

그 생물의 날개를 찾아내려면 고개를 크게 움직여야 할 만큼 거대한 크기.

숨을 죽였다. 얼마 전, 나는 드랩 드래곤이라는 이름의 용을 죽였다. 스노우, 로웬, 리퍼라는 만반의 진용을 갖춘 포진으로, 위험을 겪으면서 맞선 것이다.

그런데 이 용은 그 강적이었던 드랩 드래곤과 비교해도 차원이 다른 힘을 갖고 있었다.

엘펜리즈 : 랭크67

랭크는 드랩 드래곤의 배 이상. 게다가 길이는 10배 이상──아니, 어쩌면 50배 가까이 될지도 모른다. 현실성이 있는 토벌 대상이었던 드랩 드래곤과는 달리, 이 풍룡은 물리치는 장면을 상상조차 할 수 없었다. 폭풍이나 지진 같은 자연현상을 상대하는 것 같은 감각이었다.

"척 보면 짐작이 가겠지. 터무니없이 큰 덩치에, 터무니없이 방대한 마력. 바람마법을 사용하는 데다, 순수한 속도와 감지능력도 최고 수준. 지성도 높아서 싸움의 전략전술도 이해하고 있어. 그런 괴물이 65층으로 가는 계단을 막고 있는 거야."

"그, 그랬구나……."

보스의 방이다. 꼭 가디언만이 미궁의 보스인 건 아니다. 100층이라는 기나긴 미궁 안에는 이런 층도 있는 것이리라.

"먼저 정보 수집 좀 해 볼게. ──〈디멘션〉."

일단 차원마법으로 층 전체를 파악해 보았다. 66층의 공간을 나의 마력으로 가득 채워서, 금방 전모를 확인할 수 있었다.

직경 20킬로미터 가량의 초원이 펼쳐져 있고, 그 초원을 돌로 된 벽과 천장이 둘러싸고 있었다. 높이는 1킬로미터쯤 될까. 당연히 나선계단의 길이도 그에 상응하는 정도였다. 그리고 중앙의 나선계단 위아래에 각 층으로 통하는 구멍이 뚫려 있었다. 이 폐쇄공간의 출입구는 그 두 개의 구멍과 지금 우리 뒤에 있는 〈커넥션〉뿐이었다.

"이거, 67층으로는 갈 수 있는 거야?"

"그래, 밑으로 가는 데는 아무런 지장도 없어. 하지만 밑으로 내려가 봤자 이것보다 더 큰 용이 두 마리 있을 뿐이야."

"그, 그렇구나."

지금 밑으로 내려가 봤자 얻을 수 있는 이득은 없다. 평소와는 달리, 지금 우리는 『최심부』가 아닌 『지상』으로 가야 하는 것이다.

"음, 으─음⋯⋯. 그럼, 일단 가까이 가 볼까."

"올라가는 도중에 공격해 오니까 조심해야 돼."

라이너는 기대 섞인 눈초리로 나를 쳐다보고 있었다. 설마 내가 용을 일방적으로 이길 수 있을 거라 생각하는 걸까.

용 때문에 우우웅 하는 효과음이라도 울려 퍼질 것 같은 하늘 아래를 나아가서, 허술해 보이는 석조 나선계단 앞에 도착했다. 우리는 곧바로 계단을 오르기 시작했다. 나는 『크레센트 펙트라즐리의 직검』을, 라이너는 『아레이스 가문의 보검 로웬』과 『루프 브링어』를 손에 쥔 채, 언제든지 상대의 공격을 요격할 수 있는 태세를 갖춘 상태였다. 참고로 로드는 맨손이었다.

그리고 어느 정도 계단을 올랐을 때, 라이너가 전투 개시를 알렸다.

"지크! 이제 슬슬 올 거야──!"

나도 〈디멘션〉을 통해 이미 알고 있었다. 공중에 떠 있는 거대한 용이 몸을 틀어서 고개를 이쪽으로 돌리고 있었다.

태양으로 착각할 만큼 거대한 눈동자 두 개가 우리의 모습을 비추고 있었다.

동시에, 용이 강력한 마법을 구축하고 있는 것을 감지했다. 다만, 〈디멘션〉으로 감지할 수는 있지만 『카운터 매직(마법상쇄)』은 불가능했다. 이제 나는 그 이미지 연상에 필요한 빙결속성 마력을 생성해 낼 수 없는 상태이기 때문이었다.

먼저, 풍룡의 날개가 천천히 움직였다. 날개만 움직였을 뿐인데도 마력을 머금은 폭풍이 일어다. 간섭하는 것조차 버거운 『용의 바람』이 우리에게 몰아쳐서 움직임을 봉쇄했다. 그리고 거기에 추가되는 진짜 주포.

"──!! ──아아가아가가아가아가아가아아아아아!!"

산보다도 거대한 용이, 포효와 함께 무시무시한 속도로 돌진해 왔다.

평범한 몸통 박치기. 저층부 몬스터들이 주로 쓰는 공격 수단이다.

하지만 이곳은 66층인 만큼 그 규모부터가 전혀 달랐다. 평범한 몬스터가 쓰면 조잡하기 짝이 없는 공격일 뿐이지만, 상대가 산처럼 거대한 덩치의 소유자라면 얘기가 달라진다. 그 자체가 인간으로서는 절대 감당할 수 없는, 무자비한 폭력이 된다.

미처 대처할 틈도 없이, 용의 거구가 나선계단에 적중했다.

물론, 그 날개에서는 끊임없이 『용의 바람』이 생성되고 있었다. 폭풍은 유탄처럼 휘몰아쳐서, 설탕과자를 깨부수듯 나선계단을 해체해 버렸다.

바람이 몰아치고 발판까지 사라지자, 우리 세 사람은 허공에 내팽개쳐졌다.

보통 사람이었다면 죽음을 각오해야 했을 상황이지만, 여기 있는 세 사람은 더없이 냉정하게 다음 행동으로 이행했다. 라이너는 무너져 내리는 계단의 잔해 하나에 매달려서 발판을 확보했다. 로드는 등에 달린 날개를 펼쳐서 태연하게 날고 있었다. 이군 둘이 무사한 것을 확인한 나는 공격으로 전환했다.

떨어지는 계단 파편을 박차고 공중을 내달렸다.

〈디멘션·글래디에이트(결전연산, 決戰演算)〉이 있는 한, 발판만 제대로 딛는다면 중심의 밸런스를 잃을 일은 없었다. 마치 지상을 달리는 것처럼 공중을 내달려서 용에게 접근했다.

그리고 용의 등에 도달해서, 다짜고짜 검을 꽂았다.

"──?!"

하지만 박히지 않았다. 째질 듯 날카로운 소리가 울려 퍼질 뿐.

혼신을 향한 나의 찌르기는 풍룡의 비늘을 뚫지 못했다. 대미지를 입은 건 오히려 나였다. 반사된 충격 때문에 손이 저릿저릿했다. 그래도 나는 전투를 속행해서, 떨어지는 계단의 잔해 속에서 라이너를 발견하고 말을 걸었다.

"라이너! 검을 좀 바꾸자!!"

"알았어!"

라이너는 처음부터 이런 전개를 예측하고 있었는지, 주저 없이 『아레이스 가문의 보검 로웬』을 내게 던졌다. 나는 그 대신 『크레센트 펙트라즐리의 직검』을 라이너에게 던져주어서, 공중에서 장비 교환을 성립시켰다. 그리고 다시 한 번 똑같은 공격 수단을 반복, 풍룡의 비늘을 돌파하려 했다── 그러나, 이것도 실패. 필름을 뇌감아서 반복 재생한 것처럼, 다시 깡 하는 날카로운 소리와 함께 『아레이스 가문의 보검 로웬』도 튕겨 나오고 말았다.

"너, 너무 단단하잖아! 타임! 일단 후퇴하자!!"

내가 사용할 수 있는 공격수단은 한정적이었다.

검에 의한 공격과 빙결마법에 의한 공격. 이 두 가지밖에 없다. 차원마법에는 직접적인 공격능력이 없기에, 다른 동료들에 비하면 다양성 면에서 부족한 것이다. 게다가 지금 나는 빙결마법조차 쓸 수 없는 상태다. 로웬으로 베었는데도 안 먹힌다면 도망치는 수밖에 없었다.

그러나, 풍룡의 마법은 도망치는 우리를 등 뒤에서 덮쳐 들었다.

용의 입 안, 그 목구멍 속에서 바람으로 이루어진 여러 개의 구체가 발사되었다. 아마 바람 속성의 기초에 해당하는 마법이리라. 보통 사람이 쓰면 농구공 정도의 크기로 만들어지는 게 정상인 바람 마법이, 마치 운석처럼 하늘에서 쏟아졌다.

"——바람마법 〈와인드 윙〉!!"

그에 맞서서 라이너가 마법을 사용했다. 계단 파편에 매달려서 상황을 지켜보던 것을 포기하고, 바람을 휘감은 채 공중으로 몸을 날렸다. 마법명처럼 등에 날개가 돋는 건 아니었지만, 그 바람의 옷이 중력을 무시하게 만들어주었다. 보아하니, 비행이라기보다는 도약의 힘을 활용하는 마법인 것 같았다.

바람을 휘감은 라이너는 공중을 떠돌던 내 손을 붙들고, 떨어지는 계단 파편을 박차며 이동해 나갔다. 덮쳐드는 바람의 구체를 모조리 피하면서 지면을 향해 내달렸다.

그리고 떨어지는 계단 파편과 동시에 지면으로 돌아왔을 때쯤, 안전한 곳에서 파닥파닥 날고 있던 로드가 돌아왔다.

싱글벙글 웃는 얼굴로 내 감상을 기다리고 있었다. 그 기대에 부응해서, 나는 듬뿍 엄살을 떨었다.

"랭크를 봐서 강할 거라고 예상은 했지만, 이 정도일 줄이야……. 승산이 전혀 없잖아……."

파랗게 질린 얼굴로 하늘을 우러러보았다. 풍룡은 지금도 유유자적하게 하늘을 헤엄치고 있었다. 보아하니 하늘로 접근하는 자들만을 적대할 뿐, 지상에 떨어진 자에게는 관심이 없는 모양이었다.

"이봐, 지크……. 네 얼음 마법으로 떨어뜨릴 수는 없는 거야?"

라이너는 아직도 내게 기대를 걸고 있는 모양이었다. 그의 말마따나, 거대 얼음 뱀을 만들어내는 마법을 쓰면 공중에 있는 적에게 유효한 타격을 줄 수 있을지도 모른다. 쓸 수만 있다면, 지금 당장이라도 시험해 보고 싶은 심정이었다.

"저기, 으음, 말하기가 좀 껄끄럽지만……."

"왜 그러지? 팰린크론 녀석에게 퍼부었던 빙결마법을 쓰면 저 녀석도 땅바닥에 떨어뜨릴 수 있는 거 아냐?"

"못 써."

"뭐?"

괜히 뜸을 들일 이유가 없기에 솔직하게 자백했다.

"여동생이 빙결마법을 가져가 버리는 바람에, 지금 나는 차원마법밖에 못 써……."

"차원마법밖에 못 쓴다고……? 그럼 지금은 뭘 할 수 있지?"

"가, 감지나 전이 정도?"

지금 내가 자신 있게 쓸 수 있는 마법은 〈디멘션〉〈폼〉〈커넥션〉, 이 셋뿐이다. 냉정하게 말해 공격력은 전무하다 해도 과언이 아니었다.

그 사실을 안 라이너의 눈이, 순식간에 기대에서 낙담으로 물들어 갔다.

"그럼 그냥 정찰병 역할밖에 안 된다는 거잖아……."

"미, 미안. 나는 동생의 마석 없이는 이렇게 평화적인 능력밖에 없는 놈이었어……."

스스로가 보조에만 특화된 마법사로 전락했다는 것을 실감했다.

혹은 생산 담당 비전투요원 정도가 적당하리라. 만약에 로웬과의 수련을 통해 검술 스킬을 얻지 못했더라면 정말로 그냥 정찰병 노릇밖에 못 하는 신세가 됐을 것이다.

하지만 생각해 보면 이건 당연한 일이었다. 각자의 선천적인 재능은 본인의 성격이 반영되는 경우가 많았다. 나의 혼밖에 없는 상태라면 전투용 스킬이 없는 것도 납득이 갔다. 그리고 히타키가 공격적인 재능의 소유자였다는 것 역시 납득이 갔다.

"그, 그렇단 말이지……. 지크라면 뭔가 해별 방법이 있을 줄 알았는데……."

라이너는 나를 탓하지는 않았다. 하지만, 낙담한 기색은 감출 수 없었다.

"아, 아니, 잠깐!! 저 용을 처치하기 힘든 건 사실이지만, 그렇다고 돌파할 수 없다는 건 아니니까! 이래봬도 교란에는 자신이 있으니까! 그냥 통과하기만 해도 된다면 내가 해결할 수 있어, 라이너!!"

나는 필사적으로 스스로의 가치를 역설했다.

어쩐지 라이너 앞에서는 믿음직한 형 같은 존재가 되고 싶어서 나도 모르게 허세를 부리게 된다.

"아니, 저 풍룡은 그『통과하기만 하는』게 가장 어려운 상대야. 나는 속도에는 자신이 있는데도 뚫어낼 방법을 전혀 찾지 못했어. 바람에 닿는 한은 항상 감지당하는 데다, 저렇게 덩치가 큰데도 비행속도는 나보다 빠르니까."

"라이너보다 빠르다고?"

"방금 전 그 전투에서, 풍룡은 제 힘을 제대로 쓰지도 않았어. 날파리를 쫓아내는 정도의 감각이었겠지."

거짓말은 아닐 것이다. 그 용의 힘을 보면 그 정도는 짐작할 수 있었다. 그도 그럴 것이, 내 검으로 흠집소차 내지 못한 것이다. 현 시점에서는 완패를 인정하지 않을 수 없었다.

"하긴……, 지금의 우리 힘으로는 좀 감당하기 힘들어 보이긴 해……. 그래도 언젠가는 반드시 처치할 수 있을 거야……."

아무리 강력한 적이라도, 언젠가는 처치할 수 있다. 미궁이 원래 그런 구조로 만들어져 있다는 것을 나는 알고 있다. 왜냐하면, 그 미궁을 만든 장본인이 바로 나니까.

하지만 그렇게 낙관적인 나와는 정반대로, 라이너의 표정은 여전히 어두웠다.

"그게 아냐, 지크. 가장 큰 문제는 저 녀석의 힘이 아냐.
──**저 녀석을 이길 수 있도록 단련할 수 없다는 게 문제야.**66층과 67층에 있는 건 저 풍룡들뿐이야. 다른 몬스터는 한 마리도 없어. 우리는 다른 층에서 레벨업을 할 수도 없다는 얘기야."

미궁은 도전자를 『최심부』로 인도하는 구조로 되어 있다.

하지만 그건 위에서 아래로 내려올 경우의 얘기다 지금의 우리들처럼 아래에서 위로 향하는 자들은 고려의 대상에서 빠져 있다. 이것도 미궁을 만든 장본인이기에 알 수 있는 것이었다. 그 점을 알고 있기에, 라이너의 말을 금방 이해할 수 있었다.

——지금 우리는, 풍룡 엘펜리즈에 의해 66층에 갇혀 있다.

게다가 상황을 타개하기 위해 레벨업을 할 수도 없는 상황이다.

내 얼굴도 라이너와 마찬가지로 점점 어두워져 갔다. 반대로 로드의 얼굴에는 미소가 가득했다.

"무후훗. 그러지들 말고 천천히 쉬다 가라니까ㅡ. 눌러 앉는 것도 얼마든지 환영이라고ㅡ."

마치 RPG 게임에서 돌아갈 수 없는 던전에 들어간 채로 세이브한 것처럼 외통수에 몰린 상태였다. 아니, 게임 시작과 동시에 라스트 던전 바로 전 마을에 내팽개쳐진 것 같은 상태였다.

어찌 됐건, 『이곳』에서 빠져나갈 수 없다는 점 하나는 틀림없었다.

◆ ◆ ◆ ◆ ◆

현재 상황을 파악한 우리는 미궁에서 철수했다.

그리고 시내를 걸으면서 앞으로의 방침에 대해 대화를 나누었다.

"──있잖아, 로드. 너는 『바람의 이치를 훔치는 자』니까 그 용 정도는 처치할 수 있는 거 아냐?"

"못할 건 없지만 말이야. 그렇지만 여기서 내가 도와주면 다른 층에서 또 고생할 거 아냐? 65층도 똑같은 구조라면 거기서 또 막히게 될 거 아냐?"

"지상까지 호위해 주면 원하는 건 뭐든지 다 해 줄게. 그러니까 부탁 좀 들어주면 안 될까?"

최대한의 성의를 담아 고개를 숙였다. 그러나 로드는 짓궂은 웃음만 지을 뿐이었다.

"미안, 카나밍. 사실 나는 너희들이 여기서 오래 머물러 주는 게 더 좋아서 말이야. 그러니까 협조는 안 할 거야. 그리고 예나 지금이나──나(왕)와 카나밍(시조)은 대등한 교섭 상대니까."

조금 전의 전투에서도 로드는 전혀 손을 쓰지 않은 채, 언제든지 도울 수 있는 위치를 유지한 채 지켜보고만 이었다. 그것이 그녀의 현재 스탠스인 것이리라.

호의적이긴 하지만 협조적이지는 않다. 그 점은 충분히 이해했지만, 그래도 나는 물고 늘어졌다.

"그럼 조언이라도 해줄 수 없어? 『바람의 이치를 훔치는 자』인 네가 해줄 수 있는 조언을 듣고 싶어."

"으─음? 조언 정도라면……, 못 해줄 것도 없지."

역시 로드는 직접적이 아닌 간접적인 방법이라면 도움을 줄 생각인 모양이었다. 그녀가 자신과 나 사이에 어떤 경계선을 그어 두고 있는지 조금씩 짐작이 갔다.

"으음. 레벨을 올리는 게 정공법이지만, 그게 안 된다면 할 수 있는 일은 얼마 없어. 우선 하나는 자신의 스킬이나 마력을 갈고닦는 것."

그렇게 말하면서, 로드는 검지를 척 세웠다.

그 손끝에서 회오리가 일었다. 마법 구축과 마법 제어 과정에서 숙련된 기술이 느껴졌다. 그녀가 디아나 마리아보다 높은 수준의 마법사라는 걸 단번에 알 수 있었다.

"참고로, 라이너는 이 방법을 선택했다고. 마의 왕이라는 호칭까지 붙은 내 수업을 들으면서 바람마법을 공부하는 중이야!"

라이너에게 눈길을 보내니, 그 말이 사실이라는 듯 고개를 끄덕여 대답했다. 나보다 일찍 한계를 실감한 그는 일찌감치 대책을 강구한 모양이었다.

"그리고 두 번째!『이곳』에서 돈을 벌어서 사람을 고용하면 돼! 그 용을 처치할 수 있는 사람은 나 말고는 없지만, 대등한 승부를 벌일 수 있는 사람은 꽤 있으니까."

사람을 고용한다. 전혀 고려해 본 적이 없었던 방법이었다. 우리 수준을 따라올 수 있는 인물이 있을 리 없었기 때문이다. 그런 내 생각을 읽은 라이너가 끼어들어서 보충했다.

"걱정 마, 지크. 여기는 천 년 전의 도시니까. 우리가 있던 지상 세계보다 실력 있는 녀석들이 많아."

반가운 정보였다. 그렇다면 이제 돈에 따라 전력이 좌우된다는 뜻이 된다.

"하긴, 많은 사람이 같이 싸우면 물리칠 수 있을지도 모르겠네……."

"그리고 세 번째! 나는 개인적으로 이 방법을 제일 추천하는데……, 그 용을 처치할 수 있을 만큼 강한 장비를 갖추는 것!"

로드는 마치 이 방법밖에 없다는 듯 적극적으로 추천하고 들었다.

그러나 내가 생각하기에는 가장 설득력 없게 느껴지는 방법이었다.

"아니, 장비는 이미 충분한 거 아냐? 이 로웬보다 강한 검은 없을 텐데."

"검을 얘기하는 게 아냐. 이것도 돈을 얼마나 버느냐에 달려 있지만, 풍룡에 특화된 장비들을 모으면 여러 모로 편해질 거라니까-!"

쉽게 말해, 그 풍룡 한 마리만을 처치하기 위해 만들어진 메타 아이템을 모으라는 뜻인 모양이었다.

이를테면, 지금 나는 화염에 대해 저항효과가 있는 목걸이인 레드 탈리스만을 갖고 있는데, 그것 대신 화염이 아닌 바람을 튕겨내는 부적을 갖고 있으면 풍룡과의 싸움이 편해진다. 로드의 말인즉슨 그런 아이템들을 모으라는 것이다.

"두 사람은 지상으로 가려는 거잖아? 그럼 그 용의 방어를 뚫고 지상으로 가는 데 필요한 마법도구만 모으면 되는 거 아냐? 좋은 대장장이를 소개해 줄 테니까ー."

"하긴, 마법도구를 모으는 것도 괜찮아 보이네. 로드, 그럼 소개를 부탁해도 될까?"

"그럼, 이 도시 최고의 대장장이를 소개해 드리겠습다ー."

로드는 빙긋 웃고는 앞장서서 거리를 걸었다.

오가는 사람들과 인사를 주고받으며, 풍성한 독지로 가득한 길을 나아갔다. 그리고 몇 분 만에 피서지의 별장 같은 집에 도착했다. 덩굴이며 이끼가 지붕을 뒤덮고 있는 집이었다.

그 집 정원에서 네 명의 아이들이 공놀이를 하고 있었다. 그 중에 한 명이 우리가 방문한 것을 알아보고 이쪽으로 달려왔다. 아침에 만났던 고양이귀 여자아이였다.

"──앗! 로드 님이다! 손님 두 명까지!!"

"또 만났네, 베스. 있잖아, 혹시 할아버지 집에 계셔?"

"응, 있어! 항상 어딘가에서 끙끙거리고 있어!"

"고마워. 잠깐 실례할게."

로드는 소녀에게 감사를 표한 후, 성큼성큼 집 안으로 들어갔다.

그 뒤를 따라 들어가려 했을 때, 고양이귀 소녀 베스가 나를 향해 손을 흔드는 것을 발견했다. 딱히 얘기를 나눠 본

적은 없지만, 어느 샌가 나에게 정이 든 것 같은 느낌이었다. 잘은 모르겠지만, 이 아이에게 있어 『기사단장』이라는 지위는 특별한 것인 모양이었다.

베스에게 손을 흔들어 화답하면서 덩굴과 이끼가 우거진 집으로 들어갔다.

현관을 지나, 생활의 흔적이 엿보이는 거실을 지나, 기다란 복도를 지나, 마지막으로 두꺼운 문을 열었다. 그 너머에 펼쳐져 있던 것은, 일반 가정에는 도무지 걸맞지 않은 공간이었다.

범용적인 테이블은 하나도 없이, 특이한 형태의 작업대만 두 개 늘어서 있었다. 그 안쪽에는 특대 사이즈의 가마와 화로가 설치되어 있고, 주위의 벽에는 전문적인 도구들이 대량으로 매달려 있었다.

이곳이 『공방』이라는 것을 바로 알아볼 수 있었다. 규모는 다르지만, 내가 라우라비아국에서 신세를 졌던 길드 『에픽 시커』 대장장이의 『공방』과 비슷한 구조였다.

단, 『에픽 시커』 대장장이의 『공방』에 비하면 훨씬 더 깔끔했다. 화로에는 불이 꺼진 상태라서, 숨이 턱턱 막히는 느낌도 없었다.

그 방 중앙에 있는 작업대 옆에 한 노인이 앉아있었다. 얼굴에는 주름이 가득했지만, 그 두 눈은 날카로운 패기로 가득 차 있었다. 까다로운 성격일 것임을 한 눈에 알아볼 수 있었다. 그리고 이 노인이 바로 밖에 있는 베스의 할아버지

이리라. 내가 아는 고양이귀와는 좀 다르지만, 고양이과 동물의 귀 같은 것이 달려있었다.

그는 돋보기 같은 안경을 낀 채, 일곱 빛깔로 반짝이는 보석을 바라보고 있었다.

그런 그에게 로드가 자연스럽게 말을 걸었다.

"레이넌드 아저씨! 손님 데려왔어-!"

그 목소리를 들은 레이넌드 씨는, 보석을 감정하던 시선을 움직여서 나를 쳐다보았다.

눈과 눈이 마주치고, 나는 반사적으로 그를 『주시』했다. 그에게서는 그만큼의 힘이 느껴진 것이다.

[스테이터스]

이름 : 레이넌드 볼스 HP589/589 MP123/123 클래스 : 대장장이

레벨 31

근력13.78 체력12.23 기량10.23 속도5.12 지능5.11

마력5.66 소질1.44

선천 스킬 : 부술(斧術)1.22 불마법1.34 땅마법1.21

후천 스킬 : 대장장이3.12 신철야금1.26 세공1.55 연철1.98

이례적으로 높은 레벨에, 스킬까지 풍부하게 보유하고 있었다. 나나 라이너보다도 우수한 수치가 몇 가지 눈에 띄었다. 지상이었다면 틀림없이 영웅 클래스에 속할 것이다.

"——?!"

그러나 그 『표시』를 보고 놀란 나보다 레이넌드 씨가 더 크게 놀라고 있었다. 늘어져 있던 눈꺼풀이 한계 수준까지 벌어지고, 눈이 휘둥그레졌다.

우리 둘이 그렇게 충격에 휩싸여 있건 말건, 로드는 얘기를 시작했다.

"할아버지, 소개해 줄게! 이쪽은 카나밍이랑 라이너-."

"흥. 설마 네가 그 녀석을 나한테로 데려올 줄이야……."

레이넌드 씨는 나보다 일찍 동요를 숨기고 로드와의 대화에 응했다.

"응, 나도 깜짝 놀랐어. 그렇지만 이 둘은 정말로 할아버지의 힘을 필요로 하고 있는걸. 얘기 정도는 들어 줘도 되잖아?"

"알았다. 거기서 얘기해."

나는 세심한 주의를 기울여 가며 자기소개를 시작했다.

"만나서 반갑습니다. 아이카와 카나미라고 해요. 레이넌드 씨에게 제작을 의뢰하고 싶은 게 있어서, 이렇게 부탁하러 찾아왔습니다. 저희들은 지상으로 가야 하는데, 강력한 풍룡이 그 길을 틀어막고 있어요. 그 풍룡을 처치하는 데 필요한 마법도구 제작을 의뢰할 수 있을까요?"

"흥. 이번에는 예의가 바르군, 애송이……."

"이번에는? 대체 무슨——."

레이넌드 씨는 의미심장하게 코웃음을 쳤다.

그 의미를 물어보려 했지만, 레이넌드 씨가 의도적으로 내 말을 가로막았다.

"풍룡이라고 했나? 그럼 보나마나 엘펜리즈 녀석이겠지. 완전하다고 할 만한 수준은 아니지만, 녀석에게 유효한 마법은 분명히 있긴 해."

레이넌드 씨가 『이번에는』이라는 말에 대한 언급을 고의로 피했다는 걸, 그 말투로 미루어 짐작할 수 있었다.

지금 나는 부탁하는 입장이기에, 그 점에 대해서 캐묻는 건 피하기로 했다.

"감사합니다. 그걸 구할 수 있을까요?"

"걱정 마세요. 돈은 충분히 있으니까요."

늘 그랬듯이, 허리춤에 찬 주머니에서 꺼내는 척을 하며 『소지품』 속에서 돈을 꺼냈다. 하지만 작업대 위에 금화를 늘어놓는 나를 보며, 레이넌드 씨는 미간을 찌푸렸다.

"음. 어이, 애송이. 지금……, 장난하는 거냐?"

"어, 왜 그러세요?"

레이넌드 씨는 금화 하나를 집어 들고 고개를 가로저었다.

"미안하지만 이 돈은 안 받아. 『이곳』에서는 안 쓰이는 화폐다."

"어……? 혹시 화폐가 다른 건가요……?"

반사적으로 로드 쪽으로 눈길을 돌렸더니, 로드는 얼굴 가득 미소를 머금은 채 서 있었다. 그 표정으로 미루어보아 여기서는 내가 가진 화폐를 쓸 수 없으리라는 확신을 얻고,

뒤이어 믿음직한 동료인 라이너에게 눈짓으로 도움을 청했다. 그도 나와 마찬가지로 식은땀을 흘리고 있었다.

"지크. 우선은 지금 갖고 있는 마석을 팔아 보자."

"마석이라. 한번 내놔 봐. 팔고 싶다면 내가 봐 주지. 감정 일도 하고 있으니까."

나는 곧바로 『소지품』을 뒤져서, 40층까지 탐색하면서 구한 마석들을 꺼냈다.

하지만 그걸 보고도 레이넌드 씨의 표정은 변화가 없었다. 여전히 심각한 표정 그대로였다.

"안 돼. 하나같이 쓰레기 마석이야. 돈 될 만한 놈은 하나도 없어."

지상에서라면 평생 놀고먹을 수 있을 만큼의 보물이건만, 레이넌드 씨는 냉랭하게 딱 잘라 말했다.

그러고 보면 현재보다 천 년 전의 마석이 더 질이 뛰어났다는 얘기를 들은 적이 있었다. 과거의 무기가 더 뛰어난 성능을 뽐내는 것도 여러 번 목격한 바 있었다. 시대가 변하면 물건의 가치도 이렇게나 달라지는 모양이었다. 경악을 감추지 못하는 나를 보고, 레이넌드 씨는 동정하듯 설명했다.

"『이곳』에서는 그런 마석은 수요가 없으니까, 하다못해 중위 마석 정도는 준비해야 돼."

"그럼, 이 레이크리스털은……?"

나름 자신이 있던 마석을 선택해서 제시해 보았다.

"여기에서는 저위 마석 취급이야."

하지만 냉정하게 부정당하고 말았다. 지상에서는 대부호가 된 기분으로 우쭐대고 있었건만, 순식간에 알거지로 전락해 버렸다는 사실이 확정되었다.

넋이 나가서 다리가 후들거리고 있는 나에게, 레이넌드 씨가 마석 처리 문제를 물었다.

"돈이 없다면 물건을 나도 물건을 만들어줄 생각은 없어. 싸구려긴 하지만, 이 마석은 어쩔 거지? 갖고 있어 봤자, 이 도시에서 이걸 환금해 줄 곳은 대장간밖에 없을 텐데."

"저기……, 그럼 환금해 주세요……."

지상에서 쓸 일이 있을지도 모르는 레이크리스털 같은 마석들만 남긴 채, 지금까지 모아 두었던 다른 마석들은 모조리 방출했다. 겸사겸사, 『소지품』 속에 있는 물건들 중에서 돈이 될 만한 것들은 전부 다 팔았다.

그 환금 자체는 금방 끝났지만, 그 뒤로는 대화가 이어지지 않았다.

"주문할 생각 없으면 나가 봐. 나도 한가한 몸은 아니라서 말이지."

"아, 네."

본래 목적이었던 장비 주문은 불가능한 상황인 것이다. 나는 고개를 끄덕일 수밖에 없었다.

이렇게 해서, 우리는 레이넌드 씨의 대장간에서 쫓겨나고 말았다. 넋이 나가 버린 나는, 정원에 있던 베스의 배웅을 받아 대장간을 나와서 하릴없이 길거리를 방황하는 신세가 되었다.

그러는 동안 로도는 줄곧 웃음을 머금고 있었다. 길을 걸으면서 신이 난 얼굴로 뇌까렸다.

"그렇구나—. 카나밍이랑 라이너는 돈도 없었구나—. 헤헤—."

예상외의 행운이라도 얻은 것처럼, 우리의 재정난을 몇 번씩이나 확인하고 들었다.

"도, 동화와 은화 몇 닢밖에 안 된다니……. 이거 혹시……."

나는 손바닥에 다 들어갈 정도의 돈을 짤랑짤랑 흔들었다. 미궁연합국에서 사용하던 화폐와는 종류가 전혀 달랐다. 무늬도 다르고, 주조 방법도 달랐다.

그리고 우연히도, 그 소지금은 지상에서 미궁 탐색 첫날에 벌었던 것과 비슷한 금액이었다.

며칠 동안 숙박비와 식비로 쓰면 바닥 날 금액이었다. 지상이었다면 잠깐만 미궁에 들어갔다 와도 생활비는 걱정할 필요가 없었겠지만, 지금은 그『잠깐만 미궁에 들어갔다 오는』게 불가능한 상황이다.

"아하핫! 미궁 탐색은커녕 살림 꾸리기도 위태위태하겠네!"

우리의 험난한 현실을 신이 나서 떠들어대는 보스몬스터 로도를 노려보면서, 나는 동료와 의논했다

"라이너, 지금까지 생활비는 어떻게 마련해 왔어?"

"갖고 있던 장식품을 팔았어. 하지만 그것도 이제 거의 한계야."

"내 상황이랑 거의 똑같잖아⋯⋯."

"그나저나, 마석이 이렇게 헐값에 팔리다니⋯⋯. 로드, 너 일부러 말 안 한 거지?"

라이너는 로드를 쏘아보였지만, 그녀는 여전히 태연하게 웃고만 있을 뿐이었다.

"그야, 물어보는 사람이 없었는걸. 아, 맞아! 혹시 성의 방을 쓰고 싶다면 1박에 동화 열 닢이야-. 오늘부터 여관『마왕성』을 개업할 테니까-."

"어이! 그거 지금 방금 막 생각해 낸 거지?!"

대놓고 드러내는 로드의 악의에, 라이너는 고함치면서 다그쳤다.

"응! 지금 막 생각해 낸 거야! 여러 모로 애를 먹는 게 더 재미있을 것 같으니까!"

"이, 이 자식⋯⋯! 지금 당장 처치해서 마석을 뽑아 팔아 치워 버려야겠어⋯⋯! 어때, 지크?! 그러는 편이 훨씬 더 빠를 거야!!"

라이너는 당장이라도 검을 휘두를 것 같은 태도였다. 그리고 로드는 기다렸다는 듯 거만한 웃음을 지었다. 여기서 우리보다 강한 가디언과 싸우는 건 위험하다고 판단한 나는, 두 사람 사이를 가로막았다.

"라이너, 진정해! 성급하게 굴지 마! ⋯⋯이봐, 로드. 우리는 정말 급해. 무료로 성을 빌려달라는 얘기는 안 하겠지만, 조금만 더 싸게 빌려주면 안 될까? 웬만하면 너무 심술

부리지 말아 줬으면 좋겠는데."

"그렇게 심하게 심술부린 건 아닌데? 1박에 동화 10닢은 엄청 싼 가격이고, 부탁대로 조언도 제대로 해 줬는걸. 이 이상 나한테 뭘 더 바라는 거지?"

로드는 자신이 한 말을 철회하지 않았다. 싸움이 벌어져도 자신이 압승을 거둘 수 있으리라는 자신이 있는 것이리라. 아무리 우리가 용을 써 본들, 그 태도는 전혀 변함이 없었다.

내가 개입한 덕분에 라이너도 조금이나마 이성을 되찾은 모양이었다. 그도 건설적인 얘기를 시작했다.

"칫……. 그럼 이제 어쩔 거지, 지크? 당분간 노숙이라도 할까?"

"아, 장소에 따라서는 노숙을 하다가 잡혀갈 수도 있으니까 조심하라구ー. 아니, 내가 붙잡을 테니까 조심하라고ー. 나는 일단 자경단 노릇도 겸하고 있으니까."

로드는 노골적으로 라이너를 자극하고 들었다. 아니나 다를까, 라이너는 이마에 핏대를 세우면서 낚여 들었다.

"어이, 로드……! 장소에 따라서라니, 그럼 노숙을 해도 괜찮은 곳은 어디지……?"

"주민들한테 방해가 되면 안 돼."

"한 마디로 네가 해석하기 나름이라는 얘기 아니냐……?"

"참고로, 체포되면 3일 동안 구속할 거야! 지금 방금, 내가 그 법률을 결정했는걸! 이래봬도 나는 임금님이니까!"

"대놓고 우리만 노리는 법률을 왜 만드는 거냐! 역시 네놈은 여기서 처치해 버려야겠어!!"

레벨은 올랐지만, 툭 하면 흥분하는 라이너의 버릇은 예전과 달라진 게 없었다.

하는 수 없이, 나는 다시 한 번 중재에 나섰다. 로드의 제안을 온전히 그대로 받아들였다.

"알았어, 로드. 숙박비인 동화 열 닢은 다 낼게."

"하지만 지크——!!"

라이너가 내 말에 끼어들려 했지만, 나는 손짓으로 그런 그를 제지했다.

"로드, 우리가 이 도시에서 일하는 것 정도는 괜찮겠지?"

"그야 당연하지. 아니, 오히려 그렇게 해 주기를 바라고 있는걸. 나는 두 사람이 여기 눌러 살았으면 좋겠다고 생각하는 중이니까."

냉정하게 조건을 확인한 다음, 보유한 동화를 로드에게 던져 주었다.

"우선 방 한 칸만 빌릴게. 내일부터 숙박비는『이곳』에서 일해서 내도록 하지."

"호오……."

순순히 귀중한 동화를 내는 나를 보고, 로드는 의심 어린 표정을 보였다.

나는 그런 로드의 표정에 포커페이스로 대응했다. 서글픈 얘기지만, 몇 주 동안 이세계 생활을 한 덕분에 서로를 속고 속이는 솜씨가 많이 늘었다. 지금도 스킬 『속임수』가 작동하고 있다는 게 또렷하게 느껴졌다.

"응. 돈은 잘 받았어. 여관 『마왕성』에 온 걸 환영해. 지금 바로 방으로 안내해 줄게. 이 마왕이 직접!"

"그래, 부탁하지."

로드는 농담을 던지면서, 내가 무슨 생각을 하고 있는지를 읽어내려 하고 있었다.

그 싱글벙글하는 얼굴 속 두 눈동자에서 뿜어져 나오는 빛은 칼날보다도 날카로웠다. 한 나라를 짊어진 왕에게 걸맞은 안력이었다. 동시에, 그녀가 이 속고 속이는 공방전을 즐기고 있다는 것도 느낄 수 있었다.

로드는 뭔가 감회에 젖은 미소를 지어 보인 다음, 성 쪽으로 몸을 돌려서 걷기 시작했다.

그렇게 성으로 돌아가면서, 나는 내일부터 할 일에 대해 로드와 의논했다.

그녀는 탐색하듯이 우리의 요구를 물었다.

"내 성을 거점으로 삼아서 일하겠다는 건 알겠지만, 어디서 일할 생각인데? 뭐, 두 사람이라면 여러 곳에서 찾는 사람들이 많겠지만 말야."

"가능하면 나는 아까 그 대장간에서 일하고 싶은데. 레이넌드 씨 대장간에서 일을 거들 수 있을까?"

"어, 아까 거기서? 그 할아버지는 엄청 까다로운 성격인데?"

"돈을 모으면서, 조금이라도 대장장이 기술을 익히고 싶어. 혹시 내가 직접 대장장이 일을 할 수 있게 되면 돈도 덜들 거 아냐?"

"으-음, 그걸 추천한 건 나였으니까 말이지……. 응, 알았어. 그 할아버지는 도시 사람들의 철제품 수리를 몽땅 혼자서 다 맡아 하고 있으니까, 카나밍의 도움으로 수리 속도가 올라간다면 다들 반가워할 거야. 당장 내일이라도 내가 할아버지한테 얘기해 둘게."

딱히 의심하는 기색 없이 승낙해 주었다. 아마도 이 선택지는 로드에게 있어서 예측 범위를 벗어나지 않은 것이었던 모양이다. 그런 나에 이어서 라이너도 제안했다.

"나는 뭘 하면 좋지? 가능하면 단시간에 많이 벌 수 있는 일이면 좋겠는데……."

"라이너는 내 일이라도 거들래?"

"네 일이라면 자경단 말이냐? 그나저나 너, 왕 아니었어? 왕다운 일을 하는 모습은 한 번도 못 본 것 같은데."

그런 라이너의 질문에, 로드의 표정이 살짝 변했다. 찰나보다도 짧은 공백이었지만, 방금 로드는 분명히 동요했다.

"──임금님 일도 하고 있지만, 내 직업은『정원사』야. 거기에 부업으로 자경단 일도 하고 있는 것뿐이고. 혹시 둘 다도와준다면 돈은 그럭저럭 두둑하게 쳐 줄게."

"정원사와 자경단이라……. 나는 더 힘들고 위험한 일을 하고 싶은데 말이지……."

라이너는 내키지 않는 기색이었다. 당연하다는 듯 마조히스트 같은 발언을 내뱉었다.

하지만 지금 내가 구상하고 있는 계획으로 따지면 로드의 제안은 가장 이상적인 직장이었기에, 나도 모르게 참견하고 말았다.

"라이너, 힘들고 위험한 일을 찾는 건 심장에 안 좋으니까 접어 둬. 일단 로드가 제안한 일을 하면서 상황을 살펴보자."

라이너 쪽에서만 보이는 각도에서 눈짓을 보냈다.

내게 뭔가 꿍꿍이가 있다는 것을 알아챈 라이너는 순순히 고개를 끄덕여 주었다.

"그, 그래……. 알았어. 지크가 그러자면 그렇게 하는 수밖에……."

"오케이. 그럼 카나밍은 베스네 집에서, 라이너는 내 집에서 일하는 거야."

우리가 『이곳』에서 지내는 데 필요한 생계유지 수단이 정해지자, 로드는 신이 나서 뜀을 뛰었다.

말 한 마디 한 마디마다 뭔가 꿍꿍이가 느껴지는 그녀였지만, 같이 지낼 동료가 늘어난 것에 대해 기뻐하고 있다는 것만은 아무런 꿍꿍이도 없는 진심인 것 같았다.

우리는 그런 그녀 뒤를 씁쓸한 얼굴로 따라가서, 그녀의 성에 도착했다.

그리고 우리는 로드의 안내를 따라 작은 방에 틀어박히는 신세가 되었다. 한 가족이 편히 살 수 있을 만큼 넓은 방들이 수두룩하게 남아도는데도 굳이 이 방을 선택한 것은 고의적인 괴롭힘이라는 생각밖에 들지 않았다. 하지만 로드가 말하기로는 "동화를 얼마나 지불하느냐에 따라서 방의 크기도 달라진답니다!"라는 것이었다. 하긴, 그녀가 숙소의 주인이라고 생각하면 그건 당연한 일이었다. 나와 라이너는 더 이상 투덜거릴 생각 따위는 하지 않고 방 안에서 생활을 위한 준비를 시작했다.

나와 라이너는 둘이서 가벼운 청소를 한 다음, 방에 놓여 있던 의자에 앉아서 앞날에 대한 대화를 나누었다. 우리가 청소를 하는 동안에 로드가 시내로 나갔다는 건 〈디멘션〉으로 확인한 상태였다. 우리가 여기서 일을 시작하기로 했다는 걸 도시 주민들에게 보고하러 간 모양이었다. 나는 그 사이에 『이곳』 탈출 계획을 라이너에게 얘기했다.

"라이너는 로드에 대한 감시를 맡아 줬으면 좋겠어."

"감시……? 그래서 나한테 정원사와 자경단 일을 권한 거였군. 그런데 로드를 감시해서 어쩌자는 거지? 그 바보를 보고만 있어서는 미궁을 클리어할 수 없을 텐데."

"그 점은 걱정할 것 없어. 실은, 그 용을 돌파할 방법은 이미 생각해 뒀으니까."

"뭐……?! 저, 정말이냐?! 역시 지크라니까!!"

"팰린크론과의 전투를 통해서, 나는 천 년 전『시조 카나미』의 마법 중 세 가지를 봤어. 나도 그걸 익히게 되면, 엘펜리즈도 이길 수 있어."

그것은 분명『시조 카나미』가 탄생시킨── 아이카와 카나미가 생각해 낸, 아이카와 카나미를 위한 최강의 마법일 것이다. 그것을 사용하는 데에 있어서 나보다 적합한 사람은 존재하지 않는다.

"마법의 이름은 〈토르시온〉〈디폴트〉〈디스턴스 뮤트〉. 효과는『간섭 불가능한 공격마법』『대응 불가능한 공간마법』『방어 불가능한 즉사마법』. 셋 중에 하나만 익혀도 엘펜리즈 정도는 충분히 이기고도 남아."

"『시조 카나미』의 마법이라. 듣기만 해도 하나같이 굉장한 것들이군. 지크가 레반교의 시조님이라는 얘기는 이미 들었지만……. 그래도 여전히 영 믿기지가 않아. 기묘한 기분이야."

마법의 효과를 들은 라이너는 숨을 죽였다. 동시에, 자신이 신봉하는 종교의 신이 바라 나라는 것을 재확인하고 살짝 웃었다. 이제 와서 나를 신처럼 섬길 수도 없어서, 그야말로 웃을 수밖에 없는 심정인 모양이었다.

"그 점에 대해서는 너무 신경 쓰지 말아 줬으면 좋겠는데. 『시조 카나미』일 때의 기억은 구멍투성이니까. 그냥 지크로 대해 줘."

"아아, 그렇게 할게. 신이건 뭐건, 나에게 있어서는 딱히 달라질 게 없으니까. 그래서, 지크는 어느 마법을 쓸 생각이지?"

레반교에 대한 얘기는 일단 접어 두기로 하고, 우리는 미궁 탈출에 대한 논의로 돌아갔다.

"내가 사용하려는 건 『방어 불가능한 즉사마법』, 〈디스턴스 뮤트〉야. 이게 있으면, 아마 엘펜리즈도 한 방에 죽을 거야."

"한 방? 그렇게 단단한 비늘을 가진 녀석을?"

"상대의 몸에 팔을 집어넣어서 혼을 뽑아내는 마법이니까. 방어력은 아무 상관도 없어."

"상관 없다니……. 역시 시조님의 마법이군. 반칙 수준이야."

"또 한 명의 시조인 티아라와 같이 만든 마법인 모양이야."

〈디스턴스 뮤트〉는 티아라의 협력이 있었기에 만들어낼 수 있었던 마법이 분명했다.

미궁 전체에 깔려 있는 『마석을 빼내는 술식』을 차원마법과 조합시켜서, 다짜고짜 적을 전투불능 상태로 만들어 버리는 마법으로 승화시킨 것이리라.

"그 〈디스턴스 뮤트〉라는 건 지금 당장이라도 쓸 수 있는 거냐?"

"지금 당장은 힘들지만……. 어느 정도 시간을 들이면 쓸 수 있게 될 거야. 그래서 마법 개발에 집중할 수 있는 공간을 얻으려 했던 거고."

지금의 나라면 그것을 재현할 수 있을 거라는 자신이 있었다.

팰린크론과의 싸움을 거치면서 차원마법에 대한 나의 이해가 한층 더 깊어졌다는 걸 나 스스로도 느꼈다. 무엇보다, 지금의 나는 『물의 이치를 훔치는 자』의 마석이 빠져나간 덕분에 순수한 차원마법사가 되었다. 새로운 차원마법을 개발하는 데에 있어서, 이보다 더 중요한 건 없었다.

"그래서 여기를 빌리기로 한 거였군. 그럼 엘펜리즈에 대한 대책은 지크에게 맡기기로 할게. 그럼 나는 뭘 조심하면 되지?"

"최대한 로드의 신경을 나한테서 떼어놓아 줬으면 좋겠어. 로드한테서 마법을 배우거나, 같이 일을 하거나 하면서 말이야."

"그렇게까지 해 가면서 그 반칙 마법을 그 녀석에게서 숨기고 싶은 거냐?"

"응. 이건 로드와 싸울 때도 비장의 카드가 될 테니까."

"호오, 뜻밖이군. 지크는 사람 좋은 성격인 데다 4차원이니까, 로드를 좀 더 신뢰하고 있는 줄 알았는데."

"뭐야, 그 황당한 이미지는?"

"라우라비아에서 열린 『무투대회』를 통해 느낀 이미지다만."

"큭, 그 사회자 놈 때문인가……!!"

『무투대회』에서 시달렸던 비방과 중상모략을 떠올리고, 나는 얼굴을 찌푸린 채 그 원흉을 저주했다.

"그 얘기는 그렇다 치고, 지크는 앞으로 로드와 싸우게 될 거라고 생각한다는 말이지?"

마음 같아서는 내 이미지에 대해 더 얘기하고 싶은 심정이었지만, 하는 수 없이 본론으로 돌아갔다.

"분명 로드는 절체절명의 순간에서 우리의 걸림돌이 될 거야. 아마 미궁의 가디언이란 원래 그런 존재일 테고. 로드는 틀림없이 어딘가 이상한 점이 있고……, 『아이카와 카나미』는 그걸 피할 수 없어."

그것은 아무런 증거도 없는 비합리적인 예측이었다.

하지만 오늘까지 겪어 온 경험을 통해, 나는 그것이 틀림없을 것이라 확신하고 있었다.

"알았어. 지크가 그렇게까지 말한다면 그 말에 따르는 수밖에. 가디언을 셋이나 물리친 영웅님이 하시는 말씀이니까 당연히 맞는 말이겠지."

"라이너……, 4차원 취급도 마음에 안 들지만, 그 영웅 취급도 좀 그만 둬 줬으면 좋겠는데."

"그렇게는 못 해. 너는 형님과 와이스 씨가 인정한 사람이다. 그러니까 당연히 영웅이지."

"그, 그렇구나……."

라이너는 형에 얽힌 일에서는 절대로 굽히는 법이 없다. 나는 바로 설득을 단념했다.

"그럼 나는 바로 이 방에서 마법 개발에 집중할 생각인데……."

"나는 그 동안 시내에 있는 로드를 감시하면 된다는 거군.

겸사겸사 뭔가 먹을 만한 걸 사 오도록 하지. 외식은 가능한 자제하면서 돈을 절약하는 게 좋을 테니까. 지크, 뭐 먹고 싶은 거 있나? 어지간한 건 만들어줄 수 있어."

"어, 라이너, 요리도 할 줄 알아?"

라이너는 일단 귀족 가문 도련님이다. 그렇기에 나는 그가 당연히 요리 같은 걸 못 할 거라고만 생각했었다.

"할 줄 알게 될 수밖에 없었어……. 프랑 누님의 동생이다 보니까……."

"아아, 그러고 보니……. 그럴 만도 하네……."

나는 누가 뭐래도 자기 길만 가는 방약무인한 금발 트윈테일 소녀를 떠올리며 쓴웃음을 지었고, 라이너는 소리쳤다.

"하지만, 이제! 누님은 여기에 없어! 한 시간에 한 번씩 차를 준비할 필요도, 직접 과자를 구워서 바쳐야 할 필요도, 사사건건 시달릴 일도 더는 없어! 덧붙이자면 중증 사디스트인 흑색과 적색의 쌍둥이도 없고, 혼자서 무모하게 날뛰어대는 허울 좋은 리더도 없고, 들뜬 표정으로 수갑을 채우려 드는 변태 가디언도 없어! 아아, 이렇게 편한 파티는 처음이야! 저녁식사쯤이야, 내가 풀코스로 만들어 주겠다! 지크!!"

지금까지 그가 겪어 온 고생을 짐작할 수 있는 절규였다.

그 심정은 뼈저리게 이해할 수 있었다. 나도 비슷한 심정이었다. 라이너와 나 둘로만 구성된 파티라면, 매 시간마다 죽음의 공포를 느낄 일도, 도청이나 뜨거운 시선에 시달릴 일도, 주위 일대를 황무지로 만들어 버릴 만큼의 마력을 느낄 일도 없다.

아아, 이렇게 편할 수가……. 마음과 위벽이 치유되는 느낌이다…….

"지금까지 참 고생 많았구나……. 라이너……."

"이런저런 우여곡절이 많았지만, 결국 여기까지 와서 정말 다행이야……. 고맙다, 지크……."

나와 라이너는 굳은 악수를 나눈 다음, 미궁 탈출 작전을 개시했다. 라이너는 로드 감시를 위해 밖으로 나가고, 나는 방 안에서 좌선을 하며 마력을 가다듬기 시작했다.

──머릿속으로 연상하는 건 『시조 카나미』의 마법.

마법을 본 것뿐만이 아니라, 이 몸으로 얻어맞기까지 했다. 그 마법의 구성을 떠올리는 건 어렵지 않았다. 무엇보다도, 그 마법을 고안해 낸 것이 바로 나였다는 사실이 그 재개발을 유리하게 만들어 주었다.

빙결마법을 상실함으로서 줄어든 패를 보충하기 위해, 자기 안에 있는 마력에 의식을 집중해 나갔다. 『차원의 이치를 훔치는 자』로서, 마법 개발을 진행했다.

그리고 나는 저녁 무렵부터 이튿날 아침까지 차원마법 개발을 계속했다.

온 힘을 다한 마법 구축과 단기간의 수면을 되풀이해서, 몸이 움직이지 않는 지경에 이르기까지 시행착오를 거듭하며 마법을 고안했다. 그 결과, MP는 완전히 바닥나고 말았다. 권태감이 온몸을 지배하고, 묵직한 통증이 머릿속에 몰아쳤다. 하지만 그런 노력을 거친 보람이 있어서, 스킬의 『표시』에 새로운 글자가 하나 나타났다.

[마법]

차원마법 : 디멘션1.69 커넥션103

폼1.07 디폴트1.00

『표시』가 인정할 만큼의 완성도에 다다른 마법은 〈디폴트〉뿐이었다.

〈디폴트〉의 효과는 차원에 단층을 만드는 것. 예전에 『땅의 이치를 훔치는 자』로웬과 싸웠을 때, 〈폼〉을 강화해서 상대의 거리 감각에 혼동을 준 적이 있었다. 그 즉흥마법의 완성도를 끌어올린 결과, 『표시』에 문자가 나타난 것이다.

물론, 그 마법 효과와 마력 소비는 〈폼〉과는 비교도 되지 않을 만큼 높았다.

나머지 두 마법은, 하룻밤의 맹렬한 개발에 의해 초기 단계의 마법까지는 쌀 수 있게 되었을지언정, 실전 레벨과는 거리가 멀었다. 〈토르시온〉의 경우는 차원의 꽃까지는 구축해 냈지만 마법의 살상력이 낮았고, 〈디스턴스 뮤트〉는 무기물 속에 검지를 집어넣는 것조차도 고전할 정도에 그쳤다.

그래도 이 마법 개발 속도가 상식을 초월한 수준이라는 건 틀림없을 것이다. 애초에 지상의 일반시민들은 새로운 마법을 구축해 내는 것 자체가 불가능한 것이다.

참고로 빙결마법도 몇 번 시도해 보았지만, 결국 단 한 번도 성공하지 못했다. 마법 구축의 난이도는 차원마법 쪽이 더 어려운데도 말이다. 아마 내 몸에서 나오는 마력의 속성 때문이리라. 『물의 이치를 훔치는 자』의 마석을 잃는 바람에, 이제 차원마법의 마력만이 남은 것이다.

차원속성의 마력으로 빙결마법을 사용할 수 있는 방법을 어떻게든 찾아내고 싶었지만, 차원마법을 궁극의 경지까지 끌어올리는 게 선결과제이리라.

"가능하면 〈디 윈터(차원의 겨울)〉까지는 되찾고 싶은데……."

범용성에 있어서 그 겨울의 마법을 넘어서는 건 없을 것이었다. 나는 그만큼 〈디 윈터〉를 아끼고 있었다. 돌이켜보면 주구장창 그 마법만 사용하는 경향이 있었던 것 같다.

"아니, 없는 것에 미련을 가져 봤자 헛수고야……. 지금 갖고 있는 패로 싸울 방법을 궁리해야지……."

과거에 대한 미련을 떨쳐버리기 위해 고개를 들었다.

무엇보다, 오늘부터는 시내에서 일을 해야 하는 것이다. 침울해 할 여유 따위는 없었다.

나는 곧바로, 같은 방에서 자고 있던 라이너를 깨우러

갔다.

내가 어깨를 붙들고 흔들어 깨우자, 라이너는 졸린 눈을 비비면서 침대에서 몸을 일으켰다. 어제 로드를 나에게서 떼어놓기 위해 분주했던 탓인지, 피로가 쌓여 있는 것처럼 보였다. 로드는 시내에서도 시끄럽게 떠들어대면서, 틈만 나면 성에 틀어박혀 있는 내 상황을 보러 가겠다고 들었다.

눈을 뜬 라이너는 한 마디 불평도 없이 묵묵히 일할 준비를 시작했다. 몸 상태가 어찌 됐건 일을 쉬지는 않겠다는 기개가 엿보였다. 그의 타고난 성격 탓도 있었겠지만, 그보다도 돈을 모아야만 한다는 강박관념이 있는 것 같았다.

──현재 우리의 소지금은 말 그대로 푼돈이었다.

빨리 돈을 모아서, 미궁에서 먹을 보존식을 갖춰야만 했다.

아마 66층부터 지상까지는 며칠 이상이 걸리는 기나긴 여정이 될 터였다.

기본적으로 한 층을 공격하는 데만도 몇 시간이 걸린다. 길을 알고 있더라도 한 시간은 걸린다. 단순하게 계산해도 66시간, 약 사흘이다. 그 동안 물과 식량은 지속적으로 소비하게 되어 있다.

안전을 기하자면, 1주일분의 식량을 『소지품』속에 채운 후에 도전하고 싶었다.

다시 말해, 『이곳』에서 벗어나자면 생활비뿐만이 아니라 보존식 구입비용까지 벌어야 한다는 뜻이 된다.

나와 라이너는 전의를 가다듬고 성의 정원으로 나섰다. 정원에 나오니 우리를 기다리고 있던 로드의 모습이 보였다. 마침 늘어뜨리고 있던 긴 머리칼을 묶어 올리고 있는 중이었다.

　그 광경 앞에서, 나와 라이너는 순간적으로 말문이 막혔다. 짙푸르게 우거진 나무들 아래서, 로드의 머리칼이 나뭇잎 사이로 비쳐든 햇빛을 받아 어렴풋이 빛나고 있었다. 그 보석과도 같은 비취색 머리칼과, 그 몸에서 흘러나오는 비취색 마력광은, 환상적이라는 말이 어울릴 만큼 아름다웠다. 그렇다. 환상적이었다. 로드의 그런 모습을 보고 있으니, 환상처럼 아름답다는 말이 뇌리에 떠올랐다. 머리를 풀고 있던 그녀의 모습과 포니테일일 때의 모습은 인상이 전혀 달랐다.

　쾌활한 소녀가 아니라, 구중궁궐 속에서 자란── 왕족 아가씨와도 같이 정숙한 색기가 감돌았다. 눈매는 평소보다 차분해 보이고, 머리를 묶어 올리는 동작에서는 기품이 묻어났다.

　그리고 가장 놀라웠던 것은, 지금의 로드가 평소의 로드보다 훨씬 더 어울린다는 점이었다.

　꾸미지 않은 로드는, 마치 대국의 젊은 왕녀와도 같아 보였다.

　──하지만, 그 인상은 곧바로 흩어져 버렸다.

　우리의 접근을 알아챈 로드의 입매는 칠칠치 못하게 벌

어졌다. 그리고 묶어 올린 머리칼을 꼬리처럼 흔들면서, 정숙함이라고는 티끌만큼도 찾아볼 수 없는 동작으로 달려왔다.

"아! 일어났나 보네—! 좋은 아침! 카나밍, 라이너!"

우리는 그 급변한 분위기에 당혹스러워하면서도, 가까스로 "좋은 아침"이라고 인사로 화답했다.

"그럼, 첫날 일을 하러 가 볼까? 우선 카나밍은 레이넌드 할아버지한테 가 봐. 내가 어제 다 얘기해 뒀으니까 걱정할 거 없어. 그리고 라이너는 나랑 같이 일하는 거야. 일이 끝나면 바로 마법 훈련을 하겠다고 그랬는데, 정말 괜찮겠어? 피곤하지 않아?"

로드는 활발한 동네 소녀처럼 고개를 갸웃거렸다.

평소의 로드 그대로였다. 왕녀와도 같은 존재감은 티끌만큼도 찾아볼 수 없었다.

덕분에 안정을 되찾은 라이너는 계획대로 대답했다.

"그, 그래, 괜찮아——. 지크에게 쓸 만한 공격 마법이 없는 이상, 한시라도 빨리 내가 강해져야 하니까 말이지. 솔직히 하루 종일이라도 같이 다니면서 마법을 배우고 싶을 정도야."

로드의 이목을 끌기 위해, 라이너는 자신의 진짜 목표가 미궁 클리어라는 점을 어필했다.

"응, 응. 좋은 마음가짐이야. 마의 왕이라 불리던 나만 믿으라고! 그런데 카나밍은 괜찮겠어? 나는 차원마법에 대한 조언도 해줄 수 있는데."

"아니, 나는 됐어……. 몸에서 마석이 뽑혀나간 탓인지, 몸 상태가 영 안 좋아. 돈을 벌어야 하니까 일은 하겠지만, 그 시간 이외에는 성에서 쉬어야겠어."

"응? 몸이 안 좋아? 감기라도 걸렸어?"

로드는 걱정 어린 표정으로 손을 뻗어 내 이마를 짚었다.

그 태도에는 아이도 타산도 없었다. 순수하게 나를 걱정하고 있다는 걸 확신할 수 있었다.

그래도 나는 마음을 독하게 먹고 스킬『속임수』사용을 계속했다. 가디언들이 순수한 호의와 광기를 동시에 겸비하고 있는 걸 한두 번 본 게 아니었다. 방심할 수는 없었다. 『불의 이치를 훔치는 자』 아르티 때처럼 몬스터로 취급하며 피할 생각까지는 없었지만, 지상에 나갈 때까지는 접촉을 최소화할 생각이었다.

"아니, 감기는 아닐 것 같아……. 조금 나른한 정도니까 걱정할 것 없어."

"그래? 그렇지만 혹시 무슨 일 있거든 바로 얘기해야 돼. 나도 아픈 사람한테까지는 심술 안 부리니까."

"자기가 심술부리고 있다는 건 알고 있었구나, 로드……."

"아, 방금 그 말은 취소. 취소취소. 나는 언제나 다정한 소녀라구!"

말실수를 깨달은 로드는 어린애처럼 우겨댔다. 우리는 그런 로드의 태도에 쓴웃음을 짓고, 성을 떠나 시내로 향했다.

걸어가면서 마주치는 도시 주민들이 손을 잡아 주었다. 아마도 어제 로드가 우리 얘기를 떠벌리고 다닌 모양이었다. 도시 주민들은 새로운 이웃을 환영해 주고, 힘든 일이 있으면 도와주겠다는 따뜻한 말을 건네주었다.

이렇게 도시 주민들의 온정에 휩싸인 채, 먼저 내 목적지인 레이넌드 씨의 집에 도착했다.

그리고 오늘도 정원에서 놀고 있는 고양이귀 소녀를 발견했다. 그녀도 우리를 발견하고, 어제 그랬던 것처럼 꼬리를 흔들며 다가왔다.

"아, 진짜로 왔네! 여러분, 안녕하세요! 로드 님, 할아버지는 오늘도 안에 있어!"

"안녕. 하지만 나는 바로 다른 곳에 가 봐야 돼. 오늘은 카나밍만 두고 갈게."

"응? 우리 집에서 일한다는 게 기사단장님이었어?"

"그래, 맞아. 말하자면 네 집의 심부름꾼—— 아니, 집사야! 마음껏 부려먹어도 돼!"

"와아!"

로드가 엉뚱한 소리를 한 탓인지, 나를 보는 베스의 눈이 흥분으로 가득 찼다. 그 착각을 막아야겠다는 생각에, 나는 한 발짝 앞으로 나서서 자기소개를 했다.

"잘 부탁해, 베스. 여기서 대장장이 일을 거들게 된 아이카와 카나미라고 해."

"아, 아, 네……! 잘 부탁드려요, 기사단장님……."

베스는 얼굴을 붉히며 고개를 끄덕였다. 로드 앞에서 보이던 활기는 사라지고, 수줍은 듯 주춤주춤 몸을 움츠렸다.

"님이라고 하지 말고 편하게 불러. 그냥 이름만 불러도 돼."

"아뇨, 그냥 이름만 부를 수는 없어요. 왜냐면, 기사단장님은 기사단장님이니까요!"

어째선지 베스는 고집스럽게 고개를 가로저었다.

"하지만 기사단장이라고 부르는 거 귀찮지 않아?"

"하나도 안 귀찮으니까 걱정 마세요! 그리고……, 이유는 잘 모르겠지만, 기사단장님을 보고 있으면 그냥 딱 기사단장님이라는 느낌이 들어요! 가슴속 한 구석이 뭉클해져서, 그것 말고 다른 호칭은 절대로 써서는 안 된다는 생각이 드는걸요!"

베스는 자신의 가슴에 양손을 모으고, 도통 이해가 가지 않는 말을 했다.

그 수줍은 태도를 보고, 연상의 남성에 대한 동경 같은 게 있는 게 아닌가 하는 생각이 들었다. 하지만 그 태도에서는, 단순히 그렇게만 생각하고 넘어갈 수 없는 위화감이 분명히 존재했다. 마치 과거의 자기 자신을 보는 것 같은 감각. 자기 안에 자기 아닌 무언가가 섞여 있는 것 같은──

나는 그 느낌의 정체를 알아보려고 베스 쪽으로 한 발짝 다가갔지만, 로드가 그런 나를 가로막았다.

"므흐흣! 카나미는 예나 지금이나 죄 많은 남자라니까! 이런 청순한 소녀의 마음을 현혹시키다니!"

"잠깐, 이상한 표현 쓰지 마. 나는 이제부터 얘 할아버지랑 일해야 된다고……!"

"그렇지만, 그렇게 생각할 수밖에 없는 상황이잖아! 자, 좀 더 멋있는 대사로 대답해 줘야지! 예전에 했던 것처럼!"

"예전에 했던 것처럼? 예전에는 내가 무슨 말을 했는데……?"

"응? 으-음……. 사춘기와 반항기가 지나치게 악화된 시스터 콤플렉스 복수마랄까?"

"한동안 고민한 끝에 나온 대답이 그거라니……. 천 년 전의 『시조 카나미』는 대체 뭐 하는 녀석이었던 거야……."

『시조 카나미』에 대한 우스운 평가에, 나는 의외로 정신적 충격을 받았다.

"저, 저기! 그럼 기사단장님! 할아버지 계신 곳에 안내해 드릴게요!"

낙담한 나를 보다 못한 베스가 내 손을 잡고 집 안쪽으로 안내해 주었다.

라이너와 로드는 그런 나를 향해 손을 흔들어 배웅했다.

"그럼 좋은 시간 보내! 나는 라이너랑 같이 일하고 올 테니까!"

"다녀올게, 지크. 뒷일은 내게 맡겨."

라이너는 진지했다. 그에게서는 자신의 임무를 완수하려 하는 기백이 느껴졌다. 로드 쪽은 라이너에게 맡기면 될 거라는 느낌이 들어서, 일단 한 숨 돌릴 수 있었다.

이렇게 해서, 나는 베스에게 손을 이끌려 집 안으로 들어갔다. 앞서 걷는 베스의 옆얼굴은 여전히 붉게 물들어 있었다. 하지만 딱히 그녀에게 뭔가를 한 기억은 없었다. 이렇게 수줍어하는 이유를 전혀 이해하지 못한 채, 나는 이윽고 공방에 도착했다.

"그럼 기사단장님! 일 열심히 하세요!"

베스는 도망치듯이 떠나갔다. 그 결과 나는 공방 안에서 기다리고 있던 레이넌드 씨와 단둘이 남게 되었다. 정적에 싸인 공방 안에서, 살벌한 표정의 레이넌드 씨가 나를 노려보고 있었다.

"애송이, 우리 손녀에게 무슨 짓을 한 거냐……?"

나와 베스의 관계를 의심하고 있었다. 그러는 것도 이해가 갔다. 만약에 내 여동생이 지금처럼 낯선 남자를 데려온다면, 나도 똑같이 다그쳤을 테니까.

"아, 아뇨……. 아무것도 안 했어요. 저, 정말이에요. 아니, 정말 진짜로."

그렇게 대답할 수밖에 없었다. 베스가 새빨갛게 물든 얼굴로 뜨거운 시선을 보내고, 그런 끝에 전력질주로 도망친건 사실이지만, 난 정말로 자기소개밖에 한 적이 없는 것이다.

"흥. 그렇게 겁낼 것 없다. 딱히 널 탓할 생각은 없으니까. **그렇군. 아직 조금은 남아있는 모양이군.**"

"어, 네……?"

"언제까지 입구에 서 있을 거냐. 안으로 들어와."

계속 심문이 이어질 것을 각오하고 있었다. 내가 레이넌드 씨의 입장이었다면 분명히 그렇게 했을 것이다. 하지만 레이넌드 씨는 더 이상 다그치지 않은 채, 나를 공방 안쪽으로 불러들였다.

그때 나는 공방의 분위기가 어제와 달라졌다는 것을 깨달았다. 우선 방의 온도가 전혀 달랐다. 벽에 설치되어 있는 화로에는 불이 켜져 있고, 그 근처에는 물이 가득 찬 여러 개의 물통이 놓여있었다. 『에픽 시커』에서 본 대장간의 모습과 약간 비슷해져 있었다.

"그나저나 참 별난 놈도 다 있군. 설마 여기서 일하겠다고 나설 줄이야. 어제 로드에게서 그 얘기를 들었을 때는 내 귀를 의심했다. 대장간 일은 애송이가 생각하는 것보다 훨씬 고될 텐데?"

"알고 있어요. 하지만 그래도 여기서 일하고 싶었어요."

돈도 벌면서, 미궁 탐색에 직결되는 스킬을 얻을 수 있기 때문이었다. 스킬 『대장장이』가 성장하면, 미궁에서 필요한 물건들을 직접 만들 수 있게 된다. 단순한 신체능력 향상에 보탬이 되는 육체노동이라는 면에서도 이상적인 일이다. 그리고 레이넌드 씨의 사람됨을 보고 직감적으로 선택한 면도 있었다. 어째선지 이 할아버지는 남처럼 느껴지지 않았던 것이다.

"흥……."

주저 없이 대답하는 나를 보고, 레이넌드 씨는 코웃음을 쳤다.

그리고 곧이어 공방 벽에 기대어 세워져 있던 도구로 손을 뻗어서, 노인의 몸으로는 절대로 들 수 없어 보이는 거대한 쇠망치를 가볍게 집어 들었다.

스테이터스 덕분이라는 걸 알고 있어도 놀라지 않을 수 없었다.

"그럼 일을 시작해 볼까. 애송이, 대장장이 일은 해본 적 있나?"

"저기, 조금 정도는……."

"조금이라도 있다면 됐다. 어차피 하는 일이라고는 단순한 수리 일밖에 없으니까. 저쪽 방을 열어 봐."

공방 안에는 별실로 통하는 문이 있었다. 시키는 대로 문을 열어 보니, 어둠침침한 방 안에 냄비며 집게 같은, 가정에서 자주 쓰는 금속 제품들이 한가득 방치되어 있었다. 아마도 옆방은 창고로 활용되고 있는 모양이었다.

"그것들은 도시 사람들이 수리를 맡긴 것들이다. 이제부터 구부러진 손잡이나 구멍 뚫린 부분을 고치겠다. 몇 개 이리로 가져와."

"네!"

작업은 이미 시작되었다. 나는 서둘러 창고에 들어가서, 시키는 대로 몇 개의 물건들을 적당히 골라서 가져왔다.

레이넌드 씨는 그것들을 받아 들고 화로로 가져갔다.

"애송이 네 담당은 방금 그것 같은 잡일들이다. 그럼 시작해 볼까——."

본격적으로 대장간 일이 시작되었다. 나는 전에 알리버즈 씨 일을 거들던 때의 기억을 떠올리면서 일을 해 나갔다. 차원마법의 보조는 없지만, 눈썰미는 예전보다 나아졌다고 자부하고 있었다. 레이넌드 씨의 생각을 읽고, 대장간 전체의 흐름을 감지해서, 공방에서 필요한 것들을 찾았다.

우선 중간에 교체하게 될 사이즈별 쇠망치며, 달궈진 쇠를 잡을 때 필요한 집게를 레이넌드 씨의 손이 닿는 거리 안에 가져다 두었다. 그것을 본 레이넌드 씨는 다시 코웃음을 쳤다.

그 버릇은 좋아하는 건지 황당해하는 건지 영 분간하기가 힘들었다.

"흥. 그래도 뭘 좀 알긴 하는 모양이군."

칭찬하는 것일 것이다. ……아마도.

"그 정도 알고 있다면 더 이상 봐줄 필요 없겠지. ——본격적으로 시작한다."

레이넌드 씨는 노구에 걸맞지 않게 힘찬 움직임으로 대장간 일을 재개했다.

지금 내 가장 큰 목적은 MP회복과 돈 모으기이지만, 그렇다고 대충 일할 생각은 없었다. 여기서 조금이라도 스킬을 연마할 생각이었다.

그렇기에, 레이넌드 씨의 기술을 하나도 놓치지 않도록

쉴 새 없이 그 움직임을 눈으로 쫓았다.

솔직히 그 대장장이 기술은 길드 『에픽 시커』의 알리버즈 씨와는 전혀 달랐다. 나라와 시대가 다르니 당연하다면 당연한 일이었지만, 그 이상의 숙련도 차이가 있었다. 알리버즈 씨에게는 미안하지만, 역시 세월의 힘이라는 게 있는 법이다. 레이넌드 씨가 알라버즈 씨보다 몇 단계는 더 높은 경지에 있는 존재라는 걸, 단 몇 초 만에 실감할 수 있었다.

가장 먼저 놀란 것은, 대장간 일을 하고 있는데도 마력이 소비된다는 점이었다.

레이넌드 씨가 쇠망치를 휘두를 때마다 마력이 용솟음치는 것을 육안으로 확인할 수 있었다. 자세히 관찰해 보니 쇠망치에 마술식이 새겨져 있는 것이 보였다. 마법도구라 부르기에 손색이 없는 쇠망치였다. 그 쇠망치가 쇠와 격돌하는 순간, 마력이 쇠에 스며들었다. 마력은 쇠를 보강하듯이 그물망처럼 쇠에 달라붙어서, 쇠가 식는 동시에 정착되었다.

특수해도 너무 특수한 대장장이 기술이었다. 아니, 이건 대장장이 기술과는 별개의 기술이라 해도 과언이 아닐 것이다.

나에게는 스킬 『대장장이』가 있다. 원래는 그저 일을 거드는 정도가 아니라 같이 쇠망치를 휘두를 생각으로 여기에 온 것이었지만, 그건 불가능해 보였다. 기술의 차이가 커도 너무 컸다. 무엇보다 작업 속도가 엄청나게 빨랐다. 지금 내게는 조금의 여유도 없었다.

"──큭!!"

"다음! 빨리 가져와라, 애송이!"

레이넌드 씨의 숙련된 움직임을 따라갈 도리가 없었다. 군더더기가 없는 건 말할 것도 없고, 그의 기초 스테이터스가 너무 높은 것도 한 원인이었다. 이 두 가지가 겹쳐져서 무시무시한 속도를 이루어냈다. 채 몇 분도 되지 않아, 나는 굵은 땀방울을 뻘뻘 흘리는 신세가 되었다.

레이넌드 씨가 원하는 것을 제 때에 준비하지 못해서, 연신 레이넌드 씨의 고함이 날아들었다. 추억을 떠올리게 하는 감각이었다. 이렇게 질책을 듣는 건 발트의 술집에서 일을 시작했을 때 이후로 처음이었다. 일을 하는 와중에 나도 모르게 웃음이 나왔다.

단순하게 일이 마음에 들어서이기도 했지만, 예상치 못했던 행운이 눈앞에 굴러 왔다는 이유가 더 컸다. 나는 곁에 있는 사람의 기술이 뛰어나면 뛰어날수록 더 강해질 수 있다. 다른 사람도 아닌 로웬이 보증한, 『모방에 특화된 마법사』이기 때문이었다.

미궁 공략에 있어서 이보다 더 반가운 일은 없었다.

경쟁심과 물욕이 부글부글 끓어올랐다. 레이넌드 씨의 기술에 대한 동경에 가슴이 뛰고, 진심으로 탐이 났다. 그것은 예전에 세라 씨나 로웬의 검술을 처음 보았을 때 느꼈던 것과 같은 감정이었다.

그래서 나는 필사적으로 레이넌드 씨의 대장장이 일을 도 왔다.

화로 안에서 오렌지색 빛이 뿜어져 나왔다. 그 열이 꺼지 지 않도록 바싹 마른 목재를 쉴 새 없이 집어넣었다. 풀무 를 이용해 바람을 불어 넣어서 끝없이 온도를 끌어올렸다. 세세한 온도 조절까지 맡을 수는 없었지만, 그러는 동안에 도 집중력이 끊어지지는 않았다. 수많은 열전을 넘어 온 내 실력이라면 만 도 이상의 온도까지도 소수점 이하 단위까지 파악할 수 있기 때문이다. 아마 레이넌드 씨도 그 경지에 다 다라 있을 것이었다. 그렇기에 그의 스킬『대장장이』는 3.12 나 되는 것이다. 전문가의 상한선을 넘어선 인간문화재 수 준의 감각이, 화로와 쇠와 방의 열기를 모조리 파악하고 있 다는 걸 알 수 있었다.

──레이넌드 씨는 망치를 휘두르고, 물통에 든 물에 쇠 를 담갔다.

그 반복된 작업에 의해, 창고 안의 철제품들이 하나하나 수리되어 갔다.

동시에 공방 내부가 대량의 찌꺼기와 먼지로 가득 뒤덮여 버렸기에, 내가 자주 비질을 해 주어야 했다. 그러는 동안 에도 시선은 레이넌드 씨에게서 떨어지지 않았다.

쇠를 식히는 작업 중에도 미세하게 마법이 사용되고 있었 다. 단순한 온도조절일 뿐이건만, 화염마법과 물마법뿐만 이 아니라, 쇠의 강도에 영향을 미치는 땅마법까지 구축되고 있는 것처럼 보였다. 다양한 마법이 구사되어, 평범한 냄비며 국자를 상위의 존재로 승화시켜 갔다.

만약 게임 속이라면 『개수형』이니 『+1』이니 하는 이름이 붙을 법한 수준의 강화였다. 혹시 명칭이 『마법의 냄비』 같은 걸로 바뀌지 않았을까 싶어서, 수리된 냄비를 『주시』해 보았다.

[레이넌드의 철냄비]
튼튼한 철냄비
『신철야금』의 기술에 의해 고위의 존재로 승화되었다

뭔가 전설의 무기라도 되는 것 같은 주석이 달려 있었다. 『표시』의 법칙성을 이제 좀 알 것 같았다. 일정 수준 이상의 기술이 적용된 장비라면, 그 기술을 적용한 사람의 이름이 아이템 이름 앞에 붙게 되어 있는 모양이었다. 아무리 게임광인 나라고 해도, 『개수형』이니 『+1』이니 하는 말을 붙이고 싶은 충동을 자제할 만큼의 양식은 있었던 모양이다.

이렇게 해서 몇 개의 철제품들에 레이넌드의 이름이 붙은 것을 확인했을 때쯤, 우리는 잠시 휴식에 들어갔다. 땀을 훔치면서 수분을 보충하는 동안, 나는 레이넌드 씨에게 물었다.

"저기, 마법도구나 무기 같은 건 안 만드시나요?"

그 대장장이 기술은 어마어마한 수준이지만, 일용품만 만들다 보니 아무래도 좀 불만이 남는 건 사실이었다.

"주문이 없으니까. 가끔 주문이 들어오는 것도 생활용 마법도구 정도가 고작이야."

"한 마디로, 이 도시에는 무기에 대한 수요가 없다는 건가요?"

"수요가 있긴 했어. 하지만 그 수요가 있던 곳에는 이제 아무도 없어."

아무도 없다는 얘기를 듣고, 나는 내가 살고 있는 성을 떠올렸다.

"저기, 그거 혹시 『마왕성』 얘기인가요⋯⋯?"

"그래, 『비아이시아 성』이다."

"아, 정식 명칭은 비아이시아였군요."

"이제 둘 다 정식 명칭이 됐어. 마음대로 불러."

로드에게서 들은 것과는 약간 다른 정보를 얻었다. 나는 더 많은 정보를 얻으려고 얘기를 끌고 나가려 했지만,

"왜 아무도 그 성에 살지 않는지, 레이넌드 씨는 그 이유를 알고 계신가요?"

"⋯⋯. 애송이, 휴식시간은 끝났다. 그걸 가르쳐줄지 말지는, 이제부터 결정하겠다."

"아, 네."

쌀쌀맞게 제지당하고 말았다. 레이넌드 씨는 자리에서 일어서서 다시 대장간으로 돌아갔다.

아직 작업 중인 마당에 자기가 궁금하다고 해서 잡담만

할 수는 없었기에, 나도 일어설 수밖에 없었다.

그리고 다시 창고에서 망가진 철제품들을 꺼 왔고, 우리는 수리 작업을 반복했다.

만약 내 레벨이 낮았더라면 십중팔구 쓰러졌으리라 확신할 수 있을 만큼 엄청난 작업량이었다. 보통 사람이라면 던전 안처럼 습한 이 공방에서는 제대로 서 있기도 힘들 것이다.

그래도 레이넌드 씨는 인정사정 봐 주지 않고 쉴 새 없이 나를 부려먹었다.

기술을 숨치고 있는 마당이니 투덜거릴 수도 없었다. 해가 지는 저녁 무렵까지, 나와 레이넌드 씨는 대장간 일을 계속했다. 묵묵히.

◆ ◆ ◆ ◆ ◆

"하악, 하악……!"

대장간 일이 끝나고, 나는 거칠게 숨을 몰아쉬며 의자에 주저앉았다.

"흥. 정말로 버텼군……."

레이넌드 씨는 감탄 어린 표정으로 그런 나를 쳐다보았다. 온 힘을 다해 맡은 일을 해낸 보람이 있었던 모양이다. 하지만 그 대가로 체력은 듬뿍 깎여나가고 말았다.

"레, 레이넌드 씨……. 항상 이렇게 바쁜 건가요……?"

"흥. 매일 이렇게 바빴다간 내 몸이 남아날 리가 없지."

"하긴 그렇겠죠……."

내 물음에 레이넌드 씨는 고개를 가로저었다. 괴물 같은 수준에 근접한 나조차도 숨을 헐떡일 만큼 엄청난 작업량이었다. 역시 오늘의 작업은 엄청난 수준이었던 모양이다.

"두 손 두 발 다 들게 만들어서 이 일을 때려치우게 할 생각이었는데……. 그냥 끝까지 버텨낼 줄이야……."

예상대로였다. 창고의 철제품들이 바닥난 뒤에, 이미 수리가 끝난 물건들을 재가공하기 시작했을 때쯤부터 뭔가 좀 이상하다고 생각했었다. 아마도 전부 다 나를 골탕 먹이기 위한 행동이었던 모양이다.

쓴웃음밖에 나오지 않았다. 그런 나를 보고 레이넌드 씨도 살짝 웃었다.

"정말 많이 달라졌군, 애송이……. 전에는 그렇게 성질 급한 녀석이었는데……."

레이넌드 씨는 감회에 젖은 듯 눈웃음을 머금었다. 그 마음속에는 또 하나의 내가 들어앉아 있는 모양이었다. 아마사도 시스나 가디언 아이드가 알고 있는 『시조 카나미』일 것이다.

"그 시절의 애송이였다면 금방 혀를 차면서 『귀찮아. 때려치울래』라는 식으로 나왔었겠지. 정말 많이 변했어. ……아니, 어쩌면 이게 애송이의 진짜 모습일지도 모르지. 처음 만났을 때는 지금 같은 표정이었으니까. 흥, 정말 옛날 생각

나는군."

그는 혼자 감회에 잠겨서 얘기했다. 그 내용은 틀림없는 천 년 전의 정보였다.

"저기, 천 년 전의 일을 가르쳐주시겠어요……?"

레이넌드 씨는 잠시 고민에 잠긴 표정을 지었다가, 이윽고 진지한 표정으로 내게 마법을 부탁했다.

"애송이, 지금 로드가 어디 있는지 알아봐."

"네? 아, 알았어요……."

그 박력에 떠밀려서, 나는 곧바로 〈디멘션〉을 영창했다.

살짝 펼쳤을 뿐인데도 로드의 위치는 금방 알아낼 수 있었다. 어떤 저택의 정원에서 싹뚝싹뚝 가위질을 하고 있었다. 그 옆에서 라이너가 작업을 거들고 있었다.

"엄청난 대저택에서 일하고 있어요. 저 녀석, 정말 정원사였군요."

"저택이라……. 그래, 그 정도 거리라면 괜찮겠지. 그래도 일단 창고에서 얘기하는 게 좋겠어."

나에 대한 배려는 조금도 없이 일방적으로 장소를 바꾸었다. 그리고 레이넌드 씨는 적당한 받침대 위에 걸터앉았다.

"그나저나 애송이, 내 공방에서 일하기로 한 걸 보니 제법 감이 괜찮군. 역시 대단해. 『이곳』사람들 중에서는, 나는 **남아 있는 편이니까.**"

내가 이해를 하건 말건, 레이넌드 씨는 얘기를 이어갔다.

로드의 이목을 의식하는 걸로 보아, 그녀가 들으면 곤란한 애기인 모양이었다.

"두 번째 만났을 때의 살벌한 애송이였다면 아무 얘기도 안 했겠지만, 지금의 애송이라면 모든 걸 다 얘기해 줘도 되겠지. 천 년 전에 있었던 일에 대해. 그리고『이곳』──『비아이시아』에 대해."

"부탁드릴게요."

거절할 이유가 없었다. 나는 주저 없이 고개를 끄덕였다.

"그 대신 부탁하마. 로드 녀석을 구해줘. 이제 우리 힘으로는 못 구해."

지독한 고뇌에 찬 얼굴이었다. 그 표정으로 보아, 활달하게만 보이는 그 가디언의 상태가 얼마나 심각한지 짐작할 수 있었다.

"역시 지금의 로드는 도움이 필요한 상태라는 말씀이네요."

"천 년 동안『이곳』에서 온갖 방법을 다 써 봤지만 헛수고였어. 본인은『그만 됐어. 고마워』라고 하지만, 해결된 건 아무것도 없어. 그 녀석은 아직도『미련』이 남아있어."

"레이넌드 씨는 가디언에 대해 알고 계신 모양이네요……."

『미련』이라는 단어를 쓴 걸 보면, 레이넌드 씨가 가디언의 원리에 대해 전부 다 이해하고 있다는 걸 알 수 있었다.

"그래, 알고 있다. 아니, 정확히 말하자면 비아이시아 사람이라면 누구나 다 알고 있지.『이곳』은 로드 녀석을 완전히 죽이기 위해 존재하는 공간이라는 걸……."

로드를 완전히 죽이기 위해 존재하는 공간. 그 살벌한 단어에 미간이 절러 찌푸려졌다. 아마 이 공간을 만든 건 나일 것이다. 그 전모를 파악하기 위해, 나는 레이넌드 씨의 다음 말을 기다렸다.

"『이곳』은 천 년 전의 애송이가 로드를 위해 만든 공간이다. 그렇기에 『이곳』은 당시의 로드가 갖고 있던 모든 바람이 이루어져 있지. 만약에 로드의 미련이 『비아이시아의 평화』였다면, 완벽했다고 말해도 과언이 아냐. 하지만 로드의 미련은 『비아이시아의 평화』 따위가 아니었던 거다. 그걸 깨달은 게 이곳이 생긴 지 100년째 되던 때였지. 그리고 200년째부터 세계가 무너지기 시작하고, 300년째에는 사람의 혼이 무너지기 시작하고, 500년이 지났을 때쯤부터는 모든 게 미쳐 돌아가기 시작했어."

레이넌드 씨가 워낙 담담하게 얘기했기에, 그 처참한 단어를 이해하는 데 시간이 걸렸다. 그러는 동안에도 얘기는 멈추지 않고 이어졌다.

"아마 이미 알아챘겠지만, 이 도시는 전부 다 대륙의 기억으로부터 『드롭』시켜서 만든 거다. 인간까지 포함해서, 전부 다. 하지만 이미 거의 모든 사람의 혼은 다 소모돼서, 원형을 유지하지도 못하고 있어. 밖에 있는 내 손녀딸처럼 예전 기억을 잃고, 그저 맹목적으로 『비아이시아의 평화』를 재현하는 게 전부인 존재로 전락했다. 아이러니하게도, 로드의 『혼』을 없애기 위해 만들어진 세계에서, 기억을 온전히 유지하고 있는 건 로드밖에 안 남은 상황이라는 얘기지."

로드에게서 들은 정보와 조합해 보니, 『이곳』——『비아이시아』에 대해 조금씩이나마 이해가 가기 시작했다. 천 년 전, 미궁을 만들던 『시조 카나미』는 로드에게 보답을 하려 했다. 그래서 일부러 그녀만을 위해 『모든 소원이 이루어지는 공간』을 만들었다. 그 내용물은 『비아이시아가 평화를 이룬 세계』. 『시조 카나미』도, 비아이이사의 백성들도, 이 일에 관여한 모든 이들도, 거기서는 로드의 『미련』을 해소할 수 있을 거라고 생각했으리라.

"이제 대충 알 것 같아요……. 그런데, 그걸 알고 계신 걸 보면, 레이넌드 씨의 『혼』은 무사하다는 건가요?"

"아니, 이미 대부분의 기억은 마모돼 버렸어. 그래도 나는 천 년 전 사람들 중에서는 **괴물에 가까운 수준**이어서 말이지. 그 덕분에 조금이나마 자아가 남아있는 거다. 아니……, **그게 아냐.** 어쩌면 로드를 남기고 죽을 수 없다는 『미련』이 생긴 탓인지도 모르지. 흥……."

레이넌드 씨는 어렴풋이 다정한 웃음을 지었다. 하지만 그 미소는 너무나도 처절했다.

사실 내 나이도 천 살을 넘었다는 모양이지만, 체감 상으로는 아직 20년도 살지 못했다. 그 천 년이라는 세월을 상상은 할 수 있지만, 절실하게 실감할 수는 없었다. 상상도 못할 고통이 있었으리라는 것을 막연히 짐작만 할 수 있을 뿐이었다.

"로드 녀석은——자기는 무사하다고, 구원 받았다고, 보답 받았다고, 잘 된 거라고, 이제 모든 게 다 끝났다고, 그런 식으로 계속 자기 스스로를 설득하고 있어. 몇 백 년의 세월 동안, 계속. 그래, 망가지지 않을 리가 없지. 그러니까 그 녀석을 구해줘. 꼬마에게 부탁하는 건 얼토당토않은 짓이라는 건 알지만……, 그래도, 부탁한다."

절대 고개를 숙이지 않을 것만 같던 레이넌드 씨의 머리가, 아주 낮은 위치까지 숙여졌다.

"레이넌드 씨는 로드를 싫어하시는 줄 알았어요."

"그래, 싫고말고. 로드도 애송이도 다 싫어. 비아이시아 백성들은 너희 둘 때문에 모조리 죽은 거나 매한가지니까 당연히 싫지. 지금 밖에서 놀고 있는 내 손녀까지 포함해서. 그래, 모두 다 죽어 버렸어. 로드가 『이곳』을 떠나려 하지 는 것도, 그 일에 대해 마음의 빚을 갖고 있기 때문이야."

"저와 로드 때문에요? 죄송해요. 그 일에 대해 자세히 좀 말씀해 주시겠어요?"

"그러마. 애송이는 알아 둬야 하는 얘기니까. 우리 북쪽 나라들은 남쪽 나라들과 전쟁을 벌이고 있었다. 로드는 그 북쪽 나라들의 왕들을 통괄하는 『통치하는 왕』이었지. 그랬건만, 전쟁의 승리를 눈앞에 둔 상황에서 『통치하는 왕』과 『근위기사단장』이 둘이서 전장을 빠져나가 버린 거다. 자기들이 이끌던 모든 백성들을 죽음으로 내몬 채, 지금껏 지켜 왔던 백성들을 버린 채, 행방을 감춰 버렸지."

"……원한을 살 만도 하네요."

전쟁 중에 최고 책임자를 잃은 나라가 어떤 말로를 맞이할지는 쉽게 상상할 수 있었다.

그 도주로 인해 헤아릴 수 없을 만큼 많은 전사자가 발생했으리라.

"하지만 그 일은 이제 됐다. 이제 상관없어.『이곳』에 사는 사람들 모두가, 이제 그만 됐다고 생각하고 있지. 이 공간은, 적어도 천 년 전의 원념에 대해서는 완벽하게 제 구실을 해냈어. 모두가 모두를 용서할 수 있었지. 그런데 로드는 그것만 가지고는 끝나지 않았어.『미련』에 얽매여 있어서 그런지, 아무리 시간이 흘러도 존재가 전혀 흐려지지를 않아."

"서로를 용서했는데도, 전혀……? 로드의 진짜『미련』이 뭔지, 혹시 짐작 가는 건 없나요?"

"그걸 알았다면 고생할 일도 없었을 거다. 다만, 모든 걸 버리고 이루지 못할 걸 보면, 아마 왕이라는 지위에서는 절대로 풀 수 없는 미련이었겠지. 그거 하나는 알 수 있어. 애송이는 뭔지 좀 알겠나?"

솔직히 상상도 가지 않았다. 전장에서 도망쳤을 때의 기억이 없으면 절대로 알아낼 수 없을 것이다.

"아뇨, 짐작도 안 가요……."

"그런가? 역시 기억을 잃었다는 게 뼈아프군……."

"죄송합니다……."

"아니, 미안한 건 오히려 나다. 너무 터무니없는 주문이었어. ……그래도 나는 이런 생각이 든다. 지금『이곳』에 애송이가 나타난 건, 아마 로드를 위한 일일 거라고."

레이넌드 씨가 내게 얼마나 큰 기대를 걸고 있는지는 충분히 알 수 있었다. 하지만 나는 그 기대에 부응할 수 없다. 지금 내가 가장 걱정하고 있는 건 지상의 일이다. 그래서 로드를 속이고 최대한 빨리 지상으로 가려 하고 있는 것이다. 레이넌드 씨의 부탁과는 정반대다.

『이곳』과 지상. 어느 쪽을 우선시해야 하는가 하는 문제에 대한 해답은 이미 나와 있다. 그렇기에 나는 애매모호한 표현으로 대답할 수밖에 없었다.

"가능한 한도 내에서는 최선을 다해 볼게요……."

"그 정도면 돼. 생각해 주는 것만으로도 충분하다. 힘든 부탁을 하고 있는 건 내 족이니까."

레이넌드 씨는 내 사정을 이해해 주었다. 내 정신이 로드보다는 지상에 치우쳐 있다는 걸 알아챈 것이리라. 하지만 그래도 괜찮다고 말해 주었다.

그리고 얘기를 마친 우리는 말없이 공방 안을 정리하고, 오늘의 작업을 마무리 지어 나갔다.

그 후, 일당을 받아 들고 성으로 돌아가기 위해 집 밖으로 나가려 했다.

"──저, 저기요! 기사단장님! 잠깐만요!"

그런데 현관에서 베스가 그런 나를 불러 세웠다. 아침에 그랬던 것처럼, 그 얼굴은 여전히 붉게 달아올라 있었다. 그리고 탓탓탓 발소리를 내며 내게 달려와서, 예쁜 노란색 손수건에 놓인 쿠키를 건네주었다.

"과자를 구워 봤어요! 혹시 괜찮으시면 드셔 보세요!"

그 어깨가 바들바들 떨리는 걸 보니, 베스가 자그마한 몸에서 용기를 쥐어짜서 말하고 있다는 걸 알 수 있었다. 그 용기를 무시할 수 없어서, 나는 웃는 얼굴로 고개를 끄덕이고 쿠키를 입에 집어넣었다.

"고마워. 잘 먹을게."

약간의 당분을 머금은 과자가 지친 몸에 스며들었다. 입맛 까다로운 나도 쌍수를 들고 맛있다고 소리칠 수 있을 만큼 잘 구워진 쿠키였다.

적확히 말하자면 내 세계의 과자와 비슷한 만듦새── 아니, 그것도 정확한 표현은 아니겠지.

너무나도 그리운 맛이라, **내가 가르쳐준 것이라고 생각할 수밖에 없는 만듦새였다.**

베스처럼 바들바들 떨리려 하는 어깨를 애써 억누르고, 감사를 표했다.

"응, 아주 맛있어……. 베스는 과자를 참 잘 굽네……."

"다, 다행이에요! 다음에 또 만들게요! 내일도 기대해 주세요!"

베스는 수줍어하며 대답하고, 그 자리에서 폴짝 뛰었다. 그 몸짓과 표정으로 보아, 그녀가 나에 대해 호감을 갖고 있다는 걸 알 수 있었다.

――어디까지나 짐작일 뿐이지만, 천 년 전의 베스는 천년 전의 『시조 카나미』를 흠모하고 있었을 것이다.

그렇게 생각할 수밖에 없었다. 그렇건만, 『시조 카나미』는 이 아이를 비롯한 모든 이들을 죽음으로 내몰았다는 것이다. 사도 시스에 대한 원한 때문에 저지른 짓이겠지만, 그래도 쉽게 납득할 수 있는 행동은 아니었다. 나는 내 기억에는 없는 내 잘못에 대한 죄책감에 시달리면서, 가까스로 웃으며 대답했다.

"응……. 내일도 기대할게."

"그럼 내일 봬요! 기사단장님!"

손을 흔드는 베스의 배웅을 받고, 나는 먹구름에 뒤덮인 천 년 전의 도시 속으로 들어갔다.

이렇게 나는 첫날의 작업을 마쳤다. 레이넌드 씨와 함께한 대장간 일은 『소지품』에 들어온 동화나 스킬의 성장 이상으로 많은 수확을 가져다주었다.

나와 로드가 과거에 저지른 일에 대한 것. 그 이야기의 시작을 알 수 있었다.

아직 『이곳』의 입구에 들어선 것에 불과하건만, 기분은 더할 나위 없이 우울했다.

◆ ◆ ◆ ◆ ◆

아침부터 저녁까지 대장간 일을 하는 동안, 내 MP는 반쯤 회복되어 있었다.

대신 체력이 큰 폭으로 소모되긴 했지만, 마법을 개발 작업에는 별다른 지장이 없었다.

나는 다시 방에 틀어박혀서 시행착오를 거듭하며 마법 개발을 재개했다. 〈디폴트〉는 이미 마스터했기에, 이번에는 〈디스턴스 뮤트〉를 집중적으로 연습하기로 했다. 차원속성의 마력을 손에 집중시키고, 『소지품』에 손을 넣는 과정을 연상하며 책상과 의자를 만져 보았다. 그러자, 마치 홀로그램을 만진 것처럼 손가락이 물체를 뚫고 들어갔다.

그러나 뚫고 들어간 게 전부일 뿐, 물체의 내부에 간섭하는 건 불가능했다.

〈디스턴스 뮤트〉가 지금까지의 마법들과는 전혀 다르다는 것을 깨달았다. 그나마 유사성이 있는 예를 들자면, 〈디멘션 · 글래디에이트『리얼라이즈(선담, 先譚)』〉 정도가 있을 것이다.

그것은 볼 수 있는 차원을 하나 더 늘리는 마법이었다. 그리고 이 〈디스턴스 뮤트〉는 만질 수 있는 차원을 하나 더 늘리는 마법인 것 같았다.

그 『미래 예측』 마법과 마찬가지로, 생명력을 소모할 각오로 도전해야만 그 감각을 몸에 익힐 수 있으리라는 생각이 들었다. 하지만 마법 개발 단계에서 생명력을 소모하는 건 솔직히 내키지 않았다. 나는 원래 평상시에는 가장 안전한 방법을 선호하는 성격이다. 하지만 그렇게 허송세월하는 동안에 지상에서 무슨 일이 벌어질지 모른다. 나는 방 안에서 홀로 고민에 잠겼다.

그러는 중에 멀리서 소리가 들려왔다. 나는 그 즉시 마법 개발을 중단하고 〈디멘션〉을 확장시켰다. 이 성에는 아무도 없다고 알고 있다. 만약 누군가가 있다면 그건——

"나야! 다녀왔어-! 그리고 나도 끼워줘-!!"

내 방 창문을 벌컥 열어젖히고, 로드가 방 안으로 들어왔다. 그 허리춤에는 면목 없는 표정의 라이너가 매달려 있었기에, 로드가 그의 제지를 뿌리치고 날아왔다는 것을 알 수 있었다.

"듣자 하니까 밤에 둘이서만 맛있는 걸 먹고 있다지? 그리고 어제는 왜 안 불러 준 거야?!"

보아하니 우리가 독자적으로 저녁식사를 하는 걸 용납할 수 없어서 이렇게 달려온 모양이었다. 커다란 마대(麻袋)를 짊어진 로드가, 송곳니를 드러내는 웃음을 지으며 나를 다그쳤다. 아마 그 마대자루 안에는 대량의 식재료가 들어있는 것 같았다. 그렇게 천진난만한 로드의 모습을 보고 있으려니, 마음이 아려 왔다.

지금 로드는 이렇게 순진해 보이지만, 그 내면은 눈 뜨고 볼 수도 없을 만큼 상처투성이이리라. 레이넌드 씨는 그런 로드의 내면을 일컬어, 무너지고, 망가지고, 미쳐 있다고 표현했을 정도였다.

지금 이 미소도 천 년을 살아 온 소녀의 처세술일 거라 생각하니, 차마 방에서 쫓아낼 수가 없었다. 그래서 나는 가능한 한 친한 친구처럼 허물없이 대꾸했다.

"우리 돈으로 우리 식사를 차려 먹는 거야. 로드를 부를 이유가 없잖아?"

"우리는 친구잖아! 집주인에 대한 존경도 표할 겸, 당연히 식사 자리에 초대했어야지!"

"아니, 딱히 친구라고 생각한 적도 없고, 집주인이라고 존경해 줄 생각도 없는데……."

"뭐, 뭐라고?! 은근슬쩍 독설가잖아!"

"돈을 낸다면 줄 수도 있어. 단, 한 끼에 은화 세 닢인 건 알아 두고."

"너무하잖아?! 아, 알았어……. 내가 방값 좀 깎아 줄 테니까……."

"처음부터 그런 식으로 나왔어야지. 우리는 지금 금전적인 여유가 없는 상황이니까, 돈 문제에 대해서는 빡빡하게 나갈 생각이야. 그러니까 그런 줄 알고 있어."

"으−음, 아무리 내가 그렇게 만든 거라고는 해도, 너무 야박한 거 같은데."

"아, 그리고 또 하나. 친구비를 내면 오늘부터 친구가 될 수도 있어. 아니면 혹시 우리를 지상으로 데려다주면, 그 순간 바로 친구가 되는 거고."

"거래를 전제로 한 친구라는 건 좀 너무한 거 아냐?!"

"자, 잔말 말고 방세를 얼마나 싸게 해 줄지나 얘기해. 그

액수에 따라서, 라이너가 만든 요리를 얼마나 먹여 줄지를 정할 테니까."

"으, 으음……. 그럼, 반값 정도?"

"그럼 저녁밥은 절반 정도면 되겠군."

"그런 식으로 계산하는 게 어디 있어?!"

"농담이야. 하여튼 라이너는 일단 저녁을 만들어 줘. 나도 배고파 죽겠으니까."

담소를 마치고 나서, 나는 라이너에게 부탁했다.

라이너가 "로드가 있어도 되는 거냐?"라며 눈짓으로 물었기에, 고개를 끄덕여 대답했다.

"알았어, 지크. 주방에 다녀오지. 금방 돌아올게."

"아, 역시 이런 건 다 같이 만드는 게 더 즐겁지 않을까?! 친구로서 친목을 다지는 의미도 있고 말이야!"

본인은 무의식중에 하는 말인지도 모르지만, 내 마음에 대미지가 점점 쌓이니 이런 소리는 좀 자중해 줬으면 좋겠다. 사정을 알고 있는 입장에서, 그 필사적인 모습이 너무나 애처로워 보였다.

수백 년에 걸쳐서 마을 사람들과 작별을 되풀이한 데다, 지금은 영혼 없는 도시 사람들과 같이 살고 있다고 생각하니, 친구라는 단어가 무겁게만 느껴졌다.

"그래……. 셋이서 같이 하는 게 빠르겠지……?"

그러다 보니 나도 모르게 태도가 물러지고 말았다.

"좋아! 채소 써는 건 맡겨 줘! 아니, 써는 것 말고 다른 건 맡기지 말아 줘!"

"하여튼 요리를 못 한다는 건 알았어. 가능한 한 얌전히만 있어."

"응! 구경하고 있을게!!"

우리는 방에서 나와서, 아무도 없는 적막한 성 안을 걸었다.

로드가 이 성에서 천 년을 홀로 살아온 거라 생각하니, 새로운 입주자를 반기는 그녀의 기분도 이해가 갔다.

그리고 우리는 로드의 시답잖은 얘기에 맞장구를 쳐 주며 셋이서 저녁식사를 만들었다.

테이블에 놓여 있는 것은 조잡한 고기 요리와 빵. 로드는 아까 자기가 채소를 썰겠다고 호언장담을 했지만, 정작 그녀 자체가 편식이 심한 입맛이라, 결국은 고기 요리가 중심이 되었다.

비아이시아 특산품인 향신료를 듬뿍 뿌려 구운 스테이크에, 닭고기와 해초를 넣은 수프. 그리고 찐 멧돼지 고기를 채소에 싼 요리. 우리가 만든 남자의 요리에 로드의 취향이 더해져서, 영양 밸런스는 엉망이 되고 말았다.

로드는 그것들을 맛있게 먹었고, 그러는 동안에도 계속 시답잖은 수다를 그치지 않았다. 그러는 동안, 나는 은근슬쩍 마법에 대한 얘기를 끼워 넣었다.

"——그러고 보니, 로드는 라이너에게 마법을 가르쳐 줄 거라고 했었지? 라이너, 뭐 새로운 바람마법이라도 익혔어?"

"그게 말이야-, 라이너는 진짜 센스가 없더라니까-. 아 직 두 개밖에 못 익혔지 뭐야."

로드는 못난 제자라며 웃었고, 라이너는 그 말에 반론 했다.

"내 센스가 없는 게 아니라, 당신이 이상한 거라고……. 천 년 전 전설의 왕과 비교하면 어쩌자는 거냐. 고작 며칠 만에 마법을 두 개나 익힌다는 건, 지상에서는 엄청난 일이야."

"라이너, 무슨 안이한 소리를! 현재에 만족하면 안 된다 고! 세상에는 말도 안 되게 강한 괴물들이 넘쳐나니까, 정 진하는 게 제일이란 말이야! 지금 눈앞에 있는 카나밍도 그 렇고! 남쪽 기사들도 그렇고!"

"지크와 로웬 씨라……. 하긴, 언젠가는 그 둘을 넘어서 고 싶긴 하지만……."

"응? 라이너, 용케 아레이스의 이름을 알고 있네. 혹시 천 년 후의 지상에서는 유명인사가 된 거야? 죽은 뒤에 유명해 지다니, 그 녀석도 참 여전하다니까-."

"아니, 로웬 씨는 30층의 가디언이었으니까, 지상에서 만 날 기회가 있었어."

"우와아……. 그럼 그 녀석, 지금 지상에 있다는 거네……."

"아니, 이제 없어. 로웬 씨는 지크가 물리쳤으니까."

"뭐?"

로드는 당연하다는 듯 로웬의 건재를 믿어 의심치 않고

있었다.

　그러나 라이너는 고개를 가로질러서 그 잘못된 인식을 정정해 주었다. 그러자 라이너는 해가 서쪽에서 뜨는 모습이라도 본 것 같은 표정을 지었다.

　아무리 기다려도 그녀의 표정이 그대로였기에, 나는 라이너의 말에 덧붙여 말했다.

　"그래. 로웬은 내가 물리쳤어."

　"그 녀석을, 카나밍이? 정말로?"

　"정말로."

　"어, 어? 함정에 빠트려서 죽인 거야?"

　"결투로 물리쳤어."

　"결투라는 건, 타국에서 원거리 사격을 날렸다는 거야?"

　"관객들이 지켜보는 투기장 안에서, 정면으로 마주해서, 결투의 형식을 빌려서 물리쳤어."

　"정면으로 마주해서……? 아아, 한 마디로 인질을 잡았다는 얘기지?"

　"아니, 나는 지금 스무고개 같은 걸 하는 게 아냐. 정말 정면승부로 물리쳤다고."

　"뭐, 뭐어-? 도저히 믿기지가 않는데……. 지금 카나밍의 모습을 보면, 절대로 이길 수 있을 것 같지가 않은걸……."

　"뭐, 못 믿는 것도 무리는 아니겠지."

　솔직히 말해서, 나 스스로도 내가 로웬에게 승리한 건 여러 개의 우연이 겹쳐진 결과라 생각하고 있다. 무엇보다, 몬스터 『땅의 이치를 훔치는 자』의 숨통을 끊을 수 있었던 건 리퍼의 도움이 절대적이었다. 내가 로웬보다 강하다고 소리 높여 호언장담할 수는 없었다.

그런데 어째선지 라이너가 소리 높여 내 생각을 부정하기 시작했다.

"로드, 우리 얘기는 절대 거짓말이 아냐. 지크는 분명히 로웬 씨보다 뛰어난 검사야. 지크가 로웬 씨의 검을 이어받았다는 게 그 증거야."

라이너가 눈빛으로 호소했기에, 하는 수 없이 『소지품』속에서 『아레이스 가문의 보검 로웬』을 꺼내서 로드에게 보여 주었다.

"이 마력은…… 혹시 그게 로웬 아레이스야……?"

"그래, 로웬의 마석이지. 『미련』을 해소하고 검이 된 거야. 참고로 아레이스 가문의 『검술』은 나와 라이너가 계승했지."

"호오, 제대로 죽으면 이렇게 되는 거구나……."

로드는 테이블 위에 놓인 검을 빤히 쳐다보았다.

하지만 손에 들고 만져 보려고는 하지 않았다.

"있잖아, 그 녀석과의 결투는 어땠어? 무지 궁금한 거 있지? 그 녀석은 『북쪽』나라들이 물량작전으로 밀어붙여도 죽이지 못한 괴물이었으니까 말이야. 그 녀석이 진다는 건 도저히 상상도 안 가는걸."

"그래……. 지금 생각해 보면, 로웬과의 결투는 처음 만난 그 순간부터 시작됐던 것 같아. 로웬의 『검술을』 어떻게 이해할 것인가. 그게 싸움의 핵심이었지."

"흠흠. 그래서그래서——."

옆에 있는 라이너도 들을 수 있도록, 나는 로웬과의 첫 만남부터 작별까지의 과정을 꼼꼼하게 얘기해 나갔다.

"——그리고 나는 기억을 되찾기 위해서 『무투대회』에 출전했어."

"으-음, 분명히 이겼는데도 티다가 끝까지 괴롭히고 들었다는 얘기에 깜짝 놀랐는걸. 그 녀석 끈질긴 건 다시 태어난 뒤에도 안 고쳐졌나 보네. 역시 생전에 우리가 상대해 주지 않았던 것 때문에 그렇게 된 걸까?"

기억을 설명하기 위해서 팰린크론이나 다른 가디언들에 대해서도 설명했다. 티다와 아르티의 이름이 등장했을 때도 눈이 휘둥그레진 걸로 보아, 그들과도 안면이 있는 사이였음을 알 수 있었다.

"대회 때 로웬이 어땠는지는, 나보다 라이너가 더 잘 알고 있을 거야. 라이너, 나도 궁금하니까 얘기 좀 해 주면 안 될까?"

"당연히 얘기해 주고말고, 지크. 아마 로웬 씨도 그러길 바라고 있을 테니까."

이어서, 라이너도 나에 못지않게 꼼꼼하게 얘기했다. 로웬이 『최강』 글렌 씨와 싸운 것. 귀족들과 접촉하면서 엄청난 스트레스에 시달렸던 것. 마지막으로, 현대의 『검성』인

펜릴 아레이스와의 만남을 통해 자기 안의 해답을 찾아낸 것. 그리고 나와 로웬은 결승에서 재회했고, 『무투대회』는 끝났다.

"그랬구나⋯⋯. 가디언다운 최후를 맞이한 거네, 아레이스 녀석은."

"그래⋯⋯."

얘기를 다 들은 로드는, 진심으로 부러워하는 눈치였다.

하지만 곧 표정을 바꾸어 히죽 웃었다.

"그렇지만 이거 말이야, 아레이스 녀석이 점점 더 약해져 가는 상황이었잖아? 게다가 마지막에는 베낀 기술로 두 명이 달려들어서 이기다니, 비겁해도 너무 비겁한 거 아냐? 이런 건 결투라고 할 수 없다고, 카나밍."

"우, 우리들이 느끼기에는 그야말로 결투 그 자체였다고!"

듣고 보니 그렇기는 했다. 하지만 당사자들은 정정당당한 정면 대결이라고 생각하고 있으니, 결투에서 승리한 거라 치고 넘어가기로 했다.

로드는 로웬의 패배를 납득했는지, 후련한 얼굴로 자리에서 일어섰다.

방금 그 얘기를 하는 동안, 테이블 위의 저녁식사는 8할 정도가 비워져 있었다.

"좋았어. 나도 가디언답게 소멸할 수 있도록 노력해 보는 거야. 그러니까, 아레이스 녀석이 두 사람에게 검술을 남기고 간 것처럼, 나도 두 사람에게 마법을 물려줄 거야!"

보아하니, 식사가 끝났으니 이제 마법 수련에 들어갈 작정인 모양이었다.

새로운 차원마법 습득에 애를 먹고 있는 상황인 만큼, 나도 그녀의 마법에 대해 조금 관심이 있었다.

우선 라이너가 자리에서 일어나서, 그 수련 제안을 환영했다.

"그래, 오늘도 부탁하지. 다행히 로드와 나는 다루는 속성이 같은 덕분에 이해하기도 쉬워."

"그럼 라이너. 수업을 시작해 볼까?"

"로드. 혹시……, 이 방에서 하려고?"

"응? 그럴 생각인데?"

라이너는 내게로 시선을 보내서 판단을 요구했다.

나는 살짝 고개를 끄덕여서, 이 방에서 수업하는 걸 허가했다.

"——알았어. 그럼, 오늘은 뭘 할 거지?"

"자, 이거. 내가 됐다고 할 때까지 이 스푼을 공중에 띄우고 있어. 조금이라도 균형을 잃으면 간지럼 태울 테니까!"

로드는 라이너에게 목제 스푼을 건네주고, 양손을 꿈틀꿈틀 움직여 보였다.

"간지럼을 태우는 것보다는 차라리 후려치는 게 나은데……."

"으—음. 왜 그렇게 맞고 싶어 안달을 하는 건가 몰라……. 나는 라이너의 그런 점이 이해가 안 간다니까…….

더 즐겁게 훈련하면 좋을 텐데…….”

“고통을 동반하지 않는 수행은 어쩐지 마음이 불편해서 그래.”

“아…….”

거듭된 부조리를 겪는 동안 라이너의 성격이 뒤틀려 버렸다는 것을 확인하면서, 두 사람은 동시에 바람마법을 발동시켰다. 눈앞에서 로드가 본보기를 보이고, 라이너가 그것을 따라하는 식이었다.

손바닥에 놓은 스푼이 바람에 의해 몇 센티미터 떠올랐다. 로드의 스푼은 공중에 고정된 것처럼 꼼짝도 하지 않았지만, 라이너의 스푼은 바들바들 떨리고 있었다.

“좋아. 이대로 유지하는 거야-.”

“――끄윽!”

보기에는 시시해 보이는 마법이었지만, 라이너의 표정을 보면 그것이 얼마나 신경을 갉아먹는 훈련인지를 알 수 있었다. 원래 바람이라는 것은 자유분방하게 부는 법이다. 그것을 완전하게 컨트롤해서 정지시키라는 건, 차갑지 않은 얼음을 가져오라는 거나 마찬가지다. 그 난이도는 상급마법을 다루는 것 이상일 것이다. 로드는 여전히 태연한 얼굴로, 라이너는 대량의 땀을 흘려 가며 스푼을 공중에 띄워 놓고 있었다. 예상 외로 정상적인 그 수업 광경에, 나는 한 마디 하지 않을 수 없었다.

“놀랐는데. 로드는 생긴 것과는 달리 기초를 중시하는 성

111

격이었구나."

"응? 그야……, 기초만 익히면 마음대로 응용할 수 있잖아?"

"하긴. 듣고 보니 그렇긴 하네."

나는 그 합리적인 사고방식에 납득하고, 동의했다.

"무, 무슨 말도 안 되는 소리야……. 망할 천재 놈들……."

라이너만은 폭포수 같은 땀과 함께 저주를 늘어놓았다. 불만은 산더미 같지만, 바람에 집중하느라 언성을 높일 수 없었던 모양이다.

새삼 생각해 보면, 지금 여기 있는 것은 천 년 전『마법의 시조』와『전설의 마왕』인 것이다.

마법 재능이라는 면에 있어서 우리에 필적할 자는 없을 것이다.

그리고 몇 분 만에 라이너의 바람 컨트롤이 흐트러지기 시작해서, 로드의 간지럼 공격에 시달리는 것을 끝으로 훈련이 마무리 되었다. 라이너는 숨을 고르면서 교육 방법의 변화를 요구했다.

"하아, 하아……. 이봐……. 천재의 발상에 바탕을 둔 이런 기초훈련 말고, 평범한 사람을 위한 훈련 방법은 없어? 나는 빨리 강해지고 싶단 말이다."

"으−음, 있기는 있어. 예를 들면『영창』을 사용해서『대가』를 치르는 방법 같은 거."

"『영창?』 그거 괜찮아 보이는데. 그럼 그걸로 가르쳐줘."

"그럼 카나밍이 바로 『대가』의 전문가── 아니, 『주술』의 전문가였는데……, 이제 전부 다 잊어버렸어?"

그때 로드가 상황을 구경하고 있던 내게 말머리를 돌렸다. 아마 『주술』의 교사로서는 내가 더 적임자인 모양이다. 하지만 내게는 그 기술에 대한 기억이 없었다.

"그래, 『주술』 같은 건 쓸 줄 몰라. 지식도 별로 없고."

"그럼 내가 설명하는 수밖에 없겠네. 으─음……, 실은 『영창』이라는 기술은 엄밀히 말하자면 『주술』에 해당하는 거야. 즉 『주술』로 『마법』에 부스트를 거는 걸 듣게 좋게 표현하려고 『영창』이라는 이름을 붙인 게 시작이었지."

처음 듣는 얘기였다. 별 생각 없이 쓰고 있는 『영창』이라는 단어에 그런 뒷이야기가 있는 줄은 몰랐다.

"『주술』의 기본은, 뭔가를 희생해서 힘으로 바꾸는 것. 라이너가 신성마법이라고 부르는 『레벨업』 마법도, 원래는 『주술』이야. 그건 『마의 독』을 희생해서 힘으로 바꾸는 거니까."

『주술』이란 그저 마법의 일종 같은 거라고 생각했었는데, 그게 아니었던 모양이다.

"헤에……. 그저 표현이 달라졌을 뿐, 『주술』은 우리 마법 곳곳에 들어있다는 거군……."

"응. 그러니까 모두 무의식 속에 『주술』의 기초는 갖추어져 있을 거야. 남은 일은 『마술식』이 아닌 『주술식』을 가르치는 것뿐이지."

설명을 들은 라이너는 거만한 웃음을 지었다.

"별로 어려울 건 없다는 거군. 더더욱 잘 됐어. 나한테 안성맞춤이야."

그의 마음에는 쏙 든 모양이었지만, 솔직히 내 감상은 정반대였다. 예전에 『불의 이치를 훔치는 자』 아르티의 마법의 『영창』을 따라했다가, 마음속에 있던 중요한 무언가가 한 뭉텅이 빠져나가 버린 것 같은 느낌에 휩싸였었다. 그것이 바로 로드가 얘기한 『대가』였으리라. 나는 그 『대가』에 대해 위협을 느꼈기에, 아르티와의 전투 이후로는 단 한 번도 화염마법의 『영창』을 사용하지 않았다.

"이봐, 로드. 『영창』에 따라서는 다시는 되찾을 수 없는 소중한 걸 『대가』로 치러야 하는 것도 있지 않아? 가능하면 라이너한테 그런 건 안 가르쳤으면 좋겠는데……."

"당연히 있지. 그래도 그걸 익혀 두지 않으면, 죽음의 위기에 처했을 때 후회하게 될 텐데? 어떤 『대가』를 치르게 되더라도 죽는 것보다는 나으니까."

"그야 그럴지도 모르지만……."

하지만 개중에는 죽음보다도 더한 『대가』를 치르게 되는 『영창』도 있는 게 아닐까 하는 생각이 들었다.

"최종 수단으로서 알아 두는 것쯤은 괜찮지 않을까 싶어. 내 생각에는."

로드는 그런 내 심정을 이해하고, 어디까지나 비장의 카드로서만 가르치겠다는 태도를 취했다.

문제는, 지금 여기 있는 라이너는 그 비장의 카드쯤은 대수롭지 않게 사용할 수 있는 자라는 점이었다. 자기 자신이 아닌 타인을 위해 태연자약하게 써 버리는 것이다. 그래서 아까부터 나는 썩 내키지 않는 심정이었다. 하지만 『영창』을 알아 두면 죽음을 모면할 수 있는 상황이 존재하는 것도 사실이었다.

　『영창』의 이점과 결점. 어느 쪽이 더 큰지를 내가 고민하고 있는 동안에, 라이너는 신이 나서 전수를 요구하기 시작했다.

　"가진 패는 많으면 많을수록 좋은 법이야. 빨리 가르쳐줘, 로드."

　"그럼, 바람마법의『영창』을 가르쳐줄게. 기본적으로 속성에 맞는 『영창』이 필요해. 그리고 속성에 따라 지불되는『대가』의 경향도 달라지니까 조심해야 돼."

　"이봐, 아까부터 계속『대가』얘기를 하던데, 구체적으로 어떤 걸 잃게 되는 거지?"

　"일반적인『대가』는, 단순히 영창에 시간이 소모되는 것뿐이야. 그것부터 해서 위험도가 점점 올라가서, 다음날 회복에 필요한 마력을 잃게 되거나, 체력도 같이 줄어들게 되거나 하는 등의 대가가 들어가게 돼. 그리고 무거운 경우는──."

　설명하는 도중에 로드의 마력이 부풀어 올랐다.

　처음 만났을 때 느껴졌던, 가디언답게 막대하고 흉악한

마력이었다.

"——『나는 걸을 길을 가리지 않는다』『나는 바람』『세계 모든 곳을 걷는다』『그렇게 기원한 것을 기억한다』. ——바람마법 〈와인드〉!"

로드가 영창과 함께 바람마법을 발동시켰다. 그러자 단순한 기초마법인 〈와인드〉가 전혀 다른 마법으로 변화해 나갔다. 주위의 공기가 응축되어, 로드의 양 손 사이에 바람 덩어리가 생성되었다.

순식간에 방 안의 공기가 희박해진 것을 느낄 수 있었다.

나는 그 바람 덩어리의 밀도를 깨닫고 식은땀을 흘렸다. 하늘을 통째로 뭉쳐 놓은 것처럼 짙은 농도의 바람 덩어리는, 마치 시한폭탄이 바로 곁에 있는 것만 같은 공포를 불러 일으켰다.

로드에게 악의가 없다는 걸 알고 있는데도 두려웠다.

나와 라이너가 한 발짝 뒷걸음질 치는 것을 보고, 로드는 능숙하게 바람을 흩어 놓으며 웃었다.

"이렇게 되는 거야! 아핫, 하하하핫! **바람의 『영창』은 마음을 가볍게 해 주는 게 많다니까!** 간단하게 말하자면, 술 한 통을 먹어치운 뒤처럼 기분이 들뜨게 돼!!"

바람마법의 『영창』에 의해서, 안 그래도 산만하던 로드가 한층 더 들떠 올랐다.

그 모습을 보고, 로드는 안도의 한숨을 내쉬었다.

"뭐야, 무거운 경우도 고작 이 정도라는 건가?"

"그리고 그 흥분이 다시는 안 가라앉게 돼!"

"다시는?"

"응, 다시는. 평생 나처럼 되는 거라고–!"

"비…… 비장의 카드로만 기억해 두지."

무거운『대가』가 뭔지를 알게 된 라이너는 얼굴이 굳어지고, 고작 설명을 위해 그런『대가』를 지불한 로드의 태도에 한 발짝 뒷걸음질 쳤다. 로드는 전혀 개의치 않고, 술 취한 얼굴로 설명을 이어갔다.

"그밖에 위험한『영창』중에 대표적인 것 몇 가지를 얘기하자면, 마음을 태워 버리는 불의『영창』이나, 마음을 싸늘하게 식혀 버리는 물의『영창』같은 게 있어–."

예상치 못한 타이밍에 불의『영창』에 대한 설명을 듣게 되었다. 그때 느꼈던 그 상실감은 아마, 마음속에 있던 소중한 것이『불탄』것 때문이었던 모양이다.

"그럼 라이너는 가벼운『영창』으로 연습해 볼래? 으음──『하늘로부터 인도되는 길』『천상으로 이어지는 길』──이거였던가? 이것도 기분이 들뜨는 타입의『영창』이지만 원래대로 돌아갈 수는 있으니까 걱정할 것 없어."

로드가 새로 가르쳐준『영창』을 듣고, 라이너는 고개를 끄덕였다. 마침 좋은 기회다기 싶어 나도『영창』을 연습해 보았다. 대가가 가벼운『영창』이라면 익혀 둬서 손해 볼 건 없었다.

"──『하늘로부터 인도되는 길』『천상으로 이어지는 길』──."

"――『하늘로부터 인도되는 길』『천상으로 이어지는 길』――."

마법을 사용해서 공기의 흐름을 조작하는 이미지를 머릿속에 떠올렸다.

그리고『영창』의 내용 그대로, 공기가 흐르는 길을 만들려 시도했다. 그러나 손바닥에서 흘러나온 것은 차원속성 마력뿐이었다. 바람을 조종하는 건 불가능했다.

반면에 옆에 있는 라이너는 나선형으로 부는 산들바람을 능숙하게 조종하고 있었다.

"좋아, 좋아. 라이너는 벌써 다 익힌 모양이네."

"어쩐지 기분이 들뜨는 것 같은데. 이게『대가』란 말이지? 확실히 마법의 효과가 약간 올라간 것 같은 느낌이 들어."

"그에 비해 카나밍은……."

나도 열심히 마력으로 바람을 만들어내려 애쓰고 있었지만, 주위의 공기는 꼼짝도 하지 않았다.

이 세계의 마법 습득 난이도가 얼마나 높은지를 뼈저리게 이해할 수 있는 순간이었다.

"카나밍, 바람마법 쪽에는 재능이 하나도 없네……. 아니, 차원마법에 지나치게 특화돼서 그런 건가?"

"끄응……."

마법에 대해서는 자신이 있었던 만큼, 약간 울화가 치밀었다. 아예 본격적으로 바람마법에 도전하고 싶은 충동을 꾹 억누르고, 단념하기로 했다. 지금은 쓸데없이 마력을 소모할 때가 아닌 것이다.

"나는 포기하고 차원마법을 마스터하는 데 집중해야겠어……."

"카나밍은 그러는 편이 더 효율이 좋을 거야. 예전에는 차원마법을 이용해서 다른 속성의 효과를 꾸며내기도 했었으니까, 억지로 다른 속성 마법을 익히지 않아도 돼."

"역시 나는 차원마법으로 바람마법 같은 걸 흉내 내야 한다는 건가……. 가능하면 나는 그쪽을 배우고 싶은데."

"하지만 나도 그 방법은 몰라! 카나밍이 워낙 초 비밀주의자라서 말이야!"

상위 차원마법은, 마법에 일가견이 있는 로드조차도 가르쳐줄 수 없는 부류인 모양이었다.

그것을 내게 가르쳐줄 수 있는 것은 천 년 전의 나, 즉『시조 카나미』뿐이라는 걸 알게 됐기에, 하는 방법으로 다른 방식의 접근을 도모할 수밖에 없었다.

"그렇군……. 그럼 차원마법에 대한 내용이 적힌 책 같은 건 없어? 이렇게 큰 성이니까 서고 정도는 있을 거 아냐?"

"으─음, 성의 서고에 있었던 것 같아. 확실히 지금의 카나미 입장에서는, 천 년 전의 마법서를 읽는 게 제일 효과적일 수도 있겠어! 아, 그럼 서고 입장료는 동화 열 닢!"

"다시는 여기서 밥 못 먹을 줄 알아."

"……서, 서고 열쇠 여기 있습니다."

"좋아. 그럼 바로 보러 가 볼까……."

열쇠를 받은 나는, 서고의 위치를 로드에게 물어보고 방을 나서려 했다.

마왕님의 수업은 라이너한테 맡겨 두자. 나는 시조님의 수업을 받으러 가야겠다.

"──그렇지만, 웬만하면 다른 방에는 들어가면 안 돼─!"

로드는 마지막 순간에 그렇게 외쳤다. 나는 고개를 끄덕여 대답하고, 두 사람을 남긴 채 복도로 나와서 성 안을 걸었다.

정적에 잠긴 기다란 복도에, 내 발소리만이 울려 퍼지기 시작했다.

마법 수련을 하는 동안에 제법 많은 시간이 흘러 있었다.

오늘은 서고해서 조사를 하다 보면 하루가 끝날 것 같았다.

아무도 없는 식당과 대형 홀 옆을 지나, 기나긴 회랑을 걸어, 이윽고 서고에 도착했다.

거기에는 삼엄해 보이는 자물쇠가 걸린 두터운 철문 하나만이 벽 가운데 박혀 있을 뿐이었다.

로드에게서 받아 온 열쇠로 자물쇠를 따고, 서고의 문을 밀었다. 녹슨 쇠가 마찰되는 끼이익 하는 소리가 울려 퍼지고, 문에서 먼지가 떨어져 내렸다. 그 모습으로 보아, 이곳이 상당히 오랜 시간 사용되지 않고 방치되어 왔음을 짐작할 수 있었다.

문으로 들어가서 서고 안을 둘러본 나는, 그 참상에 쓴웃음을 지었다. 책장이 빼곡하게 들어차 있는 것까지는 괜찮앗다. 문제는, 마치 지진이라도 일어난 것처럼 많은 책들이 바닥에 떨어져 있다는 점이었다. 정리가 안 됐다는 말로는 표현하기 힘들 정도였다.

커다란 성에 걸맞게 드넓은 서고였다. 어둠침침한 조명 속에서는 반대편 벽이 보이지 않을 만큼 길어서, 둘러보기만 해도 눈이 침침해질 지경이었다.

하지만 나는 물건 찾기에는 일가견이 있다. 가볍게 〈디멘션〉을 전개시켜서, 마법과 연관이 있을 법한 것들을 찾기 시작했다. 겸사겸사 책들도 어느 정도 정리했다. 철자 순으로 차례차례 꽂아 놓는 정도는 아니었지만, 서고로서 최소한의 모양새라도 갖출 수 있도록 해 놓았다.

그 과정에서 호기심을 자극하는 책들을 많이 발견했다.

세계의 식물과 동물도감을 비롯해서, 천 년 전의 세계지도며 병법서. 이곳에는 갖가지 책들이 다 있었다. 그 중에서도 특히 더 눈길을 끄는 것은 역사서와 영웅담이었다.

이 나라의 역사서와 영웅담, 그건 즉 ──비아이시아의 대영웅『로드』에 관한 자료이기도 했다. 내 방에서 명랑하게 웃고 있을 소녀의 얼굴이 떠올라서, 나는 본래 목적을 잊고 나도 모르게 책장을 넘겼다.

역사서는 불완전했다. 연표를 살짝 보기만 했는데도 워낙 구멍투성이라, 내 세계의 역사교과서에 비하면 하늘과 땅 차이였다. 그 연표의 첫머리에는 이렇게 적혀 있었다.

"비아이시아에 왕이 나타나, 북쪽 나라들을 하나로 통합하다."

그리고 그 다음 페이지에 로드에 대한 상세한 설명이 적혀 있었다. 그녀가 얼마나 위대한 인물인지를 알 수 있도록, 그 위업들이 줄줄이 적혀 있었다. 자국의 여사서이니만큼 다소의 과장은 불가피할 것이다. 그런 내용들은 대충 읽어 넘겼다.

항목들을 넘겨 가다 보니, 남쪽과의 전쟁에 대한 내용을 찾을 수 있었다.

"우리 북쪽 나라들이 멸망의 위기에 처했을 때, 『로드』가 나타났다."

"『로드』 덕분에, 북쪽 나라들은 『북연맹』이라는 하나의 기치 아래 모일 수 있었다. 그리고 남쪽의 침략을 물리쳐서 수년 간의 평화를 손에 넣었다. 그러나 금방 다시 힘을 기른 남쪽 나라들은 『남연맹』이라는 새로운 체제를 이루어 다시 침공해 왔다."

아마 이게 바로 천 년 전에 벌어진 대전쟁에 대한 내용이리라.

그 뒤로는 계속 전쟁을 기록한 연표들만이 이어져 있었다. 언제 어디서 전투가 벌어지고, 어떤 장군이 등장하고, 어떤 결말이 났는가 하는 기록들만이 주구장창 이어졌다.

그 중에 『레이넌드 볼스 장군』이라는 이름이 눈에 들어왔다. 영시 그 영감님은 비아이시아의 유명인사였던 모양이다. 여러 전장에서 승리를 거머쥐었다는 기록이 있었다.

아지만, 그렇다면 『이곳』의 연대에 대한 의문을 느낄 수밖에 없었다.

역사서에 의하면, 비아이시아는 그 이후로 줄곧 전쟁을 벌였다고 나와 있었다. 『이곳』 같은 평화는 두 번 다시 비아이시아에 찾아오지 않았다. 그렇다면 『이곳』은 전쟁 전에 찾아왔던 몇 년 간의 평화를 재현해 놓은 걸까? 다만, 그렇게 생각하자면 레이넌드 씨의 연령이 아귀에 들어맞지 않았다.

어쩌면 『이곳』은 비아이시아의 좋은 점만 잘라내서 만들어진 세계인지도 모른다. 아까 레이넌드 씨가 언급했던 『드롭』의 방법과 순서에 신경을 쓰면 불가능한 일도 아니다.

역사서를 대강 읽은 나는, 뒤이어서 『로드』의 영웅담 쪽으로 눈길을 돌렸다.

하지만 책을 펼치자마자 이상을 느꼈다. 책의 내용 몇 장이 찢어져 있었던 것이다. 나는 주위에 떨어져 있던 종잇조각들을 주워서, 로드의 인생을 추적하기 시작했다.

영웅담으로 남아있을 만큼 파란만장한 인생을 살아 온 소녀의 이야기를, 요점만 간략하게 파악해 나갔다.

"주인공 로드는 버려진 아이였다.

그녀의 이야기는, 북쪽 대륙의 변경에서 태어나, 부모에게 버림받아, 은거하던 노부부에게 거두어지는 것으로부터 시작되었다. 로드는 그 노부부 슬하에서 무럭무럭 자랐다. 하지만 노부부는 매정한 남쪽 사람들의 박해 때문에 죽고 말았다. 그 시점부터 로드는 영웅으로서의 재능을 발휘하기 시작했다. 어린 나이임에도 지략으로 남쪽의 침략자들을 물리치는 모습은, 그야말로 영웅의 씨앗. 그 후, 보호자를 잃은 그녀는 북쪽 도시의 고아원에 들어가서 미래의 장군들과 만난다. 고아원에서 만난 등장인물들 중에는 아이드라는 자가 있었다. 아마도 둘은 어린 시절부터 알고 지낸 사이인 것 같다. 그리고 그 고아원에서 미래의 부하들과 우애를 다진 로드는, 어떤 성에서 『정원사』로서 일하게 되었다."

이야기는 여기부터 급가속되었다.

"전쟁에 의해 북쪽 나라들은 멸망의 위기에 처했고, 로드가 일하던 도시의 성도 함락 직전의 위기에 내몰렸다.

그때 영웅의 씨앗인 로드가 일어섰다. 고아원에서 인연을 맺은 동료들과 함께, 일시적으로 남부 세력에게 빼앗겼던 성을 탈환해 냈다. 그 후, 로드는 『정원사』가 아니라, 죽은 성의 왕족을 대신해서 『왕』을 자처하기 시작했다.

로드는 보기 드문 마법적 재능과 왕의 자질을 발휘해서, 북쪽 각지에서 승리를 거머쥐고, 기울어져 가던 전황을 회복시켜 나갔다.

그리고 북쪽 나라들을 구할 수 있는 건 로드밖에 없다는 소문이 백성들 사이에 돌기 시작했을 무렵, 한 가지 사실이 발각된다. 그것은 바로, 로드가 북쪽에서 전해져 오던 오랜 왕족의 피를 이어받았다는 것이었다.

모든 이들이 전설 속 혈통의 귀환을 환영했다.

북쪽의 왕들을 다스리는『왕 중의 왕』,『로드』가 태어나는 순간이었다.

이렇게 해서, 고통 받는 북쪽 백성들을 구하기 위한『로드』의 기나긴 싸움이 시작되었다."

대략적으로 간추린 거지만, 그녀의 이야기는 이런 식으로 시작되었다.

그야말로 정석적인 성공담. 약간 억지스러운 옛날이야기. 흔하디흔한 영웅담.

부자연스러울 만큼 조금도 막힘이 없었다. 다만, 내가 가장 알고 싶었던 부분은 가장 마지막 부분인 "고통 받는 사람들을 구하기 위한 기나긴 싸움이 시작되었다"의 뒷이야기였다. 나는 그 뒷이야기가 궁금해서 견딜 수가 없었다. 왜냐하면, 아직 내 이름인『시조 카나미』가 등장하지 않았기 때문이다. 이 이야기에는 틀림없이 다음 내용이 존재한다.

그 뒷이야기를 알기 위해, 〈디멘션〉을 통해 주위의 책들을 검색해 나갔다.

MP를 소모한 보람이 있었는지, 일지 같은 것을 발견할 수 있었다.

이 성에 살고 있던 학자의 수기인 것 같았다. 그 남자는 후세에 책을 남기기 위해, 내가 원하는 이야기를 적어 준 모양이었다.

"이제야 드디어『시조 카나미』가 등장하는 건가……."

나는 약간 연대를 건너뛰어서, 한창 대전쟁이 벌어지고 있는 기간의 기록을 훑어보았다.

『북연맹』과 『남연맹』의 전쟁이 격화되어 일진일퇴의 접전이 펼쳐지고 있을 때, 『카나미』라는 이름의 기사가 나타났다. 그는 『남연맹』을 배신하고 『북연맹』 쪽으로 돌아선 기사였다. 『시조』라 불리던 전설의 기사를, 『로드』는 흔쾌히 신하로 맞아들였다. 그리고 『시조 카나미』의 힘에 의해, 전쟁의 정세는 완전히 뒤바뀌었다. 『북연맹』은 승리에 승리를 거듭했다. 이제 조금만 더 있으면 전쟁은 끝나게 되리라――."

이 대목에서, 수기에 거친 글자들이 나타났다.

『통치하는 왕』과 『근위기사단장 카나미』가 사라졌다. 『북연맹』의 백성들을 버리고 『남연맹』으로 모습을 감추었다. 그 남자는 또 다시 배신한 것이다"

그렇게 적혀 있었다. 수기는 거기서 끝났다. 레이넌드 씨가 해 준 얘기가 사실이라면, 비아이시아는 이 배신에 의해 멸망한다.

"여기서 끝나는 건가? 그런데 로드는 왜 북쪽을 버린 거지? 나는……, 아마 사도 시스를 추적하던 시기였을 테니까 어렴풋이 이해가 가지만."

『시조 카나미』가 『북연맹』을 배신한 건, 아마 『남연맹』에 사도 시스가 있었기 때문이었을 것이다. 그리고 그 사도 시스의 움직임에 따라 손쉽게 『북연맹』을 버릴 수 있었으리라는 것까지는 이해가 간다. 하지만 이 책들만 봐서는 로드가 배신한 이유까지는 예상할 수 없었다.

"이런 수기가 더 있으면 좋을 텐데……."

성에 살았던 자들의 생생한 목소리를 모으면 로드의 현재 심정을 알 수 있을지도 모른다.

그런 생각에 다시 〈디멘션〉을 사용하려 했을 때, 방 한쪽 구석에 문이 있는 걸 발견했다. 서고 옆에 있는 방이니 비밀 장서를 보관하고 있는 곳일지도 모른다는 생각이 들어서, 문을 열려 시도해 보았다. 하지만 이 문에도 잠금장치가 걸려 있었다.

나는 잠시 망설였다. 다른 방에는 들어가지 말라고 로드가 말하지 않았던가. 그건 다시 말해, 다른 방에는 내게 보여주고 싶지 않은 것이 있다는 뜻일 것이다.

그녀가 떠올리고 싶지 않다고 절규했던 『과거』에 관한 무언가가……

자연 회복되고 있던 마력을 모조리 쏟아 부어서, 검지에 마법을 걸었다.

"──마법 〈디스턴스 뮤트〉."

위험부담에 대한 두려움 때문에 문제 해결을 뒤로 미루고 싶지 않았다.

보라색 마력을 휘감아서, 검지에 한해 세계와의 위상을 틀어 놓았다. 지금 내 실력으로는 이 정도가 한계지만, 작은 무기물을 조작하는 경우라면 이걸로도 충분했다.

〈디멘션〉으로 잠금장치의 구조를 파악해서, 손가락 하나만 찔러 넣었다. 딱히 복잡한 구조는 아니었다. 차원속성 마력을 조종해서 원하는 것을 정확히 건드리자, 찰칵 하고 잠금장치가 풀렸다.

"좋아, 성공했어……. 나올 때도 이런 식으로 다시 잠글 수 있을까……?"

될 수 있으면 로드에게 들키고 싶지 않았다. 소리가 나지 않도록 최대한 천천히 문을 열었다.

"──어!!"

내부의 상황을 확인하고, 나는 숨을 죽였다. 서고에 들어왔을 때보다 더 큰 충격이었다.

방 안에는 수없이 많은 그림들이 난잡하게 널려 있었다──물론, 그게 전부는 아니었다.

방금 본 서고와 비슷하지만 명확하게 달랐다. 서고와는 달리, 흩어진 모양새에 분명한 악의가 느껴졌다.

그림들은 모두 파손되어 있었다. 대부분의 캔버스가 찢어지고, 쪼개져 있었다. 개중에는 나이프 같은 흉기로 찢어발겨진 것도 있었다. 누군가의 손에 그림이 파괴된 것은 틀림없었다. 그 범인에 대한 정보를 드러내듯, 마구 흐트러져 있었다.

어렴풋이 광기가 느껴지는 광경이었다.

나는 〈디멘션〉과 기억능력을 활용해서, 갈가리 찢어진 캔버스들을 이어 붙였다. 그리고 이어진 그림에 그려져 있

던 것은──

"로드?"

지금의 그녀와는 분위기가 전혀 다른 모습이지만, 거기 그려져 있는 것은 틀림없는 로드였다.

호화로운 드레스를 입고, 긴 머리를 땋아서 늘어뜨린, 보석과도 같이 아름다운 여인. 아침에 머리를 풀고 있던 로드를 보지 못했더라면, 그림 속 여인이 그녀라는 것을 알아보지 못했을 것이다.

그림 속 로드의 눈에서 지금 같은 애교는 찾아볼 수 없었다.

한없이 차가운 눈동자. 어떤 희생을 목격하더라도 눈썹하나 까딱하지 않는 일국의 여왕 그 자체였다. 찢어져 있던 그림은, 모두 다『로드』의 위엄 있는 자태였다.

"그렇다면, 여기는 그림 보관고……?"

찢어진 그림들을 끼워 맞춰서 확인하면서, 보관고의 정체를 뇌까렸다. 그때 방 안쪽 벽에 멀쩡한 그림들 몇 장이 걸려 있는 것이 눈에 들어왔다. 파괴된 그림들이 가득한 방 안에서, 그 그림들은 유독 눈에 띄었다. 그것들은 다른 그림들에 비해 너무나도 어설펐다. 왕의 위엄 있는 자태를 그린 것들은 명망 높은 궁정화가가 그렸다는 걸 한 눈에 알아볼 수 있었지만, 이쪽은 마치 어린아이의 낙서 같은 그림이었다.

그렇건만, 그 낙서는 가장 비싸 보이는 액자 안에 들어있었다.

늘어서 있는 그림 중 첫 번째는『노부부』. 어느 초원에 서 있는 집에서 수인 할아버지와 할머니가 웃고 있었다. 나는 그것이 로드의 가족이라는 것을 한 눈에 알아볼 수 있었다. 그 옆에 로드의 모습을 연상케 하는 어린 소녀의 그림이 있었기 때문이었다.

그 어린 소녀는 내가 알고 있는 로드와 많이 닮아 있었다. 왕의 그림과는 달리, 천진난만하고 활달해 보였다. 그리고 그 옆에 보이는 것은, 이번에도 초원에 서 있는 집. 다만 이번 집은 아까 본 그림 속이 집보다 훨씬 더 컸다. 일련의 흐름으로 보아, 나는 그것이 역사서에 등장했던 고아원일 것이라 추측했다. 그 고아원 앞에는 아이들이 서 있었다. 내가 알고 있는 로드와 **쏙 빼닮은 모습**이 보였다. 그 옆에서는 호리호리한 소년이 로드의 소매를 붙들고 있었다. 그 얼굴은 낯이 익었다. 정확히 말하자면, 그 흔적을 느낄 수 있었다. 내가 알고 있는 가디언 아이드였다. 단, 그 모습은 **한참 더 작게** 그려져 있었다.

장식되어 있는 그림들은 아까 읽었던 영웅담의 내용과 일맥상통했다. 고아원 그림 다음은『정원사』가 되어 성에서 일하고 있는 로드의 그림. 밀짚모자를 쓴 로드가 성의 정원에서 나무들의 가지를 치고 있었다. 그런 그녀의 곁에는 아까보다 조금 커진 어린 아이드의 모습도 보였다.

——웃고 있었다.

찢어진 『로드』의 그림에서는 찾아볼 수 없었던 찬란한 미소가, 『정원사』 로드의 얼굴에는 분명히 존재했다. 지금의 로드와도 다르고, 『통치하는 왕』 로드와도 다른 미소였다.

늘어서 있는 그림의 이야기는 그 성의 『정원사』를 마지막으로 끝나 있었다.

어째선지 나는, 로드의 미소도 거기에서 끝났을 거라는 생각이 들었다.

"여기에 있는 그림들을 부순 건 로드……? 아니면 원래 이랬던 건가……?"

이 보관고는 어쩌면 이 성이 처음 구축됐을 때부터 이 상태였는지도 모른다. 배신자인 왕의 그림이 찢겨지는 건 당연한 일이다. 아니면 로드 스스로가 모종의 충동에 휩싸여 난장판을 만들었거나. 둘 중 하나일 것이다.

보관고에서 주목할 만한 건 그 정도뿐이었다. 나는 흩어진 그림들을 그대로 내버려두고 방에서 나왔다. 그리고 다시 〈디스턴스 뮤트〉를 사용해서 자물쇠를 따는 요령으로 잠금장치를 잠갔다.

"원래는 마법에 대해 조사하러 온 건데……, 예상 외로 로드에 대해 많은 걸 알게 됐네……."

문자상으로나마 로드의 인생을 대강 알 수 있었다.

그녀라는 가디언과의 싸움에 있어서, 이보다 더 큰 수확은 없으리라.

이제 보고 싶은 건 다 봤다. 미리 모아 두었던 마법 관련

책 몇 권을 집어 들고 방으로 돌아갔다. 복도를 걷는 그 발소리가 약간 느릿해졌다.

라이너에게는 로드를 속이고 지상에 가겠다고 얘기했다. 하지만 레이넌드 씨의 얘기를 듣고 서고의 영웅담을 읽은 탓에, 그 결심이 흔들리고 있었다. 스스로도 알 수 있을 만큼.

그녀는 로웬 아레이스와 비슷한 타입의 가디언이다.

근본적으로 선량하고, 평화주의자면서, 기분파.

그리고……, 인정하기는 싫지만 친구가 되고 말았다.

가능하면 로드를 구해주고 싶다. 구해주고 나서 지상으로 돌아가고 싶다. 하지만 그게 뜻대로 될지 어떨지는 알 수 없었다. 아직 구해낼 방법의 실마리조차 찾아내지 못했다.

고민 속에 성 안을 걸어서, 아무런 해답도 내지 못한 채 방에 도착했다.

그리고 방으로 돌아온 내 눈에 들어온 것은, 바닥에 엎어져 있는 라이너의 모습이었다. 내가 자리를 비운 건 채 한 시간도 되지 않았건만, 라이너의 몸속 마력은 이미 바닥나 있었다. 나는 황당해 하며, 같이 있던 로드에게 물었다.

"로, 로드. 라이너한테 뭘 시킨 거야……?"

"음, 그냥 수련 좀 시킨 것뿐이야. 걱정 마, 걱정 마. 내일이면 멀쩡하게 회복될 테니까."

"그럼 다행이겠지만……."

라이너는 쓰러져 있기는 해도 평온한 호흡을 반복하고 있었다. 죽지는 않은 것 같았다.

"그나저나 카나밍. 그건 성의 마도서잖아. 그 난장판이 된 서고에서 용케 책을 찾아 왔네."

"그래, 엄청 고생했다고. 거기는 처음부터 그 꼴이었던 거야?"

"아니, 내가 조사 좀 했더니 그렇게 돼 버렸지 뭐야! 이제 두 번 다시 조사 같은 거 할 생각도 없고!"

로드는 장난꾸러기 꼬마처럼 웃었다.

그 모습에서, 찢어진 그림 속『로드』같은 위엄은 조금도 찾아볼 수 없었다.

"자, 라이너는 다운돼 버렸고, 카나밍도 원하는 책을 찾은 것 같으니까, 나는 슬슬 나가 볼까나−."

"그러고 보니, 로드는 어디서 자는 거지?"

"여러 사람들한테 신세를 지고 있어−. 성 안에서 잘 때는, 정원 어딘가에서 잘 때도 있고."

성에는 로드의 방이 있었다. 왕을 위한 침실이 있었다. 그런데도 그녀는 그곳을 택하지 않았다.

자유로운 것 같으면서도 한정적인 그 대답을 듣고, 역시 뭔가가 일그러져 있음을 확신했다.

"그렇구나……."

그래서였을까. 나는 떠나가려 하는 로드의 뒷모습을 보며 입을 열었다.

의미 없는 짓이라는 걸 알고 있으면서도, 묻지 않을 수 없었다.

"로드, 혹시 나한테 바라는 거 없어? 네『미련』은 뭐지?"

이 말에, 로드는 포니테일을 찰랑이며 어린아이 같은 미소를 띤 채 나를 돌아보았다.

『이곳』에서 고민을 거듭해 왔을 소녀는, 주저 없이 대답했다.

"글쎄−. 카나밍도 우리랑 같이『이곳』에서 살아 주면 기쁠 것 같아. 내『미련』은『이곳』에서 평화롭게 살아가는 거니까 말야."

아니다.『이곳』이 평화를 얻었는데도 너의『미련』은 사라지지 않았다.

그래서 천 년 동안이나『이곳』에 있는 것 아닌가. ──하지만 그런 생각을 말로 할 수는 없었다.

그런 것쯤은 그녀도 한참 전부터 알고 있었을 것이다. 그걸 알면서도 그녀는 웃고 있다. 그렇기에 나는 무난한 말로 대꾸할 수밖에 없었다.

"하하……, 그건 안 될 것 같은데. 나는 지상에 가야만 하니까『이곳』에서 살 수는 없어. 하지만 그것 말고 다른 소원이 있다면, 그건 가능하면 이루어주고 싶어. 그 마음만은 진심이야. 그것만은 알아줘, 로드."

"가, 갑자기 왜 그래? 좀 놀랐어."

갑자기 진지해진 내 태도를 보고, 로드는 약간 어리둥절한 기색이었다. 하지만 내 말이 진심이라는 것을 깨닫고 수줍은 표정으로 말했다.

"그래도 고마워. 카나밍한테 그 말을 듣는 건 **두 번째**지만, 그래도 기뻐."

그 말을 끝으로, 로드는 날개를 펼쳐서 방의 창문 밖으로 뛰쳐나갔다.

두 번째……. 첫 번째가 어떤 상황이었는지, 나로서는 알 길이 없었다.

그 말은, 그녀와 나 사이에 간극이 있다는 증거였다. 그 점에 울화가 치밀었다.

떠나가는 로드의 뒷모습을 지켜보고, 들고 있던 책을 테이블에 내려놓았다.

결국, 지금 내가 할 수 있는 일은 아무것도 없었다.

울분을 억누르고 책을 펼쳐서 차원마법에 대해 조사하기 시작했다.

로드를 두고 지상으로 향하기 위해, 천 년 전의 지식을 긁어모았다.

밤이 깊어 가고, 아침이 밝아올 때까지, 나는 쉴 새 없이 책을 읽었다.

이튿날 아침, 나는 전과는 다른 차원마법을 구축할 수 있게 되었다.

천 년 전의 마도서에 적혀 있던 지식은 위대했다. 그것을 읽은 덕분에 차원마법에 대한 이해도가 깊어진 것이다. 차원속성은 현대의 지상에서는 마이너한 속성이었지만, 천년 전에는 메이저한 속성이었기에, 자료는 얼마든지 구할 수 있었다.

다른 일반적인 속성들과는 달리, 차원마법의 입지는 특수했다.

책에 적혀 있는 내용에 의하면, 『차원마법』은 누구나 갖고 있는 재능―― 이라고 했다.

다른 속성마법은 재능 없이는 평생토록 쓸 수 없지만, 차원마법은 살아있는 자라면 누구나 쓸 수 있다는 호언장담까지 있었다.

누구에게나 자기 자신을 위한 『영역』이 있고, 그것이 곧 차원마법의 재능이 된다. 사람이며 짐승, 돌과 구름―― 모든 만물이 예외 없이 자기 자신을 위한 『영역』을 갖고 있다고 했다. 이를테면 이 『세계』조차도 세계 자신을 위한 『영역』을 갖고 있다는 것이다. 모든 것들에 존재하는 그 『영역』에 작용하는 것이 바로 차원마법.

그런 애매모호한 내용을 보고도, 나는 당황하지 않았다. 갈피를 잡을 수 없는 추상적인 설명이었건만, 마치 나 자신이 생각한 것인 양 쉽게 이해할 수 있었다. 그게 좀 이상하다 싶어서 저자를 확인해 보았지만, 내 이름은 보이지 않았다.

기묘한 감각 속에서 책을 읽어 나가다 보니, 다음에는 『차원』이라는 개념에 대한 설명이 이어졌다. 지상의 책과는 달리 상세한 부분까지 다루어져 있었다. 참 친절하기도 하다.

가장 먼저, 눈에 보이는 세계는 1차원부터 3차원까지로 구성되어 있다는 기본적인 이미지부터 시작되었다. 그리고 이어서 4차원, 5차원 등 고위 차원에 대한 독자적 해석이 적혀 있었다. 그것은 마법 관련 지식이라기보다는 내 세계의 지식에 가까웠다.

개중에는 병렬세계나 이세계의 존재를 암시하는 내용도 있는 걸 보면, 나 같은 『이방인』이 집필에 참여한 건 분명해 보였다.

그 난잡한 차원마법 해설을 읽어 나가다 보니, 차원마법을 다루는 실력이 점점 향상되어 나갔다. 지금까지 내게 부족했었던 것이 보완되어 가는 느낌이었다. 잊고 있었던 것을 기억해 내는 감각과도 비슷했다.

지금까지 반신반의했던 차원마법에 대한 이미지가, 서적이라는 뒷받침을 얻어서 확고하게 변해 갔다. 차원을 다루는 이미지에 망설임이 사라졌다.

재능은 처음부터 충분했다. 나에게 부족했던 건 확신뿐이었던 것이다.

"──차원마법 〈디스턴스 뮤트〉."

어제까지는 손가락 끝에만 발동시킬 수 있었던 마법을, 이번에는 한쪽 팔 전체에 휘감았다.

어렴풋이 보라색 빛을 내뿜는 그 팔이, 방 안에 있는 테이블을 향해 다가갔다.

　그리고 내 몸과 테이블은 서로 접촉하지 않고 겹쳐졌다.

　──마법은 성공했다.

　단, 매 초마다 막대한 양의 마력이 소모되었다. 정보를 처리하는 뇌가 비명을 질렀다. 한시라도 빨리 이 마법의 진정한 힘을 발동시켜야만 한다.

　테이블 속을 뒤져서, 그 존재의 『핵』이 되는 것을 찾아 나갔다.

　눈에 보이는 3차원이 아닌, 그 위의 4차원도 아닌── 모든 존재가 갖고 있는 그 자신만의 『영역』을 향해 팔을 뻗었다.

　그것은 숫자로는 표현할 수 없는 마법의 차원. 상식에 얽매이지 않는, 마력만이 존재하는 세계. 테이블이 가진, 테이블 자신을 위한 『영역』.

　그곳에 홀로 존재하는 『혼』을 붙잡으러 간다──

　돌 같은 것을 붙잡았다고 느낀 순간, 손을 단숨에 뺐다. 그리고 곧바로 〈디스턴스 뮤트〉를 해제했다.

　손 안에는 탁하게 빛나는 마석이 있었다. 『혼』이 뽑혀나간 테이블은 빛이 되어 사라져 갔다. 그것은 몬스터가 미궁에서 죽었을 때와 똑같은 광경이었다.

　"조, 좋았어……! 해냈어……! 이제 66층에 도전할 수 있어……!"

　하룻밤의 연구와 연습 끝에, 드디어 〈디스턴스 뮤트〉가

완성되었다.

남은 MP로 보아 오늘 중에 도전하기는 힘들겠지만, 내일이면 풍룡 엘펜리즈를 상대로 시험해 볼 수 있을 것 같았다. 아마 『시조 카나미』가 사용하던 것과 비교해도 손색은 없을 것이다. 물론 무기물이 아닌 생물을 상대로 사용하자면 난이도가 껑충 뛰기는 하겠지만.

하지만 그건 마력 소비를 통해 해결될 수 있는 문제였다. 마법만 제대로 구축하면, 들어가는 마력의 양에 따라서는 어떤 것에도 통할 것이다. 〈디스턴스 뮤트〉는 그런 인정사정없는 즉사마법이다.

손에 든 마석을 『소지품』 속에 집어넣고, 자신의 팔을 쳐다보았다.

차원이 다른 세계 안에 집어넣었던 감촉이 아직 남아있었다.

동시에 〈디스턴스 뮤트〉라는 마법의 **다음** 감각도 남아있었다.

지금의 나로서는 팔 전체에 휘감는 게 고작이었지만, 이 마법의 진가는 팔뿐만이 아닐 것이다. 아마 이 마법의 최종 형태는 온몸에 휘감는 형태일 게 틀림없었다.

한 번 마법을 성공시키고 나니, 충분히 예측할 수 있었다.

나는 아직 더 강해질 수 있다. 그것을 확인했을 때, 식사 준비를 마친 라이너가 방에 들어왔다. 더 이상 마법 연습을 하고 있을 시간은 없을 것 같았다.

곧바로 식사를 하고, 오늘의 작업을 하러 가야만 한다.

식사를 마치고, 라이너에게 상황 진척에 대해 보고한 다음, 도시로 나왔다. 오늘의 예정은 어제와 똑같았다. 나는 레이넌드 씨의 집에서 일을 하고, 라이너는 로드를 감시하는 것이다.

일터인 공방에 도착하니, 미간에 주름을 가득 잡은 레이넌드 씨가 기다리고 있었다.

오늘도 일거리가 많은 건가 싶어 긴장했지만, 전혀 다른 대답이 돌아왔다.

"일감은 이제 없다. 어제 수리를 너무 많이 했어."

옆 창고에는 수리해야 할 물건이 하나도 없었다. 어제 마귀와도 같은 속도로 수리 작업을 계속한 탓이었다.

"어, 하나도 없는 거예요?"

"그래, 부탁 받은 일은 다 끝났어. 저 창고에 있던 건 원래 일주일쯤 들여서 처리할 예정이었는데……, 애송이가 오는 바람에 하루 만에 끝나 버렸어."

내가 온 것 때문에 그렇게 된 게 아니라, 나를 항복하게 만들려고 한 것 때문 아니었나요? 라고 생각했지만, 아무 말 없이 쓴웃음만 지었다.

"으음……. 그럼 오늘 일은 다 끝났다는 건가요?"

"아니, 애송이에게 일거리를 주는 건 내 의무니까. 그냥 이대로 돌려보낼 수는 없어. 어디 보자……. 긴급하게 들어올 지도 모르는 일감에 대비하면서 대장장이 일 훈련이라도

시켜 볼까. 나도 오랜만에 스스로의 기술을 돌아보고 싶으니까."

그건 내 입장에서 반가운 얘기였다. 당연히 아무런 불만도 없다고 고개를 끄덕여 동의했다.

"애송이, 갖고 있는 물건 중에 수리 연습에 쓸 만한 거 없나? 네 차원마법 공간에 있는 걸 다 끄집어내 봐라."

"아, 네."

당연하다는 듯 『소지품』에 대해 알고 있었다. 굳이 숨길 필요도 없을 것 같았기에, 갖고 있는 무기와 방어구들을 모조리 꺼냈다. 『아레이스 가문의 보검 로웬』을 비롯해서, 파손된 검이며 건틀릿까지, 갖가지 물건들이 테이블 위에 놓여졌다.

"어마어마한 양이군. 흠, 그나마 쓸 만한 물건들도 제법 들어있긴 한데……, 아니, 막 다루기에는 너무 아까운 게 하나 눈에 띄는군."

가장 먼저 레이넌드 씨의 이목을 끈 것은 『아레이스 가문의 보검 로웬』이었다.

"저기, 그건 친구였던 가디언의 마석이 박혀 있는 검이에요."

"어쩐지 돌이 좋아 보이더니……. 그나저나, 이 쓸데없는 장식은 뭐냐? 없애 버리면 더 좋은 물건이 될 거다. 까놓고 말해서 만듦새가 너무 겉멋에만 치중됐어."

"제 생각도 그래요."

『아레이스 가문의 보검 로웬』의 장식은 알리버즈 씨의 작품 중에서는 그나마 얌전한 편이었다. 하지만 그의 작품 특유의 겉멋이 사라진 건 아니었다. 기능성만 생각하자면 제거해야 될 부분이 많았다. 겉모양보다 능력을 중시하는 레이넌드 씨는, 날밑 부분의 장식을 어루만지며 "깎아내야겠군"이라고 뇌까렸다. 그러자 『아레이스 가문의 보검 로웬』이 탁한 빛을 내뿜은 것 같은 느낌이 들었다. 마치 겁에 질려서 떨고 있는 것만 같았다. 스킬 『감응』이 저절로 발동해서, 죽은 가디언의 마음을 읽어내 주었다.

"죄송해요, 레이넌드 씨. 검 본인이 싫어하는 것 같으니까 그건 좀 참아 주시겠어요?"

"검 본인이라고? 애송이 너는 검의 목소리라도 들을 수 있다는 거냐?"

헛소리에 가까운 내 말을 듣고도, 레이넌드 씨는 그 진위를 의심하지 않았다. 의심하기는커녕 호기심이 가득한 표정이었다.

"아뇨, 그 검에만 한정된 거예요. ……아마도."

"뭐야, 재미없군."

다만, 장래에 어떻게 될지는 알 수 없다. 나는 마석이 『혼』이라는 것을 알고 있다. 차원마법을 잘만 사용하면, 마석이 포함된 도구의 목소리는 들을 수 있게 될지도 모른다.

"흐음. 이 아까운 무기가 안 된다면, 다음은 이쪽 녀석들로 해 보지."

143

레이넌드 씨는 내가 미궁에서 주워 온, 저주받은 아이템을 가리켰다.

33층쯤에서 라스티아라와 같이 보물찾기를 하다가 발견한 물건들이었다.『표시』에 정신오염이라는 글자가 있었기에, 모두 파괴해 둔 상태였다.

"이 부서진 무기들은 제법 쓸 만한 구석이 있군."

그야 당연하겠지. 미궁 안에 있었다는 건, 곧 천 년 전의 작품이라는 뜻인 것이다. 레이넌드 씨의 눈에 드는 것도 당연한 일이었다.

"레이넌드 씨는 고치실 수 있겠어요?"

『콜 아우터』『아를레콘 페이스』『블러드 소드』등, 원래는 정신오염 때문에 쓸 수 없었던 도구들을 보며 기대를 부풀렸다.

"그야 해 봐야 알지. 기본적으로 칼날이 부러진 건 못 고치지만, 잘만 하면 고칠 수 있는 것들도 있어. 좋아……, 오늘은 이것들을 한 번 만져 볼까?"

레이넌드 씨는 공방 구석에 있는 선반에서, 수리용 도구와는 다르게 생긴 도구들을 꺼내 왔다. 예전에 알리버즈 씨의 공방에서도 본 적이 있었던 도구였다.

"그 무기는 마석이 들어가 있으니까 말이지. 개중에는 마술식이 들어있는 녀석도 있어. 그것까지 완벽하게 고치자면 이런 도구가 필요해."

"그렇군요."

철제품 수리와는 방법이 전혀 다른 모양이었다. 하지만 예기치 않게 마법도구 제작 연습을 할 기회가 생겼기에, 내 입장에서는 반가운 일이었다.

"애송이, 혹시 마술식 그릴 수 있나?"

"빠르게 그리기는 힘들지만, 대충은 그릴 수 있어요."

알리버즈 시의 공방에서 어느 정도 연습을 한 덕분인지, 기본적인 건 그릴 수 있었다. 배우기만 하면 난해한 것도 그릴 자신이 있었다.

"그럼 한번 시작해 볼까. 이게 내가 쓰고 있는 마술식 입력용 도구다. 특수한 것들이 많으니까 조심해. 예를 들면, 흠집 난 부분을 연마하는 게 이거고——."

레이넌드 씨는 도구에 대한 꼼꼼한 설명부터 시작했다. 어제의 태도와는 그야말로 천지차이였다. 그 알기 쉬운 설명 덕분인지, 마법도구에 대한 수리 순서를 금방 이해할 수 있었다.

그리고 지식을 다진 다음에는 당연히 실습이었다. 부서진 도구들을 집어 들고 수리 작업에 들어갔다. 처음에는 실패도 하겠지만, 애초에 부서진 물건들이다. 주저 없이 『대장장이』의 성장을 위한 제물로 삼았다.

"그럼 해 볼게요——."

레이넌드 씨가 곁에서 지켜봐 주는 가운데, 나는 망치를 휘두르기 시작했다. 움직임의 복사는 이미 마친 상태다. 부러진 『블러드 소드』의 칼날을 이어 붙이고, 구멍 난 투구 『알

레르콘 페이스』를 수선해 나갔다.

형태는 금방 회복시킬 수 있었다. 물론 그것만으로 원래의 강도를 되찾을 수는 없다. 도구라는 것은 기본적으로 일회용이며, 그걸 수복하는 건 힘든 법이었다.

그러나 여기는 이세계다. 뒤이어 원래 형태를 되찾은 도구들에 마술식을 새겨 넣어서, 강도 문제를 해결해 나갔다. 그 작업은 초인적인 정밀함을 요하는 작업이었다. 하지만 내 현재 스테이터스 정도면 그리 어려운 일도 아니었다.

얘기할 여유까지 있었다. 물론 레이넌드 씨 역시 마찬가지였다.

우리는 저절로 공통의 화제인 로드에 대해 얘기하기 시작했다.

"──흐음. 기억을 되찾지는 못했지만 성의 서고에서 천년 전의 일을 알았단 말이지?"

"네. 하지만 로드가 왕이었던 시절의 이미지가 상상이 안돼서……. 솔직히, 도무지 믿기지가 않아요."

"그건 어쩔 수 없겠지. 지금의 그 녀석과는 전혀 딴판이니까."

그리고 레이넌드 씨는 "애송이 너도 마찬가지지만"이라고 덧붙였다. 예전의 내가 막 나가는 놈이었다는 건 이미 알고 있다. 지금 중요한 건 로드 쪽이었다. 나는 거듭 질문을 던졌다.

"로드가 정말로 수많은 나라들을 하나로 통합시켰나요?"

"그건 틀림없는 사실이다. 그 시절의 로드는 그 누구보다도 왕다운 왕이었어. 그 위엄은 신에 필적해서, 그냥 서 있기만 해도 백성들의 입을 다물게 만들었지."

지금과는 정반대였다. 내가 아는 그녀의 위엄은 기껏해야 어린애 정도. 그냥 서 있기만 해도 사람들이 황당함에 입을 떡 벌릴 것 같은 활달한 여인이었다.

"왕이 되기 전의 로드에 대해서는 알고 계신가요? 책에는 고아원에서 지냈다고 적혀 있던데요."

"왕이 되기 전에는 『정원사』로 일했다고 알고 있다. 하지만 나도 그보다 더 전의 일은 몰라. 알고 있는 사람이 있다면 재상님뿐이겠지. 그 녀석도 고아원 출신이니까. 서로 혈연관계는 아니지만, 남매지간이나 다름없다고 들었다."

"재상…… 혹시 아이드 말인가요?"

재상이라는 말을 들으니, 지상의 가디언 『나무의 이치를 훔치는 자』 아이드가 떠올랐다. 그의 이미지와는 그다지 동떨어지지 않은 행적이었다. 오히려 로드와 남매 같은 사이였다는 게 더 놀라웠다.

"그래, 아이드 공 말이다. 그 녀석은 로드와 애송이가 사라진 뒤에도 홀로 북쪽 왕국을 지탱했어. 왕의 귀환을 믿고 끝까지 싸운, 진정한 충신이었지."

가족으로서, 한편으로는 신하로서 줄곧 로드 곁을 지켜온 아이드.

로드에 대해 가장 잘 아는 건 그인 모양이었다.

"그럼, 지상에 있는 아이드에게 물어보면 로드의 『미련』을 알 수 있을까⋯⋯."

"음? 지금 지상에 아이드 공이 있다고?"

내가 뇌까린 말에, 레이넌드 씨가 환해진 얼굴로 되물었다. 나나 로드를 상대할 때의 표정과는 전혀 달랐다. 그 태도로 보아 아이드의 인덕이 얼마나 뛰어난지를 알 수 있었다.

"아, 네. 아이드는 미궁에서 가디언으로 소환돼 있어요. 지상에서 다시 나라를 만들려 하고 있는 것 같았어요."

"그거 반가운 소식이군. 가장 왕과 가까운 사이였던 아이드 공이 있으면 로드의 숨겨진 『미련』을 알아낼 수 있을지도 몰라. 그도 그럴 것이, 그 둘은 남매지간이니까. 역시 가족은 다른 인간관계와는 차원이 다르지."

"다른 인간관계와는 차원이 다르다⋯⋯. 동감이에요. 어쩐지 생각보다 쉽게 풀릴 것 같아요. 어쩌면 지상의 아이드와 지하의 로드를 만나게 해 주기만 해도 둘 다 순식간에 『미련』이 해소될지도 몰라요."

"그렇게 순탄하게 풀릴 리는 없겠지만, 아이드 공을 불러오겠다는 건 좋은 제안이다. 애송이만 괜찮다면 지상에서 여기로 데려와줬으면 좋겠는데⋯⋯."

"네, 좋아요. 원래부터 아이드한테 용건이 있었던 참이니까, 겸사겸사 데려올게요."

아이드에게서 히타키를 되찾고 나면, 곧바로 꽁꽁 묶어서

『이곳』에 버리러 와야겠다.

"좋아. 그럼 애송이가 빨리 지상으로 갈 수 있도록 해야겠군. 풍룡 때문에 진도가 안 나가고 있다고 그랬었지, 아마?"

"맞아요. 그래서 그 풍룡을 상대하는 데 필요한 아이템을 직접 만들려고 여기서 일하기로 한 거예요."

"좋아. 마침 수리도 일단락이 지어졌으니까. 이번에는 풍룡을 상대할 때 필요한 아이템이나 가볍게 하나 만들어 볼까."

"네……? 그렇지만 마법도구를 살 돈이 없는데요……."

"그건 신경 쓰지 마라. 나중에라도 값을 치르기만 하면 충분해. 로드 녀석에게는 비밀이다."

"감사합니다!!"

예상치 못한 형태로 레이넌드 씨의 전면적 협조를 얻게 돼서, 환희에 차 고개를 숙였다.

미궁 공략에 드는 과정이 단번에 줄어든 것 같은 느낌이었다. 그리고 풍룡에 맞서는 데 필요한 마법도구 제작에 들어가기 전에, 방금 수리한 무기와 방어구들을 테이블에 늘어놓고 상태를 확인했다.

물론 전부 다 완벽한 건 아니었다. 실패해서 두 번 다시 쓸 수 없게 된 것들도 몇 개 있었다.

나는 『소지품』 안에 있는 무기와 방어구에 대한 최종 확인에 들어갔다.

장비 『콜 아우터』 『아를레콘 페이스』는 성공적으로 수리된 데다 정신오염도 사라졌다. 하지만『블러드 소드』는 파손되었다. 부러진 칼날을 복구하는 건 방어구 수리보다 난이도가 높았던 것이다. 그리고 마지막으로——

[헤르빌샤인 가문의 성쌍검『편익(片翼)』
공격력2
한쪽 날개를 잃어서, 본래의 힘은 상실되었다

이 검은 한 쌍을 이루는 다른 한 자루가 분실되었기에, 본래의 힘은 발휘할 수 없다.

사용할 수 있는 장비의 능력 확인을 마친 후, 나는 그것들을『소지품』안에 집어넣었다.

그러는 동안에 레이넌드 씨는 근처 선반에서 새로운 도구를 꺼내서 마법도구 제작에 들어갔다. 새로운 물건을 만들자면 나는 아직 거추장스러운 존재에 불과한 듯, 그는 혼자서 약 한 시간 정도의 시간을 들여서 완성시켰다. 비취색으로 빛나는 마석 목걸이였다. 그는 완성된 그 목걸이를 내게 건넸다.

"——바람으로부터 몸을 보호해 주는 목걸이『그린 탈리스만』이다. 보유 효과는 알겠나?"

"감사합니다.『레드 탈리스만』을 갖고 있어서 대충 알아요."

척 보기에도 지상의 물건보다 완성도가 뛰어났다. 내가

그 특제 액세서리를 장착하자, 레이넌드 씨는 작업의 종료를 알렸다.

"좋아. 그럼 네 방에 가서 마력 회복에 힘써라. 혹시 로드가 상황을 보러 여기로 오면, 물품 구입 심부름을 시켰다고 얼버무려 주지. 그 녀석이 알게 되면 재미삼아 방해하려고 들 테니까. 혹시 필요하다면 내일도 얼버무려 주마."

로드에 대한 대책까지 떠맡아 주었다. 내가 생각하는 이유와는 약간 다를지도 모르자만, 레이넌드 씨도 로드가 미궁 공략에 방해가 될 거라 생각하고 있는 모양이었다.

"부탁드릴게요. 가능한 한 빨리 지상으로 갈게요."

"그렇다고 무리하지는 마. 죽으면 모든 게 다 끝장이니까. 아마 난관은 66층뿐만이 아닐 거다."

66층만 넘어가면 그 뒤로 나타나는 마물들은 지속적으로 약해져 갈 것이다. 하지만 그래도 방심은 금물이라고, 레이넌드 씨는 조언해 주었다.

"알고 있어요. 지상까지 가는 길에는 아직 만나지 못한 가디언이 있을 테니까요."

"그래, 가장 큰 난관은 거기겠지. 최악의 경우, 말이 안 통하는 녀석이 나올 수도 있을 테니까."

그 얘기를 끝으로 작업의 뒷정리가 끝났다. 나는 곧바로 귀가 준비를 마치고 고개를 숙였다.

"레이넌드 씨, 감사합니다……. 내일은 로드를 부탁드릴게요."

"알았다. 로드 감시는 내게 맡기고, 애송이 너는 미궁에 도전하거라. 『이곳』에서 빨리 벗어나는 게 가장 중요해. 안 그러면 너희 둘이 같이 있는 『이곳』이 어떻게 변화할지 알 수 없으니까."

"네……. 서두를게요."

레이넌드 씨는 심오한 표정으로 자신이 사는 『이곳』의 위험성을 강조했다.

나는 진지한 얼굴로 그 말에 답하고, 서둘러 레이넌드 씨의 집을 나섰다.

그런데 그러는 길에── 집 정원에서 다시 베스를 만났다. 아마 내 작업이 끝나기를 기다리고 있었던 모양이다. 그 손에는 어제 주었던 것과 같은 과자가 들려 있었다.

"앗! 기, 기사단장님……!! 수고 많으셨어요. 저기, 그게……."

"고마워. 오늘도 만들어 줬네. 하지만 일부러 힘들게 만들 필요는 없어. 과자 굽는 것도 제법 힘이 드는 일이잖아?"

과자를 받아 들면서, 최대한 명랑한 목소리로 말했다.

하지만 베스는 휙휙 고개를 가로저으며 부정했다.

"아뇨! 하나도 힘들지 않아요! 이건 제가 좋아서 하는 일이니까, 기사단장님은 신경 쓰실 것 없어요! ……이건 제가 좋아서 하는 일이에요. 네, 계속, 계속, 이렇게 하고 싶었어요!"

"그, 그렇구나……. 그럼 다행이지만……."

그 힘 있는 목소리에 압도돼서 아무런 말도 나오지 않았다. 어린아이의 응석이 아닌, 어른의 신념에 가까운 열의가 느껴졌다. 순간적이나마, 베스가 나와 같은 또래의 여자아이로 보였을 정도였다.

"그러니까, 앞으로도 제가 과자를 만들 기회를 주세요. 부탁이에요……."

"응……. 그럼, 공방에서 일하는 동안에는 부탁하도록 할게. 언젠가 내가 『이곳』을 떠날 때까지이지만."

"네……?"

영원히 『이곳』에 눌러앉아 있을 수는 없다.

그 점을 일찌감치 얘기하자, 베스의 얼굴이 어두워졌다. 막연한 기대를 품게 하는 것보다는 분명하게 얘기해 두는 게 그녀를 위해 보탬이 될 것이다. 그런 생각에, 나는 말을 이었다.

"미안해. 나는 빨리 지상으로 가야만 하거든."

"지상에 간다구요……? 『이곳』을 떠나서……?"

베스의 표정이 굳어졌다. 그리고 내 말을 곱씹듯이 되뇌었다.

그녀의 표정이 굳어진 것은 단 몇 초뿐이었다. 이내 원래의 밝은 표정으로 돌아와서, 연신 고개를 끄덕였다.

"그, 그러시겠죠! 기사단장님은 바쁘신 분이니까 어쩔 수 없겠죠! 아, 오늘은 과자를 넉넉하게 만들었으니까, 성에 계신 분들이랑 나눠 드세요!"

일단은 납득해 준 모양이었다. 하지만 여전히 위화감이 가시지 않았다.

지금의 베스에게서는 나이에 걸맞지 않은 배려가 느껴졌다. 이게 레이넌드 씨가 얘기했던 『아직 남아있는』 부분일까?

"고마워. 그 날이 올 때까지 잘 부탁할게, 베스. 그럼……."

"네, 안녕히 가세요……. 기사단장님……."

베스는 아쉬워하는 기색이 역력했지만, 나는 종종걸음으로 레이넌드 씨의 집을 나섰다. 그리고 곧바로 마왕성으로 향했다. 중간에 도시 주민들이 친근하게 인사를 건네곤 했다. 나는 어색한 미소로 그 인사에 화답하면서, 더더욱 굳건하게 마음먹었다.

──빨리 지상으로 가야겠어.

안 그러면, 레이넌드 씨의 말마따나, 『이곳』은 무슨 일이 일어날지 장담할 수가 없는 것이다.

그 점을 새삼 재인식한 나는, 성으로 가는 중간부터 뜀박질을 시작했다.

2. 미궁 역주행

서둘러 마왕성으로 돌아온 나를 기다리고 있던 것은, 조촐한 다과회였다.

어째선지 성의 정원 한가운데에 하얀 테이블이 놓여있고, 그 위에는 자수로 장식된 테이블보가 깔려 있고, 고풍스러운 홍차 세트가 놓여있었다.

값비싸 보이는 하얀 의자에 앉은 로드가 우아하게 홍차를 마시고 있었다. 그리고 당연하다는 듯이 라이너가 그녀에게 홍차를 서빙하고 있었다. 익숙한 몸동작으로 포트를 든 채 꼿꼿이 서 있었다.

"너희들, 오늘은 또 뭘 하고 있는 거야……?"

로드는 내 등장에도 눈썹 하나 깜짝하지 않은 채, 어설픈 양갓집 규수 같은 동작으로 찻잔을 테이블에 내려놓았다. 아마 로드는 굳이 꾸미지 않더라도 완벽하게 양갓집 규수답게 행동할 수 있을 것이다. 그러니 이건 일부러 어설프게 보이도록 매너를 허술하게 하고 있는 것이리라.

"그야, 당연히 피크닉이지. 오늘은 일이 일찍 끝났거든. 카나밍을 기다리면서 정원에서 놀고 있었던 거야."

"아무리 봐도 라이너는 피크닉을 즐기는 게 아닌 것 같은데……."

"아니, 나도 그냥 같이 피크닉을 즐기자고 했는데……. 라

155

이너가 서빙을 맡는 편이 더 마음이 편하다고 해서 이렇게 된 거야."

워커홀릭인 라이너의 성격 때문에 이런 묘한 형태의 피크닉이 이루어진 모양이었다.

본인에게 시선을 돌렸더니, 뭐가 이상하다는 건지 전혀 이해를 못 하는 기색이었다. 아마 태어나서 지금까지 줄곧 다른 누군가에게 봉사하면서 살아온 것이리라. 그의 인생에 대해 비애를 느끼며, 나는 테이블 앞에 앉아서 베스가 준 과자를 꺼냈다.

"아! 과자다! 나도 먹어도 돼?"

"그래, 이건 베스가 너희들이랑 같이 먹으라고 준 선물이니까 상관없어. 라이너도 자리에 앉아서 같이 먹자. 이런 선물은 제대로 자리에 앉아서 먹는 게 예의니까."

정공법으로 설득해 봤자 라이너가 서빙을 그만둘 것 같지는 않았기에, 타인의 호의와 예의를 방패삼아 협박했다.

"하긴 듣고 보니……."

라이너는 마지못해 집사 같은 자세를 풀고 자리에 앉았다.

나는 그 틈을 타서 라이너의 손에 든 티포트를 빼앗아 세 사람 몫의 홍차를 따랐다.

"앗……."

그것을 본 라이너는 자신이 일을 잘 못했다고 생각한 건지, 부끄러워하는 기색을 보였다. 나는 그 모습을 보고 황당해하며 나무랐다.

"이봐, 라이너⋯⋯. 넌 이제 귀족의 기사도 아니고 다른 사람의 시종도 아니잖아. 좀 자기가 원하는 대로 행동해도 돼. 왜 그렇게 사서 고생만 하려고 드는 거야?"

마침 좋은 기회다 싶어서, 라이너의 피학적인 성질을 조금이라도 수정해 주려 시도해 보았다. 이대로 두면 마음고생을 견디다 못해 쓰러지지 않을지 걱정될 지경이었다.

그러나 그는 진지한 표정으로 고개를 가로저으며, 영문 모를 이론을 떠벌려댔다.

"그야⋯⋯, 제일 아랫사람이 서빙을 맡는 건 당연한 일 아냐?"

"제일 아랫사람? 라이너, 그런 생각을 하고 있었던 거야? 적어도 나와 로드는 너를 친구라고 생각했었다고. 나이나 지위 같은 것과 상관없는 대등한 친구로."

바로 옆에 있는 로드도 쿠키를 우물거리며, 동의한다는 듯 고개를 끄덕이고 있었다.

"대등한 친구⋯⋯. 지크, 그 말은 틀렸어. 세상 모든 것에는 서열이라는 게 있어. 그리고 지크는 『시조님』이고, 로드는 『왕족』이고, 나는 『고아 출신의 귀족 양자』야. 누가 생각해도 내가 제일 아랫사람이잖아?"

라이너는 당연한 일이라는 듯 말했다. 힘을 모아 사투를 이겨낸 뒤로는 마음이 통하는 벗이 됐다고 생각했었지만, 그건 아니었던 모양이다. 라이너는 나를 지나치게 우러러보고 있었다.

나를 위해서라면 목숨이라도 바칠 듯 위태로운 태도였다.

로드에게만 정신이 팔려 있었지만, 라이너도 충분히 뒤틀려 있었다.

그 엇갈림만은 기필코 수정해야겠다는 생각에 적극적으로 설득하려 했을 때, 로드가 말했다.

"라이너, 그건 완전히 틀렸어. 『시조』건 『왕』이건 『고아』건 뭐건, 그런 건 아무 상관도 없어. 모두 다 대등한 인간이야. 적어도 나는 한 번도 라이너를 아랫사람으로 생각한 적 없어."

내가 하고 싶던 말을 로드가 대변했다. 평소에 보이던 짓궂은 기색은 티끌만큼도 찾아볼 수 없는 엄격한 말투였다. 방금 라이너가 한 주장은 그녀에게 있어서 결코 용납할 수 없는 것이었던 모양이다.

하지만 라이너는 여전히 우겨댔다.

"아니, 두 사람은 아직 사회 사정에 어두우니까 그런 말을 할 수 있는 거야. 세상에 대등이라는 건 존재하지 않아. 두 사람이 얘기한 건 안이한 환상일 뿐이야. 그리고 애초에 『시조님』이나 『임금님』을 보고 대등한 친구라고 했다가는, 지상에 돌아간 뒤에 내 신변이 위험해질 거야."

그 말을 듣자 로드의 표정이 어두워졌다.

"하긴 그럴지도 모르지……. 라이너 말이 맞을지도 몰라. 천 년 전의 세계도 그런 식이었어. 어디에 가건 계급이 있고, 서열이 있고, 차별이 있었지……."

"내 말이 맞지? 어느 시대에나 계급과 서열은 존재해. 그건 절대 사라지지 않는 거야."

그러나 로드는 이내 슬픈 표정을 지우고, 평소의 활달한 모습으로 돌아왔다.

"뭐……, **사라지지 않는다면, 사라지지 않는 것도 어쩔 수 없는 거겠지!** 그럼 친구는 그냥 건너뛰고 가족이 되는 거야! 그러면 대등해져도 문제 될 거 없잖아? 나 참, 라이너가 워낙 떼를 써서 어쩔 수 없이 특별대우 해 주는 거라고!"

"하……? 대, 대체 왜 그런 결론이 나오지……?"

"한 마디로, 내가 누나고 라이너는 동생이 되는 거야!"

"아니, 잠깐! 진짜 왜 그런 결론이 나오는 건데?! 나한테는 지상에 멀쩡한 가족이 있으니까 그런 짓 할 필요 없어! 아니, 누나가 더 늘어나는 건 오히려 질색이야! 진짜, 진심으로!"

"안-돼! 내가 됐다면 된 거야! 가족이란 많으면 많을수록 좋은 거니까 말이야-! 아까 라이너가 자기 입으로 자기는 고아 출신이라고 그랬지? 고아원에서 지내던 시절에는 가족이 잔뜩 있었을 거 아냐?!"

"그야 고아원 사람들도 가족이나 다름없었다고 할 수도 있겠지만……."

"이 성도 고아원이랑 비슷한 거니까! 오늘부터 우리는 가족이야!"

"뭐, 뭐라고?!"

그 터무니없는 이론에 라이너는 입을 떡 벌리고 어쩔 줄 몰라 했다.

"받아, 라이너. 이 누나가 쿠키 줄게-."

로드는 억지로라도 라이너를 응석받이로 만들기로 작정한 모양이었다. 자기가 갖고 있던 쿠키를 억지로 라이너의 입에 집어넣으려 들었다. 방식 자체는 난잡하지만, 나쁘지는 않아 보였다.

"좋아. 그럼 형이 된 나도 라이너한테 쿠키를 줘야지."

"대체 왜?!"

나도 갖고 있던 쿠키 전부를 라이너 앞에 가져다 놓았다.

라이너가 자기 자신을 업신여기는 소리를 한다면, 우리는 그 이상으로 라이너를 떠받들어 줄 작정이었다. 로드는 라이너의 어깨를 주물러 주면서 필요한 게 있으면 사 주겠다며 속닥거렸고, 나는 빈 잔에 홍차를 따라 주며 그의 노고를 치하했다.

라이너는 그런 상황에 어쩔 줄 몰라 하면서도, 가까스로 입을 열었다.

"아니, 어째……, 이건 우리 누님들이나 형님들과는 전혀 다르잖아……."

당연한 일이다. 지금 우리가 재현하는 건 평민 가족의 가족관계이지, 귀족들의 가족관계가 아닌 것이다.

그래도 우리는 일부러 그렇게 하고 있다. 귀족의 양자로서 항상 위축된 기분으로 살아 온 라이너를 조금이라도 치유해 주고 싶었다.

　──하지만 문제가 하나 있어.

　로드가 라이너뿐만이 아니라 나한테까지 치근덕대며 들이대는 것이다. 누나처럼 굴면서.

　"훗흐-웅! 카나밍도 이 누나한테 응석 부려도 된다고-!"

　"이런. 이러다가는 나까지 로드와 가족으로 엮이는 신세가 되잖아."

　"왜 거기서 떨떠름한 표정을 짓는 건데?! 뭐 어때서 그래! 카나밍의 여동생 자리를 대신하겠다는 소리는 안 할 테니까 말이야! 조금이라도 누나로 대해 달라고!"

　"애석하게도, 나는 라이너 같은 동생은 갖고 싶지만 너 같은 누나는 필요 없어…….."

　"알고 싶지 않았던 사실이잖아! 대체 왜?! 나 정도면 이상적인 누나잖아?!"

　"요리 하나도 못 하는 누나라니, 솔직히 말도 안 돼…….."

　"뭐라고?! 그렇게 나온다면 만들어 주지! 오늘 저녁은 나한테 맡겨!"

　로드는 길길이 화를 내면서, 성의 정원에서 주방 쪽으로 달려갔다. 할 줄 아는 건 채소 썰기 정도밖에 없는 주제에, 정말로 자기가 저녁밥을 만들 작정인 모양이었다.

　"라이너, 저 변변찮은 누나를 좀 도와주고 와."

　"칫, 하는 수 없지…….."

　라이너를 보내자, 로드는 얼굴 가득 미소를 머금고 환영했다. 남매가 같이 요리하는 시추에이션이 즐거운 모양이었다.

나는 그 모습을 뒤에서 바라보며, 안도의 한숨과 함께 의자에 몸을 파묻었다.

로드의 『미련』도 알아채지 못하고, 라이너의 과거를 자세히 물어볼 여유도 없는 나였지만, 그래도 이 정도는 할 수 있었다.

최소한, 이 셋에서 화기애애하게 즐길 수 있는 시간은 지키고 싶었다.

그리고 막연하게나마 로드의 기분을 이해할 수 있었다.

로드의 말마따나, 이런 시간이 영원히 계속되는 것도 나쁘지 않을지도 모른다. 세계로부터 격리된 『이곳』이라면, 영원토록 행복하게 지낼 수 있을 것이다. 틀림없다.

하지만 그 끝에는 아무것도 없으리라. 로드는 사라질 수 없을 테고, 나는 여동생과 동료들을 구해줄 수 없을 테고, 라이너의 일그러진 인생도 바로잡을 수 없다. 해결되는 건 아무것도 없다.

그렇기에 나는 내일 기필코 미궁에 갈 것이다. 지상에 가서, 나를 기다리고 있을 동료들을 구해낸 다음, 아이드를 『이곳』으로 데려올 것이다. 그렇게 마음속으로 다짐했다.

──그 날 우리는, 로드가 만든 어설픈 저녁식사를 먹으며 밤늦도록 담소를 나누었다.

◆ ◆ ◆ ◆ ◆

『이곳』에서 보내는 사흘째 아침이 밝아 왔다.

[스테이터스]
이름 : 아이카와 카나미 HP 293/293 MP945/945 클래스 : 탐색가
레벨 22
근력12.55 체력14.12 기량18.57 속도22.96 지능18.67
마력38.34 소질6.21
선천 스킬 : 검술 3.79
후천 스킬 : 체술1.56 차원마법5.27+0.10 마법전투0.73
감응3.56
뜨개질1.07 속임수1.34 대장장이0.92 봉제0.68
신철야금0.44

　지금까지 일해 온 보람이 있었는지, 스킬 『대장장이』가 순조롭게 성장하고 있었다.
　몸 상태와 MP도 완벽했다. 〈디멘션〉과 〈디스턴스 뮤트〉를 사용하더라도 그리 쉽게 MP 고갈이 일어나지는 않을 터였다.
　예정대로 오늘은 미궁에 도전할 것이다. 그 생각을 전하기 위해, 나는 옆 침대에서 자고 있던 라이너를 깨워서 설

명을 시작했다.

"——이, 이렇게 빠를 수가. 벌써 도전할 수 있는 거야?"

틈만 나면 나를 재촉하던 라이너였지만, 하루아침에 준비가 끝날 거라고는 생각지 못했던 모양이다. 경악하면서 나에게 재차 확인했다.

"아마 할 수 있을 거야. 새로운 마법이 먹혀들기만 하면, 그 용도 한 방에 처치할 수 있어."

"역시 지크는 대단하다니까. 그런데, 나는 그 탐색에 동행 안 되도 되는 거야?"

"오늘은 감각을 시험해 보는 정도만 할 거니까 안 와도 돼."

"알았어. 그럼 오늘은 특별이 더 꼼꼼하게 로드 녀석을 감시하도록 하지."

라이너는 순조로운 상황 전개에 기뻐하면서, 로드가 방해하지 못하도록 반드시 막아내겠다고 선언했다.

그렇게 우리는 방에서 오늘 일정을 위한 준비를 갖춘 다음, 라이너는 평소처럼 로드에게로 향했고, 나는 레이너드 씨의 집이 아닌 미궁으로 향했다. 일단 후퇴가 필요할 경우를 대비해서 방에 〈커넥션〉을 열어 두는 것도 잊지 않았다.

이른 아침의 거리를 걸어, 도시 끝에 있는 마법의 문에 도착했다.

만전을 기하기 위해 〈디멘션 · 글래디에이트〉를 전개한 다음, 66층으로 진입했다.

——하늘의 세계가 펼쳐진다.

그 하늘을 지배하고 있는 것은, 그름보다도 거대하고 자유로운 풍룡.

나는 초원을 걸으며 풍룡의 상태를 살펴보았다. 용의 머리에서 꼬리까지를 전부 파악하는 것만 해도 보통 고생이 아니었다. 마치 녹갈색 천장이 꿈틀대고 있는 것처럼 보였다.

몇 번을 봐도 정면승부로는 승산이 전혀 없어 보였다. 하니만 오늘은 반칙을 보유한 상태에서 도전하는 것이다. 일단 접촉하기만 하면 무력화시킬 수 있으니, 승산은 있다.

풍룡과 싸우기 위해, 중앙의 나선계단을 올라간다.

지난번에 부서졌던 계단은 어느새 고쳐져 있었다. 미궁 안의 조형물은 일정 시간이 지나면 자동으로 복구된다. 아마 마력을 활용한 『드롭』의 응용이리라.

계단을 하나하나 오르면서, 머릿속에 전투의 시뮬레이션을 실시했다. 내 예정이 들어맞는다면 두 번의 마법 영창으로 승부가 판가름 날 것이다. 먼저 사용하게 될 마법 〈디폴트〉를 일찌감치 구축하면서, 조금씩 65층으로 다가갔다.

그리고 지난번에 습격당했던 고도에 거의 근접했을 때, 하늘에 떠 있는 태양 같은 눈동자와 눈이 마주쳤다.

"그럼, 붙어 볼까, 엘펜리즈."

결투 전의 인사라도 하듯, 나는 풍룡의 이름을 불렀다. 동시에, 하늘을 가득 채우고 있던 녹갈색 거구가 고막을 찢을 듯한 포효와 함께 내려왔다.

"————, ————!!!!"

풍룡이 선택한 공격은, 예전과 마찬가지로 온몸을 흉기로 사용하는 몸통 박치기였다.

그에 따라 발생하는『용의 바람』까지 더해져서, 마치 태풍 그 자체가 몰려드는 것 같은 착각에 휩싸일 지경이었다. 그야말로 재앙에 필적한다는 표현이 어울리는 일격이었다.

낙하해 온 풍룡의 거구가 나선계단과 접촉했다.

폭발음과 함께, 내가 딛고 있던 발판이 눈 깜짝할 사이에 깨부수어졌다.

지난번 전투와 완전히 똑같은 상황이었다. 체격 차를 살린 돌격이야말로 자신이 가진 최강의 공격이라는 게 풍룡의 생각이리라.

발판을 잃고 공중에 내팽개쳐지면서 생각했다. 사전해 준비해 뒀던 요격 계획 중에서 가장 대처가 용이한 패턴이었다. 상대가 단조로운 공격을 시도해온다면, 그보다 더 단조로운 공격을 사용해 버리면 그만이다. 지금 내게는 그것을 가능하게 만들어 주는 반칙적인 힘이 있다.

그 요격 계획은 단순했다. 〈디폴트〉로 공간의 거리를 좁혀서 풍룡의 등에 올라탄다. 이어서 정확하게 〈디스턴스 뮤트〉로『마석』을 뽑아낸다. 그거면 충분했다.

돌진으로 나선계단을 무너뜨린 풍룡은, 하늘을 선회해서 되돌아왔다.

그러면서 공중에서 낙하하는 나를 발견하고는, 산이라도

통째로 집어삼킬 법한 그 입을 커다랗게 벌렸다. 부서진 계단 파편과 나를 통째로 집어삼킬 작정이었다.

순순히 당해 줄 생각은 없었다. 입 안에 들어가기 직전까지 적을 끌어들인 상태에서, 마법을 영창했다.

"──마법 〈디폴트〉!"

새로 익힌 차원마법을 사용해서, 내 위쪽의 공간을 압축시켰다. 차원속성 마력의 침투에 의해 하늘은 일그러지고, 거리의 개념이 무너져 나갔다. 그 결과, 위쪽의 공간이 한층 더 위쪽으로 **비껴났다**. 덩달아 내 몸도 위로 끌려 올라갔다.

하늘 높이 내던져진 몸──그것은 물리법칙을 모조리 무시한 마법의 도약이었다.

예비 동작 따위는 전혀 없었다. 순간이동이나 다름없는 이동 기술. 그것이 바로 마법 〈디폴트〉였다.

이 이동을 통해서 풍룡이 나를 시야에서 놓친다면 편하겠지만……, 물론 일은 그리 쉽게 흘러가지 않았다. 풍룡의 태양 같은 눈동자가 나를 놓친 것은 찰나뿐이었다.

『용의 바람』 일부가 뺨을 어루만지는 것이 느껴지는가 싶더니, 풍룡이 고개를 치켜들었다. 눈동자에 내 모습을 비추며 다시 입을 벌려, 나를 집어삼키기 위해 재도약했다.

"──마법 〈폼〉〈디멘션·글래디에이트〉〈디폴트〉!!"

포착 당했을 경우에 대한 대응책은 이미 강구해 두었다. 천 개에 이르는 차원속성 거품을 고속으로 생성, 하늘에서 터뜨렸다.

풍룡이 내 위치를 파악한 건, 아마 눈이 아니라 마법을 통해서였을 것이다. 녀석이 사용하는『용의 바람』이, 나의〈디멘션〉처럼 감각기관을 대체하고 있는 것이리라.

──그렇다면 그 감각기관을 속이면 되지.

〈폼〉의 거품이 세계에 조금씩 침투해 나가서, 풍룡이 활용하는 마법의 감각기관에 혼동을 일으켰다. 더불어, 나는〈디멘션 · 글래디에이트〉로 풍룡의 눈동자와『용의 바람』의 움직임을 파악, 그 인식의 범위가 미치지 못하는 곳을 찾아내 이동했다.

요컨대 평소에 사용하던 기술── 남의 시야로부터 사라지는 작전의 상급편인 셈이었다.

"────, ─────!!?!"

분명히 찾아낸 줄 알았던 내가 다시 사라져 버린 이 상황에, 풍룡은 당황한 기색이 역력했다.

그리고 곧바로 다시 적을 찾아내기 위해『용의 바람』의 영역을 광범위하게 확대시켰다.

광범위……. 다시 말해, 먼 쪽으로 의식이 기울어 버렸다는 뜻이었다.

그러니 나는 그 틈을 찔러서 마법을 통해 풍룡 근처로 이동해 버리면 그만이다.

이렇게 해서, 나는 당초 예정대로 풍룡에게 들키지 않은 채 그 등에 두 발을 붙이는 데 성공했다.

무방비상태인 등이 손 뻗으면 닿을 거리에 있다. 이제는 잔재주가 아닌, 힘을 이용한 기술이 등장할 차례였다.

온 마력을 모조리 쏟아 부을 작정으로 마법을 외치는 거다──!

"──마법 〈디스턴스 뮤트〉!!"

오른팔이 연보라색으로 빛나고, 단단한 비늘을 무시한 채 풍룡의 등에 박혔다.

마도서에 등장한 표현을 빌리자면, 지금 아이카와 카나미 의 『영역』과 풍룡의 『영역』이 이어진 것이다.

물리적으로만 따지자면, 구름에 필적하는 거구를 가진 풍 룡 입장에서는 모기에 물린 거나 다름없는 수준이리라.

그러나 마법적으로 보면, 차원마법사 아이카와 카나미라 는 흉악한 바이러스가 풍룡 속에 파고드는 순간이었다.

"──?! 윽, 크, 크아아아아아아아가아악──!!!!"

지금까지 우아하게 하늘을 헤엄치고 있던 풍룡의 몸이 뒤틀렸다.

동시에, 보통 사람이라면 귀에서 피가 분출될 법한 포효 가 울려 퍼졌다. 그리고 66층 전역으로 확산되어 있던 『용 의 바람』이 모조리 풍룡의 몸으로 돌아와서, 등에 달라붙어 있는 나를 떼어내려는 듯 몰아쳤다.

나도 지지 않고 온몸에 마력을 가득 담았다. 『용의 포효』 와 『용의 바람』을 온몸으로 얻어맞으면서도, 〈디스턴스 뮤 트〉만은 절대로 해제하지 않았다.

169

당장이라도 팔이 뜯겨나갈 것만 같았다. 역시 상대는 랭크 60에 달하는 괴물 드래곤. 일반적으로 싸웠더라면, 레벨 부족이라는 이유만으로도 압살당하고 말았을 것이다.

그렇기에 이건 결코 놓쳐서는 안 되는 기회였다.

오른팔에만 의식을 집중시켜서 풍룡의 『영역』을 뒤지며── 찾았다.

풍룡의 몸이 얼마나 거대한지는 문제가 되지 않았다. 부피나 거리도 차원마법사에게는 아무런 상관도 없었다.

이것은 『영역』과 『영역』을 교차시키는 마법. 『성인 티아라』가 만들어내고 『시조 카나미』가 완성시킨, 최후이자 최고의 마법.

지금 이 순간, 레벨의 강약이라는 사소한 문제는 초월해버린 지 오래였다.

"──마법 〈디스턴스 뮤트〉! 뽑아내라아아아아아!!"

나는 풍룡의 마석을 찾아내고, 움켜쥐고, 빼앗고, 뽑아냈다.

"──으가아아아아아아아아아가아아가아가악!!!!"

그와 동시에 살갗을 후려치는 진동이 하늘을 가득 채웠다. 그것은 『용의 포효』 같은 근사한 것이 아닌, 삶의 종말이 찾아왔음을 느낀 생물의 비명에 불과했다.

자신의 마석을 상실한 몬스터가 다다르게 되는 최후는 하나뿐이다.

하늘을 뒤덮고 있던 거구가 전부 조금씩 투명하게 변해

가고, 빛으로 변해 나갔다.

초원에 후드득후드득 빛의 비가 내렸다. 풍룡 단 한 마리의 죽음이, 티아 레이(마력의 비)라는 날씨를 만들어낸 것이다. 랭크 60의 몬스터가 지닌 마력이 얼마나 짙은지를 알 수 있는 광경이었다.

[칭호 『천공의 지우(知友)』를 획득했습니다]
기량에 +0.01의 보정이 붙습니다

『표시』를 확인하며, 나는 풍룡이라는 발판을 잃고 떨어져 내렸다. 낙하에 의한 충격을 피하기 위해, 〈디폴트〉를 영창해서 미리 지면으로 이동했다.

마지막으로 하늘에서 떨어져 내리는 나선계단 파편을 피해 가며, 쏟아져 내리는 빛의 비를 맞았다.

"이겼어……."

결국 전투 시간은 몇 초 정도에 불과했다. 파괴된 나선계단 파편이 하늘에서 떨어지기도 전에 승부가 판가름 난 것이다.

마법으로 환각을 일으키고, 배후를 제압하고, 마석을 뽑아내는 것. 이것이 나의 새로운 전투법이었다.

이제 단순히 강하기만 한 몬스터에겐 패배할 일은 없으리라. 그런 확신이 들기에 충분한 승리였지만, 일말의 허무함이 남는 것도 사실이었다.

모처럼 검과 마법의 세계에 왔건만, 꼼수를 이용해 클리어한 것만 같아서 약간 찜찜한 기분이었다. 하지만 지금은 게임적인 즐거움에나 연연하고 있을 상황이 아니었다.

한시라도 빨리 지상에 돌아가기 위해서라면, 어떤 반칙이건 가리지 않고 사용해야 한다.

꼼수의 희생양이 된 풍룡에게 묵념을 올리며, 손에 든 마석을 『주시』했다.

『하이스카이 베릴』

하늘을 지배하는 마력의 집합체

최고위 바람속성 몬스터에게서 드롭된다

나의 『표시』는 하이스카이 베릴이라는 마력을 찬양하고 있었다. 최고위라는 표현으로 형용된 이 마석이라면, 비아이시아에서도 제법 가치를 인정받을 수 있을지도 모른다.

"다음은 경험치……."

[경험치 : 202345/145000]

들어온 경험치는 기대했던 것보다 낮았다. 단번에 10 정도는 레벨업할 수 있을 거라는 기대를 품고 있었던 만큼, 살짝 아쉬운 기분이었다. 그래도 전보다 전진했다는 건 틀림없을 것이다. 외통수에 몰렸다고 절망해 있던 시절에 비하면 훨씬 밝아진 기분이었다.

전투 종료 후의 스테이터스 확인 작업을 해 나가면서, 나는 주위를 둘러보았다.

평원 중앙에 있던 나선계단이 무너지는 바람에, 65층으로 올라갈 수 없는 상태였다.

〈디폴트〉를 구사하면 올라가는 것 자체는 가능하다. 하지만 온 힘을 다해 싸운 탓에, 남아있는 MP의 양이 영 불안했다. 이 상태에서 미지의 65층에 도전하는 건 영 내키지 않아다.

오늘은 풍룡을 이길 수 있다는 사실을 알아낸 것에 만족하기로 했다. 이 이후로는 라이너와 함께 가는 게 좋을 것이다. 둘이서 싸우면 앞으로의 싸움에서 MP도 절약할 수 있을 것이고, 내 레벨업도 해 두고 싶었다.

"일단 돌아가자. 아직 조바심 낼 단계는 아냐."

주위에 널브러져 있는 잔해 속을 빠져나와서, 도시와 이어져 있는 〈커넥션〉으로 향했다. 이렇게 해서, 나는 무사히 두 번째 용 토벌에 성공했다.

◆◆◆◆◆

미궁에서 돌아오자마자, 나는 그 길로 레이넌드 씨의 공방을 찾았다. MP를 자연 회복시키는 시간도 허투루 낭비할 수는 없었다. 목적은 단 하나, 새로운 장비 입수였다.

"——호오, 『하이스카이 베릴』이라. 이 정도면 『이곳』에서 도 1급품이지."

풍룡의 마석을 본 레이넌드 씨는, 내 『표시』와 마찬가지로 덮어놓고 찬양의 말을 늘어놓았다.

『이곳』에서도 통하는 마석이라는 걸 안 나는 주먹을 불끈 움켜쥐었다. 그리고 곧바로 『하이스카이 베릴』을 활용해서 어떤 장비를 만들지 생각하기 시작했다.

『표시』로 미루어보아 속성은 『바람』이다. 마침 내 동료의 속성과 딱 들어맞았다.

『크레센트 펙트라즐리』 때처럼, 이번에도 검으로 만드는 게 좋을지도 모르겠다.

"레이넌드 씨. 가능하면 이걸 사용해서 동료 기사를 강하 게 만들어주고 싶은데요……."

"지난번에 왔을 때 같이 있던 애 말이군. 그 녀석, 바람마 법을 쓸 줄 아나?"

"네. 바람마법만 쓰니까, 마침 딱 좋을 것 같아서요."

"흐음……. 하지만, 진짜 작정하고 좋은 물건을 만들자면 그 녀석이 사용하는 장비를 전부 다 확인하고 싶은데 말이 지. 장비에도 밸런스라는 게 있으니까."

어제 전면적인 협력을 약속한 덕분인지, 레이넌드 씨는 대장장이로서 온 힘을 다해 주려는 자세를 보였다. 이 꼼꼼 한 주문은, 최선을 다하기로 마음먹었다는 증거일 것이다.

라이너가 반지 등의 마법도구를 사용해서 싸우는 장면은

지금까지 여러 번 보아 왔다. 어쩌면 몸 여기저기에 마법도구를 심어 두고 있을 가능성도 있었다. 이번에 만들 장비와 라이너가 감추고 있는 도구의 효과가 중복된다면, 힘들게 구한 귀한 마석을 낭비하게 된다.

"라이너한테 한 번 물어볼게요. 겸사겸사 회수해 두고 싶은 것도 있으니까요."

라이너가 애용하고 있는 마검『루프 브링어』는 아직도 부러져 있는 상태였다. 로웬의 마력 덕분에 겉보기에는 이어져 있는 것처럼 보이지만, 그것도 제대로 수리해 두고 싶었다. 다른 정신오염 장비들도 수리에 성공했으니, 그 마검도 별 문제없이 수리할 수 있을 터였다.

"좋아, 오늘은 애송이의 파트너를 강화시키는 작업을 하도록 하지. 바로 갔다 와."

우리의 강화가 로드 구제와 직결되어 있기 때문인지, 레이넌드 씨는 흡족한 얼굴로 내 등을 떠밀었다. 나는 곧바로 레이넌드 씨의 집을 나서서 온 시내에 〈디멘션〉을 펼쳤다.

어제와 마찬가지로, 조금도 달라진 게 없는 녹색 시가지가 펼쳐져 있었다.

비아이시아의 평온을 재현하는 기능은 오늘도 문제없이 작동하고 있는 것 같았다.

〈디멘션〉의 감각은 날이 갈수록 예리해지고 있었다. 로드와 함께 초목의 가지치기 작업을 하는 라이너의 모습을 이내 찾아낼 수 있었다. 어제의 호화저택과는 달리, 오늘은 일반적인 길거리에 튀어나온 가지를 잘라내는 작업을 하고 있는 중이었다.

이 나라, 비아이시아에는 자연을 이용한 조형물들이 많았다.

이를테면, 좌우에 심어진 4미터 정도 높이의 나무에 의해 생겨난 신록의 터널. 비를 막아낼 만큼 완벽하지는 않은 터널이지만, 나뭇잎 틈새로 희미하게 햇살이 비쳐드는 환상적인 광경을 행인들에게 선사해 준다. 그밖에도 커다란 나무 위에 서 있는 가옥이며, 그 집으로 이어지는 굵은 나무 줄기의 계단. 보석이나 철은 고사하고, 석재조차 눈에 띄지 않았다. 어디를 봐도 녹색이 가득했다. 그럼에도 울창하게 느껴지지 않는 것은, 정원사인 로드의 역량이리라. 시가지의 나무들은, 어디를 걷더라도 햇볕을 쬘 수 있도록 정교하게 손질되어 있었다.

그리고 지금 막, 거리의 가로수 가지를 긴 자루 달린 전지가위로 쓱쓱 잘라내는 로드의 모습이 눈에 들어왔다. 조수인 라이너는 로드가 잘라낸 가지를 주워 모으고 있었다. 내가 모습을 드러내자, 로드가 먼저 작업을 중단하고 반응했다.

"응……? 어라, 카나밍이잖아. 대장간 일은 어쩌고 여기 온 거야?"

"아―, 일을 너무 열심히 하는 바람에 말이야. 수리할 물건이 떨어져서, 하는 수 없이 쉬게 됐어."

미리 준비해 두었던 말로 대답했다. 내게 자유시간이 생겼다는 걸 알게 된 로드는, 긴 자루 달린 전지가위를 내보이며 권했다.

"아아-. 그럼 나랑 같이 일할래?"

"아니, 됐어. 남는 시간에는 레이넌드 씨한테서 대장간 일을 배울 생각이거든. 로드가 한 말마따나, 장비부터 재점검해 봐야 할 것 같아서."

"아, 정말로 장비를 다시 만들려나 보네."

"마법을 익혀서 강해진 라이너의 장비를, 대장장이 기술을 익힌 내가 한층 더 강화하는 것. 말끔한 역할분담이잖아? 그래서 라이너의 사이즈를 재러 온 거야. 그리고 지금 갖고 있는 장비도 좀 빌려줬으면 좋겠어."

"흐-응, 그래서 온 거구나-. 그럼 빨리 해치우라고."

갑작스런 제안이었지만, 로드는 아무런 의문도 표하지 않고 허가했다. 라이너 역시 마찬가지였다.

내 말대로 몸에 장착하고 있던 장비를 꺼내고, 〈디멘션〉을 통해 치수 확인을 받았다. 라이너가 애용하는 마검에 대해 물어보았다.

"라이너. 이『루프 브링어』, 조금 손을 대도 돼?"

"지크 마음대로 하도록 해. 전부 다 맡길 테니까."

정말로 나를 완전하게 신뢰하고 있는 모양이다. 나에게 맡겨 두기만 하면 걱정할 것 없으리라는 생각이 표정으로 역력하게 드러났다. 그 신뢰에 보답하기 위해, 나는 "고마워"라며 크게 고개를 끄덕여 대답했다.

"그럼 말이야-. 도시의 수리품이 쌓일 때까지 카나밍은 계속 쉬는 거야?"

"그래, 아마 내일도 쉬게 될 거야."

"그럼 말이야, 그럼 말이야! 내일 셋이 같이 피크닉이라도 가자! 내 쪽 일도 쉴 테니까!"

로드는 아주 좋은 아이디어라는 듯 신이 나 보였다. 그런 그녀의 천진난만한 시선이 따갑게 느껴졌다. 정말로 내가 쉬는 거라 생각하고, 그 휴일을 셋이 같이 즐길 생각인 것이다. 당연한 얘기지만, 거기에 어울려줄 수는 없었다. 이제 지상 귀환은 로드를 위한 일이기도 한 것이다.

"아니, 오늘은 미궁 공략 준비를 하고, 내일은 라이너랑 같이 미궁에 도전할 생각이거든."

"뭐, 뭐어⋯⋯? 벌써 미궁에 재도전하는 거야? 그렇게 처참하게 졌으면서?"

"딱히 처참하게 진 건 아니잖아. 미안하지만, 오늘 완성될 물건을 내일 실전에서 시험해 보고 싶어서 그래."

"으, 으-음. 뭐, 너희 둘의 본업이 미궁 공략이라는 건 어차피 알고 있었으니까⋯⋯. 하는 수 없지. 라이너도 다녀오도록 해. 어차피 엘펜리즈한테 질 테니까!"

그 엘펜리즈를 처치했으니까 지금 이렇게 라이너를 데려가려고 하는 건데 말이지⋯⋯.

아무래도, 로드를 경계하느라 진행상황을 계속 숨기는 건 영 기분이 찜찜하다.

그래도 마음속으로 "나중에 반드시 구해줄게"라고 맹세하면서, 당초의 방침을 유지하는 수밖에 없었다.

"그렇구나……. 내일은 나 혼자서 지내야 되는 거구나……."

본인은 무의식중에 중얼거린 거겠지만, 로드는 이쪽의 마음을 아프게 하는 유일한 말을 거듭 되풀이했다.

"그, 그럼, 라이너……. 나는 가서 장비 좀 빌려 올게……!"

나는 로드에게서 도망치듯이 그 자리를 떠났다. 그녀와 얼굴을 마주할 때마다 이런 기분에 빠질 거라고 생각하니, 지상으로 돌아가고 싶다는 마음이 한층 더 강해졌다.

1초라도 빨리 미궁을 공략하기 위해, 달음질쳐서 레이넌드 씨의 공방으로 돌아갔다.

"──저 돌아왔어요!"

공방으로 돌아오는 동시에, 라이너의 장비들을 테이블에 늘어놓았다.

그런데 그걸 보는 레이넌드 씨의 표정은 심각했다.

"이거 너무한데……."

그 이유는, 단순히 물건들이 열악하기 때문인 건 아닌 모양이었다.

하나하나 집어 들어 가며, 미간에 짙은 주름을 지었다.

"마력증폭용 반지에 마력폭발용 반지……. 이건 강제가속용인가……? 어찌 됐건, 멀쩡한 정신머리로 쓸 물건들이 아냐……."

"그렇게 심각한가요?"

"이 장비에는 사용자의 생명에 대한 배려가 전혀 없어. 적과 같이 죽을 작정인 게 분명한 장비야."

장비에 대해 잘 아는 레이넌드 씨 눈에는 자살도구처럼만 보였던 모양이다.

"아-, 그 녀석다운 장비네요……."

"거기서 그 녀석답다는 말이 나오다니……. 빨리 어떻게든 손을 써야겠군."

라이너의 소행에 익숙한 나는 태연했지만, 레이넌드 씨는 아연실색하면서 묘한 사명감을 드러냈다. 이것도 대장장이의 긍지 같은 걸까.

"이런 자폭용 마법도구에 의존할 필요가 없도록, 좋은 무기를 쥐여 줘야겠어. 우선 이 검부터 시작해 볼까."

레이넌드 씨는 라이너가 주무기로 사용하고 있는 마검『루프 브링어』에 눈길을 돌렸다.

미궁에서 발견한 무기들 중에서도 가장 흉악한 물건이었다. 그때 옆에 스노우가 없었더라면, 내 정신은 이 녀석에 의해 오염되어 버렸을 가능성도 있었다. 하지만 그 성가신 능력에 걸맞은 위력을 가진 것도 사실이었다. 천 년 전의 마검이라는 명성은 허언이 아니었다고나 할까.

"제법 괜찮은 녀석이군. 그런데 이 검을 만든 건 누구지? 『신성야금』 기술도 없이 이렇게 뛰어난 물건을 만들 수 있는 녀석이라면 내가 모를 리가 없을 텐데……."

레이넌드 씨는 짐작 가는 바가 없는 모양이었다. 어쩌면, 천 년 전은 천 년 전이라도, 레이넌드 씨가 죽은 뒤에 만들어진 검인지도 모른다.

"그건 저도 잘 모르겠는데요……. 저는 그저 미궁에서 주운 것뿐이라……."

"뭐, 됐어. 하여튼 애송이가 가져온 『하이스카이 베릴』을 이용해서 이 『루프 브링어』를 수리, 강화하도록 하마."

"알았어요. 그나저나……, 마석으로 파워업이라. 후훗."

왜 이럴까. 무지하게 설레는 기분이다.

그러니까, 뭐랄까……. 나는 어쩌면 일단 한 번 부러졌던 명검이 되살아난다는 식의 시추에이션에 약한 건지도 모른다. 게임광적인 일면이 부각된 것일지도 모른다고, 나 스스로도 자각하고 있었다.

언젠가 내 보검 로웬도 강적에 의해 부러지고, 스킬 『대장장이』로 고쳐 봤으면 좋겠다는 생각이 들었다. 라스티아라 같은 소리인지도 모르지만, 그 이벤트를 거친 것만으로도 강해질 것 같은 느낌이 들었다.

"어려운 작업이 될 것 같은데, 혹시 제 도움이 필요한가요?"

"글쎄……. 하긴, 이 마석을 이용한 수리는 절대로 실패하고 싶지 않아서 말이지. 이쪽은 내가 혼자서 맡아서 처리하도록 하지. 애송이는 어제 하던 녀석을 마무리 짓도록 해라."

"알았어요."

각자 역할을 분담해서 각각의 대장간 작업에 매달렸다. 아까 했던 미궁 도전에는 채 한 시간도 걸리지 않았으므로, 오늘은 차분하게 대장장이 일에 집중할 수 있을 것 같았다.

소비됐던 MP가 자연회복되는 시간을 활용해서, 어제 새로 얻은 『헤르빌샤인 가문의 성쌍검』 『콜 아우터』 『아를레콘 페이스』의 마무리용 연마 작업과 도금 작업을 해 나갔다. 그것들은 모두 내일부터 하게 될 미궁 공략에 직결되는 장비들이었다. 나는 체력 소비 페이스 조절도 잊은 채, 정신없이 망치를 휘둘렀다. 그리고 저녁 무렵에 접어들었을 때쯤, 쉬지도 않고 『루프 브링어』를 손질하고 있던 레이넌드 씨가 완성을 선언했다.

"——후우. 다 됐다, 애송이. 바람마법 속성을 갖고 있으면서도, 바람마법을 쓸 때 몸에 걸리는 부담을 줄여주는 검이다. 풍룡을 상대하는 바람마법사에게 있어서, 이보다 더 좋은 무기는 없을 거다."

턱에서 대량의 땀을 뚝뚝 흘리며, 레이넌드 씨가 내게 한 자루의 검을 보여주었다.

전에는 흉흉한 기운을 내뿜던 마검이, 지금은 부드러운 비취색 마력광을 어렴풋이 내뿜는 검으로 바뀌어 있었다.

[실프 루프 브링어]

공격력 11

장착자의 바람마법 +0.50

장착자의 바람속성마법 마력 소비량에 −33%의 보정
장착자의 바람속성 내성에 +40%의 보정

이름도 『루프 브링어』에서 『실프 루프 브링어』로 변해 있었다. 『표시』가 보기에도 전과는 다른 물건으로 보였던 모양이다.

"굉장해……."

레이넌드 씨는 단 하루 만에 내가 가진 『크레센트 펙트라즐리의 직검』에 필적하는 물건을 만들어냈다. 그 뛰어난 작업 완성도와 속도에, 나는 감탄하지 않을 수 없었다.

"애송이가 담당한 장비의 마무리도 완벽하게 된 것 같군. 좋아, 이제 장비 한 세트는 갖춰진 셈이야."

이어서 내가 하루 종일 갈고 닦은 장비들을 체크하고, 모든 준비가 끝났음을 선언했다. 이 정도면 장비 면에서는 문제 될 게 없을 것이다. 아침에는 용에 대한 공략법도 완벽하게 확립시켰다. 이제 본격적인 미궁 공략을 시작할 수 있다.

"감사합니다, 레이넌드 씨. 내일 아침에, 갈 수 있는 데까지 한 번 가 보도록 할게요."

"그래. 조심해라."

레이넌드 씨에게는 정말로 많은 신세를 졌다. 돈이나 장비뿐만이 아니라, 정보 면에서도 아주 큰 도움을 받았다. 그 보답으로, 지상에 도착하거든 반드시 아이드를 여기로 데려오겠노라고 다짐했다.

나와 레이넌드 씨는 별다른 말 없이, 주먹과 주먹을 부딪치며 서로 눈을 마주침으로써 눈빛만으로 의사소통을 하고, 작별했다. 공방에서 얻은 『실프 루프 브링어』를 비롯한 무기들을 『소지품』안에 집어넣고, 종종걸음을 쳐서 마왕성으로 돌아갔다.

돌아가는 시간이 어제보다 조금 늦어졌다. 아마 로드와 라이너는 이미 정원사 업무를 마치고 먼저 성에 돌아와 있을 터였다.

그리고 어제와 같은 거리를 걸어, 어제와 같은 사람들의 인사를 받으며 도착한 성의 내 방에는, 저녁식사 음식들을 다 차려 놓은 두 사람이 기다리고 있었다.

"어서 와—, 카나밍—!"

"오늘은 늦었군, 지크."

반기는 목소리에, 나는 웃으며 "다녀왔어"라고 대답했다. 어제 그랬던 것처럼 저녁식사를 하기 위해 테이블 앞에 앉았다. 그 날은 그 밖에 딱히 특별한 일은 없었다. 어젯밤과 마찬가지로 가벼운 담소를 나누고, 저녁을 먹은 후에 마법 훈련을 하고, 로드는 그대로 돌아갔다.

그녀를 배웅한 후에, 나는 새로 손에 넣은 장비들을 라이너에게 보여주고, 준비가 완벽하게 갖추어졌다는 사실을 전했다. 더불어 풍룡을 물리쳐서 얻은 경험치를 소화해서 내 레벨업을 시행했다. 그러다 보니 보너스 포인트라는 단어가 눈에 띄었다.

[보너스 포인트] 보너스 포인트를 1 획득했습니다

[스킬 포인트] 스킬 포인트를 1 획득했습니다

정말이지, 이런 걸 왜 이렇게 좋아하나 모르겠다니까…….

절로 쓴웃음이 나왔다. 『세계봉환진』에서 과거의 기억을 본 덕분에, 이 시스템을 만든 게 다름 아닌 나 자신이라는 건 알고 있었다. 아마 『레벨업(마력변환)』을 응용해서, 남은 마력을 임기응변으로 아무 곳에나 덧붙일 수 있도록 한 것이리라. 그 발상 자체는 이해가 가지만, 그래도 개인적인 취향이 폭주한 게 분명하다는 걸 알 수 있는 시스템이었다.

어린 시절의 실수를 떠올리는 기분으로, 나는 포인트를 『마력』과 『차원마법』에 쏟아 부었다. 그 뒤로는 라이너와 함께 내일의 계획에 대해 의논하고, 오늘 하루를 마치기로 했다.

오늘 있었던 풍룡과의 전투에 대해 라이너에게 상세하게 얘기해 주고, 내일 사용할 전법을 궁리했다.

물론, 이제 더 이상 심야의 마법훈련은 하지 않았다. 컨디션을 정비하는 것에만 집중했다.

──준비는 충분해. 마법의 종류는 늘어났고, 도구와 장비도 갖춰졌고, 레벨도 올랐어.

66층은 정찰을 완료한 상태──를 넘어서, 풍룡을 한 번 물리치고, 그 마석으로 라이너의 검을 강화하기까지 했다. 더할 나위 없이 완벽한 준비 상태였다.

의논 끝에 내일은 60층까지 가기로 목표를 설정하고, 우리는 잠자리에 들었다.

이렇게 지하 생활의 사흘째가 지나고, 나흘째 아침을 맞이했다.

◆ ◆ ◆ ◆ ◆

눈을 뜬 우리는, 우리 방에 〈커넥션〉을 만들어 두고 출발했다.

이른 아침의 인적 드문 비아이시아 시가지를 걸어서, 미궁 66층으로 통하는 문 앞에서 일단 정지, 최종적인 확인을 실시했다.

"라이너, 문 안으로 들어가는 동시에 작전을 결행하는 거야. 타이밍을 놓치면 안 돼."

"말 안 해도 알아. 지크가 마련해 준 검 덕분에, 바람마법 컨디션이 아주 좋아."

그렇게 말하며, 라이너는 쌍검을 뽑아 내보였다.

그 오른손에는 바람마법을 강화시켜 주는 신형 검 『실프 루프 브링어』.

왼손에는 수정마법을 쓸 수 있게 해 주는 가디언의 검 『아레이스 가문의 보검 로웬』.

그리고 스킬 『신철야금』에 의해 재생된 천 년 전의 투구 『아를레콘 페이스』와 흉갑 『콜 아우터』. 그야말로 현재 단계에서의 최강 장비라 할 수 있으리라.

참고로 내 장비는 『크레센트 펙트라즐리의 직검』과 두 종류의 탈리스만뿐이었다. 간밤에 의논한 결과, 정면승부를 벌이는 건 라이너가 담당하기로 했기에 이런 식으로 장비를 배분하게 된 것이다. 내 공격수단은 기습에 의한 〈디스턴스 뮤트〉뿐이다. 솔직히 공격력도 방어력도 딱히 필요하지 않은 것이다.

탐색을 주도하는 건 라이너. 나는 보조를 맡아 마법으로 지원하는 형태였다.

클래스로 따지자면, 나이트인 라이너가 전위를 맡고, 스카우트인 내가 후위를 맡는 식이라고나 할까. 빙결속성 재능을 잃는 바람에 공격 수단이 줄었기에, 부득이하게 이런 식의 배치를 할 수밖에 없었다.

"좋아. 가자, 라이너."

"그래, 언제든지 상관없어."

최종 확인을 마친 나는 문으로 손을 가져갔다.

그 순간, 나는 미세한 위화감을 느끼고 문득 비아이시아 시가지의 하늘을 올려다보았다. 평소와 다름없이 검은 하늘이었다. 하지만, 색깔이 아닌 다른 곳에서 차이가 느껴졌다. 하늘이 흔들리는 것처럼 보인 것이다. 마치 폭풍우 전날의 격동하는 구름처럼, 검은 하늘이 부자연스럽게 움직이고 있었다.

"왜 그래, 지크?"

문에 손을 댄 채로 멈춰 있는 나를 보고, 라이너는 어리둥절해하며 물었다.

"아니, 하늘이 좀 이상하다 싶어서……."

"여기 하늘은 처음부터 이상했잖아?"

"그야 그렇지만……."

라이너도 나를 따라 하늘을 올려다보았다. 하지만 나와는 달리 이렇다 할 위화감은 느끼지 않은 것 같았다. 나는 지나친 의심이었나 싶어서, 하늘을 올려다보던 시선을 다시 문 쪽으로 돌렸다.

"미안, 이상한 소리해서. 지금은 그것보다 미궁에 집중해야 할 때인데."

"지크……. 혹시 긴장한 거야?"

"그야 당연하지. 한 번이라도 실수하면, 거기서 인생이 끝장 나 버리니까."

자기 취향을 다 쏟아 놓은 미궁 제작자 때문에 게임 같은 짓을 계속하고 있지만, 이 싸움에는 리셋 버튼이 없다. 세이브도 로드도 없다. 긴장하지 않을 수가 없는 상황인 것이다.

"호오, 지크도 긴장이라는 걸 한단 말이지……."

"예전에는 『시조』였다고는 하지만, 나는 평범한 인간일 뿐이야. 그것도 겁 많은 인간."

"그렇군……."

나 자신이 다른 사람들과 다를 것 없는 평범한 인간이라는 얘기를 끝으로, 잡담을 마쳤다.

"그럼, 이번에는 정말로 출발하는 거야……!!"

그리고 "3, 2, 1……" 하고 카운트를 센 다음, 우리는 힘차게 문을 열어젖히고 내달렸다.

우리는 66층의 개방적인 공간에 들어서는 동시에, 곧바로 양쪽으로 갈라졌다.

나는 차원마법을 구축ㄷ하면서, 라이너는 바람마법을 구축하면서 전력질주했다.

당연히 상공의 풍룡은 우리의 존재를 알아챘다. 하지만 아직 별다른 움직임은 없었다.

풍룡의 행동은 단순하다. 65층으로 올라가려 접근하는 자를 요격하는 것이 전부.

하지만 우리는 65층으로 통하는 나선계단을 부수고 싶지 않았다. 그게 없으면 쓸데없는 MP 소비가 발생하기 때문이다. 그래서 나선계단으로부터 멀리 떨어진 곳에서 승부를 보기로 계획을 세우고 왔다. 잘만 되면, 어제 그랬던 것처럼 일격에 끝날 수도 있다.

"――『하늘에서 인도하는 길』『하늘로 이어지는 길』――!"

라이너는 로드에게서 배운 가벼운 『영창』을 읊조려서, 주위의 바람을 자신의 지배하에 두었다. 마법 구축이 진행되면서, 66층의 바람이 일그러져 갔다.

그 마력의 농도는, 예전의 라이너와는 비교도 할 수 없을 정도로 짙었다.

지금까지 라이너는 보조적인 용도로만 바람마법을 사용

189

해 왔었다. 어디까지나 검을 주공격 수단으로 삼아 왔던 것은, 단순히 바람마법만 가지고는 공격력이 부족했기 때문이었다.

하지만 지금의 라이너는 달랐다. 와이스 씨의 혼을 계승하면서 레벨이 상승했고, 마력량이 급증했다. 가디언 아이드와 로드의 마법을 배우고, 『영창』이라는 기술을 익히고, 바람마법을 제어하는 마검을 손에 넣었다.

갖가지 요소가 결합되어, 그의 바람마법은 한참 더 높은 차원에 달해 있었다.

"──『울부짖어라, 천의 대검이여』!"

천 년 전의 대마법이 부활했다. 탑과도 같은 바람의 대검이 헤아릴 수도 없이 생성되어 초원에 늘어섰다. 탁 트인 전망을 자랑하던 66층에 검의 숲이 하나 생겨난 것과도 같은 광경이었다.

"──바람마법 〈타우즈슈스 와인드〉!!"

그리고 라이너의 입에서 마법명이 튀어나왔다. 발사대에서 날아오르는 미사일처럼, 바람의 대검들이 차례대로 하늘을 향해 뛰쳐나갔다.

"────, ────────!!!!"

라이너가 발사한 마법을 감지하고, 풍룡은 요격에 나섰다.

포효와 함께 『용의 바람』을 발생시켜서 방어벽을 생성했다.

마법과 마법. 바람의 벽과 바람의 대검이 충돌하고, 힘겨

루기를 벌이고, 하늘을 일그러뜨렸다.

하지만 라이너의 마법은 끝끝내 풍룡이 만들어낸 바람의 벽을 뚫는 것에는 실패하고 말았다. 그의 마법이 전과는 차원이 다르게 강해진 건 사실이었다. 그러나 랭크 67의 몬스터는 그 위력을 훨씬 웃돌았다.

바람의 대검들이 바람의 벽에 막혀서 잇따라 사라져 가는 가운데, 나와 라이너는 일이 계획대로 풀려가는 것을 보며 웃었다. 풍룡이 만들어낸 바람의 벽은 아래쪽을 향해서만 생성되어 있었다. 의식이 지상에 있는 라이너에게만 집중되어 있는 것이다. 우리가 노린 것은 틈이었다.

"──마법 〈디폴트〉 〈디스턴스 뮤트〉!!"

마법 간의 충돌을 확인한 후, 나는 라이너로부터 멀리 떨어진 곳에서 마법을 영창해 도약, 무방비상태인 풍룡의 등으로 이동했다. 그리고 주저 없이, 보라색으로 빛나는 오른팔을 꽂아 넣었다.

그 뒤로는 어제와 같은 순서로 진행하면 그만이었다. 이번에는 완전히 허를 찌른 일격이었다.

저항할 시간 따위 주지 않은 채, 나는 풍룡에게서 마석을 뽑아내는 데 성공했다.

"──그윽, ──카아아아아아아가가아가가악!!!!"

두 번째로 듣는 단말마의 포효와 함께, 풍룡은 빛이 되어 사라져 갔다. 그와 동시에 내 몸은 허공에 내팽개쳐졌지만, 불안은 조금도 없었다.

"——〈와인드〉"

밑에서 기다리고 있던 라이너가 마법으로 바람 쿠션을 만들어주었다. 전에 선보였던 스푼 띄우기와 같은 원리였다. 그 정교한 마력조작 덕분에, 나는 상처 하나 없이 발에 땅을 딛을 수 있었다.

"고마워, 라이너."

"작전 성공이군. 예상치 못한 사태에도 여러 모로 대비했었는데, 모든 게 순조롭게 풀렸어."

"마법의 상성 덕분이야. 뭐, 〈디스턴스 뮤트〉나 〈타우즈슈스 와인드〉나, 다 풍룡을 상대하기 위해 익힌 마법이니 잘 통하는 건 당연한 거지만."

우리는 성공을 확인한 후, 『하이스카이 베릴』을 줍고, 초원을 걸어서, 멀쩡하게 남아있는 중앙 나선계단을 오르기 시작했다. 그러면서, 소비한 MP를 확인하는 것도 잊지 않았다.

이번에 사용한 마법은 〈타우즈슈스 와인드〉〈디폴트〉〈디스턴스 뮤트〉 각각 한 번씩. 내 MP 소비량은 200 정도, 라이너는 50 정도였다. 이렇게 적은 MP만 소모하고도 66층을 돌파할 수 있다는 사실을 알아낸 건 큰 성과였다.

그 숫자를 머릿속에 새겨 넣으며, 나선계단을 올라 65층 앞에서 발걸음을 멈추었다.

"——〈디멘션〉."

돌입 전에 차원마법을 펼쳐 두었다. 65층에 들어가자마자 풍룡 같은 대형 몬스터의 습격을 받는 사태를 방지하기 위해서였다. 하지만 그런 염려는 필요 없어 보였다.

65층의 구조는 66층과 전혀 달랐기 때문이다.

66층은 『하늘』이라는 말이 어울릴 만큼 휑뎅그렁한 층이었다.

그에 반해 65층은 뭔가가 가득 들어차 있었다. 바탕이 되는 것은 66층과 같은 『하늘』이었지만, 지금 우리가 발을 딛고 있는 나선계단과 같은 것들이 종횡무진으로 뻗어 있는 것이다. 물론 그 계단의 형태는 나선뿐만이 아니었다.

종횡으로, 혹은 대각선으로 똑바로 뻗어 있는 계단도 있고, 곡선을 그리는 계단도 있었다.

복잡하게 뒤얽힌 계단의 집합체가, 뒤틀린 정글짐 같은 미로를 연출하고 있었다.

그 입체적인 미로를 일일이 짚어 가면서 걷자면 보나마나 날이 저물 것이다. 그러나 우리에게는 〈디멘션〉이라는 만능 탐지능력이 있느니만큼, 길을 잃고 헤맬 일은 절대 없었다. 계단에서 계단으로 건너뛰어 계속 시간을 절약해 나가면, 금방 다음 층에 다다를 수 있을 것이다.

물론, 그건 여기저기 날아다니는 몬스터들을 무시할 때의 얘기지만…….

"다음 층은 계단만으로 만들어진 입체미로 같네. 길 자체는 별 문제 될 게 없지만, 주위에 날아다니는 몬스터들이 무서운데……."

"어떤 몬스터가 있지?"

먼저 『주시』를 통해 명칭부터 확인했다.

[몬스터] 리저드 플라이어 : 랭크 61

파리 같은 날개를 눈에 보이지도 않는 속도로 움직여서 자유자재로 공중을 배회하는 도마뱀이 있었다.

길이는 1미터 정도. 풍룡 엘펜리즈에 비하면 상당히 작다.

하지만 그렇다고 방심할 수는 없었다. 크기는 작아도 랭크는 60대인 것이다. 게다가 대충 보기에도 직경 1킬로미터 범위 안에 열 마리 이상이 날아다니고 있었다. 65층의 어디를 어떻게 날아도, 리저드 플라이어의 감시를 피할 수는 없을 것이다.

"날아다니는 도마뱀들이 우글거리고 있네. 별다른 특징은 없지만 랭크가 엄청 높아."

"외모만 봐서는 위력을 알 수 없다는 거군. 그럼 일단 한 마리만 상대로 정면 대결을 벌여 보는 게 어때?"

"으―음, 그 방법밖에 없겠지……."

나와 라이너는 임전태세에 들어간 채 65층에 발길을 들여놓았다.

시야 안에는 적이 보이지 않았다. 계단으로 이루어져 있는 만큼 빈틈은 많지만, 워낙 복잡하게 계단들이 뒤얽혀 있어서 먼 곳의 상황은 보이지 않는 것이다. 나는 곧바로 〈디멘션〉을 활용, 혼자서 날고 있는 리저드 플라이어 한 마리를 포착해서 둘이 같이 습격에 나섰다.

"내 움직임에 맞춰, 라이너!"

"알았어!"

둥실둥실 날고 있는 리더드 플라이어를 포위하듯 양쪽에서 검을 휘둘렀다.

그 칼부림은 예리했다. 그도 그럴 만 한 것이, 나나 라이너나 지상에서는『검성』과 어깨를 나란힐 할 만큼의 실력인 것이다. 게다가 비록 다루는 검의 수는 다를지언정 유파는 동일. 둘의 호흡은 완전히 일치했다.

아마 생물로서는 절대로 피할 수 없을 칼부림이 세 개──그렇건만, 리저드 플라이어는 유유자적하게 그 공격을 피해버렸다. 당연히 우리 입에서는 경악에 찬 목소리가 터져 나왔다.

"응?"

"어──?!"

적의 움직임이 딱히 특별한 건 아니었다. 그저 떨어지는 나뭇잎처럼 자연스러운 움직임으로, 세 자루 칼날 사이를 말끔하게 빠져나간 것뿐이었다. 마치 가벼운 깃털이 지나치게 빠른 검압에 떠밀린 것처럼 보이기도 했다. 하지만 그건 있을 수 없는 일이었다.

스킬『검술』의 수치로 따지면 나나 라이너나 둘 다 달인의 영역에 달한 수준이다. 떨어지는 나뭇잎이나 깃털 정도는 손쉽게 벨 수 있다. 즉 리저드 플라이어는 검압을 이용해서 피한 게 아니었다. 세 자루의 검을 눈으로 확인하고, 몸을 움직여서 피한 것이다.

"이, 이 자식——!"

그 사실을 깨달은 나는, 적이 우리보다 훨씬 더 강하다는 것을 직감했다.

아마 스테이터스 상의 속도에 절망적인 수준차가 있을 것이다. 그러나 리저드 플라이어는 우리가 생각할 틈도 주지 않고 반격에 나섰다. 표적은 정면에 있던 나였다. 그 움직임 역시, 떨어지는 나뭇잎 같은 하늘하늘한 움직임이었다.

나는 검을 휘둘러서 쫓아내려 했다. 그러나 리저드 플라이어는 필요한 최소한의 움직임만으로 그 칼날을 회피했다. 그리고 다시 하늘하늘——

"이, 이런——!"

채 욕지거리를 마치기도 전에, 리저드 라이어는 내 근처로 파고들어서 그 얇고 날카로운 날개로 내 어깨를 건드렸다.

아무리 상대가 가디언이라 해도 그리 쉽게 접촉을 허용하지 않았던 나의 몸이 찢어졌다.

고통은 없었다. 종이에 손가락을 베인 것처럼, 아무런 저항도 없이 살점이 찢어졌다. 어깨에 난 상처의 깊이는 2센티미터 정도. 만약에 리저드 플라이어가 노린 게 손이었다면, 손가락 한두 개는 절단당하고도 남았을 깊이였다. 동맥까지 도달한 상처에서 선혈이 분출되었다. 등줄기가 얼어 붙는 동시에, 나는 공포에 휩싸여서 소리쳤다.

"라이너어어어——!! 지금 당장, 이 녀석을 날려버려!!"

내 반응이 조금만 늦었더라면 팔이 떨어져 나갔을 상황이 었다.

그것도 허무하게. 단 한 번의 호흡에.

라이너도 그 사실을 깨달은 것이리라. 대량의 마력을 소 비한 바람마법을 내쏘았다.

"——〈시어 와인드〉!!"

돌풍이 덮쳐들었다. 날개를 이용해서 공중을 나는 존재라 면 절대로 무시할 수 없을 바람의 탁류였다. 그렇기에 나도 라이너도 안심하고 있었다. 한동안은 거리를 벌 수 있을 거 라고.

그러나, 그 예측은 배신당했다.

부우웅.

리저드 와인드는 날개를 움직여서 소리를 냈다. 그것은 비록 언어를 이루지는 못했지만, 리저드 플라이어의 목소 리——『영창』이며, 마법의 선언이었다. 〈디멘션〉이 적의 마 력 구축을 감지했기에, 나는 그 점을 이해할 수 있었다.

리저드 플라이어의 날개에서 부드러운 바람이 발생했다.

그리고 라이너의 〈시어 와인드〉가 『카운터 매직』에 의해 상쇄되었다. 그의 혼신을 다한 바람마법이 허무하게 지워 졌다. 그것을 본 나는 주저 없이 지시했다.

"——승산이 없어!! 후퇴하자!!"

"아, 알았어!!"

둘이 같이 리저드 플라이어에게서 거리를 벌리기 위해 멀찌감치 후퇴했다.

하지만 적은 후퇴를 용납해 주지 않았다. 짐승보다도 빠른 우리의 뒷걸음질을, 리저드 플라이어는 손쉽게 따라잡았다. 그 움직임만은 떨어지는 나뭇잎이 아닌, 파리를 연상케 하는 가속이었다. 나는 완급조절까지 하는 그 움직임에 놀라서 반사적으로 검을 휘둘렀다.

그러나 맞지 않았다. 리저드 플라이어는 내 칼부림을 비웃기라도 하듯 칼날 옆을 매끄럽게 통과해서, 다시 내 몸을 찢어발길 기세로 덤벼들었다. 〈디멘션 · 글래디에이트〉 덕분에 어설프게 적의 움직임이 보인다는 게 더 무서웠다. 몇 초 후면, 내 몸통은 두 동강이 날 것이다.

"——〈시어 와인드〉!!"

보다 못한 라이너가, 옆에서 재빨리 추가 마법을 내쏘았다.

마법 구축은 난잡했지만, 매직 아이템인 반지 하나를 소비해서 가까스로 돌풍의 공격마법을 만들어낸 느낌이었다.

그 마법에 맞서, 리저드 플라이어는 다시 날갯짓으로 마력을 자아냈다.

여기서 중요한 건, 그 동안에 리저드 플라이어 자체는 정지해 있다는 점이었다.

날개를 진동시켜서 『카운터 매직』을 구축하고 있는 것이 리라.

아마 이 녀석은 이동과 『카운터 매직』을 동시에 구사할 수 없는 게 분명했다.

"라이너! 그대로 쉴 새 없이 마법을 쏴! 강한 마법이 아니라도 상관없어!!"

"알았어! ——〈와인드〉〈와인드〉〈와인드〉!!"

리저드 플라이어의 움직임을 봉쇄하기 위한 바람이 연속으로 몰아쳤다. 적은 고지식하게 그것들을 모두 『카운터 매직』으로 상쇄하려고 연신 날개를 움직여댔다.

적의 움직임이 완전히 멎었다. 우리는 그 틈을 이용해서 전력질주로 도망쳤다. 66층의 나선계단까지 돌아와서, 리저드 플라이어를 완전히 뿌리친 것을 확인하고, 우리는 기진맥진해 주저앉았다.

"하악, 하악——! 어, 어깨가……. 죽는 줄 알았어……!!"

"뭐야, 저 녀석……. 공격이 하나도 안 통하잖아……."

불과 몇 초 동안의 싸움이었건만, 호흡곤란이 멈추지 않았다.

심장에서는 지진이라도 난 것 같은 소리가 나고, 식은땀이 뚝뚝 떨어졌다.

"라이너 덕분에 살았어……. 라이너가 없었다면 죽었을지도 몰라."

"아니, 더 빨리 반응했어야 하는데……. 겉모양에 속았어……."

그리고 몇 분 후. 호흡을 가다듬은 우리는 공략 방법을 궁리하기 시작했다.

"저 녀석, 회피에 특화된 몬스터일까? 라이너, 어떻게 생각해? 아마 검에 의한 공격은 단순히 눈으로 보고 피하는 걸 거야. 몸동작이 빠른 것 이상으로, 동체시력이 비정상적으로 뛰어나. 검을 이용한 우리의 방어도 눈으로 보고 피해 들어오는 것 같아."

"그래, 아무리 봐도 그런 것 같았어. 게다가 안이한 마법 공격은 곧바로 무효화해 버려. 아마 대규모 마법을 사용해 봤자 방해하고 들어올 거야. 게다가 속도도 엄청나게 빨라. 만에 하나 대규모 마법 구축에 성공한다 해도 손쉽게 피해 버릴 가능성이 높아."

"완전히 철벽 따로 없는데. 그리고 내 어깨를 살짝 찢어 놓은 공격력도 무시할 수 없어."

"상처는 일찌감치 회복시켜 두도록 하지. ——마법 〈큐어풀〉."

"고마워, 라이너……."

"그래……."

리저드 플라이어의 위력 분석과 어깨의 부상 치료를 마치자, 우리는 침묵에 빠져들었다.

그도 그럴 수밖에 없었다. 단순한 스펙에서 압도당하고 있다. 게다가 이번에는 〈디스턴스 뮤트〉라는 꼼수조차 통하지 않는다는 게 무서웠다. 애초에 접촉 자체가 불가능한 것이다.

적의 압도적인 위력 앞에, 저절로 표정이 굳어졌다.

라이너의 표정도 나와 크게 다르지 않았다. 침묵 속에서 몇 분 정도의 시간이 흘렀다.

먼저 그 정적을 깬 것은 라이너였다.

"지크, 이제 시간이 얼마 없어. 보스몬스터는 한 시간쯤 간격으로 미궁에 재소환된다고 알고 있어. 이 66층에 풍룡이 부활하기 전에 움직여야 돼."

"65층은 도주를 중심으로 진행하도록 하자. 이것도 힘들 것 같으면 다시 처음부터 준비해서 오는 게 좋겠어."

"알았어."

"작전은 단순해. 이 66층에서 64층으로 가는 최단거리 루트를 〈디멘션〉으로 파악해서, 그대로 내달리는 거야. 접근해 오는 리저드 플라이어는 라이너가 바람마법으로 견제해서 막아. 불의의 사태가 발생하면 즉시 퇴각. 미확인 몬스터와 접촉하더라도 즉시 퇴각. 이 작전으로 가자."

전투 의욕 0인 이 작전에, 라이너는 고개를 끄덕여 동의했다.

그것을 확인한 후, 나는 곧바로 마법을 영창했다.

"──마법 〈디멘션 · 멀티플〉!"

미궁 전체를 뒤덮을 각오로, 차원속성 마법을 상층을 향해 전개했다.

그 무차별적인 마력의 침투에 반응해서, 65층에 있던

리저드 플라이어들이 『카운터 매직』으로 마력을 상쇄시키려 들었다. 보아하니 짙은 〈디멘션〉에도 반응하는 모양이었다.

공간 파악에 장해가 발생하긴 하지만, 이건 반가운 정보였다. 적의 발을 묶을 수단이 하나 늘어난 것이다.

『카운터 매직』때문에, 65층에 흩어져 있는 리저드 플라이어 주변의 상황은 파악이 불가능해졌다. 그래도 적들을 피해서 더 깊은 곳까지 〈디멘션 · 글래디에이트〉를 확산시키는 건 가능하다. 나는 가까스로 64층으로 이어지는 계단──아니, 구멍을 찾아냈다.

거기까지 가는 최단 경로는 금방 도출해낼 수 있었다. 다만, 그 루트로 갈 경우, 최소한 몇 마리 이상의 리저드 플라이어와 조우할 수밖에 없었다.

"좋아, 길은 찾아냈어. 라이너, 있는 힘껏 뛰어야 돼."

"이래봬도 난 바람의 기사야. 속도에는 자신이 있어."

우리는 각오를 다지고, 다시 동시에 내달렸다.

아니, 내달렸다는 건 약간 어폐가 있었다. 계단을 계단이 아닌 도약의 발판으로 운용해서, 결승점까지의 거리를 단축시킨 질주였다. 당연히 그 막무가내 질주에 의해 주위 몬스터들이 우리의 존재를 발견했다. 낮은 층의 몬스터들에 비해 반응할 수 있는 범위가 넓었다.

"라이너, 뒤쪽에서 두 마리 접근 중!"

"알았어!"

한 번이라도 타이밍을 잘못 맞추면 몸 어딘가가 절단될지도 모른다. 일반 몬스터 상대의 전투라고는 생각할 수 없을 만큼의 긴장감 속에서, 우리는 마법을 구축했다.

후방에서 두 마리의 리저드 플라이어가 장해물인 계단 사이를 누비고 급속도로 접근해 왔다. 그 자유로우면서도 입체적인 움직임에 놀라면서, 우리는 가까스로 타이밍을 맞춰 나갔다.

"——〈디멘션〉!"

"——〈와인드〉!"

나는 탐색마법을 한 점에 집중시키고, 라이너는 바람마법을 응축시켜서 내쐈다.

양쪽 모두 대단할 것 없는 마법이었다. 그러나 그 마력의 밀도만은 무시할 수 없을 만큼 짙었다. 리저드 플라이어의 움직임이, 우리와 접근하기 직전에 우뚝 멈추었다.

"좋아! 계속 이렇게 마법을 맞히면서 도망치자!!"

"알았어!!"

상대는 움직일 수 없는 상태지만, 안전을 우선시해서 오직 도주만을 선택했다.

적에게서 도망치기 위해, 입체미로를 있는 힘껏 내달렸다.

단, 아까 그 두 마리는 데어놓을 수 있었지만, 앞쪽에도 수많은 리저드 플라이어들이 도사리고 있었다. 리저드 플라이어에 의한 살 떨리는 습격은 아직 끝난 것이 아니었다.

"——〈디멘션 · 멀티플〉!"

"──〈와인드〉〈와인드〉〈와인드〉!"

적들의 습격은 갈수록 더 늘어났다. 우리의 마법도 점점 더 여유가 사라져 갔다.

리저드 플라이의 습격 타이밍은 〈디멘션〉을 통해 감지할 수 있었지만, 그럼에도 사방팔방에서 급속도로 접근해 오는 적은 두려울 수밖에 없었다.

빗발처럼 쏟아지는 총알 속을 달리는 기분이었다.

쉴 새 없이 흐르는 식은땀과 함께, 모든 적들을 차례대로 정지시켜 나갔다.

그리고 그 몇 분 후. 우리를 추격해 오는 리저드 플라이어의 수는 쌓일 대로 쌓여서, 두 자리 수에 달해 있었다. 아무리 정지시켜 봐도, 마법에 의한 속박을 중간이 중지하면 다시 쫓아와 버리니, 숫자가 불어나는 건 당연한 일이었다.

그래도 그 온 힘을 다한 도주의 보람이 있었는지, 어느덧 64층 입구를 눈앞에 둔 위치까지 도달하는 데 성공했다. 앞에 있는 64층을 〈디멘션〉으로 확인해 보니, 입구에서 도사리고 있는 몬스터는 없었다. 우리는 곧바로 뛰어들 작정으로 온 힘을 다해 도망쳐서──

"지크, 마지막이야! 나한테 맞춰 줘! ──〈익스 와인드〉!!"

뒤쪽에서 바람이 파열되었다. 나는 그 마법의 효과를 알고 있었다. 그리고 그 마법의 정신 나간 운용방법도 알고 있었다. 우리는 그 폭발에 의해 추진력을 얻었다. 목적지 코앞에서 사용하기에는 더할 나위 없이 좋은 마법이었다. 그런 라이너의 절묘한 마법 선택에 의해서, 우리는 64층으로 통하는 천장의 구멍으로 들어갈 수 있었다.

그리고 층에서 층으로 넘어가는 동시에, 추격해 오던 리저드 플라이어들의 발이 모두 멈추었다. 보아하니 낮은 층에서나 깊은 층에서나 규칙은 똑같이 적용되는 모양이었다.

몬스터가 다른 층에서는 행동할 수 없다는 규칙을 만든 자기 자신에게 감사하면서, 나는 64층에서 일단 한숨을 돌렸다.

"하악, 하악, 하악……."

"하악, 하악, 하악……."

거칠게 숨을 몰아쉬며, 나와 라이너는 말없이 힘없는 하이파이브를 나누었다.

◆◆◆◆◆

64층은 방금 그 두 개의 층에 비하면 비교적 정상적이었다.

천장이 엄청나게 높긴 했지만, 일반적인 석조 회랑이 이어져 있었다. 그 익숙한 회랑의 모습에 감격하면서, 우리는 숨을 고르며 걸었다. 조금 마음에 걸리는 점이 있다면, 바람이 너무 잘 통한다는 점 정도였다. 아까부터 약간 서늘하게 느껴질 만큼 차가운 바람이 불고 있었다.

"하아……. 이제야 평소에 보던 회랑이 나오긴 했지만, 시

야가 좁으니까 〈디멘션〉은 필수겠네. 참고로 근처에 둥실
둥실 떠 있는 기체 같은 몬스터……, 아마 이건 검이 안 통
하는 계통일 것 같아."

64층에는 연녹색 빛을 내뿜는 기체 몬스터가 배회하고 있
었다. 바닥에 발을 붙이지 않은 채, 망령처럼 공중을 날고
있는 것들이 대부분이었다.

[몬스터] 그린 하이 엘레멘트 : 랭크65

"아아, 학원에서 배운 적 있어. 엘레멘트(정령)계라는 녀
석들 말이군. 내가 알고 있는 건 15층 정도에서 나오는 화
염 엘레멘트뿐이야. 지크는 다른 엘레멘트와 싸워 본 적
있어?"

"없어. 아마 찾아봤으면 있었겠지만, 그냥 성큼성큼 진행
하는 바람에, 그다지 많은 종류의 몬스터와 싸워 보지는 못
했거든."

마리아와 디아 때문에, 싸워 보기도 전에 임종을 맞이한
몬스터들이 많았던 것도 한 가지 이유였다. 전투 경험이 한
쪽에 치우쳐 있다는 건 틀림없을 것이다.

미궁을 만든 과거의 나는, 아마 조금씩 다양한 몬스터에
대한 대응법을 익혀 주기를 바라는 의도로 이런 구조를 만
들었을 것이다. 하지만 특출한 능력을 가진 동료들 때문에
모두 물거품이 돼 버렸다.

디아의 저격이며 라스티아라의 무쌍이며 마리아의 불꽃 등등, 하여튼 그런 것들이 문제였다.

"그럼 일단 무작정 싸워 보는 수밖에 없겠군. 가능하면 무시하고 싶지만 말이지. 지크, 혹시 여기 몬스터들도 이쪽으로 다가오고 있어?"

"아니, 아까 그 녀석들과는 다른 것 같아."

엘레멘트들은 둥실둥실 떠 있을 뿐, 이쪽으로 다가오려는 기색을 보이지 않았다. 단순히 감지능력이 낮은 건지도 모른다. 그렇기에 우리는 마음 놓고 64층을 걷기 시작했다.

그러나 그 낙관은 금새 후회로 바뀌었다. 〈디멘션〉으로 몬스터의 위치를 확인해 가며 걷고 있는데, 엘레멘트 한 마리가 별안간 사라진 것이었다.

그리고는 아무런 전조도 없이—— 별안간 우리 옆에 나타났다.

바로 옆에서, 꿈틀거리는 비취색 안개가 팔이라도 뻗듯이 우리에게 접근해 왔다.

"이, 이거 뭐야——?! 마법 〈디폴트〉!!"

라이너보다 빨리 반응한 나는, 그 비상사태에 비장의 카드 하나를 꺼냈다.

공간을 조작해서, 적과 우리 사이의 거리를 벌렸다. 그리고 아직 무슨 일이 벌어진 건지 파악하지 못하고 있는 라이너의 목덜미를 붙잡고 당장 도망치려 했다.

하지만 엘레멘트는 다시 별안간 사라져서, 별안간 눈앞에 나타났다.

예전에 리퍼가 쓰던 것 같은 순간이동을 통해, 우리의 도주를 용납하지 않았다.

"이, 이 자식!! 워프라도 하는 거야?!"

"지크! 내가 요격할게!!"

이제야 상황을 이해한 라이너가 바람마법을 구축했다.

"라, 라이너! 잠깐 기다──."

나는 반사적으로 라이너의 마법을 제지하려 했지만, 한 발 늦었다.

"──마법 〈예거 와인드〉!!"

화살 같은 돌풍이 엘레멘트를 덮쳤다. 그러나 적은 그 바람을 모조리 빨아들여 버렸다. 대미지를 입기는커녕, 두 종류의 바람이 뒤섞여서 한층 더 거대해졌다.

"뭐야, 빨아들였잖아?!"

혼신을 다한 신마법이 흡수당하고 만 사태에, 라이너는 경악을 감추지 못했다.

그런 라이너와는 달리, 나는 어렴풋이 예감하고 있었다. 이렇게 속성을 전면적으로 드러내는 몬스터의 경우, 특정 속성에 대한 내성이 있다──그런 게임적인 논리를 느꼈기 때문이다.

라이너의 바람을 흡수한 엘레멘트의 몸은 한층 더 비대해져 있었다. 흡수를 통해 강화됐다는 걸 한 눈에 알 수 있었다. 그러나 나는 그 형태 변화를 보고 한 가지 희망을 찾아냈다.

"라이너! 괜찮아! 그대로 계속하면 돼!"

"──뭐?! 아, 알았어!"

가능하면 후퇴하고 싶었다. 하지만, 순간이동 능력을 가진 이 몬스터에게 등을 보이는 건 피하고 싶었다.

"──마법 〈예거 와인드〉!"

라이너는 다시 마법의 바람을 내쏘았지만, 엘레멘트는 그것을 모조리 흡수해 버렸다.

한층 더 비대해지는 몸. 풍부한 바람을 듬뿍 흡수한 엘레멘트의 몸은 처음의 10배 정도까지 부풀어 올랐다. 이대로 시간을 보내면 어떤 마법으로 되받아칠지 예상할 수 없었다. 나는 재빨리, 그 거대화된 몬스터를 상대로 내가 가진 최강 마법을 사용했다.

"──마법 〈디스턴스 뮤트〉!"

나는 마법 흡수에 집중하고 있는 엘레멘트의 몸에 손을 뻗었다. 몸이 풍선처럼 부풀어 올라 있는 덕분에 쉽게 접촉할 수 있었다.

엘레멘트가 가진 존재의 『영역』을 이해하기 위해서, 마법 감각의 초점을 맞추어 나갔다.

그 과정에서 도움이 된 것은, 조금 전에 높은 랭크의 풍룡을 상대로 〈디스턴스 뮤트〉를 성공시킨 적이 있다는 것. 그리고 풍룡과 엘레멘트의 내부 구조가 비슷하다는 것. 이 두 가지였다.

엘레멘트의 영역을 이해하는 데 걸린 시간은 단 몇 초 정도였다.

그러나 엘레멘트는 그 짧은 시간에 반격을 시도했다. 역시 랭크 60대는 만만치 않았다. 낮은 층의 몬스터들과는 반응속도의 차원이 달랐다. 실체가 없는 그 몸에서, 몸을 찢어발기는 바람 칼날을 분출시켰다.

"——으윽! 하지만 너는 이제 끝장이야!"

오른팔 살점이 찢어져서 빨간 피를 흩뿌리면서도, 적의 마석을 움켜쥐고——뽑았다.

순간, 엘레멘트가 튕겨져 나갔다. 흡수한 라이너의 바람 마법이 몸속에서 소화되기 전에 해방된 것이리라. 마치 바람 빠진 풍선 같은 폭발을 보여주고는, 빛의 입자로 변해서 사라져 갔다.

"하악, 하악……! 해치웠어……!"

〈디스턴스 뮤트〉는 예전에 사용하던 〈디 오버 윈터(과밀차원의 한겨울)〉에 해당하는 대형 마법이었다. 게다가 아직 사용에 익숙하지도 않아서, 성급하게 사용하면 두통이 몰아쳤다.

두뇌를 쥐어짜는 것 같은 고통을 견디면서, 라이너가 무사한지를 확인했다.

"라이너, 괜찮아……?"

"나는 괜찮아……. 하지만 지크의 팔이, 빌어먹을! ——〈큐어풀〉!"

새삼 살펴보니 내 오른팔은 눈 뜨고 볼 수 없는 상태가 되어 있었다. 깊은 상처는 없지만, 표면의 피부가 거의 다 뒤집혀서 검붉게 변해 있었다.

　그 찰나의 순간에 이렇게 심한 대미지를 입은 걸 보면, 그 적의 마력이 얼마나 대단한지를 짐작할 수 있었다.

　라이너의 신성마법에 의해 오른팔이 회복되어 갔다. 보기에는 끔찍한 상처였지만 치료되는 건 금방이었다.

　"그냥 표면만 찢어진 것뿐이었던 모양이야. 다행이야——."

　"다행은 무슨……! 그런 건 내 역할이니까, 지크는 무모한 짓 하지 마……!"

　치료하면서도 일그러져 있는 그 얼굴을 보니, 라이너가 진심으로 나를 걱정하고 있다는 걸 알 수 있었다. 하지만 나는 그 걱정을 거부했다.

　"또 그런 소리를……. 그게 라이너의 역할이라니 말도 안 되는 소리 마……."

　"우선순위 문제를 얘기하는 거야! 나는 지크의 방패 역할을 해야 돼! 동료들을 위해서라도!"

　"그건 틀렸어, 라이너."

　그런 라이너의 의견을 간과할 수 없어서, 나는 나지막한 목소리로 대꾸했다.

　우선순위로 따지면 라이너 네가 더 높아——라는 반박이 습관적으로 목구멍까지 솟구쳤지만, 애써 참아냈다. 단순히 "나가 더 나이가 많으니까" "형제 같은 사이니까"라는 이유로 내가 라이너를 지키고 싶은 거라 한다면, 라이너는 받아들이지 못할 것이다. 그건 마리아를 여동생처럼 취급했을 때와 같은 짓이다. 그런 소리를 했다가는 좋지 않은 결말을 부를 게 분명했다.

그런 생각에, 나는 새로운 길을 제시했다.

"누가 희생이 되느니 하는 식의 방법은 이제 그만두자. 둘이서 서로 도와 가면서, 둘이 같이 살아남을 수 있는 길을 찾으면 되잖아. 라이너, 네 기분은 나도 이해해. 자기희생이라는 건 참 편한 길이지. 나도 좋아해. 하지만 미궁 탐색에서는 그런 짓 하지 말자. 그게 쉽지 않은 일이라는 건 나도 알지만……, 그래도, 둘이 같이 살아남을 수 있는 길을 찾아보자. 어떤 상황에서도, 무슨 일이 있어도, 아무리 어렵더라도, 그 길은 끝까지 포기해서는 안 돼. ……이건, 요즘 들어서 배운 거야."

라이너의 눈을 똑바로 쳐다보며, 한 점의 거짓도 없이 내 생각을 전했다. 이제 갓 배운 따끈따끈한 이론이지만, 형으로서 지금 내가 해줄 수 있는 말을 이 정도밖에 없었다.

"둘이서……?"

"그래, 예전에는 형이란 남동생이나 여동생들을 위해 목숨을 바칠 수 있어야 한다고 생각했었지만, 아무래도 그래서는 안 되는 것 같아. ……아니, 그래서는 안 됐어. 그랬다가 마리아에게 불타 죽을 뻔했지."

"오히려 반대 아냐? 나는 동생이야말로 누나나 형을 위해

정상적인 전투를 포기하고, 나와 라이너는 63층에 재도전했다.

페일 그리폰을 피하는 건 어렵지 않았다. 그 밖에 다른 몬스터들도, 아까 상대한 그린 하이 엘레멘트 같은 광범위한 탐지능력은 갖고 있지 않았다.

하지만, 이쯤 되니 다른 문제가 발생했다.

"하아, 하아, 하아……."

"하악, 하악, 하악……."

숨소리가 점점 거칠어지기 시작했다.

그도 그럴 것이, 벌써 4시간 가까이 쉴 새 없이 걷고 있는 것이다. 게다가 죽음과 이어지는 전투까지 겪어야 했다. HP와 MP의 소모는 최소화하더라도, 체력적인 문제까지 막을 수는 없었다. 아직 표면적으로 문제가 드러나지는 않았지만, 정신적인 소모도 심할 게 분명했다.

몬스터와의 접촉을 최대한 피한 덕분에 무사히 63층을 돌파하는 데는 성공했지만, 그 과정에서 아무런 대가도 치르지 않은 것은 아니었다.

그리고 우리는 층과 층 사이에서 숨을 고른 다음, 62층에 들어섰다. 62층은, 딱 한 가지만 빼고는 별다른 특색을 찾아볼 수 없었다. 하지만 그 딱 하나의 특색이 너무나도 짙었다. 바닥에서 나오는 빛이 더더욱 강력했던 것이다. 게다가 바닥뿐만이 아니라, 벽이며 천장까지도 빛나고 있었다.

드넓은 하늘같던 지금까지의 분위기가, 하얀 태양 속 같은 이미지로 변해 있었다.

사방팔방에서 뿜어져 나오는 빛 때문에, 시야가 대폭적으로 제한되어 버렸다. 앞이 전혀 안 보이는 정도는 아니었지만, 눈을 찡그려야 가까스로 주위의 정보를 포착할 수 있는 상황이었다.

〈디멘션〉을 사용할 수 있는 나는 괜찮았지만, 함께 있는 라이너는 위험했다.

"라이너, 여기서 싸울 수 있겠어?"

"항상 〈와인드〉를 사용하고 있으면, 어지간한 물체들의 위치는 알 수 있을 거야. 물론 싸우기도 불편하고 MP 소모도 장난 아니겠지만."

"그럼 이동할 때는 내가 손을 잡아줄게. 전투 때만 〈와인드〉를 사용하도록 해."

"미안. 그렇게 해 줘."

이건 습득한 마법과의 상성 문제이니 어쩔 수 없을 것이다.

나는 라이너와 나란히 걸으면서 〈디멘션〉으로 정보를 수집했다. 빛나는 회랑 여기저기에 몬스터들이 어슬렁거리고 있었다. 태양의 층에 어울리는 조류형 몬스터였다.

우리는 곧바로 고립되어 있는 몬스터를 찾아내서 싸우려 했지만── 몬스터를 덮치기 직전에, 명백한 이상을 감지했다.

몬스터와의 거리는 불과 몇 미터.

눈앞에 새하얗게 물든 조류형 몬스터가 걷고 있다는 것을.

피어스 피존 : 랭크60

피어스 피존은 유유자적하게 걷고 있을 뿐이었다. 수족관 속 물고기처럼, 우리를 보고도 자세를 전혀 무너뜨리지 않은 채 걷고만 있었다.

"이 녀석들, 우리를 보고도 공격을 안 하잖아……?"

"그러게 말이야, 지크……."

너무 가까이 접근하는 바람에 눈과 눈이 마주쳤다. 그런데도 몬스터는 털끝만큼의 적의조차 보이지 않았다. 우아하게 부리로 깃털을 손질하고 있을 뿐이었다.

나와 라이너는 서로의 얼굴을 마주본 다음, 쓸데없는 전투로 전력을 소모할 필요는 없다고 판단, 다른 몬스터를 찾기로 했다. 다음으로 발견한 것은 새하얀 색의 거대 유니콘이었다.

컬러리스 유니콘 : 랭크 59

몸이 하얀 건, 이 던전에 맞춘 보호색이리라. 마법을 쓰지 않으면 발견하기도 힘들 지경이었다. 이 몸으로 돌진해 오면 엄청난 위협이 될 게 틀림없었다.

그러나 컬러리스 유니콘도 움직이지 않았다. 이쪽을 보고는 있지만, 빈틈을 노리고 있는 것처럼 보이지는 않았다. 그저 나를 쳐다보고 있을 뿐이었다. 전투에 들어갈 전조조차 없었다.

"공격하지 않으면 반응을 안 하는 몬스터인가……? 아니면, 워낙 시계가 안 좋은 층이니까, 운 나쁘게 이 녀석들과 몸이 부딪치면 전투가 시작되거나 하는 건가?"

"그렇다면 일부러 도전할 필요는 없겠지. 지크의 〈디멘션〉이 있으면 전부 피해 갈 수 있으니까."

"물론 그렇게 할 생각이긴 한데……."

아무리 생각해도 좀 이상했다. 다른 층에 비해 비정상적으로 쉬운 것이다. 방금 전에 통과해 온 바람의 층과 비교하면, 그야말로 하늘과 땅 차이였다. 뭔가 다른 이유가 있는 게 분명했다.

이 하얀 몬스터들은 나만 빤히 쳐다보고 있었다. 라이너가 아닌 나만을 말이다

마치, 나를 보고 안심하는 것처럼 느껴지기까지 할 지경이었다.

"아니, 고민해 봤자 소용없겠지. 가자, 라이너. 쉽게 돌파할 수 있을 것 같아."

라이너의 손을 잡 끌고, 하얀 몬스터들로부터 거리를 벌렸다.

그 뒤로는 식은 죽 먹기였다. 〈디멘션〉을 사용해 길을 선택하고, 묵묵히 걷기만 하면 그만이었다.

미궁 안이라고는 믿기 힘들 만큼의 정적만이 우리를 둘러싸고 있었고——채 한 시간도 지나지 않아서, 우리는 다음 층인 61층에 도달했다.

그리고, 예상했던 대로 빛이 우리를 비추었다.

층의 특색은 한층 더 과격해져서, 눈부신 빛이 회랑을 가득 채우고 있었다.

천장은 아예 태양 그 자체와도 같이 밝았다. 도저히 눈을 뜰 수 없어서, 눈을 질끈 감고 있어야만 했다. 그런데도 빛이 안구를 태워서, 검은 시야가 붉게 물들 지경이었다.

"방금 통과한 층과 별로 다를 게 없는 것 같아. 아까 그 방침 그대로 가자."

"눈이 아플 정도로 밝은데."

돌파가 어려운 층은 아니지만, 오래 있고 싶지는 않았다. 계속 이대로 빛을 쬐고 있다가는 몸에 뭔가 이상이 생길 거라는 확신이 들 만큼, 이 빛은 눈에 해로웠다.

"이렇게 밝은 공간, 빛……. 혹시 60층의 가디언은『빛의 이치를 훔치는 자』일까?"

"아아, 그리고 보니『나무의 이치를 훔치는 자』였던 아이드 근처의 층은 초목이 가득하다고 들었어. 역시 주위의 층에 맞는 가디언이 나타나게 돼 있는 모양이군."

"가디언의 힘이 주위의 층에 영향을 주는 거겠지. 그나저나,『빛의 이치를 훔치는 자』라……. 신성마법 전문가쯤 될까?"

"지크, 그러리라는 보장은 없어. 신성마법과 빛 마법은 전혀 다르니까."

라이너는 레반교의 기사인 만큼 신성마법에 대한 지식이 해박한 듯, 다음 가디언은 빛마법을 사용하는 자일 가승성이 높다는 걸 가르쳐주었다.

솔직히, 나는 빛 마법에 대해서는 정보가 별로 없었다. 마법의 경향을 조금 아는 게 고작이었다.

아마 전투에 강한 타입은 아닐 것이다. 하지만 로웬이나 티다의 경우처럼, 가디언은 마법 등과 무관하게 강한 경우도 있었다. 가능하면 만반의 준비를 갖춘 채 상대하고 싶었다.

그렇게 생각하면서, 〈디멘션〉을 통해 적과의 접촉을 회피해 나갔다.

61층의 몬스터는 아까와 마찬가지로 전혀 적의를 보이지 않았다. 둥실둥실 떠 있는 하얀 안개 같은 게 보여서『주시』해 봤지만, 한층 더 이상함을 느낄 수 있을 뿐이었다.

[몬스터] 홀리 엘레멘트 : 랭크 62

배회하는 유령 같은 몬스터는, 우리에 대해 관심을 보이지 않았다.

너무 쉬워서 불안하기까지 할 지경이었다. 그 불안 때문에 일단 물러날까 하는 생각까지 했다. 하지만 우리의 몸 상태에는 아무런 이상도 없는 상태였다. 오히려 HP며 MP에 여유가 생길 정도였다. 언젠가는 반드시 통과해야 하는 층인 이상, 무작정 뒤로 미룰 수는 없었다.

홀리 엘레멘트는 틀림없이 우리의 존재를 알아챈 상태였다. 우리는 수없이 많은 그 유령들의 시선을 받으며 61층을 나아갔고──계단 바로 앞까지 도달했다.

두 층 연속으로 전투 없이 통과한 덕분에 몸 상태는 나쁘지 않았다. 게다가 60층 바로 앞에 〈커넥션〉을 설치하는 데에도 성공했다. 이 빛 속에서는 안 될 줄 알았는데, 예상보다 훨씬 쉽게 성공한 것이다. 눈에 해로운 빛이지만, 적의를 담은 마력이 담겨있는 건 아니었다.

60층에 도전하지 않을 이유가 없었다. 마치 빛의 층들──61층과 62층이 나를 부르고 있는 것 같은 느낌이 들 정도였다.

"지크, 안 갈 거냐……?"

"갈 거야. 도전해서 가디언을 깨워야지. 하지만……, 약간 불길한 느낌이 들어."

"여기서 도전하지 않으면 영원토록 지상에 돌아갈 수 없어."

"그건 나도 알아……."

라이너의 말이 옳았다.

우리에게는 시간이 없다. 이렇게 멀쩡한 상태에서 주저하는 건 용납될 수 없다.

등을 떠밀어 주는 라이너의 말에, 나는 드디어 마음을 다 잡았다.

"좋아, 양쪽으로 갈라지자. 우선 새로운 가디언과 얘기를 해 볼게. 얘기가 틀어질 것 같으면 곧바로 〈커넥션〉으로 철수할 테니까, 그렇게 되면 라이너가 지원해 줘."

"알았어."

최악의 상황을 염두에 둔 작전이었다. 라이너는 불만스러운 기색이었지만, 순순히 고개를 끄덕였다.

아까 했던 설교가 제법 효력을 발휘했음을 알 수 있었다.

"이제 걱정할 것 없어. 가디언도 원래는 인간이었어. 얘기해 보면 다 이해해 줄 거야."

"로드처럼 『시조 카나미』에 대해 우호적이면 좋겠지만……."

그렇지 않은 경우라면 전투가 벌어질 것이다. 그에 대한 각오는 지금부터 해 둬야 한다.

"다녀올게."

이렇게 해서 나는 앞으로 나아갔다. 미궁 60층. 『빛의 이치를 훔치는 자』가 기다리는 층으로.

3. 끝끝내 닿지 않는 손.

지금까지 겪어 왔던 미궁과는 달리, 60층은 질서정연하기 그지없었다.

그러면서도 보스 층으로서의 예외는 없어서, 60층은 드넓고 개방적인 공간으로 이루어져 있었다.

10층의 특색은 『불꽃』이었다. 30층은 『수정』이었고, 40층은 『초원』. 그리고 이 60층은 『빛』. 어디로 눈길을 돌려도 빛, 빛, 빛. 대리석 같은 지면 위에는 오직 빛밖에 없었다. 다만, 그 빛은 61층의 눈 따가운 빛과는 달리, 눈에 부드러운 빛이었다.

빛이 공간 안을 가득 채우고 있건만, 눈을 떠도 아무런 문제가 없었다.

그 덕분에 눈으로 주위를 확인할 수 있었다. 하얀 지면은 마치 타일이라도 깔린 것처럼 매끄러웠다. 요철 하나 없이, 완벽하게 평평했다.

그 아름다운 지면에서, 날아다니는 반딧불 같은 하얀 빛 구슬들이 수없이 떠오르고 있었다.

자세히 보니, 빛구슬들 사이에는 미세한 차이가 있음을 알 수 있었다. 아련한 빛이며 짙은 빛, 윤곽이 붉은 빛도 있고, 칠흑처럼 검은 빛도 있었다.

빛 안에 빛들이 존재하는 공간은, 마치 꿈속을 떠다니는 것 같은 느낌을 주었다.

그 공간 중앙. 꿈에서 깨어난 듯, 한 소녀가 일어나려 하고 있었다.

발치까지 자란 소녀의 머리칼이 두둥실 떠올랐다. 그 머리칼은 주위의 빛과 마찬가지로 다양한 색체를 띠고 있었다. 빨강 파랑 노랑을 비롯해서, 보라색과 주황색, 녹색까지도 섞여 있는 것처럼 보였다. 그러나 눈이 어지러워질 지경이었던 그 무한의 색체는, 차차 한 가지 색으로 통합되어 갔다. 색과 색이 뒤섞여서, 보색에 가까운 갈색을 지나, 기묘한 밤색으로 정착되었다.

보는 각도에 따라 색의 깊이감이 달라지는 밤색이었다.

그런 환상적인 머리칼을 늘어뜨리고 있는 소녀의 몸은 앳되었다. 키는 디아와 비슷한 정도일까. 그 작은 몸을 감싸듯, 소매와 옷자락에 프릴이 달린 새까만 옷을 입고 있었다.

피부는 뽀얗고 눈동자는 까맸다. 얼핏 보면 일본인과 비슷해 보였지만 조금 달랐다. 내 세계 식으로 말하자면 하프(half)나 쿼터(quarter) 같은 혼혈처럼 보였다.

가장 먼저 느껴진 인상은 아름답다는 것이었다. 하지만 그 아름다움이란 인간을 칭송하는 표현이 아닌, 자연을 칭송하는 것에 가까운 『아름다움』이었다. 소녀의 모습은 그만큼 초현실적이었다.

그 충격은 처음 라스티아라를 만났을 때 느꼈던 것과 비슷했다.

모든 조형에 군더더기가 없는 것이다. 기다란 속눈썹에 길쭉한 눈, 콧날은 오뚝하면서 가지런하고, 입술은 조그마했다. 다만, 라스티아라가 찬란하게 빛나는 소녀였다면, 이 소녀는 어둠속으로 빨려드는 것 같은 소녀였다. 전혀 다른 매력이면서도, 같은 감각을 안겨주는 것이다.

즉 ──아름답긴 하지만, 수상쩍기 그지없었다.

그렇게 느껴졌기에, 나는 긴장을 풀지 않고 임전태세를 유지한 채 상대를 『주시』했다.

[식스티 가디언(육십수호자, 六十守護者)] 빛의 이치를 훔치는 자

틀림없었다. 그녀가 바로 이 미궁의 여섯 번째 가디언이었다.

"어라……? 여기가, 미궁?"

일어난 소녀는 눈을 찡그리며 중얼거렸다.

그리고 빛으로 가득한 그 공간을 둘러보고, 60층에 침입해 들어온 내 모습을 발견했다. 그 순간, 빛을 피하기 위해 반쯤 감겨 있던 소녀의 눈꺼풀이 활짝 뜨였다.

"──아, 아아! 아앗!! 카나미 님! 저를 데리러 와 주셨군요!"

소녀는 벌떡 일어서서 내게 다가오려 하다가── 중간에 넘어졌다. 하지만 이내 다시 일어서서, 비틀거리는 발걸음으로 이쪽을 향해 걸어왔다.

그것은 어머니를 찾는 아기의 모습과 닮아 있었다.

나약하기 그지없는 그 모습에, 그런 생각이 들 수밖에 없었다.

하지만 그렇다고 방심하지는 않았다. 나약해 보이는 모습인 건 사실이었지만, 그렇다 해도 그녀는 로드나 로웬과 어깨를 나란히 하는 존재인 것이다. 허리에 차고 있던 『크레센트 펙트라즐리의 직검』에 손을 댄 채로 소녀의 동향을 지켜보았다. 그러나 그녀는 내가 경계하건 말건, 그저 이쪽으로 다가오기만 할 뿐이었다. 감격한 얼굴로 중얼거리면서——

"아아, 정말 뵙고 싶었어요……. 이 때가 오기만을 얼마나 기다렸나 몰라요……."

그 말로 미루어보아, 티다나 아이드 같은 호기심이나 적의는 없는 것 같았다. 가까워지는 거리에 비례해서 경계심이 강해졌지만, 소녀의 입에서 흘러나오는 목소리를 들으면 들을수록 안도감도 강해졌다.

"예정대로, 그 때 그 카나미 님의 모습으로 오셨네요. 그리고 그 몸과 이 몸……. 드디어 증명할 수 있게 됐어요. 제가 이 순간을 얼마나 기다렸던지……."

소녀는 나를 『카나미』라고 불렀다. 그리고 나를 보는 눈길은 다정했다.

서로 안면이 있는 사이였으며, 더불어 우호적인 관계였다는 것을 확인한 나는, 검에 대고 있던 손을 떼었다.

"그럼 카나미 님, 부탁드릴게요. 저를 어루만지고, 쓰다듬어 주세요. 카나미 님이 딱 한 번 쓰다듬어 주시기만 하면, 그것만으로도 저는 사라질 수 있을 거예요. 네, 제 소원은 단지 그것뿐. 그것밖에 없으니까요……."

소녀는 양손을 모으며 스스로의 소실을 청했다.

동시에 나와 소녀의 거리는 0이 되었다.

성급해도 너무 성급한 그 전개에, 나는 마른침을 삼켰다. 하지만 이내 마음을 다잡고, 몸에 힘을 주었다.

이대로 소녀를 쓰다듬어서 60층을 클리어할 수만 있다면, 그보다 반가운 일도 없다.

소녀의 소원도 이루어지고, 내 소원도 이루어지는 것이다.

"아, 알았어……."

손해 볼 사람은 아무도 없다는 생각에, 나는 승낙의 말과 함께 손을 뻗었다.

손바닥을 소녀의 머리 위에 얹고, 그 촉감 좋은 머리카락을 천천히 쓰다듬었다.

"아아, 감사합니다……. 감사, 합니다……."

소녀는 감사의 말과 함께 눈웃음을 지었다.

쓰다듬는 내 손의 감촉을 있는 힘껏 곱씹고 있는 것 같았다. 발가락 끝을 세워 발돋움을 하면서, 기분 좋은 표정으로 손길을 받고 있는 소녀. 그 표정에서는 분명히 소실의 예감이 느껴졌다.

아무런 사정도 모르는 나였지만, 이 날, 이 순간이 바로 소녀의 숙원이었다는 것을 알 수 있었다.

눈웃음을 머금은 소녀의 눈에서 물방울 한 방울이 가만히 떨어지고, 어떤 한 이야기의 막이 내렸다.

스킬 『감응』이 그것을 직감했다.

──지금 이 순간, 드디어 그녀의 기나긴 싸움이 끝났다.

나는 그런 확신을 얻었고, 아마 소녀 역시 그 확신을 얻었을 것이다.

남은 일은 그녀의 성불을 지켜보는 것뿐.

나는 그렇게 생각하며 머리를 쓰다듬고, 쓰다듬고── 또 쓰다듬기를, **어느덧 15분**. 여운에 잠겨 있는 그녀를 방해하고 싶지 않다는 생각에 잠자코 있었지만, 이윽고 인내심이 한계에 달해서 입을 열었다.

"아……, 안 사라지네?"

그 말에, 소녀는 약간 수줍은 표정으로 대답했다.

"그, 그런 것 같네요……."

소녀도 나와 같은 상황인 모양이었다. 당장이라도 사라질 것만 같은 전개였건만, 결국 그런 일은 벌어지지 않았다. 그녀의 몸은 힘을 잃지 않은 채, 여전히 멀쩡하게 존재했다.

소녀는 황급히 내 손바닥에서 벗어나서 "대체 왜……?"라는 말을 되풀이했다. 그리고 한참 동안 의문을 거듭한 끝에, 애절하게 내 두 손을 붙잡았다.

"미, 믿어 주세요! 카나미 님! 저는 절대 거짓말 따위 하지 않았어요! 저는, 줄곧……! 줄곧줄곧줄곧, 이 순간만을──!!"

"잠깐, 얘기하기 엄청나게 껄끄러운 말을 좀 해야겠는데, 좀 들어 줄래?"

소녀의 말을 가로막았다. 그녀가 이대로 행복하게 소실되었다면 아무 말도 하지 않을 작정이었다. 하지만 그런 일은 일어나지 않았다.

이렇게 된 이상, 나에게는 그녀의 말을 들을 자격이 없다는 사실을 알려야만 했다.

내 진지한 눈빛을 보고, 소녀는 꾸벅 고개를 끄덕였다.

나는 그녀를 자극하지 않도록 천천히 설명을 시작했다.

"실은, 지금 나는 천 년 전의 기억을 잃은 상태야. 그래서 네가 누구인지도 몰라. 솔직히 네가 무슨 얘기를 하는 건지 하나도 이해가 안 되는 상태라서──."

"네?"

멍하니 입을 벌리는 소녀.

"그러니까, 다시 자기소개를 해 줬으면 좋겠어. 내 이름은 아이카와 카나미. 네 이름은?"

"이, 잊어버리신 건가요……? 전부 다……? 제 이름을……?"

내 자기소개에 대해 대답하는 대신, 소녀는 사실 확인부터 하려 들었다. 그러는 것도 무리는 아니리라. 만약 내 동료 중 하나가 기억을 잃는다면, 나라도 같은 표정으로 같은 말을 할 거라 확신할 수 있으니까.

"미안……. 정말로, 진짜로 기억이 안 나……."

그래서, 소녀가 차분하게 생각할 수 있도록, 많은 설명은 하지 않은 채, 최대한 짤막하게 대답하며 고개만 끄덕였다.
그런 내 대답을 본 소녀는 당황했다.

단, 당황하는 와중에도, 그 눈동자 속에 이해의 빛이 깃드
는 걸 볼 수 있었다.

상황을 받아들이고, 그러면서도 앞으로 나아가고자 하는
의지가 있었다.

소녀가 이성을 되찾기에는 그리 오랜 시간이 걸리지 않
았다.

크게 심호흡을 한 번 한 다음, 한 발짝 물러서서, 옷자락
을 잡아들고 인사를 시작했다. 그 몸짓은 로드 못지않게 정
중하고, 기품이 넘쳤다.

"——이해했어요. 그럼, 다시 한 번 자기소개를 하도록 할
게요. 제 이름은 노스휘. 노스휘라고 합니다."

쓸쓸한 듯——하지만 어쩐지 자부심이 느껴지는 목소리
로, 그녀는 자기소개를 했다.

"옛날에 저는 『남연맹』의 『깃발』로서 전쟁을 하고 있었답
니다. 그때 카나미 님께서는 『북연맹』의 『기사단장』님이셨
습니다. 그 끝에 저는 죽었고, 카나미 님은 살아남으셔서 미
궁을 만드셨습니다……."

기억을 잃었다는 나를 위해서인지, 노스휘는 사실을 확인
하듯 말을 이었다.

그 이야기는 내가 알고 있는 정보와 딱히 어긋나지 않았다.

"그 전쟁을 하는 동안, 저는 줄곧 카나미 님을 찾았답니

다. 죽을 때까지 그리워했습니다. 그렇기에 카나미 님은 죽은 저를 미궁의 가디언으로 선택해 주셨습니다. 그리고 지금, 천 년의 세월을 넘어, 오랜 세월 간직해 온 소원이 드디어 이루어졌습니다……. 그런 줄 알았는데, 가디언으로서의 제 역할은 아직 끝나지 않은 것 같네요……. 이유를 모르겠어요. 네, 정말 이유를 모르겠어요……."

소녀의 말 한 마디 한 마디에서, 그녀가 나를 사모하고 있음을 알 수 있었다.

그런데 이상했다. 내 기억 상실에 대해 별다른 충격을 받지 않은 것 같았다. 사라지지 않은 것에 대해서도 이렇다 할 충격은 받지 않은 것 같아 보였다.

스킬『감응』을 활용해도, 그녀의 감정 속 깊은 곳까지는 알 수 없었다.

마치 태양을 바라볼 때, 빛 속 깊은 곳까지는 보이지 않는 것과 같은 감각이었다.

지금까지 만나 온 그 어떤 가디언과도 다르게 느껴졌다.

"기억이 사라진 카나미 님과는 상관없는 얘기겠죠. 죄송합니다."

마치 이런저런 얘기를 들려줘 가면서 내 반응을 살피고 있는 것처럼 보였다.

노스휘는 한 번 사과한 다음, 딱히 의식하는 기색도 없이 화제를 바꾸었다.

"그나저나, 카나미 님은 왜 기억을 잃으신 걸까요……?

바로 전까지만 해도 모든 게 다 잘 될 것 같은 분위기였
는데……."

노스휘의『미련』에 대해서는 아무것도 알 수 없었지만, 나
에 대한 질문에는 대답해 줄 수 있었다.

"으음……, 천 년 전 일이 있은 직후, 사도 레거시 녀석
의 훼방 때문에, 불완전한 상태로 미궁에 소환돼 버린 것
같아. 그리고 티아라는 지금 시대에는 없고, 잠든 내 여동
생이 지상에 있어. 그래서 이렇게 미궁을 거슬러 올라가고
있는 거야."

"티아라가 없고, 여동생은 잠든 채 지상에……? 그렇다면
한 시라도 빨리 지상으로 가셔야겠네요."

사로의 상황에 대한 확인을 마쳤을 때쯤, 멀찍이서 상황
을 지켜보고 있던 라이너가 다가왔다.

"지크, 괜찮아……?"

나와 노스휘가 평화롭게 대화를 나누는 모습을 보고, 싸
움이 벌어질 일은 없을 거라 판단한 모양이었다.

"이 분은 누구시죠?"

라이너를 본 노스휘는 소개를 요구했다.

"나와 협조하고 있는 기사, 라이너 헤르빌샤인이야."

"헤르빌샤인?"

이름을 들은 노스휘는 약간 놀란 기색을 보였다. 하지만
이내 단아하게 인사를 건넸다.

"만나서 반가워요, 헤르빌샤인. 저는『남연맹』의『깃발』

──이 아니라, 미궁의 가디언『빛의 이치를 훔치는 자』노스휘라고 합니다."

그리고 오른손을 내밀어서 악수를 청했다.

라이너는 상대에게 적의가 없는지를 신중하게 확인한 다음, 그 손을 붙잡았다.

"잘 부탁해. 그냥 라이너라고 불러 줘."

악수를 통해, 두 사람은 서로가 적이 아님을 증명했다.

"저……, 라이너 말고 헤르빌샤인이라고 부르면 안 될까요?"

그리고 악수를 하면서, 노스휘는 호칭의 변경을 요청했다.

"──?!"

순간, 라이너는 잡고 있던 손을 놓고, 천적을 앞에 둔 짐승과도 같이 뒤로 펄쩍 뛰어 물러났다. 그 양손은 당장이라도 허리춤에 찬 쌍검을 뽑아들 기세였다.

심상치 않은 반응이었다. 나도 덩달아 검을 뽑으려 했을 정도였지만, 당사자인 라이너 본인도 무슨 일이 일어난 건지 이해하지 못하는 기색이었다. 심각하면서도 곤혹스러워하는 표정으로 노스휘에게 물었다.

"노스휘……. 방금 나한테 뭘 하려고 한 거지……?"

노스휘 역시 비슷한 표정이었다. 조신하게 사죄하기 시작했다.

"죄, 죄송합니다……! 제『저주』는 이미 완전히 소실된 줄 알았는데, 잔해가 남아있었던 모양이에요. 결코 당신을 해

하려는 생각은 없었습니다. 부디 저를 믿어 주세요……!"

"『저주』의 잔해라고?"

"네, 생전의 제 몸에 걸려 있던 저주예요. 죽음이라는 정화의 절차를 거쳐서 사라진 줄 알았는데, 그렇지 않았던 모양이에요. 정말 죄송해요, 라이너. 이제 두 번 다시 잔해를 겉으로 드러내지 않겠다고 맹세하겠습니다."

『저주』라는 단어를 들으니 리퍼의 얼굴이 떠올랐다.

그녀는 동화 속에 나오는 사신과 같은 『저주』에 걸려 있었다. 그 내용은 『인식되는 동안에는 존재할 수 없다』라는 저주였다. 노스휘 역시 비슷한 것에 걸려 있었던 모양이다. 리퍼가 걸려 있던 저주의 해제 조건은 『로웬의 죽음』이었는데, 노스휘에게 걸린 저주의 해제 조건은 『자기 자신의 사망』이었던 걸까.

라이너는 노스휘의 거듭된 사죄를 받아들인 듯, 다시 악수하기 위해 노스휘에게 다가갔다.

"아니, 그렇다면 괜찮아……."

"『저주』가 사라져서 그런지, 참 신선한 기분이에요. 멀쩡하게 악수를 할 수 있다니……. 라이너, 머리를 좀 쓰다듬어도 될까요?"

그런 끝에 노스휘는 머리를 쓰다듬게 해 달라고 부탁했다.

라이너는 당연히 얼굴이 빨개져서 다시 몸을 피하려 했다.

"뭐, 뭐라고?! 대체 왜?!"

"어쩌면 『미련』이 이루어져서 사라질 수 있을지도 몰라요. 부탁드릴게요."

그러나 노스휘는 라이너의 손을 붙잡고 놓아주지 않았다. 힘주어 손을 붙잡고, 라이너의 눈을 빤히 바라보았다. 그 박력에 밀려서, 라이너는 하는 수 없이 고개를 끄덕였다.

"조금 정도라면……."

"그럼."

허가를 얻은 노스휘는 손을 뻗었다.

내가 그녀에게 했던 것처럼 라이너의 머리를 쓰다듬기 시작했다. 기묘한 광경이었다. 자칫 긴장을 풀었다가는 언제 죽어도 이상할 게 없는 미궁의 심층부에서, 소녀가 소년과 악수를 하며 그 머리를 쓰다듬고 있다.

몇 초 후, 그 기묘한 광경은 끝났다.

"감사합니다……. 하지만 이것도 『미련』은 아니었던 모양이네요……."

"그야 당연히 그렇겠지. 나는 너와 아무런 상관도 없는 사람이니까."

황당해 하면서도 쑥스러워하는 표정으로, 라이너는 노스휘에게서 물러섰다. 방금 그 일련의 교류 때문에, 노스휘를 껄끄럽게 여기게 된 모양이었다. 그런 그를 대신해서 내가 노스휘와의 대화에 나섰다.

"노스휘, 너한테 물어보고 싶은 것들이 많아. 하지만……, 일단 돌아가는 게 좋을 것 같아. 노스휘의 층이라고는 해도, 위험한 건 위험한 거니까."

오늘은 60층까지 온 것만 해도 엄청난 전과라 할 수 있다.

아직 첫 번째 도전이다. 조바심 낼 단계는 아니다. 탐색을 일시 중단하기에 딱 좋은 지점이라는 생각에, 나는 〈커넥션〉을 준비하기 시작했다.

"돌아간다니, 어디로 가시는 건가요?"

"천 년 전의 북부를 재현한 도시가 미궁 안에 있어. 우리는 거기를 거점으로 삼아서 지상으로 향하는 중이야. 거기에는 50층의 가디언인 로드도 있어."

"천 년 전의 북부 도시……, 로드……?"

지금껏 줄곧 온화한 미소를 유지하고 있던 노스휘의 표정이 어두워졌다.

"노스휘, 뭔가 문제라도 있어?"

"카나미 님, 저를 로드와 만나게 해 주세요."

"네가 로드에게 뭘 하려고 하는지를 먼저 들어야겠어. 경우에 따라서는 데려갈 수 없게 될 수도 있어."

그 변화에 불길함을 느낀 나는, 〈커넥션〉 생성을 중지했다.

나와 친근하게 대하고 있어서 방심하고 있었지만, 그녀는 천 년 전에 『북연맹』의 적에 해당하는 『남연맹』 사람이었다. 『로드(통치하는 왕)』와는 공존할 수 없는 사이인지도 모른다.

"얘기를 나누고 싶은 것뿐이에요. 그 분과."

"무슨 얘기를 하려는 건지, 그 내용을 먼저 알려줘. 안 그러면 데려갈 수 없어. 로드는……, 저기, 『친구』야. 그 애한테 손을 댈 작정이라면, 지금 여기서 내가 상대할 거야.”

잠시 고민한 끝에 『친구』라는 표현을 선택했다. 내가 로드 편이라는 것을 이해한 노스휘는, 천천히 대답했다.

“그 분에 대해 원한이 없다고는 할 수 없어요. 아무래도 저를 죽인 장본인이 바로 그 분이다 보니, 어느 정도 마음 속에 쌓인 게 있기는 해요. 하지만 그건 사소한 일일 뿐. 복수할 생각 따위는 전혀 없습니다. 제가 하고 싶은 얘기는, 그 분의 상태에 대한 얘기에요. 경우에 따라서는, 그 분이 바로 제 『미련』을 해소해 줄 수 있는 존재가 될 수도 있을 것 같습니다.”

노스휘는 진지하게 속내를 토로하는 것처럼 보였다.

전부 다 『미련』을 해소해서 사라지기 위한 것이라는 얘기를 들은 이상, 나로서도 거절하기 힘들었다.

이렇게 우호적인 노스휘의 태도를 확인하고, 나는 두 사람을 만나게 해 주기로 마음먹었다.

“알았어. 안내해 줄게. 단, 얘기는 내가 같이 있는 자리에서 해야 돼.”

“네, 그 점은 상관없어요. 카나미 님, 그런 표정 짓지 마세요. 다시 싸울 생각 같은 건 딱히 없으니까요.”

그 말마따나, 노스휘에게서는 티끌만큼의 적의도 느껴지지 않았다.

적어도 싸우기 위해 만나려는 건 아니라는 점은 확신할 수 있었다.

"알았어. ——마법 〈커넥션〉."

나는 61층과 통하는 계단으로 돌아가서 마법의 문을 생성했다.

이렇게 해서, 우리 세 사람은 〈커넥션〉을 통해 성으로 돌아갔다.

자신의 『미련』을 모르는 가디언을 데리고.

별 문제없이 방으로 돌아온 나는, 곧바로 〈디멘션〉을 통해 로드의 위치를 확인했다. 오늘의 작업은 이미 끝났는지, 로드는 성의 정원에 혼자 멍하니 서 있었다.

두 가디언의 만남을 주선하기 위해, 우리는 성 안을 나아갔다. 성 안을 걸으면서, 노스휘는 길어도 너무 긴 머리칼을 땋았다. 참 요령도 좋다고 생각했지만, 어쩌면 머리카락이 땅에 닿을 만큼 길기에 가능한 재주인 것 같았다. 뒷머리를 앞으로 가져와서, 능숙하게 땋아 나갔다. 그리고 어디서 꺼낸 건지 알 수 없는 검은 리본으로 머리카락을 묶었다.

그녀가 뒷머리를 두 가닥으로 땋는 작업을 완료했을 때쯤, 우리는 정원에 도착했다.

로드는 방문객의 존재를 알아채고 밝은 얼굴로 맞이했다. 그 표정으로 보아, 줄곧 우리의 귀환을 기다리고 있었던 모양이었다.

"앗, 카나밍이랑 라이너, 어서 와——어?! 에엑, 노스휘?!"

하지만, 우리 뒤를 따라오는 노스휘를 보고는 품위 없게
비명을 질렀다.

"다녀왔어, 로드. 60층에 도달한 김에 데려왔는데, 혹시
데려오면 안 됐던 거야?"

"뭐? 벌써 60층?! 아니, 그나저나 카나밍, 꽝 중에서도 꽝
을 뽑았잖아! 카나밍은 괜찮겠지만, 나는 큰일 났다고! 큰
일났어큰일났어큰일났어!"

로드는 절규와 함께 온몸에서 마력을 분출시키면서, 포니
테일로 묶고 있던 머리를 풀었다. 비취색 머리칼이 두둥실
펼쳐지는 것과 동시에, 조그맣게 접고 있던 등의 날개까지
펄럭였다.

같은 색깔인 머리카락과 마력과 날개가 뒤얽히고, 녹아들
어서, 한 쌍의 거대한 날개로 변화했다. 마치 에메랄드 입
자를 분출시키는 것 같은 반짝이는 날개가 탄생해서 정원의
나무들을 모조리 흐트러뜨리고, 뒤흔들었다. 그러고 나서
도 그녀는 온몸에서 심상치 않은 양의 마력을 뿜어냈다. 그
비취색 마력은 로드의 오른팔로 모여들어서, 하나의 형체
를 이루었다.

그것은 로드의 키보다도 더 긴 총이었다.

아니, 끝부분의 날카로움으로 보아, 엄밀히 말하면 총검
이라는 표현이 옳을지도 모른다.

내가 알기로 이 세계에 총기는 유통되지 않는다. 하지만

이건 누가 봐도 총으로 볼 수밖에 없는 형상이었다. 거대한 날개와 거대한 총기를 장착한 로드는, 그야말로 50층의 가디언이라는 이름에 걸맞은 괴물이었다.

처음 보는 모습이었다. 하지만 확신할 수 있었다. 지금 로드는 완전히 임전태세에 들어간 것이다.

"로드, 오랜만에 뵙네요. 당신 손에 죽은 이후로 처음이 군요."

그 살인적인 마력의 파동을 받으며, 노스휘는 겁에 질린 아기 고양이라도 어르듯이 다정하게 말을 걸었다. 로드는 굳어진 얼굴로 총검을 노스휘에게로 겨누면서 대꾸했다.

"아, 아니, 내가 죽인 건 아니었잖아?! 그쪽이 멋대로 자폭한 것뿐이잖아! 나도 갑자기 빨려 들어가는 노스휘를 보고 깜짝 놀랐었다고!"

"자폭할 만큼의 마력을 쓰지 않으면 당신을 이길 수 있는 방법이 없을 것 같았으니까요. 당신이 죽인 거나 마찬가지 잖아요?"

"그렇지만 말이야, 전쟁이란 원래 다 그런 거잖아?! 그런 거 가지고 원한 가지면 안 되는 거 아냐?!"

"네, 물론이죠. 이제 당신에 대한 원한도 없고, 싸울 생각도 없어요."

"──응? 어라, 진짜?"

"정말이에요."

"어, 어라라─……?"

245

푸슝 하고, 가스가 빠지는 것 같은 소리와 함께 로드의 마력이 흩어졌다.

오른팔의 총검이 사라지고, 등에 달린 날개는 작아졌다. 참으로 알아보기 쉬운 변화였다.

"당신 때문에 제가 대륙에 빨려든 건 사실이에요. 하지만 그게 오히려 도움이 된 점도 있어요. 그 후에 대륙에 빨려든 덕분에, 드디어 카나미 님과 차분하게 대화를 나눌 수 있었으니까요. 그러니까, 딱히 원한 같은 건 갖고 있지 않아요."

"아―, 전쟁이 다 끝나고 미궁을 만들 때 일 말이지? 거기서 카나밍이랑 찬찬히 대화를 나눴다는 거구나? 하아, 깜짝 놀랐네. 다 해결된 일이면 다 해결됐다고 미리 말을 했어야지―."

전투가 벌어질 일이 없으리라는 것을 안 순간, 로드는 옛 친구를 맞이하는 자세를 취했다. 풀어져 있던 머리를 다시 포니테일로 묶고, 노스휘에게 다가갔다.

"네, 제 마음의 응어리는 사라졌어요. 당신과 싸울 이유가 없습니다. 무엇보다……, 지금의 저와 당신은, 예전과는 완전히 다른 사람이 됐잖아요?"

노스휘는 로드를 빤히 응시하며, 약간 그늘진 미소를 머금고 말했다.

"아하하, 다행이다. 또 도둑고양이 취급을 받으면서 공격받을 줄 알았잖아―."

"이제 당신은 북쪽의 대표가 아닌 가디언. 저도 남쪽의 대표가 아닌 가디언. 같은 가디언들끼리 정답게 지내 봐요."

"오오, 말 참 잘 통하네!! 노스휘랑 대화다운 대화가 되다니! 이야아, 이 언니 감동했다니까아아! 그래, 그래, 평화가 최고지! 정말이지, 이렇게 다시 시작할 수 있다는 건 참 좋은 거라니까─! 그래, 맞아, 유치한 지위 같은 것만 없었더라면 모두 다 서로를 이해할 수 있었을 거야! 방금 그 사실이 증명된 거야!!"

"그러니까 저도 여기서 같이 살도록 해 주셨으면 합니다만……."

"좋아좋아─. 이 마왕성에 있는 방 중에서 아무 방이나 마음에 드는 방에서, 마음 내킬 때까지 머물어도 돼─."

"마왕성……. 역시 여기는 비아이시아 성이군요."

노스휘는 주위를 둘러보고, 이 성의 본래 이름을 맞추었다.

역시 생전에 와 본 적이 있었던 모양이다.

"아……. 역시 남쪽의 구세주님 입장에서 『이곳』은 용납 못 하겠어? 비아이시아의 평화 같은 건 꼴 보기 싫어?"

"……? 아뇨, 전혀 그렇지 않아요. 평화란 좋은 거니까요."

"음, 으음─? 그럼 전에는 왜 그렇게 북쪽에 전쟁을 건 거야?"

"글쎄요. 굳이 말씀드리자면 세계평화를 위해서였죠."

"세계평화를 위해서라면, 나를 방해하지 말았어야지─!

나도 세계평화를 위해서 애썼는데-!"

"세계평화의 형태란 사람에 따라 제각각 다른 거겠죠. 아마, 인류가 마지막 한 사람만 남을 때까지 세계평화는 실현되지 않을 거예요. 후훗, 정말이지 쓸데없는 전쟁이었어요."

"그, 그런 말해도 되는 거야?! 당시의 지도자가 그런 소리해도 되는 거야?!"

"저는 스스로가 옳다고 생각한 일을 한 것뿐이지, 세계평화에 대한 열의가 그렇게까지 강했던 건 아니었으니까요……. 북쪽이나 남쪽 나라들에 대한『미련』은 딱히 없어요. 굳이 따지자면……."

노스휘는 비아이시아 성이 아닌 로드를 빤히 쳐다보았다. 그리고 아래에서 위로, 눈치를 살피듯 쳐다보면서 어리광 피우듯 부탁했다.

"로드, 저를 칭찬해 주시지 않겠어요?"

그것은 그 누구도 예상치 못한 요구였다. 로드는 고개를 갸웃거리며 되물었다.

"칭찬? 내가 노스휘를?"

"네, 당신의 칭찬을 받고 싶어요. 그 싸움에서 제가 했던 노력에 대해, 당신의 칭찬을 받고 있어요. 그렇게 하면 제『미련』이 해소될지도 몰라요."

노스휘는『미련』을 방패삼아 로드에게 부탁했다.

가디언의 규칙을 알고 있는 이상, 로드로서는 그 부탁을 거절할 수 없었다.

"으음, 잘 했어, 노스휘-! 엄청 잘 했어!"

"…………."

로드는 쭈뼛거리며 칭찬의 말을 입에 담았고, 노스휘는 웃으며 그 말을 들었다. 노스휘는 한동안 아무런 대답도 하지 않은 채, 그 말을 곱씹고 있었다.

로드는 자신의 칭찬에 대해 자신이 없었는지, 어쩔 줄 몰라 하며 다음 말을 찾고 있었지만, 먼저 다음 말을 찾아낸 것은 노스휘였다.

"로드, 감사합니다……. 약간이나마 성불한 것 같은 기분이에요. 하지만……, 이것도 『미련』은 아니었던 모양이네요."

"그야 당연한 거 아닐까? 적인 나한테 칭찬을 받는다고 해서 『미련』이 풀릴 리가……."

"아뇨, 저는 오히려 적인 당신에게 가장 칭찬을 듣고 싶었어요. 항상 다른 누군가의 인정을 받고 싶었으니까……."

"아니, 노스휘는 원래 모든 사람한테서 인정받았잖아! 나도 노스휘를 인정했었어! 진짜 강했어! 토 나올 정도로!"

로드와 노스휘는 양손을 마주잡고 지난날의 원한을 해소해 나갔다.

이것이 천 년 전에 전쟁을 벌였던 양 진영 정상 간의 화해이며, 역사적인 순간이라는 건 알고 있었지만, 실감이 전혀 가지 않았다. 솔직히 그냥 흔한 두 여자아이들 간의 화해처럼 보였다.

가만 뒀다가는 둘이서 끝도 없이 노닥거릴 것 같았기에, 나는 대화 중간에 끼어들었다.

"로드, 화해하는 중에 끼어들어서 미안하지만, 노스휘한 테 물어보고 싶은 것들이 워낙 많아서 말야. 천 년 전 나와 의 관계에 대해서도 그렇고, 『저주』에 대한 것도 있고——."

"에……, 에에엣?! 카, 카카카카나밍! 그 말은, 혹시! 노 스휘를 잊고 있었던 거야?! 나는 그렇다 쳐도, 노스휘를?!"

로드는 도저히 믿을 수가 없다는 듯한 표정으로 나를 쳐 다보았다.

하지만 내가 천 년 전의 기억을 모두 잃었다는 사실은 이 미 로드에게 얘기한 적이 있었다. 왜 그렇게 놀라는 건지, 나로서는 이해할 수 없었다.

"그래, 기억 안 나. 하지만 천 년 전의 일은 거의 다 잊어 버렸으니까, 기억 못 하는 것도 당연한 거 아냐?"

"그래도 여동생에 대해서는 기억하고 있잖아? 그럼, 저 기, 노스휘에 대해서도 기억하고 있어야 하는 거 아냐……?"

"내가 기억하는 건 여동생과 사도, 그리고 티아라 정도밖 에 없으니까 어쩔 수 없잖아……."

천 년 전 인물들에 대한 내 기억의 폭은 좁았다. 그 발언 을 들은 노스휘의 안색이 달라졌다.

"——티아라."

노스휘가 중얼거리는 소리를 들은 로드는 허둥대면서 비

판을 계속했다.

"나, 나를 잊어버린 건 상관없지는 말야! 최소한 노스휘
에 대한 기억은 되살려내야지! 티아라는 기억하고 있잖아?
그런데 노스휘는 잊어버렸단 말야? 정말 아무것도 기억 안
나? 조금도?"

"그만 됐어요, 로드."

따져 묻는 로드를 노스휘가 제지했다.

대화의 분위기가 긴장되어 가는 것이 느껴졌다. 그런데
그 이유를 알 수가 없었다. 천 년 전의 일을 기억하고 있는
두 사람의 눈매는 진지한데, 나 혼자만 영문을 몰라 소외당
하고 있는 상황이었다.

"되긴 뭐가 돼! 같은 여자로서, 이건 절대 그냥 못 넘겨!
다른 건 다 잊어버리더라도, 노스휘만은 절대로 잊어버리
면 안 되잖아! 왜냐면――!!"

로드는 처음 보는 살벌한 표정으로 외쳤다. 그리고, 서로
엇갈리기만 하던 인식을 바로잡는 한 마디가 날아왔다.

"노스휘는 카나밍의 『색시』잖아!!"

"뭐……?"

색시?

거듭된 싸움을 통해 백전용사 수준이 되어 있는 내 두뇌
조차, 그 두 글자를 이해하는 데 상당한 시간이 들었다. 시
간이 멎어 버린 것 같은 감각과 함께, 상쾌한 바람이 정원
을 쓸고 갔다.

바스락바스락 나뭇잎 스치는 소리만이 들려오는 정적 속에서, 나는 넋을 잃었다.

색시. 그것은 다시 말해, 노스휘가 『시조 카나미』의 아내였다는 뜻인가.

글자의 나열은 이해했다.

하지만 대용이 지나치게 난해해서 그런지, 의미까지는 이해할 수 없었다.

눈앞에는, 뽀로통하게 뺨을 부풀리고 화내는 로드.

그 곁에는, 쓸쓸한 미소를 머금고 있는 노스휘.

내 등 뒤에는, 입을 떡 벌리고 "우와아……"라는 목소리를 흘리는 라이너.

난해한 방정식이 서서히 풀려 나가서, 의미의 이해에 근접해 갔다.

──천 년 전, 노스휘와 나는 부부였다.

뜬금없고 맥락이 없어도 너무 없는 얘기였다. 그건 혹시 모종의 은유나 은어가 아닐까 하는, 수천 가지 억측이 머릿속에서 난무했지만, 현재 이 상황으로 보아 해답은 하나밖에 없었다.

그러나 그 의미를 인정할 수가 없어서, 나는 지푸라기라도 붙잡는 심정으로 대차 물었다.

"로드……. 그거, 무슨 뜻이지……?"

"색시는 색시야! 그것 말고 무슨 뜻이 또 있겠어?!"

"색시……. 배우자를 뜻하는 단어 맞아?"

"그것 말고 다른 뜻이 뭐가 있는데?!"

"한 마디로……, 과거에 나와 노스휘가 혼인관계였다는 거야?"

"그래! 그러니까 이렇게 화를 내고 있는 거잖아! 지금, 내가!!"

"……내가 남편, 노스휘가 아내. 흔히 말하는 부부라는 개념이 정말 맞아?"

"두 사람은 부부였잖아! 노스휘가 『북연맹』에서 싸운 것도 그것 때문에 그런 거잖아?! 그런데 그걸 잊어버리다니, 카나밍 너무했어!!"

"──!!"

아연실색했다. 그래도 이세계에 온 뒤로 파란만장한 경험을 한 덕분인지, 신기하게도 혼란은 그리 크지 않았다. 머릿속 한 구석에, 여기서는 무슨 일이 일어났다 해도 이상할 게 없다는 마음의 준비가 되어 있기 때문이리라.

덕분에 옆에 있는 노스휘의 표정을 확인할 여유도 있었다. 그녀는 나와는 정반대의 표정으로, 아무 일도 없다는 듯 로드를 진정시키려 애쓰려 있었다.

"로드, 그건 천 년도 더 지난 일이에요. 저희들을 부부로 인정하는 나라는 이미 사라졌어요. 그러니까 그걸 주장하는 건 잘못된 거예요."

"즈, 증명?! 아니, 내가 증명해! 애초에 증명 같은 거 없더라도 부부는 부부잖아! 사랑의 맹세를 주고받은 사이니까, 그건 영원해야 하는 거 아냐?!"

노스휘는 진지한 표정으로 로드의 얘기를 부정했다.

"──**사랑의 맹세 같은 건 한 적 없습니다.** 그건 형식적인 결혼. 허위와 기만만 가득한 계약. 무의미한 의식이었습니다. 그러니까 로드가 생각하는 결혼과는 전혀 다릅니다. 그리고 카나미 님께서는 그 기억을 이미 잊으셨습니다. 이런 상황에서 지금 제가 아내라고 주장하는 것만큼 어리석은 일도 또 없겠지요."

"어리석다니 노스휘……! 그렇지만, 그렇지만……!"

노스휘는 담담한 말로 로드의 입을 다물게 만든 후, 내 쪽으로 눈길을 돌렸다.

"카나미 님. 이제 와서 이런 얘기를 해도 곤란하시겠죠?"

검은 마노(瑪瑙. 석영의 일종에 해당하는 보석)처럼 새까만 그 두 눈이, 확인이라도 하듯 나를 응시하고 있었다. 티끌만큼의 허위도 용납하지 않는, 동시에 티끌만큼의 오류도 용납하지 않는 눈빛이었다.

그 무거운 질문 앞에, 나는 고개를 끄덕일 수도, 고개를 가로저을 수도 없었다.

기억이 없는 이상, 어떤 대답을 해야 할지 알 수가 없었던 것이다.

그러나 노스휘는 그 침묵의 대답을 미소 띤 얼굴로 받아들여 주었다.

"이제 아시겠죠, 로드? 이제 저희는 부부가 아니라, 전(前)

부부에요. 물론 그것도 카나미 님을 곤란하게 만들 테니까 언급하지 마시길. 자, 이 얘기는 이제 그만 하도록 해요."

"노스휘가 괜찮다면야 그렇게 하겠지만……. 이 언니는 맘에 안 들어……."

우격다짐으로 얘기를 차단하고, 다음 화제로 넘어갔다. 어쩌면 방금 그 부부 관련 얘기는 내가 아닌 노스휘 입장에서 꺼내기를 꺼린 건지도 모른다.

옆에서 뿌로통한 표정을 짓는 로드를 무시하고, 노스휘는 내 의문에 대답해 주었다.

"그보다 천 년 전 얘기부터 하도록 하죠. 그래 봤자, 천 년 전의 제 얘기는 간단하답니다. 사도 시스 님께 복수하려다가 역습을 당한 카나미 님을, 제가 **가져갔습니다**. 그 후에 카나미 님이 북쪽으로 도망치셔서, 나라의 힘을 다 쏟아 부어 침략을 실시했죠. 그런 끝에『로드(통치하는 왕)』의 손에 죽는 걸로 얘기는 끝……. 정말로, 그게 전부입니다."

"아니, 잠깐…… 내가 사도 시스에게 졌다고?"

당시에 전쟁이 발발하게 된 이유도 보통 문제가 아니었지만, 나는 사도 시스와의 싸움 쪽이 더 궁금했다.

지금 내게는 사도 시스를 이긴 기억밖에 없다. 그 오차에 대해 확인해 보고 싶었다.

"네. 최종적으로는 이기신 것 같지만, 첫 전투에서는 패하셨어요. 그 때 카나미 님의 마음이 망가져 버렸기에, 제가 그 치료를 맡았었답니다."

"첫 전투에서는 졌었구나……. 저기, 그 때 일은 고마워."

"감사의 말씀은 필요 없습니다. 원래 제 역할이 그런 거라서 그렇게 한 것뿐이었으니까요. 그 때 저와 카나미 님은, 그저 놀이판 안의 말에 지나지 않았었습니다. 그저 두 개의 말이 서로 나란히 놓이게 된 것뿐이죠."

"그러니까, 나는 천 년 전에——."

노스휘의 얘기를 통해. 천 년 전 이야기의 구멍이 메워져 갔다.

여동생의 죽음에 복수를 결의한 나는,『남연맹』에 있던 사도 시스를 추격했다.

하지만 첫 전투에서 패해 적의 수중에 떨어지고 말았다. 그 후, 사도 시스는 나를 자기편으로 끌어들이기 위해『남연맹』의『깃발』인 노스휘와 나를 혼인시켰다. 그러나 나는 가까스로 자아를 되찾아서 도주. 단독으로는 승리할 수 없다는 걸 깨달은 나는,『북연맹』으로 가서 로드와 손을 잡았다. 그리고 온 대륙을 뒤흔드는 전쟁을 일으켜서 사도 시스를 죽이려 했다.

그 싸움의 종반, 나와 로드는『북연맹』을 버려 가면서까지, 도망치는 사도 시스를 추격하려 한 것일까. 그렇게 생각하면 어긋나 있던 아귀가 들어맞는다.

사도 시스를 처치한 뒤의 일은, 지난번에『세계봉환진』에서 본 기억 그대로였다. 자포자기에 빠진 나를 티아라가 설득. 미궁 제작에 들어가고, 사도 레거시에게 속고, 천 년 후의 현재에 이른 것이다. ……정말로 이게 맞는 걸까?

"──네, 대충 맞을 거예요. 다만, 저는『깃발』이라는 말이었기에, 카나미 님께서『남연맹』을 떠나신 뒤의 일에 대해서는 모릅니다. 죄송합니다."

내가 알고 있는 정보에 대해 노스휘에게 확인을 취해 본 결과, 커다란 오류는 없다는 대답이 돌아왔다. 실은 로드에게 상세한 것들을 물어보는 게 제일이겠지만, 그 녀석은 고집스럽게 과거에 대한 언급을 피해.

……그나저나 로드 녀석, 옛날 얘기가 시작되자 갑자기 정원 손질을 시작했다.

천 년 전의 일을 떠올리는 게 어지간히도 싫은 모양이었다.

"아니, 고마워, 노스휘. 중요한 건『과거』보다『지금』이니까 상관없어. 그나저나, 아까『지금』의 노스휘는『저주』가 걸려 있다는 얘기를 했었는데……."

"생전에 저는 선천적으로 몸에 주술식이 새겨져 있어서, 어떤『주술』이 항상 흘러나오고 있는 상태였습니다. 하지만 지금은 스스로 컨트롤할 수 있게 된 것 같네요. 카나미 님의 예언대로, 가디언이 되는 정도로 많이 정화된 모양이에요."

설명에 맞추어 노스휘는 몸에서 찬란하게 빛나는 마력을 흘려보냈다.

그 빛에서는 모든 것을 빨아들이는 것 같은 신비한 힘이 느껴졌다.

"그 빛이 노스휘의 『저주』?"

"『매료』의 빛입니다. 저는 이걸 통해서 『남연맹』의 병사들을 하나로 묶고 있었습니다."

"병사들을 『매료』……? 참 흉악한 『주술』도 다 있네."

"힘을 가진 자에게는 통하지 않습니다. 카나미 님이나 로드에게는 완전히 무효화됩니다. 거기 있는 라이너에게도 통하지 않겠죠."

뒤에서 상황을 지켜보고 있던 라이너의 얼굴을 쳐다보았다. 고개를 가로저으며 『괜찮아』라고 말하는 걸 보면, 노스휘가 스스로의 힘을 성공적으로 컨트롤하고 있다는 말은 사실인 모영이었다.

그리고 천 년 전 얘기가 일단락 지어진 걸 확인한 로드가 다시 대화에 가담했다.

"아, 역시 그랬구나. 그 힘은 이제 사라졌단 말이지? 어쩐지, 눈 아프던 후광이 없어진 걸 보고 좀 이상하다 싶더라니까. 잘 됐네, 노스휘. 이제 나도 노스휘도 해방된 셈이잖아!"

"네, 로드도 **가벼워 보이셔서** 저도 기쁘네요. 저주에라도 걸린 듯 무게감 있던 당신도 싫지는 않았지만, 당신은 아이처럼 웃는 모습이 더 잘 어울리니까요."

로드는 어린아이처럼 노스휘에게 매달렸고, 노스휘는 자애 가득한 눈매로 그런 로드를 받아들였다. 그러다가 로드의 움직임이 뚝 멈추었다. 뭔가 아주 중요한 사실이라도 깨달은 모양이었다.

"으음! 이건 혹시, 기다리고 기다리던 동성 친구 탄생의 예감?!"

"네. 이런 저라도 좋으시다면. 로드, 잘 부탁드릴게요."

"와아─아! 앗싸!"

아마 로드는 여성 친구가 적은 모양이었다. 로드는 전에 없이 유아 퇴행한 표정으로 기뻐했다. 그 기분은 나도 알 것 같았다. 이성 친구는 동성 친구만큼 허물없이 지내기가 힘든 법이다.

매달리고 늘어지는 로드에게 시달리면서, 노스휘는 다시 조그맣게 중얼거렸다.

"──**이것도 아닌가요?**"

그 작은 목소리를 포착한 건, 나의 〈디멘션〉뿐이었다.

"그럼, 노스휘! 내 방에 가서 같이 얘기하자! 확인하고 싶은 것들이 많아!"

이내 로드는 노스휘를 데리고 떠나가려 했다.

"아니, 잠깐! 로드! 나도 노스휘에게 물어보고 싶은 것들이 아직 많다고!"

"나도 노스휘랑 하고 싶은 얘기들이 엄청 많은걸! 여자들끼리! 그래, 여자들끼리 말이야!!"

로드는 여자들끼리라는 대목을 유난히 강조했지만, 나는 내 기억에 관한 얘기를 해야 하는 것이다. 앞으로의 미궁 공략과 관련이 있는 얘기이니 물러설 수 없다⋯⋯그렇게 생각했지만, 어쩌면 그걸 알고 있기에 로드가 훼방을 놓고 있는 것일 수도 있다는 데 생각이 미쳤다.

"로드, 그런 걸즈 토크는 나중에 해 줘⋯⋯. 나는 중요한 얘깃거리들이 산더미처럼 쌓여 있다니까, 정말로⋯⋯."

"싫어. 나도 중요한 얘깃거리들이 산더미처럼 쌓여있는 걸! 애초에 카나밍은 부부생활의 기억부터 제대로 기억해 내라고! 다 기억해 낼 때까지, 가엾고도 가엾은 노스휘는 내 거야! 가자, 노스휘!!"

로드는 노스휘를 들쳐 안고 성벽 밖으로 데려가 버렸다. 너무나도 재빠른 그 유괴극에 미처 반응하지 못해서, 나는 그대로 두 사람의 뒷모습을 바라보고만 있을 수밖에 없었다.

"애초에 네 방은 성에 있잖아⋯⋯."

하다못해 성에 있어 줬으면 하는 심정이었지만, 로드는 시내로 사라져 버렸다. 〈디멘션〉으로 그녀들의 얘기를 훔쳐들어 볼까 하는 생각도 했으나, 로드가 걸즈 토크를 유독 강조했던 걸 떠올리고 단념했다. 무엇보다, 그녀들 정도의 실력이라면 내 〈디멘션〉 사용을 들킬 가능성이 높았다. 성의 정원에 남겨진 나는, 옆에 있던 라이너에게 물었다.

"이봐, 라이너. 알고 있었어⋯⋯?"

"응? 아아, 방금 그 얘기 말이군⋯⋯."

『뭘 말이지?』라고 굳이 되묻지 않고도, 라이너는 그 질문의 목적어를 알아챈 모양이었다.

역시 방금 오간 이야기 중에서 가장 중요한 문제는——

"아니, 시조님에게 부인이 있었다는 얘기는 처음 들었어."

"나도 처음 들었어……."

내가 천 년 전에 결혼을 했었다니, 생전 처음 듣는 얘기였다.

곤란하기 짝이 없는 일이었다. 원래 세계는 고사하고, 지상으로 돌아가기도 난감하게 됐다.

레반교의 전승에 결혼 관련 언급이 등장하지 않은 건, 티아라가 나를 배려해서 생략했기 때문일까, 아니면 내가 그 결혼을 없었던 걸로 했기 때문일까……. 아니면 뭔가 다른 이유가 있는 걸까. 물론, 애초에 부부 얘기가 전부 다 거짓말일 가능성도 있지만…….

하지만, 제3자인 로드의 분위기로 미루어보아, 거짓말인 것 같지는 않았다.

"아까 그 둘이 한 얘기가 사실일 것 같아?"

"노스휘 녀석은 몰라도, 로드가 거짓말을 하는 것 같지는 않았는데……."

"하나 더 묻겠는데, 저 노스휘, 몇 살처럼 보여?"

"키는 나보다 조금 작았지. 열두 살 정도? 조금 범죄적인 느낌이 있군."

"역시 그렇지? 엄청 작았지, 노스휘. ……그럼, 나는 어떻게 하는 게 좋을 것 같아?"

"글쎄. 책임을 지는 차원에서, 지상에 올라간 뒤에 다시 재혼이라도 하면 되는 거 아냐?"

"그런 거냐……."

"진지하게 받아들이지 마, 지크. 농담이야."

"농, 담……?"

농담으로 넘어갈 수 있으면 얼마나 좋겠느냐만, 도무지 그렇게 풀릴 것 같지가 않았다.

노스휘의 분위기로 보아, 혼인 문제만으로 끝나지 않는 사정이 더 있는 것 같다는 느낌이 들었다. 그래서 좀 더 얘기를 들어 보고 싶었다. 노스휘의 『미련』을 조기에 밝혀내고 싶었다.

아니, 본심을 말하자면 지상으로 돌아가기 전에 노스휘의 『미련』을 끝내고 싶은 심정이었다.

증거은폐를 하려는 건 아니다. 딱히 바람을 피운 것도 아니지 않은가. 그건 그렇지만, 그녀를 데리고 지상으로 돌아갔다가는 엄청난 일이 벌어질 거라는 스킬의 경고음이, 아까부터 쉴 새 없이 울려대고 있었다. 하긴, 지상에서 동료들과 재회하면서 "이 사람은 아내인 노스휘에요"라는 식으로 소개를 했다가는 무슨 일이 벌어질지 장담할 수 없었다. 공기가 얼어붙는 수준으로는 끝나지 않을 것이다. 농담이 아니라, 그게 유언이 되어 버릴 가능성도 부정할 수 없다.

"지크? 지금껏 본 적이 없을 만큼 땀이 쏟아지고 있잖아……. 괜찮아? 오늘 미궁 탐색 때문에 피곤한 것 같은데,

일찌감치 자는 게 어때? 오늘 저녁식사는 내가 차릴 테니까…….자, 빨리 방으로 돌아가자…….”

보다 못한 라이너가 휴식을 권했다. 평소에 보이지 않던 그의 다정한 태도로 보아, 나 자신이 생각 이상으로 당황하고 있음을 알 수 있었다. 나는 무리하지 않고 라이너의 제안에 고개를 끄덕였다.

“그래. 오늘 미궁 탐색은 참 힘들었지. 내일을 위해서라도 일찍 가서 자야겠어.”

“그러는 게 좋겠어. 일단 쉬도록 해, 지크.”

오늘은 참 많은 일들이 있었지만, 최대한 빨리 지상으로 돌아간다는 방침은 달라진 게 없었다.

라이너의 말마따나 미궁 탐색의 피로를 푸는 게 가장 우선적인 사항이다. 무엇보다, 지금 나의 정신적인 피로도 풀어야만 했다.

우리는 방으로 돌아와서, 둘이 저녁식사를 했다. 그리고 다음 미궁탐색을 위한 최소한의 준비를 마치고, 일찌감치 침대에 누웠다.

나는 머릿속을 조금씩 정리해 가며 잠자리에 들었다.

참고로, 그 날 밤, 로드와 노스휘는 우리 앞에 나타나지 않았다.

그렇게 최선을 다해 휴식을 취한 보람이 있었는지, 나는 하룻밤 만에 냉정을 되찾았다.

다만, 이튿날 아침. 잠에서 깨는 동시에──

"안녕히 주무셨어요, 카나미 님."

코와 코가 맞닿을 거리에 노스휘가 있었다.

"──어?!"

지나치게 가까운 그 거리에 비명이 나올 뻔 했지만, 가까스로 되삼켰다. 조금이라도 움직이면 입술과 입술이 맞닿을 것 같았기 때문이었다.

"자, 잘 잤어, 노스휘……?"

떨리는 목소리로 인사하자, 그녀는 미소 띤 얼굴로 그 인사를 받아들이고, 거리를 그대로 유지한 채 대답했다.

"카나미 님, 주제넘은 짓이지만 아침식사를 차려 두었습니다."

나는 안구만을 움직여서, 방의 테이블에 아침식사가 차려져 있는 것을 확인했다. 보아하니 노스휘가 나를 위해 준비해 준 모양이었다.

"고마워……. 바로 일어날 테니까, 좀 비켜줄 수 없을까……?"

"아아, 실례했습니다."

그런 내 말에 미소로 답하고, 노스휘는 내게서 떨어졌다.

몸을 일으키고 나니, 그제야 아침식사의 메뉴가 제대로 보였다. 정성스럽게 자른 빵, 붉은색과 녹색 채소가 들어간 따뜻한 수프, 삶은 닭고기를 버무린 샐러드, 목제 컵들에 따라져 있는 과실수들.

놀라서 말문이 막혔다. 그 요리의 호화로움에 대한 놀라움이 아니라, 내가 잠들어 있는 사이에 이 많은 요리들을 차려 놓은 뛰어난 은밀성에 대한 놀라움이었다. 이래봬도 나는 그 누구 못지않게 신경과민이다. 이세계에 온 뒤로는 줄곧, 자면서도 주위에 주의를 기울이며 지내고 있었다.

그랬건만, 그런 내 바로 옆에서 풀코스로 아침식사를 차려 놓고, 서로의 코가 맞닿을 거리까지 접근한 것이다. 아마 잠들어 있는 나를 배려해서, 깨지 않도록 신경을 써 준 거겠지만——내가 그 행동에서 느낀 것은 공포뿐이었다.

"저……. 카나미 님, 마음에 안 드셨나요?"

불안한 표정으로 내 눈치를 살피는 노스휘. 그런 그녀의 무시무시한 실력에 오한이 일었다.

그녀 역시 로드에 버금가는 실력자라는 사실은 의심의 여지가 없었다.

"아, 아니……, 워낙 호화로운 식사라서 놀란 것뿐이야. 고마워, 노스휘."

"하아, 그 말씀을 들으니 마음이 놓이네요. 다행이에요. 입맛에 맞아야 할 텐데……. 그럼, 여기에 앉으시지요."

노스휘는 나를 중앙 테이블로 불렀다. 어쩐지 거절하기 힘든 그 박력에 밀려서, 나는 시키는 대로 자리에 앉았다. 그리고 노스휘는 그런 내 맞은편에 앉아서, 군더더기 하나 없는 움직임으로 스푼을 들어 수프를 떠서, 내 쪽으로 내밀었다.

"그럼, 드시지요, 카나미 님."

"……."

어, 어쩌라는 거지……?

이대로 아—앙 하고 입을 벌려서 그 스푼에 든 수프를 먹으라는 건가?

딱히 나쁜 짓을 하는 것도 아니건만, 어쩐지 죄책감이 쌓여 가는 기분이었다. 이런 면에 대한 눈치가 밝은 스킬들은 일제히 "하지 마"라며 주의를 환기시켜 주고 있었다. 나는 지금껏 수도 없이 나를 구해주었던 스킬들을 믿고, 도망치는 길을 선택했다.

"아, 아침 먹기 전에 라이너를 깨워야지……! 그리고 기왕 이렇게 잘 차려 놓은 김에 로드도 부르는 게 어때……?! 역시 아침은 다 같이 먹는 게 더 맛있으니까……!"

"……그러는 게 좋겠네요. 네, 기왕 이렇게 차렸으니까요."

입으로는 동의하고 있지만, 노스휘가 불만을 품고 있다는 것쯤은 척 봐도 알 수 있었다. 내게 내밀고 있던 스푼을 수프 접시에 내려놓는 그 얼굴의 미소가, 약간 일그러져 있었다.

"그럼, 노스휘는 로드를 불러와 줘. 나는 저기 있는 라이너를 깨울 테니까."

"네, 바로 불러오겠습니다."

노스휘는 내 방을 나섰다. 그것을 확인한 후, 나는 방 한쪽에 있는 침대로 다가갔다. 라이너가 눈을 감은 채 누워있었다. 나는 그 얼굴을 인정사정없이 꼬집으려 들었다.

"라이너, 왜 안 일어나는 거야……?!"

하지만, 그런 내 두 손은 라이너의 두 손에 의해 저지되고 말았다.

"어, 어떻게 일어나라는 거냐……!"

이 자식, 역시 자는 척을 하고 있었어……!

눈을 뜬 라이너는, 나에 못지않게 필사적으로 반론했다.

"방금 그 분위기에 어떻게 끼어들라는 거냐……! 난 그런 거 껄끄러워! 잡일거리가 생기거나 목숨 건 싸움이 벌어지거든 불러! 그러면 기꺼이 희생할 테니까!"

달달한 듯 하면서도 실은 위장에 좋지 않은 방금 그 분위기는, 라이너 입장에서도 껄끄러운 분야였던 모양이다.

"힘들 땐 서로 돕고 살아야 하는 법이잖아?!"

"나도 그럴 생각이었어. 하지만 솔직히, 그런 쪽 일에는 얽히기 싫어……!"

"큭──! 그래도 부탁한다, 라이너. 중간에 끼어서 완충재 역할을 해 줘……!"

"완충재?! 그럼 난 짓눌리는 신세가 된다는 거잖아?!"

라이너는 식은땀을 흘리며 절규했다.

그런 끝에, 그는 결단을 내렸다. 마법사용이라는 결단을──

"싫어……! 전투라면 몰라도, 치정싸움에 말려들어서 죽는 건 기사답지 못해! 아침은 나가서 혼자 따로 먹을 거야! ——〈와인드〉!"

"어딜 도망치려고, 라이너?! ——마법 〈디폴트〉!!"

라이너는 바람의 힘을 정교하게 사용해서 내 결박을 탈출, 방의 창문 쪽으로 도망치려 했다. 그러나 그 정도 수는 이미 예측하고 있었다. 곧바로 차원압축 마법으로 거리를 조정해서, 도망치는 라이너를 끌어당겼다. 그리고 그의 양팔을 붙잡아서 근력 대결에 들어갔다.

『표시』덕분에 양쪽의 근력 수치는 훤히 알고 있었다.

단순한 힘 대결이라면 내가 유리하다. 이대로 라이너를 길동무로 삼을 수 있는 것이다……!

"이 자식! 이거 뭐! ——〈익스 와인드〉!"

라이너는 붙잡힌 팔을 바람 마법으로 폭발시키려 했다. 그러나 그 자폭 전법은 이미 여러 번 경험한 바 있었다. 〈디멘션〉을 통해 마법의 타이밍을 파악하고 있는 나는, 〈익스 와인드〉의 바람이 발생되는 타이밍에만 손을 떼었다가—— 다시 붙잡았다.

"어림없어! 그 작전은 이미 알고 있어!"

"빌어먹을, 쓸데없이 강하잖아! 같이 못 놀아주겠어! 난 도망칠 거다!"

나와 라이너는 모두 레벨 20을 넘는 존재들이다.

지상이었다면『영웅』은 고사하고『괴물』소리를 들을 영역에 달해 있다.

그런 탓에, 비좁은 방 안에서 펼쳐지는 다툼인데도 격전으로 발전했다.

눈으로 따라잡기도 힘들 만큼 어마어마한 속도의 붙잡기 기술에, 고도의 체술에 의한 회피의 응수.

한심한 일이지만, 이 싸움이 세계 최고 레벨이라는 건 의심의 여지가 없었다.

그 사실 때문에, 묘한 공허함과 서글픔이 느껴졌다. 하지만 한편으로는 묘한 안도감도 느껴졌다. 아직 우리에게 여유가 있다는 걸 실감할 수 있었기 때문이었다. 더불어, 라이너의 자기희생정신이 전보다 완화되었다는 사실도. 하지만 이런 것을 통해 라이너의 성장을 느끼고 싶지는 않았다. 좀 더 멋있는 상황──이를테면, 미궁 탐색을 하다가 강적과 싸워서 위기에 몰린 상황 같은 것에서 느끼고 싶었다.

이렇게 바람의 기사와 차원의 마법사 간의 싸움이 점입가경에 들어섰을 때,

"야아아-, 핫하-! 초대를 받았지 뭐야-! 초대를 받는 바람에 하는 수 없이 와 줬다구-! 나 왔어-!!"

콰당 하며 문이 열리고, 로드가 방으로 들어왔다. 싸움은 제3자의 개입에 의해 일시 중단되었다. 나와 라이너는 드잡이를 하던 자세 그대로 우뚝 정지했다.

"카나미 님, 로드를 데려왔습니다. 아니, 애초에 저희를 기다리고 있던 건지, 바로 근처의 정원에 있었어요."

뒤이어 노스휘가 돌아왔다.

"응, 응―? 어라? 라이너, 어디 가?"

당장이라도 창밖으로 뛰쳐나가려 하던 라이너에게 로드가 물었다.

"아니, 원래 부부였다는 모양이니까――. 나는 눈치껏 자리를 피해 줄까 해서――."

라이너는 도망치기 위한 변명을 시작했다. 하지만 나는 그런 그의 시도를 막기 위해, 그의 양팔을 움켜쥐고 몰아붙였다.

"서먹하게 굴 것 없어, 라이너. 나는 너와 같이 아침식사를 하고 싶다고. 그 누구보다도, 너와 같이."

"아니, 지크야말로 엉뚱한 배려 같은 거 하지 마……! 나는 혼자 먹어도 괜찮으니까……!"

"섭섭하게 왜 그래……?! 우리는 동료잖아……!"

나는 인생 최고의 악력을 발휘해서, 도망치려 하는 라이너의 팔을 끝끝내 놓지 않았다.

그때 로드의 소박한 의견이 끼어들었다.

"으―응, 라이너도 같이 먹자. 어차피 내가 온 이상, 전 부부 단둘이서만 먹는 건 이미 물 건너갔으니까."

"크윽――!"

도망칠 구실이 단번에 박살나는 바람에, 라이너는 마지못해 힘을 뺐다.

라이너의 마음이 변하기 전에, 나는 그를 중앙 테이블 앞에 앉혔다.

그것을 본 로드도 웃으며 테이블 앞에 앉았다.

"좋아! 그럼, 다 같이 먹자—!"

이렇게 해서, 가디언 둘과 함께하는 아침식사가 시작되었다. 음식의 양에 대한 걱정은 전혀 필요 없었다. 내가 더 먹겠다고 해도 대처할 수 있도록 애초부터 4인분 가까이 만들어 두었다는 모양이었다.

테이블에 호화로운 아침식사가 차려지고, 저마다 음식을 입으로 가져갔다.

"카나미 님, 맛은 어떤가요?"

노스휘도 라이너와 로드 앞에서 "아—앙" 같은 것까지는 하지 않았지만, 살갗과 살갗이 밀착하는 거리에서 맛에 대한 감상을 물었다.

솔직히 노스휘가 만든 음식은 맛있었다. 발트의 술집에서 먹었던 프로의 음식과 비교해도 손색이 없었다. 다만, 마리아가 만들어 주던 음식과 마찬가지로, 은근이 건강을 고려하는 경향이 강한 웰빙 식단이었다.

"깜짝 놀랐어. 이렇게 맛있을 줄이야……. 하지만, 나는 라이너가 만든 음식이 조금 더 취향에 맞는 것 같은데……?"

시선을 외면하고만 있는 라이너를 끌어들이는 식으로 감상을 얘기했다.

그 말을 들은 노스휘는, 맞은편에 앉아있는 라이너를 힐끗 쳐다보며 중얼거렸다.

"호오……?"

라이너의 식은땀이 한층 더 폭발했다.

눈은 마주치지 않았지만, 라이너가 "하지 마"라고 호소하고 있음을 알 수 있었다. 미안하지만 그만둘 생각은 없었다. 라이너의 협조가 없으면, 전 부부라는 이 묘한 분위기를 깰 수 없다. 그렇게 도망치려 드는 나를 보다 못한 로드가 대화에 끼어들었다.

"웅! 무지 맛있어, 노스휘! 좋은 색시였구나!"

"그렇게 되려고 노력했으니까요. 요리 실력에는 자신이 있습니다."

"그런데 이렇게 좋은 색시를 버린 신랑. 뭐 좀 더 할 말 없어?"

로드는 빙긋 웃으며, 전 부부 관련 화제를 다시 끄집어냈다.

보아하니 로드는 부부생활의 재개를 권하는 것 같았다. 하지만 내 입장에서는 전혀 기억에 없는 이야기이니만큼, 이번에는 회피하는 수밖에 없었다.

"아, 아아. 이렇게 맛있는 걸 보면 정말 좋은 색시였겠네. ……아, 맞아! 그건 그렇고! 나는 오늘도 미궁 공략을 떠날 생각인데, 라이너도 갈 수 있지?!"

그 억지스러운 화제 전환에, 라이너는 황당해하며 이쪽을 쳐다보았다. 자기한테 말 걸지 말아 달라는 표정 같았지만, 미궁 공략 얘기를 무시할 수는 없었던 듯 마지못해 대답했다.

"그야, 지크가 간다면 나도 가야지."

"좋아. 그럼 오늘도 둘이서 탐색하는 거야!"

오늘은 이대로 미궁 안으로 도망쳐야겠다는 생각에, 그 방향으로 얘기를 밀고나갔다.

"우움⋯⋯. 또 미궁 탐색? 진짜 돌아가고 싶어 죽겠나 보네. 어제는 어느새 60층까지 가 버리질 않나⋯⋯."

이 대목에서 끼어든 것은, 역시나 로드였다. 의욕적으로 지상을 향해 나아가는 우리를 보고, 언짢은 듯 뺨이 뽀로통해졌다. 그래도 출발 전에 예상했던 만큼의 불안은 느껴지지 않았다.

지금까지 다른 가디언들에게서 느껴졌던 것 같은, 목숨을 걸고 맞서는 절박함은 찾아볼 수 없고, 그저 어린아이가 "계속 여기 있어 줘"라고 떼를 쓰는 것 같은 느낌만이 있을 뿐이었다.

"이제 슬슬 까놓고 말하겠는데! 그렇게 쉽게 지상에 돌려보낼 생각은 없다고! 더 오래『이곳』에서 천천히 있다 가! 모두들!!"

쾅쾅 하고, 로드는 부드럽고 가볍게 테이블을 쳤다. 그 부드러운 분노는 깜찍하게 느껴지기까지 할 정도였다. 그 모습을 본 나의 감상은『옅다』라는 한 단어로 압축되었다.

독기가 옅어도 너무 옅었다. 이건 그저 친구들 간에 장난으로 훼방 놓는 정도의 수준이었다.

차라리 옆에 있는 노스휘의 미소에서 묻어나는 독기가 더 짙게 느껴질 지경이었다. 나는 눈짓으로 라이너와 의견을 주고받은 후, 우리의 진보 상황과 방침을 허심탄회하게 털어놓았다.

"로드, 처음에도 얘기했었지만, 우리는 지금 급해. 마법과 장비가 갖춰진 덕분에 풍룡도 처치할 수 있게 됐고, 풍족하지는 않지만 미궁에서 필요한 식재료도 구했어. 솔직히 말해서, 미궁에 안 갈 이유가 없어."

"어, 식재료를 벌써 구했어?"

"그래. 편도로 며칠 정도 분량이지만."

"우우……!!"

협력자인 레이넌드 씨가 급료를 넉넉하게 쳐 준 덕분에, 『소지품』안에 충분한 식료품을 챙겨 놓을 수 있었다. 그 대신 아이드를 이리로 데려오겠노라고 레이넌드 씨와 약속을 해야 했지만, 그 정도 약속을 하기에 충분한 금액이었다. 『이곳』에서 할 수 있는 준비는 다 끝났다고 해도 과언이 아니었다.

"그렇군요. 오늘 카나미 님은 미궁에 가신다는 말씀이죠? 그럼 저도 데려가 주시는 게 어떨까요? 반드시 도움이 될 것입니다."

로드와는 반대로, 노스휘는 더없이 협조적이었다.

60층 가디언의 성격에 따라 미궁 공략의 순서가 달라질 수도 있을 거라고 생각했었는데, 이건 가장 이상적인 전개라 해도 좋을 정도였다. 다만, 한편으로는 일이 너무 순탄하게 풀리는 게 아닌가 하는 불안감도 지울 수 없었다.

나는 곧바로 대답하는 대신, 노스휘의 미소 뒤에 뭔가 꿍꿍이가 있지 않을지를 살폈다. 그러는 사이에 로드가 절규했다.

"어, 뭐라고?! 왜 노스휘까지 가는 건데?! 갈 이유가 없잖아! 애초에 노스휘는 너무 사기 수준이니까 몰수야! 노스휘는 나랑 놀아야 돼!"

"맞아요. 굳이 제가 미궁을 나가서 지상으로 돌아갈 이유는 없긴 하죠. 여기에서 당신과 교분을 다지는 것도 나쁘지는 않겠죠. 하지만……."

노스휘는, 안 그래도 밀착해 있던 몸을 한층 더 내게 들이댔다.

"지금도 제 모든 것은 카나미 님을 위해 존재합니다. 반려자로서 남편을 보좌하는 것……, 이건 좀 지나친 표현일지도 모르지만, 그저 단순히 카나미 님께 도움이 되어 드리고 싶습니다. 진심으로."

숨결이 귀를 간질였다. 이에, 나는 약간 떨리는 목소리로 동행에 대한 감사를 표했다.

"고, 고마워, 노스휘."

"별 말씀을."

노스휘는 다 당연한 일이라는 듯 미소 띤 얼굴로 대답했다.

하지만 반려라는 단어를 꺼내서 협박하는 건 영 꺼림칙

했다.

"어, 잠깐……. 그럼, 나 또 『이곳』에서 외톨이가 되는 거야? 셋 다 미궁에 가고?"

로드는 확인하듯 두리번두리번 주위를 둘러보았다.

세 사람이 모두 고개를 끄덕이자, 그녀는 눈물이 그렁그렁해져서 소리쳤다.

"그, 그럼! 나도 갈래! 미궁 탐색, 나도 도와줄게!"

혼자 집 보기를 싫어하는 어린애처럼 동행을 요구했다.

"어……. 정말 너도 따라오겠다고?"

"갈 거야. 이미 정했어! 어제는 라이너가 없어서 얼마나 쓸쓸했는데!"

"너, 방해하려는 건 아니겠지……?"

"안 해, 안 해! 절대 안 해! 아마, 절대!"

로드는 시선을 외면하면서 손을 가로저었다.

도무지 신뢰가 가지 않는 '절대'였다. 어쨌거나, 이제 4인 파티가 구성된 셈이다.

게다가 가디언이 둘. 미궁 탐색을 위한 전력으로 따진다면, 과거 최강이라 할 수 있는 레벨과 밸런스일 것이다. 전력만으로 따지자면 그렇다는 거지만…….

"그럼, 4인 파티가 되는 셈이네요. 그나저나, 이 멤버라니……. 후훗, 후후훗, 옛날 생각이 좀 나는 조합이네요……."

"나는 어쩐지 배신의 예감이 드는데……."

로드가 탐색에 훼방을 놓을 것만 같았다. 그리고 말은 하지 않았지만, 노스휘도 좀 수상했다.

"배신 안 해, 배신 안 해! 아마, 절대!"

그 "아마, 절대!"를 연발하는 게 수상해도 너무 수상하다…….

그래도 이 넷이서 제대로 협력할 수만 있으면, 많은 문제들이 해결되는 건 사실이었다. 나는 마지못해 동행을 허가했다.

"뭐, 돕지 말라는 말은 안 할게. 그럼, 아침을 다 먹거든 바로 출발하자. 빠르면 빠를수록 좋아."

스노피가 차린 아침식사를 모두 마친 것을 확인한 후, 나는 출발을 선언했다. 이렇게 해서 우리는 새로운 파티 구성으로 미궁에 도전하게 되었다.

오늘은 지하 생활 닷새째. 미궁 공략은 세 번째다.

"역시 이상한데……."

66층으로 통하는 계단 앞에서, 나는 비아이시아의 어두운 하늘을 올려다보았다.

어제 느꼈던 하늘의 일그러짐이 한층 더 확대된 것 같은 느낌에, 저도 모르게 발걸음을 멈춘 것이다.

온통 까맣기만 했던 하늘에, 미세하게나마 색의 변화가 생겨났다. 구름 틈으로 햇살이 비쳐 드는 것처럼, 어두운 하늘의 일그러진 틈새로 미세한 빛이 점멸하고 있는 것 같았다.

물론 그건 태양처럼 밝은 빛은 아니었다. 시커먼 어둠 속에서도 알아보기 힘들 만큼 탁한 lc이었다. 자세히 보니, 그 빛은 몬스터가 떨어뜨리는 마석의 빛과 비슷하게 보였다.

"뭐, 하늘이 이상한 건 하루 이틀 일도 아니잖아? 그건 됐으니까 빨리 들어가자고!"

하지만 로드는 개의치 않고 내 등을 떠밀었다. 이어서 라이너와 노스휘도 66층 안으로 들어갔다.

마법의 문 너머에 펼쳐진 것은, 눈에 익은 하늘의 세계.

풍룡이 지나치리만큼 드넓은 층의 공중을 유유자적하게 날아다니면서, 중앙에 있는 나선계단을 오르지 못하게 하기 위해 감시의 눈을 번뜩이고 있었다. 앞으로 나아가기 위해서는 반드시 이 녀석을 공략해야 한다.

그런데 아까 파티원들이 다 같이 작전회의를 했을 대, 로드가 가슴을 땅땅 치며 66층 공략은 자기 혼자 맡아서 하겠노라고 나섰다. 로드가 강하다는 건 알고 있지만, 그래도 약간 의심을 품은 채 확인차 물었다.

"너, 정말 할 수 있는 거 맞지……?"

"당연하지! 후후후, 내가 얼마나 도움이 되는 캐릭터인지 똑똑히 알려줄게-"

여기서 도움이 안 되면, 로드는 마을로 되쫓아 보내고 3인 파티로 진행하기로 되어 있다. 내 입장에서는 결론이 어떻게 나든 나쁠 건 없었기에, 그냥 잠자코 지켜보기로 했다.

"그럼 다녀올게. 카나밍은 동료들이랑 같이 여기서 보고만 있으라구."

로드는 자신만만한 얼굴로 66층의 초원을 혼자 걸어갔다. 이제 하늘을 뒤덮고 있는 거대한 용을 혼자서 상대해야 하건만, 겁먹은 기색은 조금도 찾아볼 수 없었다. 마왕이라는 명성이 괜히 붙은 게 아니라고나 할까. 넘쳐흐르는 막대한 마력 때문인지, 그 뒷모습에서는 모든 걸 맡길 수 있을 것 같은 든든함이 느껴졌다.

어제 노스휘를 상대로 보여준 그녀의 날개와 총검을 떠올렸다.

솔직히, 그런 무기를 사용한 전투를 떠올리니, 어린 마음에 두근거림이 멈출 줄을 몰랐다. 어느새 나는 히어로 쇼를 기다리는 어린아이 같은 표정으로 로드를 바라보고 있었다.

그리고 로드는 초원을 걸어 풍룡에게 다가가서, 그 몸에 휘감겨 있는 짙은 마력을 한 곳에 집중시키기 시작했다. 단, 그 마력을 집중시키는 위치는 어제와는 달라서, 팔이 아닌 목이었다.

먼저 마법부터 날릴 계획인가 싶어서, 나는 여파에 대비해 경계태세를 취했다.

그러나 그 뒤에 기다리고 있던 것은——

"엘펜, 리————————————즈ㅇㅇㅇㅇㅇㅇ!!"

맥이 빠질 만큼 축 늘어진 외침이었다. 그것은 마치 집 현관 앞에서 친구를 부르는 목소리처럼 더없이 친근하고, 싹싹하고, 가벼운 목소리였다. 〈디멘션〉을 통해 느껴지는 것만 보면, 그저 마력으로 목소리를 크게 만든 것뿐이었다. 그이외에는 아무것도 없었다.

그 쩌렁쩌렁한 목소리를 들은 풍룡은 굵은 고개를 치켜들어서 로드를 쳐다보았다.

그리고 뒤이어 로드의 입에서 나온 말은——

"좀 지나갈게에에에에에————————!!"

어린애 같은 부탁이었다.

"——엉?"

그런 게 통한다면 지금껏 그런 고생을 왜 했겠느냐는 생각이 들었지만, 그 분노는 이내 갈 길을 잃고 말았다. 왜냐하면, 로드의 부탁을 들은 풍룡이 꾸벅 고개를 끄덕이고 나선계단으로부터 멀찌감치 물러서기 시작했기 때문이었다.

멀어져 가는 풍룡의 뒷모습에 대고 힘차게 손을 흔드는 로드.

전투는 끝났다. 전례가 없을 만큼 평화적으로.

"………."

……뭐, 이건 반가운 일이다. 더할 나위 없이 반가운 일이다.

아무런 피해도 없이 돌파에 성공했으니, 이보다 더 반가운 일은 없을 것이다.

하지만, 저 풍룡 때문에 비아이시아에 갇혀 지냈던 우리의 분노는 어디로 분출해야 하는 걸까. 그런 걸 할 줄 알면 처음부터 가르쳐줬어야 할 것 아니냐고 로드에게 따지고 싶은 심정이었다.

"훗훗후-. 카나밍, 어때? 끝내주지?"

득의양양한 표정으로 말하는 로드.

그 빈틈투성이 얼굴을 척추반사로 때려주고 싶은 충동이 솟구쳤지만, 최대한 자제심을 발휘해서 억눌렀다.

지금은 분노를 되삼키자. 이 의기양양한 얼굴을 짓부수는 건, 지상으로 돌아간 후에 해도 늦지 않다.

"끝내주고 뭐고, 저 녀석, 말이 통하는 거였어?"

"아니, 말이 통하는 건 나밖에 없을걸?"

로드와 합류한 우리는, 아무런 방해도 없이 안전한 계단을 오르면서, 전투 같지만 전투는 전혀 아니었던 방금 전 상황에 대해 얘기했다.

"로드만? 그럼 그게 『바람의 이치를 훔치는 자』로서 가진 능력이라는 거야?"

"아니. 이건 내가 타고난 선천적인 능력이야. 여러 아이들과 의사소통을 할 수 있는 게, 어린 시절부터 갖고 있던 특기였다고-."

"아아, 그런 의미에서도 『통치하는 왕』이었다는 거군…… 그럼, 너만 있으면 여기부터는 미궁의 몬스터를 전부 다 피해 갈 수 있다는 얘기야?"

"그건 아냐. 방금 그건 엘펜리즈랑 친한 사이라서 통한 기술이니까."

"그런 녀석과 친하다니……. 그거 생전 얘기야?"

"아니, 천 년 동안, 운동이 좀 부족하다 싶을 때면 엘펜리
즈랑 숨바꼭질을 하고 놀았으니까–. 몇 번인가 죽이기도
했지만, 지금은 친구 사이야."

"아니, 죽이면 친구가 못 되잖아……."

"어, 친구인데? 만나면 고개를 숙여서 인사도 하는걸."

아마 그건 친구 관계가 아닐 것이다. 두목과 부하 같은 관
계에 가까울 것 같다.

"그나저나, 저 녀석이랑 술래잡기라니……."

"나는 강하니까!"

하늘을 날 수 있다면 용과 노는 것도 가능할지도 모른다.
하지만 상대는 붙잡히면 죽음을 각오해야 할 만큼 거대한
몸집의 소유자다. 그런 녀석과 놀 수 있다는 것만으로도, 로
드가 가진 비상식적인 힘을 짐작할 수 있었다.

그리고, 딱히 물어본 것도 아닌데 로드가 자기가 만들었
다는 공중 술래잡기의 규칙을 떠벌릴 것 같았기에, 나는 66
층의 나선계단을 올라갔다.

정상에 도착하기 전에, 지금부터 나아가게 될 65층 관련
정보를 두 가디언들과 공유했다.

다음 층은 계단으로 구성된 입체미궁. 그 공간에 날아다
니는 몬스터의 이름은 리저드 플라이어. 물리공격은 전부
회피하고 마법은 바람으로 중화시키는, 철벽과도 같은 방

어능력을 갖고 있다. 그 정보를 두 가디언들에게 전하니, 노스휘가 한 손을 들었다.

"──그렇군요. 대충 알겠습니다. 그럼 다음 층에서는 제 힘을 보여드리죠."

"노스휘가……?"

"혼자 힘으로도 충분합니다. 아마 제가 생각하고 있는 몬스터와 동일한 몬스터일 것 같으니까요."

"아, 잠깐, 좀 기다려 봐……!"

로드의 활약에 지지 않겠다는 듯, 노스휘가 맨손으로 선두에 서서 65층으로 들어갔다. 그리고 적의 위치 따위는 생각도 하지 않은 채, 공중으로 뻗어 있는 계단을 아무렇게나 오르기 시작했다.

당연히 근처에 있던 리저드 플라이어가 노스휘를 발견하고는, 파리처럼 날아서 재빠르게 접근해 왔다.

리저드 플라이어의 날개는 칼날처럼 살점을 찢어발긴다.

이대로 뒀다가는 노스휘가 갈가리 찢어지고 말 것 같아서 그녀 뒤를 쫓아가려 했다. 하지만 로드가 어깨를 붙잡는 바람에 그 출발이 늦어지고 말았다.

"아니, 로드! 무슨 짓을──!"

"걱정 마. 다른 사람도 아닌 노스휘니까."

로드는 걱정할 것 없다는 듯 고개를 가로저었다.

그 다음 순간, 노스휘는 영창도 예비동작도 없이, 지극히 자연스럽게 마법을 구사했다.

"──빛마법 〈라이트・팬텀(환영, 幻影)〉."

미궁 안이었기에, 나는 〈디멘션〉을 전개해 두고 있었다.

그런데도 노스휘의 마법 구축을 감지할 수 없었다. 노스휘의 마법은 그만큼 유려하고, 재빠르고── 무엇보다, 자연스러웠다.

노스휘가 가볍게 손을 옆으로 떨치자, 눈이 멀어 버릴 것 같은 섬광이 미궁에 용솟음쳤다.

하지만 리저드 플라이어는 주저 없이 그 섬광 속으로 돌진했다. 그리고 날카로운 날개로 노스휘의 몸을 찢어발겼다. 그러나 그 날개는, 마치 홀로그램을 벤 것처럼 노스휘의 몸을 통과했다.

"알겠습니다. 이게 리저드 플라이어군요. 바람을 감각기관처럼 사용하고 있네요. 하지만 감각기관이 예민하면 예민할수록, 제 마법은 더 잘 통하죠. ── 〈라이트〉."

빛이 한층 더 강렬해져서, 스며들듯이 리저드 플라이어의 몸을 휘감았다.

물론 리저드 플라이어는 그 마법의 빛이 몸을 침식하고 것을 알아채고, 어제 그랬던 것처럼 날갯짓을 해서 『카운터 매직』으로 중화시키려 했다. 노스휘는 그런 리저드 플라이어를 비웃었다.

"이제 끝입니다. 바람처럼 빠르더라도, 빛의 속도를 따라잡지는 못하겠죠."

그 말처럼 노스휘의 마법이 광속인 건 아니었다. 하지만 빛에 작용하는 마법이라는 점은 틀림없었다. 그렇기에 이미 그 빛을 쬔 리저드 플라이어는, 아무런 손도 쓰지 못한 채, 『카운터 매직』을 성공시키기도 전에 마법의 영향을 받고 말았다.

노출되어 버린 리저드 플라이어의 마력이, 전의와 함께 쪼그라들었다.

그리고 비틀거리면서 눈앞의 노스휘로부터 떨어지려 했다. 자유를 만끽하는 자연계의 나비처럼, 리저드 플라이어는 하염없이 공중을 떠돌았다.

그 광경을 본 나는 아연실색했다. 반면에 노스휘는 납득이 간다는 듯 고개를 끄덕였다.

"성공이네요……. 자, 이리로 오시지요, 카나미 님. 몬스터의 전의를 마법으로 진정시켰습니다. 살의만 보이지 않는다면 아무 문제도 없을 것입니다."

노스휘는 그렇게 말하고, 뒤에서 상황을 지켜보고 있던 우리를 손짓해 불렀다. 하지만 나는 그녀의 말을 믿을 수가 없어서 임전태세를 풀 수 없었다. 그도 그럴 것이, 바로 어제 나는 이 몬스터에 의해 죽을 뻔 했던 것이다. 될 수 있으면 항상 5미터 이상의 거리를 두고 싶은 심정이었다.

"어……? 정말 이제 괜찮은 거야……?"

"네. 상대가 오직 본능만으로 움직이는 짐승이라면 이 정도는 식은 죽 먹기입니다. 빛마법을 쓰는 자라면 누구나 할 수 있는 일이에요. 그보다……, 어서 그 긴장을 풀도록 하세요. 기껏 무력화시킨 몬스터들을 자극할 수 있으니까요."

"아, 알았어……."

먼저 로드가 웃으며 앞으로 갔고, 나와 라이너가 그 뒤를 따르다.

날아다니는 리저드 플라이어와 손이 닿을 거리까지 접근했다.

"아직 표정이 딱딱해요. 가능한 한 명랑한 표정을 유지해 주세요."

노스휘가 양손 검지를 양 입가에 대고 쭈욱 끌어올렸다.

거듭된 지적을 받고, 나와 라이너는 하는 수 없이 뽑아 들고 있던 검을 칼집에 집어넣었다.

탐색가 네 명이 이렇게 가까이 있는데도 덮쳐들지 않는 걸 보면, 이제 더 이상 전투가 벌어질 일이 없다는 건 틀림없을 것이다. 그렇게 믿고 긴장과 표정을 누그러뜨렸다.

"네, 잘 하셨어요. 그럼 이대로 위층까지 가죠. 접근해 오는 몬스터는 제 빛마법으로 진정시키겠습니다."

"길안내는 내가 할게. 하지만, 그 전에 한 가지 확인해 두고 싶어. 그러니까, 노스휘의 마법은 마음에 작용해서 전의를 상실하게 하는 힘이 있다는 거야?"

길을 알고 있는 내가 65층을 앞장서 나아가면서, 옆에서 걷는 노스휘에게 물었다.

정신마법에 대해서는 안 좋은 기억들이 많았기에, 그게 마음에 걸릴 수밖에 없었다.

노스휘는 잠시 고민했다가, 꼼꼼하게 설명을 시작했다.

"네, 그렇습니다. 그렇게 생각하셔도 틀린 건 아니에요. 하지만 어둠의 마법과는 달리, 빛의 마법은 타인의 마음을 강제적으로 바꾸지는 못한답니다. 서로의 마음과 마음을 나누고, 서로의 양해를 얻었을 때에야, 비로소 특정한 감정을 완화시킬 수 있지요. 그러니까 카나미 님이 걱정하시는 것과 같은 짓은 할 수 없습니다."

내 표정을 보고 알아챈 건지, 노스휘는 내 불안감을 누그러뜨리는 설명을 해 주었다.

보아하니, 노스휘의 마법은 티다의 마법과는 달리 여러모로 조건이 많은 모양이었다.

"빛의 침식이 아니라, 서로의 양해가 필요하다고?"

"네. 그 평화적인 조건이 어둠 마법과의 가장 큰 차이라고 할 수 있겠지요. 몬스터들도 개죽음을 당하는 건 싫어하니까, 그 마음을 이용해서 평화적 해결을 도모하는 셈입니다."

노스휘는 가볍게 말했지만, 그건 싸우면 죽을 거라는 생각을 상대에게 안겨줄 수 있을 만큼 강력한 마력이 있기에 가능한 방법일 것이다. 아마 다른 빛 마법 사용자는 리저드 플라이어의 전의를 상실시킬 수 없으리라.

"쉽게 말해, 직감적으로 『대화』를 하는 마법이라는 거네. 다만, 단순히 『대화』를 한 것뿐이니까, 이쪽의 태도에 따라서는 다시 전투가 벌어질 수오 있다는 거지? 그래서 자극하지 말락 했던 거고?"

"역시 카나미 님이십니다. 마법에 대한 감성이 훌륭하세요. 옳게 보셨습니다."

노스휘는 살짝 박수를 치며 나를 칭찬했다. 하지만 나는 신중하게 세 번째 소녀에게 확인을 취하기로 했다. 로드는 노스휘와 전투를 벌여 본 경험이 있으니, 천 년 전의 빛 마법에 대해서도 잘 알고 있을 터였다. 그런 그녀가 위화감을 느끼지 않았다면, 방금 로드가 한 말은 사실이라는 뜻이 된다.

내가 빤히 쳐다보자 로드는 어리둥절한 표정을 지었다. 하지만 이내 방금 그 얘기가 사실이라고 긍정해 주었다. 내가 너무 예민하게 구는 건지도 모르지만, 정신마법에 대해서는 이만큼 신중을 기할 수밖에 없었다. 그만큼 정신마법에 호되게 당한 경험이 있는 것이나.

또 자신도 모르는 사이에 야금야금 궁지에 내몰리는 건 죽어도 싫었다.

"저기……, 기왕 이렇게 된 김에, 노스휘의 마법에 대해서 더 자세히 가르쳐주면 안 될까? 지금 나는 마법에 대한 지식이 거의 없는 상태라서 말야."

"원하신다면 물론 말씀드려야죠. 그럼, 우선 빛마법의 기초인 〈라이트〉에 대한 설명부터 시작하자면──."

지금은 같이 있는 로드의 반응을 통해 노스휘가 하는 얘기의 진실성을 판단할 수 있다. 그 기회를 놓치지 않기 위해, 나는 이동 중에 줄곧 빛 마법에 대해 시시콜콜하게 캐물었다.

이렇게 노스휘의 마법에 대해 알아 가는 가운데, 우리는 손쉽게 65층을 돌파하는 데 성공했다. 중간에 몇 번인가 리저드 플라이어의 습격을 받았지만, 노스휘의 빛 마법을 맞고는 모조리 물러나 버렸다. 어제 벌였던 사투가 허무해질 만큼 순조로운 여정이었다.

그리고 우리는 64층에 들어섰다.

새로운 층에 들어서자, 뒤에 있던 로드가 의기양양하게 앞으로 나섰다.

"좋아, 지금부터는 새로운 층이네! 순서로 따져서 이번에는 내가——."

"다음 상대는 엘레멘트 몬스터네요. 이번에도 저와 상성이 좋은 상대입니다. 안심하십시오, 카나미 님. 평화적인 해결에 있어서, 저에게 버금갈 수 있는 사람은 아무도 없으니까요."

그러나, 노스휘가 그런 로드를 가로막았다.

"어? 또 노스휘?"

"로드에게 맡겼다가는 상황이 험악해지지 않을까요? 제가 나서면 굳이 싸울 일 없이 나아갈 수 있습니다."

"아, 아니, 그건 그렇지만 말이야, 계속 그런 식으로만 가면, 뭐랄까, 너무 단조롭지 않아?"

"중요한 건 그게 아닐 텐데요……. 카나미 님은 어느 쪽을 원하시는지요?"

로드는 자기 차례를 기다렸던 모양이지만, 노스휘의 대응은 냉정했다.

그 논리는 워낙 이치에 들어맞았기에, 반론의 여지는 조금도 없었다.

"그야, 당연히 노스휘 쪽이 낫지. 내 목표는 안전하게 지상으로 돌아가는 거니까."

"그럼, 실례하겠습니다."

노스휘는 로드를 제쳐 두고 선두로 나서 걸어갔다. 그 층에서 등장하는 몬스터인 그린 엘레멘트는 탐색 범위가 넓었다. 그린 하이 엘레멘트는 이내 우리를 발견하고 바람과 함께 워프해 왔다. 그런 그린 하이 엘레멘트를, 기다리고 있던 노스휘가 빛으로 요격했다.

"──마법 〈라이트〉."

빛을 쬔 그린 하이 엘레멘트는 리저드 플라이어와 마찬가지로 전의를 상실하고, 풍선처럼 둥실둥실 공중을 떠돌기만 할 뿐이었다.

이번에도 『대화』를 통해 전투를 포기시킨 것이리라.

"성공입니다. 그럼 성큼성큼 나아가도록 하죠. 관광하는 하듯이 가시면 됩니다. 빛마법의 특성상, 오히려 관광하는 기분으로 가시는 게 더 안전하니까요."

노스휘는 우리 쪽을 돌아보며 웃었다. 나와 라이너가 상대하기에는 위협적이었던 몬스터도, 그녀의 손에 걸리면

갓난아기를 어르는 거나 다름없는 수준인 모양이었다.

"고마워……. 이런 분위기면 성큼성큼 갈 수 있을 것 같네."

솔직히, 이건 예상 밖의 전개였다. 가장 성가셨던 몬스터들과 싸우지도 않고 미궁을 클리어하고 있는 것이다. 이대로 손쉽게 지상으로 돌아갈 수 있지 않을까 하는 생각이 들만큼 편했다.

"우우움……."

로드도 그것을 느끼고 있는 것이리라. 줄곧 불만 어린 표정으로 끙끙거리고 있었다.

그리고 64층을 나아가면서, 노스휘는 다시 마법의 빛을 난반사시켰다. 그러자 접근해 온 그린 하이 엘레멘트들은 예외 없이 풍선처럼 둥실둥실 떠서 떠나갔다.

"——마법 〈라이트〉, 〈라이트〉, 〈라이트〉."

공략은 마치 저층부의『정도』안을 걷는 것처럼 순탄하게 진행되었고, 우리는 64층에서 63층에 이르렀다. 이 63층에 서식하는 것은 엘레멘트가 아닌 환상생물 그리폰이었다. 그 사실을 노스휘에게 얘기하자, 그녀는 약간 곤혹스러워하는 표정을 보였다.

"그리폰이라……. 그건 제 마법으로는 어떻게 해 볼 수가 없겠네요. 그리폰은 죽음을 두려워하지 않는 생물이니까요.『대화』가 통하지 않아요."

보아하니 그녀의 〈라이트〉는 상대의 레벨이나 마력이 아니라, 상대의 기질에 의해 크게 좌우되는 마법인 모양이었다.

"그럼 이제부터는 어떻게 하지……? 그냥 싸워야 할지, 아니면 도망쳐야 할지……."

이 4인 파티라면 그리폰들을 격퇴해 가면서 나아갈 수 있을지도 모른다. 생전에 풍부한 전투 경험을 갖고 있었을 두 가디언에게 의견을 물으니, 노스휘가 곧바로 대답했다.

"아뇨, 카나미 님께 수고를 끼쳐 드릴 필요도 없는 일입니다. 저와 로드의 힘만으로 처리하도록 하죠."

"어, 나랑 노스휘……?"

"당신 실력이 녹슬지 않았는지, 확인해 드리죠. 그리고 저도 굳어진 몸을 움직여 보고 싶던 참이니까요."

"아아, 그런 거였구나―. 그거면 도망치면서 진행하는 것보다는 낫겠지. 노스휘랑 힘을 합쳐 싸우는 것도 좀 재미있어 보이고 말야!"

"후훗. 당신과 나란히 서서 싸우다니, 생전에는 상상도 할 수 없는 일이었는데 말이죠."

두 사람은 미소를 주고받으며 마법을 구축해 나갔다.

"이 언니가 얼마나 대단한지 똑똑히 보여줄게! ──〈쿠쿠르 바요넷〉."

"네, 기대할게요. 로드 언니. ──〈라이트 로드〉."

가디언의 특징인 짙은 마력이 압축되어서, 두 개의 무기가 형성되었다. 로드는 바람으로 구성된 총검, 노스휘는 빛 속성의 마력을 굳혀서 만든 봉 같은 무기였다.

"오, 오오? 드디어 여동생이 추가되는 거야?"

"네, 동생이에요. 자, 그럼 먼저 창을 써 볼까요?"

로드는 언니라고 불린 것을 기뻐했고, 노스휘도 같이 웃었다. 그리고 노스휘는 빛의 봉 끝에 날을 덧붙여서 무기의 형태를 바꾸었다.

"좋아, 그럼 나는 이쪽을 맡을게. 노스휘는 반대쪽을 맡아."

"네, 알았어요. 언니."

"이 언니, 진짜 열심히 할 거야!!"

노스휘는 진심으로 로드를 언니로 생각하는 건 아닐 것이다. 하지만 그렇게 불러 주는 편이 더 의욕을 끌어낼 수 있을 거라 생각한 모양이었다. 뻔뻔하게 미소를 지으면서, 연신 언니라고 불러댔다.

두 사람의 담당 구역이 정해졌을 때쯤, 몇 마리의 페일 그리폰들이 우리를 발견했다.

사방에서 덮쳐드는 공격에, 나와 라이너는 임전태세를 취했다.

"그럴 거 없이 카나밍은 쉬고 있어! 노스휘랑 내가 맡으면 걱정 없으니까!"

하지만 로드가 그런 우리를 나무랐다. 노스휘 역시 같은 의견인 모양이었다.

하는 수 없이 나와 라이너는 경계태세를 풀었다. 그런 우리를 본 로드와 노스휘는 동시에 내달렸다. 그 후로 벌어진 전투는 그야말로 순식간이었다.

두 사람의 이동 속도는 나와 라이너의 수준을 넉넉히 웃돌았다. 로드는 바람을 타고 활공이라도 하듯 뛰었고, 노스휘는 외모에 걸맞지 않는 각력을 발휘해서 벽을 타고 뛰어다녔다.

숨 한 번 쉬기도 전에, 근처에 있던 페일 그리폰에게 달려가서 각자의 무기를 휘둘렀다.

단순한 질주와 공격이 아니었다. 나는 로웬의 검술을 익힌 덕분에, 두 사람이 사용하는 고레벨의 스킬을 알아볼 수 있었다.

예비동작이 적은 그 자연스러운 질주는 체술 가운데『스리아시(すり足. 발바닥을 들지 않고, 바닥을 스치듯이 걷는 보법)』과 비슷했다. 아니, 이 정도면 아예 스킬『축지』나『순보(舜步)』라고 불러야 하는 게 아닐까 싶을 만큼 고차원의 이동 기술이었다. 그리고 두 사람의 공격도 모두 합리적인 기술에 바탕을 두고 있었다. 로드는『검술』을, 노스휘는『창술』을 보유하고 있는 게 틀림없었다.

페일 그리폰은 그런 천 년 전 달인들의 손에 의해 급소를 한 방씩 얻어맞고 포효를 내질렀다. 워낙 거구라서 아직 숨은 끊어지지 않았다. 발톱으로 반격하면서 두 가디언으로부터 거리를 벌리려 했다. 위쪽으로 도망쳐서 동료들을 부를 꿍꿍이이리라.

그러나 두 가디언은 그런 시도를 용납하지 않았다. 눈 깜짝할 사이에, 바람과 빛 속성 마력의 탁류가 회랑을 가득 채웠다. 빨라도 너무 빠른 그 마법 앞에, 페일 그리폰이 할 수 있는 일은 아무것도 없었다.

"——〈와인드 애로우〉!!"

"——〈라이트 애로우〉."

로드는 외치고, 노스휘는 뇌까렸다.

두 사람의 성량은 대조적이었지만, 발동된 마법은 비슷했다.

회랑을 가득 메울 만큼의 마력이 순식간에 압축되어, 가느다란 화살로 변했다.

화살의 그 아름다운 형상은, 마력을 완벽하게 컨트롤하고 있다는 증거였다. 두 자루의 가느다란 화살은 무시무시한 속도로 날아들어, 페일 그리폰들을 덮쳤다.

두 사람 모두, 표적은 적의 정수리였다.

조금의 오차도 없이 동시에 적중해서, 적 두 마리의 숨통을 끊어놓았다.

빛이 되어 사라지는 페일 그리폰들을 바라보는 내 등에는 오한이 일었다.

두 가디언들이 사용한 마법은 기초 중의 기초였다.

그러나 그 효과는 『마법의 극치』라는 표현이 딱 들어맞는 수준이었다.

마법의 밀도, 조작, 속도, 모든 면에서 완벽했다. 게다가 살상력은 디아에 맞먹는 수준.

단 두 번의 공격으로 페일 그리폰을 처치한 두 사람은 다음 적에게로 향했다.

전투는 계속되었다. 하지만 위태로운 장면은 한 번도 없었다.

두 사람 모두 신체능력이 뛰어나고, 기술도 풍부하면서 고차원적이었고, 무엇보다도 마법의 대응력이 비정상적이었다. 안 그래도 막대한 마력을, 조금의 낭비도 하지 않고 상황에 맞는 마법을 선택하고 있었다. 속성이 『바람』과 『빛』이기 때문인지 원거리 마법이 풍부해서, 도망치는 페일 그리폰들을 단 한 마리도 놓치지 않았다. 『마법전투』 스킬 수치가 나보다 더 높을 것 같아 보였다.

──강하다. 그저 강하다.

그 압도적인 힘 앞에, 우리를 향해 덤벼든 페일 그리폰들은 채 몇 분도 되지 않아 섬멸당하고 말았다.

경험치는 들어오지 않았지만, 페일 그리폰들이 흘린 마석은 내가 주웠다. 더없이 이상적인 미궁 공략이라 할 수 있었지만, 등을 타고 흐르는 오한은 그칠 줄을 몰랐다. 준비운동이라도 하고 온 것 같은 표정으로 돌아오는 두 사람을 보고, 나는 떨리는 목소리로 말했다.

"너희들, 너무 강한 거 아냐……?"

그런 내 질문에, 두 사람은 당연하다는 듯 대답했다.

"어, 그건 당연한 거 아냐? 이래봬도 힘 하나로 왕 자리까지 올라간── 카나밍 식으로 말하자면 『마왕』님이니까 말이야. 우후훗, 옛날에는 모두를 힘으로 지배하던 몸이라고一."

"저 같은 풋내기가 기사들을 통솔하려면, 단순한 힘도 최소한으로는 필요했답니다……. 비록『깃발』이라고는 해도, 전혀 안 싸울 수는 없는 노릇이었으니까요."

"카나밍 식으로 표현하자면 노스휘는『용사』님인 셈이야. 그러니까 강한 게 당연하지."

두 사람이 약간 멀게 느껴졌다. 오랜만에 느껴 보는 감정이었다. 여동생의 힘을 빌리거나 반칙 수준의 행동만 해 왔던 나와는 격이 달랐다. 지금 눈앞에 있는 이 둘, 이야기로 따지자면 주인공들이었다.

전설 속에 전해져 내려오는『마왕』과『용사』.

대륙을 수호하고, 대륙을 이끌어 온『구세주』와『구세주』.

게임적으로 생각하자면, 이 둘 중 하나가 이세계 스토리의 최종보스에 해당하리라. 그런 생각이 들 만큼의 재능과 압력이 느껴졌다.

그리고 두 사람 모두, 얘기하면서도 당연하다는 듯 회복 마법을 사용하고 있었다.

그야말로 만능이었다. 단순히 한 가지 재주에만 특화된 마법사와는 완전히 달랐다.

이 두 사람이 손을 잡으면 천하무적일 거라 확신하고, 나는 쓸데없는 걱정을 집어치우기로 했다.

"그럼, 앞으로 있을 전투도 너희 둘에게 맡길게……."

"네, 얼마든지요."

"오랜만에 해 보는 운동다운 운동이니까, 힘 좀 써 볼게―."

이렇게 해서, 세 번째 미궁 공략은 별 탈 없이 풀려 나갔다. 60층에 가까워져 가면서 전의를 상실한 빛속성 몬스터가 많아졌기에, 공략은 갈수록 더 수월해졌다.

이제 더 이상 난관다운 난관은 없을 것이다. 이제 계속 위쪽으로 거슬러 올라가게 되니, 미궁 공략은 점점 더 쉬워질 게 분명하기 때문이다. 지상으로의 귀환은 거의 정해졌다 해도 과언이 아니었다. 66층에서 벗어날 수 없는 게 아닐까 하는 걱정을 하던 시절에 비하면, 앞날이 밝아도 너무 밝았다.

이상적인 전개였다. 하지만 마치 얇은 막과도 같은 불안감이 마음속에 달라붙어 있는 느낌이었다.

――지나치게 이상적이다.

이 둘이 천하무적인 건 사실이나. 하지만 그건 뒤집어 말하자면―― 로드와 스노우가 손을 잡고 나를 적대하면, 우리의 미궁 탈출은 불가능해진다는 뜻이기도 했다.

그런 걱정을 품은 채 나아가서, 우리는 이윽고 미궁 60층에 이르렀다.

어제와는 달리 이렇다 한 소모도 없이, 찬란하게 빛나는 대리석으로 이루어진 60층에 들어갈 수 있었다.

노스휘가 우호적인 태도를 보이는 이상, 그 공간은 휴식 지점이라 해도 좋을 것이다.

"그럼! 여행의 철칙! 쉴 수 있을 때 쉴 것! 피크닉 타임!!"

60층에 들어서기가 무섭게, 로드는 휴식을 제안하고 들었다.

나와 스노피는 약간 황당해 하며 그런 로드의 제안에 대꾸했다.

"이건 여행이 아니라 미궁 탐색인데……."

"하지만 로드의 말도 일리는 있어요. 잠시 눈이라도 붙이시는 게 어떨까요, 카나미 님."

노스휘는 로드가 얘기한 철칙에 동의했다. 묵묵하게 뒤에서 잇던 라이너도 고개를 끄덕였기에, 우리는 여기서 일단 휴식을 취하기로 결정했다.

"하긴, 오랫동안 쉬지 않고 걸었으니까……."

"좋─아, 그럼 카나밍. 출발 전에 준 거 꺼내 봐─."

"아아, 그거 말이지? ……여기."

내 『소지품』 속에는, 로드가 맡겨 둔 짐들이 몇 개 들어있었다. 그 마대자루며 가방 등을 꺼내서, 미궁의 대리석 위에 펼쳐놓았다.

"으─음, 먼저 돗자리를 펴고, 여기 있는 테이블을 조립하고……."

마대자루며 가방 속에서 나온 것은, 피크닉 세트라는 이름에 적합한 것들이었다. 로드는 군더더기 없는 동작으로 그것들을 60층의 공간 안에 꺼내놓았다. 채 몇 분도 되지 않아서, 얼마 전에 성의 정원에서 했던 것 같은 파티 준비가 끝났다.

"이제 점심시간도 다 됐으니까 말이야─. 점심 먹으면서, 차도 한 잔 하자."

준비성도 철저해서, 뜨거운 물이 든 물통까지 챙겨 왔다.

"그러고 보니 이제 점심시간이네……."

우리는 6개의 층을 통과했다. 이번에는 뛰어서 통과한 게 아니기에, 제법 시간이 걸렸다. 로드의 제안을 받아들여서, 나도『소지품』속에서 미궁용 식료품을 꺼내기 시작했다.

그걸 본 라이너가 뒤에서 한 발 앞으로 나섰다. 찻주전자를 손에 들고, 전원 분의 차를 준비하려 했다.

지난번에 그랬던 것처럼 서빙 역할에 전념하려는 건가 싶어, 가볍게 주의를 주었다.

"라이너, 차 준비 정도는 다들 알아서 할 수 있어."

"걱정 마, 지크. 계속 서서 서빙만 하는 짓은 이제 안 할 테니까. 이건 단순히 일손을 거들려는 셋뿐이야. 빨리 다 같이 점심을 먹을 수 있도록."

"그렇구나. 고마워, 라이너."

라이너의 표정은 예전과는 달랐다. 자신의 나쁜 습관을 이해하고, 고치려는 의지가 엿보였다.

동생 같은 라이너의 성장에 감동하면서, 나는 로드가 마련한 테이블 앞에 앉았다.

스테이터스로 따지면 네 사람 모두 하루 종일이라도 걸을 수 있지만, 그렇다고 전혀 지치지 않는 건 아니다. 저마다 크게 숨을 몰아쉬면서, 라이너가 따라준 차를 마셨다.

그리고 로드는 정말로 피크닉이라도 온 듯이 가볍게 잡담을 시작했다.

"후우-. 그나저나, 노스휘의 층답게 방도 공기도 깨끗하다니까-. 비아이시아 시내에만 있으면 지겨울 테니까, 가끔은 여기까지 나와 보는 것도 괜찮을 것 같아."

"아니, 로드. 우리는 놀러 온 게 아냐."

"카나밍은 미궁을 탐색하러 온 건지도 모르지만, 나는 피크닉 하러 온 거야. 휴가를 만끽 중이라고. ……우물우물."

미궁 안이건만, 로드는 더없이 편해 보였다. 웃으면서 입안에 음식들을 집어넣었다.

"어, 어이. 너무 많이 먹잖아, 로드!"

"응? 그렇지만, 이게 내 평소 식사량인걸."

"미궁 안에서 평소랑 똑같이 먹으면 어쩌자는 거야…….
그러다가 움직이면 토할걸. 잔말 말고 그만 먹어."

"내 입장에서는 오늘은 식사가 주 목적이니까, 못 멈춰.
우물우물우물."

"이 바보 자식……! 진짜 그만 먹으라니까……!"

단순히 먹고만 있을 뿐이건만, 로드의 움직임은 민첩하고 군더더기가 없었다. 음식을 입에 가득 넣은 채로, 제지하려 하는 내 몸을 약삭빠르게 회피했다. 하는 수 없이, 나는 탄식과 함께 제지를 단념했다.

"뭐, 좋을 대로 해."

오늘은 탐색이 순조롭게 진행되고 있지만, 이번 탐색에서

60층이나 되는 긴 거리를 다 돌아갈 수는 없을 것이다.

방금 로드가 먹은 것들에 대한 값은 비아이시아에 돌아간 뒤에 청구하고, 다시 구입하면 그만이다. 나는 마음을 가라앉히고, 홍차를 마셔서 체력 회복을 도모했다. 라이너와 노스휘도 나와 같은 태도였다. 뱃속에 너무 많은 음식을 채워 넣는 건 자제해 가며 다음 싸움에 대비하고 있었다.

"후우—! 배 터지게 먹었네—! 평소와 다른 곳에서 먹는 것도 참 기분이 좋다니까—. 그럼, 모두들 잘 자—."

"이 여자를 그냥……."

먹기가 무섭게 바로 드러누우려 하는 로드를 보니 기가 막혔다. 라이너와 노스휘도 똑같은 눈길로 쳐다보았기에, 로드는 도무지 이해가 가지 않는다는 듯 의문을 표했다.

"응? 아까 눈을 붙인다고 그러지 않았어?"

"그야 그랬지만……. 네 태도가 영 거슬려……."

"뭐어?! 은근슬쩍 독설을?!"

"독설은 무슨. 네가 당당하게 먹고 자는 꼴을 보면, 누구나 그렇게 생각할걸."

"그렇지만 처음부터 먹고 자기로 한 거잖아! 나는 아무 잘못 없어!"

"너는 그냥 배부른 김에 한잠 푹 잘 꿍꿍이잖아……."

"그건 그래!"

"잠깐 눈만 붙이기로 했을 텐데……. 하아……."

한숨을 지으면서, 나도 자리에서 일어섰다. 그리고 드러누워 있는 로드 근처의 벽에 등을 기댄 채 앉았다. 식사를 마친 노스휘도 그런 내 뒤를 따랐다.

"로드 말대로 우리도 눈을 좀 붙이도록 할까요⋯⋯. 그럼──."

내 뒤를 따랐다기보다는, 내 바로 옆에 앉았다.

그대로 내게 체중을 맡기고 잠들려 했다. 숨결이 닿는 거리였다.

"노, 노스휘⋯⋯. 너무 가까운데⋯⋯."

"안 되나요?"

"안 된다기보다는, 곤란해. 여러 가지 의미로 곤란해."

"⋯⋯⋯⋯."

말엇이 빤히 쳐다보는 노스휘. 보아하니 이대로 내 곁에서 잠들고 싶은 모양이었다. 하지만 그랬다가는 체력이 회복되기는커녕, 내게서 이런저런 것들이 깎여나갈 것만 같았다.

"내가 잠 못 들게 되니까, 진짜 부탁 좀 하자."

"카나미 님, 왜 잠을 못 주무신다는 거죠?"

노스휘는 내 귓전에 숨결을 내뿜으며 요염하게 웃었다. 나는 괜한 변명을 늘어놓아 봤자 상황이 악화될 뿐이라 판단하고, 솔직하게 속내를 토로했다.

"노스휘처럼 귀여운 여자애가 바로 옆에 있으면, 심란해진다는 거야⋯⋯."

그 말을 듣자 노스휘의 웃음이 한층 더 짙어졌다.

"후후훗, 감사합니다. 그렇게까지 말씀하시니, 하는 수 없죠."

천천히 일어서서, 굳어진 나에게서 떠나갔다. 그리고 "노스휘, 여기, 여기" 하고 손짓하는 로드 가까이로 이동했다. 소녀들은 정답게 손을 잡고 자려는 모양이었다.

그 모습을 확인한 나는, 신변의 안전 보장을 위해 최후의 동료를 찾아보았다.

그러나 식사를 마친 라이너는 어느새 100미터 이상 떨어진 곳에서 눈을 감고 있었다. 혼자서 안전지대로 대피한 라이너에게로 다가가서 볼멘소리를 했다.

"라이너, 자기는 상관없는 일이라는 식으로 굴지 마⋯⋯!"

"미안하지만, 완충재 노릇은 싫어."

"알았어. 완충재로 쓰지는 않을게. 그래도, 하다못해 가까이는 있어 줘. 부탁 좀 하자."

"하아⋯⋯. 그냥 가까이만 있을 테니까 그리 알라고⋯⋯."

내 절박한 태도를 보고, 라이너는 마지못해 고개를 끄덕여 주었다.

⋯⋯좋아, 방패를 구했어.

이렇게 해서, 로드와 노스휘는 나란히 누워서, 나와 라이너는 벽에 등을 기대고 눈을 감았다. 60층 안은 빛이 가득했지만, 눈이 부시지는 않았다. 오히려 따스한 햇볕을 쬐는 것처럼 포근했다. 만에 하나 적이 침입하더라도, 층의 주인인 노스휘가 알아챌 수 있다는 모양이었다. 그 덕분에 딱히 주위 경계에 신경 쓸 필요도 없어서, 우리는 편안하게 휴식을 취할 수 있었다.

그리고 십여 분 후. 나는 짧은 수면을 마치고 눈을 떠서, 푹 잠들어 있는 로드를 억지로 깨워 미궁 탐색을 재개했다. 청정상태에 가까운 층에 있었던 덕분인지, 체력과 MP는 생각보다 더 큰 폭으로 회복되어 있었다.

"──후우. 이제 충분히 쉬었어. 슬슬 출발해 볼까."

나는 일행을 데리고 59층 방향으로 발걸음을 옮겼다. 여기부터는 다시 완전히 처음 보는 세계였다. 경계와 함께 차원마법을 강화했다.

"라이너, 노스휘, 준비 다 됐어? 장래를 위해서라도, 가능한 한 몬스터들을 공략해 가면서 진행할 생각인데……."

미리 생각해 두었던 전략을 얘기했다. 지금까지는 전투를 피해 왔지만, 그건 지난번 미궁 탐색 때 적의 특성을 파악해 두었던 덕분이었다. 지상까지 가는 기나긴 여정을 생각하면, 몬스터와 싸워서 위력을 확인해 두는 게 유리했다. 그러나, 노스휘는 그런 내 작전에 고개를 가로저어 부정했다.

"제 층과 가까운 층에 있는 몬스터는 공략할 필요가 없을 것 같습니다. 빛 속성의 마력을 갖고 있는 몬스터는 기본적으로 다른 생물에 대해 적대행위는 하지 않으니까요. 굳이 확인해 봤자 시간낭비일 뿐입니다. 50층에 접근해서 다시 한 번 몬스터의 속성이 바뀔 때쯤에 다시 공략을 시작하면 될 거예요."

빛 속성 몬스터는 적이 아니다.

어렴풋이 느끼고 있던 추측을, 노스휘의 발언이 뒷받침해 준 셈이었다.

"노스휘, 빛 속성 몬스터는 왜 우리를 공격하지 않는 거지?"

"그냥 원래 그런 속성이라고 할 수도 있겠습니다만······. 아까도 말씀드렸다시피, 빛 속성의 기본은『대화』니까요.『싸움』이 아닌『대화』. 그것이『빛의 이치』의 이상이에요."

"그럼, 빛 속성 몬스터는 그냥 방치하고 가는 편이 낫다는 거야?"

"그게 가장 현명한 선택입니다. 아마 55층 정도까지는 산책 기분으로 갈 수 있을 거예요."

노스휘는 빛 속성의 전문가이자, 미궁의 주인 가운데 한 명이기도 하다.

그 말을 믿기로 하고, 우리는 59층으로 이어지는 계단을 올라갔다.

다만 그 중간에, 우리 파티 가장 뒤쪽에서 불만 어린 목소리가 흘러나왔다.

"으, 으으음. 이런, 미궁 공략이란 게 생각보다 쉽잖아. 이대로 가면······."

로드였다. 하지만 이렇게 목소리로 불만을 드러내 주는 로드는 오히려 걱정되지 않았다.

솔직히, 계속 웃고 있어서 무슨 생각을 하는지 통 알 수가 없는 노스휘 쪽이 훨씬 더 무서웠다.

그 노스휘가, 빈틈 없는 미소를 머금은 채 로드의 손을 잡아끌었다.

"자, 어서 가요, 로드. 그렇게 넋 놓고 있으면 그냥 두고 갈 거예요."

"으, 응. 우우……. 모두 계속 비아이시아에서 지내면 좋을 텐데……."

로드의 태도는 마치 떼쓰는 어린애 같았지만, 그 몸에 휘감긴 마력은 흉악한 수준이었다. 우리가 지상에 가까워지면 가까워질수록 마력이 더 짙어지는 거 같은 느낌이었다. 그렇게 마력을 내뿜으며, 그녀는 입을 뾰로통하게 내밀었다.

"이 가벼운 분위기가 영원히 계속되면 좋을 텐데……."

나는 그 말을 듣고도, 말없이 발걸음을 옮겼다.

그렇게 할 수밖에 없었다. 로드의『미련』해소에 있어서, 지상으로 나가는 건 필수사항이었다. 그녀를 이해해 줄 사람을 빨리 데려오지 않으면, 그 마력은 끝도 없이 부풀어 나갈 것이다.

"볼멘소리는 거기까지만 하세요. 자, 어서 가기나 해요. 카나미 님께 폐를 끼치면 못써요."

말귀를 잘 알아듣는 것처럼 보이는 이 노스휘 역시, 로드와 마찬가지로 어제부터 흉악한 수준으로 마력을 부풀리고 있었다. 그녀와의 관계는 앞으로도 오래 지속될 것이다. 폐

쇄적인 지하에서 벗어나서, 할 수 있는 일이 많은 지상으로 가기 전에는, 그녀의『미련』을 찾기 힘들 것 같았다.

──역시, 이 두 가디언에게는 지상이 꼭 필요해.

그 점을 재인식하면서, 나는 59층 안을 나아갔다. 59층의 회랑은 일반적인 층들과 별반 다를 게 없는 석조 회랑이었다. 다만, 그 돌들이 눈부시게 빛나고 있었다.

60층 바로 위층이건만, 그 빛은 시야를 제한할 정도로 강렬했다. 하지만 나에게는 〈디멘션〉이 있었고, 바람 마법을 사용하는 두 사람도 〈와인드〉로 어지간한 것들의 위치는 파악할 수 있었다. 무엇보다, 빛의 전문가인 노스휘의 존재가 이 층의 난이도를 확 끌어내려 주었다.

"──〈라이트〉."

그녀에게 있어 빛 조절 정도는 숨 쉬는 거나 다름없는 수준인 모양이었다. 간단하게 기초마법을 한 번 읊조리기만 해도, 눈을 불살라 버릴 것 같던 빛이 60층과 같은 부드러운 빛으로 중화되었다.

덕분에 59층은 보통 회랑보다 훨씬 더 쾌적하게 걸을 수 있었다.

길 자체도 말끔하게 정비되어 있었기에, 걷기도 수월하기 그지없었다. 미궁 안이 아니라, 근사한 성당의 복도 같은 곳을 걷고 있는 기분이었다.

물론 몬스터 쪽도 문제가 없었다. 빛의 엘레멘트들이 둥실둥실 떠 있었지만, 전투가 벌어지는 일은 없었다. 〈디멘션〉을 통해 최대한 회피하고 있는데다가, 혹시 진행방향에 있더라도 노스휘가 만전을 기하기 위해 빛의 마법으로 『대화』를 해 가며 통과했다.

탐색에는 조금의 빈틈도 없었다. 전례가 없을 만큼 여유로운 탐색이었다.

이렇게 해서, 우리는 또 아무런 장해도 겪지 않은 채 59층을 통과, 뒤이어 58층, 57층까지 순조롭게 나아갔다. 중간에 근사한 기둥으로 둘러싸인 방이며, 탁 트인 신전 구조의 신전 같은 것들이 눈에 띄긴 했지만, 딱히 성가신 구조로 이루어져 있는 층은 없었다. 바닥도 고르게 정비되어 있어서 체력 소모도 적었다. 신종 몬스터와 조우하더라도, 노스휘에게 맡겨 두면 전투는 회피할 수 있었다. 아아, 정말로. 정말로——

"이렇게 쉬울 수가……. 이대로 지상까지 갈 수도 있을 것 같은 기분이야."

지금 걷고 있는 57층은 그 쉬움의 정점과도 같았다.

지상의 그 어떤 탐색가가 보더라도 이곳을 미궁이라 생각하지는 않으리라. 그도 그럴 것이, 폭 50미터쯤 되는 회랑이 다음 층까지 일직선으로 이어져 있는 것이다. 시야 여기저기에 다양한 몬스터들이 보이긴 하지만, 그냥 활기찬 분위기로만 느껴질 정도였다.

"이대로 30층까지 가서 〈커넥션〉을 설치해 둘 수 있으면 좋을 텐데……."

나는 미궁 탐색에서 가장 중요한 마법의 이름을 언급했다. 그러자 노스휘는 양손을 펼쳐 보이며 이 57층의 공간을 추천했다.

"〈커넥션〉……. 카나미 님의 전이마법 말씀이죠? 하지만, 그거라면 이 층에 설치하실 수도 있을 텐데요?"

"아니, 설치할 수야 있지만……. 이런 곳에 설치했다가는, 몬스터가 〈커넥션〉을 건드려서 부숴 버리지 않을까……?"

나는 지금껏 가디언의 층 이외의 다른 층에는 〈커넥션〉을 설치할 수 없었던 이유를 떠올렸다. 우선 『정도』의 결계에 의한 방해. 그리고 몬스터들이 〈커넥션〉을 부숴 버린다는 것. 이 두 가지 원인이었다.

"제가 있는 이상 그 점은 걱정하실 것 없어요. 이 부근의 몬스터들과 『대화』를 하면, 오히려 마법의 문을 지켜 달라고 몬스터들에게 부탁할 수도 있습니다."

"어, 정말……?"

"저는 거짓말 따위 안 합니다. 정말이에요."

생각지도 못했던 방법을 당연하다는 듯 얘기하는 노스휘.

그것은 내 미궁탐색 계획을 근본부터 뒤엎어 버리는 정보였다. 어느 정도 중요한 정보인가 하면, 지상에 돌아가거든 엘트라류 학원에 가서 빛 마법을 사용하는 학생을 한 명 데려오고 싶을 만큼 중요한 정보였다.

"그렇게 기뻐하시는데 찬물 끼얹는 말씀 같지만, 어디까지나 60층 부근에서만 통하는 방법이에요. 다른 곳에서는,

어지간히 온후한 몬스터가 있는 곳이 아니면 힘들 거예요."

그렇다 해도 여정 단축의 이득은 엄청났다. 나는 30층에 도착할 때까지는 〈커넥션〉에 의한 거리 단축이 불가능할 거라고만 생각했었다. 하지만 정말로 57층에도 〈커넥션〉을 설치해 둘 수 있다면, 계획은 180도 뒤바뀌는 셈이었다.

"그 정도면 충분해. 고마워. 노스휘 덕분에 종점이 보이기 시작한 기분이야."

"후훗, 카나미 님이 기뻐해 주시니 저도 기쁘네요."

그 낭보를 들으니 마음속 깊은 곳으로부터 웃음이 나왔다. 노스휘도 마치 자기 일처럼 그것을 기뻐해 주었다. 하지만……, 그 낭보를 비보로 받아들이는 녀석도 있었다.

"끝……?"

뒤에서 걷던 로드였다.

미궁을 걷는 내내 그늘져 있던 얼굴이, 명확한 종료를 시사하는 내 발언에 일그러졌다.

〈디멘션〉은 그 표정 변화를 놓치지 않았다. 곧바로 고개를 돌려 로드를 다독이려 했다. 그러나 내가 말을 걸기도 전에, 그녀의 외침이 내 말을 가로막았다.

"아, 아아앗! 손이, 미끄러졌네에에——!!!!"

얼빠진 외침과 함께, 로드의 흉악한 마력이 담긴 바람이 일었다.

그 바람은 주위의 무해한 몬스터들을 덮쳤다.

최악의 위치와 타이밍이었다. 탁 트여 있는 공간인 데다,

311

하필 로드의 시선이 닿는 곳에 많은 몬스터들이 배회하고 있었던 것이다.

돌풍에 휘말린 몬스터들의 종류는 다행했다. 하늘을 날고 있던 하얀 엘레멘트며 하얀 새, 땅을 걷고 있던 하얀 뱀이며 리빙 아머(움직이는 갑옷). 그 모두가 표정이 돌변해서 이쪽을 쏘아보았고, 그 직후, 일제히 이쪽으로 덮쳐들어왔다. 그 모습을 본 로드는 웃었다.

"아앗! 예상대로야!"

"예상대로라니! 이 자식……!!"

"아, 아니, 손이 미끄러졌다니까! 손이 미끄러진 거라고!"

그 황당한 변명에 얼이 빠질 지경이었다. 줄곧 불평을 늘어놓았으니 언젠가 이렇게 될 줄은 알고 있었다. 하지만 이렇게까지 빨리, 이렇게까지 유치한 수단을 들고 나올 줄은 생각도 못 했었다. 기가 막혀서 말문이 막힌 나를 제쳐두고, 노스휘가 먼저 냉정하게 빛의 창을 형성했다.

"카나미 님, 손이 미끄러진 거라면 하는 수 없습니다. 지금은 요격 준비가 먼저입니다."

"큭──!"

노스휘의 지적에, 나는 상황을 파악하기 위해 〈디멘션〉을 펼치고 임전태세에 들어갔다.

그리고 가장 먼저 우리에게 도착한 몬스터는, 62층에서도 본 적이 있는 피어스 피존이었다. 크기는 일반적인 새와 비슷하지만, 그만큼 몸놀림이 날렵했다. 그 깃털은 찬란하게 빛나는 마법으로 구성되어 있어서, 거울에 타고 흐르는 물줄기처럼 물결치는 듯 보였다.

피어스 피존은 상공에서 날아들어 공격했지만, 노스휘가 광창을 휘둘러서 쫓아냈다. 뒤이어 덤벼든 것은 바닥을 기어 다니는 하얀 뱀.

[몬스터]화이트 스네이크 : 랭크60

이 녀석 역시 내가 알고 있는 뱀의 크기와 비슷했고, 피어스 피존과 마찬가지로 몸 표면이 찬란하게 빛나고 있었다.

기어서 덤벼드는 화이트 스네이크는 라이너가 쌍검으로 요격했다. 그 날카로운 칼놀림은 적의 작은 몸을 정확히 베었다. 하지만 화이트 스네이크의 몸을 찢어발기는 정도에는 이르지 못했다. 그 모습을 지켜본 직후, 별개의 방향에서 또 다른 몬스터들이 접근하는 것을 확인했다. 이대로 가면 각양각색이 낯선 몬스터들에게 포위당하고 말 거라 확신한 나는, 결국 차원마법 구축을 선택했다.

"──마법 〈디폴트〉!! 노스휘, 라이너! 까다로워 보이는 녀석들은 거리를 조절해서 멀리 떼어 놓을 테니까, 하나씩 온 힘을 다해 처치해 줘!"

아낌없이 마력을 사용해서, 이 공간 안의 거리를 왜곡시켜 나갔다.

단순히 모든 몬스터를 다 멀리 날려 보내는 게 아니라, 『표시』로 보이는 랭크가 낮은 녀석부터 차례차례 우리에게 도착하도록 위치를 조정한 것이다.

각개격파를 시도하자는 내 의도를 알아챈 두 사람은, 가장 가까이 있는 적에게 집중하기 시작했다.

"알겠습니다, 카나미 님. ——그리고 라이너는 적의 몸을 좀 더 찬찬히 관찰하세요. 빛의 마력이 흐르고 있잖아요? 이런 상대에게는 물리적 공격이 통하지 않습니다."

"그래서 칼에 맞는 느낌이 시원찮았던 거군! 그렇다면——〈사이스 와인드〉!"

"좋은 선택입니다. 그럼 저도 함께하죠. ——〈사이스 라이트〉."

라이너는 노스휘의 적절한 조언을 받아들여서 적을 요격해 나갔다.

그리고 두 사람의 마법 칼날이 몬스터에게 적중했을 때쯤, 나는 또 한 명의 가디언이 두 사람의 전투에 가담하려 하는 것을 목격했다.

"로드! 너는 움직이지 마!!"

"어, 으음?! 아, 안 돼?"

어째선지, 이 말썽을 일으킨 장본인이 총검을 움켜쥐고 의기양양하게 전선에 가담하려 하고 있었다.

"그야 당연히 안 되지! 오히려 왜 가담하려고 하는 건지 이해가 안 갈 지경이라고!"

"저기, 다들 힘들어 보여서 그런 건데……?"

"다 너 때문이잖아!"

"우, 우우······."

내 질책을 듣고서야, 로드도 자신이 저지른 짓이 얼마나 심각한 일인지를 깨달은 모양이었다. 눈가에 살짝 눈물을 매단 채, 바람의 총검을 해제시켰다.

로드 입장에서는 장난이었을지도 모르지만, 우리 입장에서는 사활이 걸린 문제다. 상황이 악화되는 것을 막기 위해, 그녀가 엉뚱한 짓을 하지 못하도록 감시의 눈을 번뜩였다.

로드를 제지한 다음, 나는 검을 뽑는 대신 〈디멘션〉을 통한 상황 파악에 나섰다. 전선에 가담하는 것보다, 여기서 지시에 전념하는 게 파티의 종합적인 역량 향상에 도움이 되기 때문이었다.

지금 내가 쓸 수 있는 공격마법다운 공격마법이라고는 〈디스턴스 뮤트〉밖에 없다. 다른 것들은 아직 연습 중이다.

연비와 명중률이 형편없는 〈디스턴스 뮤트〉를 쓸데없이 최전선에서 사용하는 것보다는, 보조에 전념하는 편이 전선의 두 사람에게 도움이 될 것이었다.

오늘까지 겪어 온 전투의 경험과 스테이터스의 『지능』이, 그것이 최적의 해답이라는 판단을 내렸다.

그리고 나는 그 판단에 따라 모든 능력과 모든 정신을 전황 파악과 지휘에 집중시켰고——

"노스휘, 그대로 왼쪽을 맡아 줘! 라이너, 네 회피는 **내가 맡을** 테니까 적극적으로 공격에 나서! ——마법 〈디멘션〉〈디폴트〉!!"

"──어?! 그럼 너만 믿는다, 지크!"

라이너는 곧바로 대답했다. 그 주저 없는 신뢰에 부응
하기 위해, 나는 내가 가진 모든 것을 끄집어내서 마법을
구축했다. 그리고 이 자리에서 새로운 마법을 하나 만들
어냈다.

"──마법 〈디멘션 · 디퍼런스(곡전연산, 曲戰演算)〉!!"

요 며칠 동안 밤마다 구상해 왔던 마법이, 실전에서 처음
으로 성공했다.

〈디멘션 · 디퍼런스〉는 오차를 만들어내는 데 특화된 마
법이었다. 〈디멘션〉으로 공간을 파악하고, 적의 공격 방향
을 연산한다. 그리고 그 공격이 지나가게 될 공간을 〈디폴
트〉로 미세하게 뒤틀어서, 상대의 공격과 방어를 실패시킨
다. 차원속성 버전 〈디 윈터〉라 할 수 있었다.

라이너는 그런 내 마법을 피부로 느끼고, 방어를 접어둔
채 싸우기 시작했다.

당연히 몬스터들은 갑자기 빈틈이 많아진 라이너에게로
달려들었다.

그 가운데 한 마리, 움직이는 갑옷인 일루지니어스 나이
트가 라이너의 몸을 대각선 방향으로 베었지만── **비껴났
다.** 분명히 라이너의 몸을 정확하게 겨냥했던 검이, 마치 풋
내기의 칼부림처럼 허공을 갈랐다. 그 틈을 찔러서, 라이너
는 바람의 마법검을 최대 출력으로 휘둘렀다.

"찢어발겨라! ──〈와인드 플랑베르주〉!!"

바람 마법을 휘감은 쌍검이 최고 속도로 날아들어서, 일
루지니어스 나이트의 갑옷을 십자로 베었다. 하지만 아직
안심하기에는 일렀다.

"그럼 다음! 노스휘, 하얀 뱀이 뒤에서 노리고 있으니까
조심해! 라이너, 다음은 눈앞에 있는 하얀 엘레멘트의 이목
을 끌고, 3초 후에 내 근처로 후퇴해!"

"충고해 주셔서 감사합니다! 카나미 님!"

"알았어! 지크!"

각자에게 지시를 날리고, 전체의 정보를 다 함께 공유했
다.

그리고 라이너 혼자서는 물리치기 힘들 엘레멘트를 처치
하기 위해, 나는 다시 새로운 마법을 구축하기 시작했다. 그
마법도 요 며칠 간의 마법 단련을 통해 구상한 것이었다.

마법의 이미지는 타래붓꽃.『시조 카나미』가 썼던 마법인
〈토르시온〉은 아직 재현할 수 없다. 하지만 그걸 흉내 내는
것쯤은, 지금의 내 힘으로도 충분히 가능했다.

"──마법 〈폼 · 토르시온(타래붓꽃)〉!"

충분한 마력 구축을 거쳐서,『크레센트 펙트라즐리의 직
검』끝에 차원의 왜곡을 발생시켰다. 그것은 시선을 집중헤
서 보면 꽃과 비슷해 보이기도 했다. 즉흥적으로 만들어낸
마법의 꽃은 불완전해도 너무 불완전했다. 마력은 옅고, 손
에서 떨어지면 이내 흩어져 버릴 만큼 나약했다.

『시조 카나미』의 마법과는 달리, 물리적인 공격력이 전혀 없는 마법으로 성능이 떨어져 있었다. 하지만 물리적인 몸을 갖지 않은 상대와 싸울 경우라면 이 정도로 충분할 터였다.

"데려왔어, 지크!"

"알았어! 바로 마법을 꽂아 넣을게!!"

나는 라이너에게 집중하고 있는 엘레멘트의 측면을 향해 〈폼·토르시온〉이 휘감긴 검을 휘둘렀다. 그 검은 홀리 엘레멘트의 몸을 통과했다. 역시 엘레멘트 계열은 예외 없이 물리공격이 통하지 않는 것이었다. 그러나 〈폼·토르시온〉의 꽂을 적의 몸에 부착시키는 데에는 성공했다.

"일그러져라!!"

〈폼〉 안에 심어 놓은 차원의 왜곡이 해방되어, 이내 작렬했다.

그 폭발에 물리적인 영향력은 없었다. 하지만 적의 마력에는 막대한 영향을 끼쳤다.

게임으로 따지자면, HP가 아닌 MP를 공격하는 마법이라고나 할까.

엘레멘트의 몸을 구성하고 있는 마법이 틀어지고── 소용돌이 모양으로 일그러져 갔다.

"──〈시어 와인드〉!"

그 순간을 놓치지 않고 라이너가 내쏜 마법이, 정령의 몸을 흩어 놓아 숨통을 끊었다.

"좋아, 잘 했어! 이대로 전부 다 요격하는 거야, 라이너, 노스휘!!"

"네, 카나미 님!"

"알았어. 이 정도면 할 수 있겠어!"

나와 라이너가 힘을 모아 한 마리를 처치하는 동안, 노스휘는 두 마리의 몬스터를 처리하고 있었다. 아직 많은 몬스터들이 덮쳐들고 있었지만, 그녀 덕분에 요격의 방어선을 유지할 수 있었다.

이렇게 우리는 10여 분의 시간을 들여서, 주위에 있던 열 마리 남짓의 몬스터들을 섬멸하는 데 성공했다. 넓은 회랑에 대량의 빛 입자들이 흩날렸다. 나는 떨어진 마석을 회수한 다음, 몬스터가 더 없는지를 확인하고 로드에게 말을 걸었다.

"로드, 왜 그런 짓을 한 거지? 나한테 제대로 설명해 줘."

솔직히, 고함이라도 쳐 주고 싶은 심정이었다. 그래도 최대한 다정한 목소리로 물어서 로드의 주장을 들어 주려 했다. 여기서 감정적으로 구는 건, 예전에 『불의 이치를 훔치는 자』 아르티를 적으로 단정 지었던 실수를 반복하는 꼴이 된다.

그런 내 노력 덕분인지, 로드는 떨리는 목소리로 자신의 생각을 얘기해 주었다.

"그, 그게 말이야……. 계속 이렇게 순조롭게 풀리면 모두 지상으로 돌아가 버릴 거 아냐? 카나밍이 끝이라는 소리를 하는 걸 들으니까 참을 수가 없어서……. 아, 맞아! 지금 한 것처럼 한 층씩 몬스터들을 다 섬멸하면서 가는 건 어때?! 그러면 시간이 더 걸릴 테니까!!"

당장이라도 울음을 터뜨릴 것 같은 얼굴로, 로드는 조금이라도 더 오래 같이 있자고 졸랐다.

그 어린아이 같은 소망에, 나는 망설였다. 지금 로드는 전례가 없을 만큼 격하게 감정을 겉으로 드러내고 있다. 그 마음은 오해의 여지가 없을 만큼 올곧았다.

그렇기에 나는 엄청나게 놀랐고, 곤혹스러웠다.

로드에게 꿍꿍이가 있을 거라 경계하고, 그녀를 속이고, 미궁 공략 계획을 숨겨온 나 자신이 교활하게 느껴질 만큼, 그 마음에는 숨김이 없었다.

아니, 숨김이 없다기보다는, 마치 진짜 어린아이 같은 태도였다.

이런 로드를 상대로 궁상맞은 밀고 당기기는 필요 없다. 나는 그렇게 판단하고, 내 생각을 숨김없이 그녀에게 털어놓기로 했다. ──그러는 수밖에 없었다.

"로드, 미안. 그럴 수는 없어. 나는 한시라도 빨리 지상으로 돌아가야만 해. 여동생과 동료들이 기다리고 있어. 부탁이야. 내 마음 좀 이해해 줘……."

로드의 어깨를 붙들고, 눈과 눈을 마주쳤다.

절대로 시선을 피하지 않는 태도로, 내가 지금 진심으로 호소하고 있다는 것을 드러냈다. 로드도 지지 않고 그런 내 눈을 마주보았지만, 이내 몸에서 힘을 빼고 고개를 끄덕였다.

"우, 우우……. 알았어. 카나밍이 그 무엇보다 히타키를 소중히 여긴다는 건 나도 알고 있으니까……."

주눅 든 얼굴로, 띄엄띄엄 대답했다.

나는 그녀의 그 고분고분한 태도에 안심했다. 하지만, 동시에 위화감을 느꼈다.

──고, 고작 이 정도로 넘어가는 건가?

맥이 빠져도 너무 빠지는 상황이었다.

이렇게 나약한 여자아이가, 천 년을 넘게 살아온『이치를 훔치는 자』란 말인가?

수만 명에 이르는 백성들을 다스리고, 수만 명에 이르는 병사들을 통솔하고, 수만 명에 이르는 적들을 죽이고, 수만 명에 이르는 아군을 배신한 왕?『광왕(狂王)』『마왕』『통치하는 왕』같은 거창한 칭호를 가진 존재?

정말로……? 이미지가 전혀 일치하지 않았다. 왕이라는 명성에 걸맞은 압도적인 폭력을 목격하긴 했지만, 이런 정신적인 면까지 고려하면 도무지 믿을 수가 없었던 것이다.

"그럼 말이야, 카나밍……. 나는 계속『이곳』에서 기다릴 테니까……. 계속, 계속 기다릴 테니까……! 그러니까, 꼭! 꼭 다시 와야 돼……!"

다음에 또 놀자고 친구에게 부탁하는 아이처럼, 로드는 쭈뼛쭈뼛 부탁했다.

"당연하지. 그건 약속할게."

"약속을 어기면 이 누나 화낼 줄 알아! 아마 울 거야!"

로드는 눈물이 그렁그렁해진 채, 발그레하게 물든 뺨을 부풀렸다.

"아, 알았어……."

나는 어쩌면 지금껏 착각해 온 건지도 모른다.

마음속 한 구석에서, 로드는 천 년을 살아온 노련한 왕이니까 일부러 어린애 같은 말투를 쓰는 거라고만 생각했다. 어릿광대처럼 연기를 함으로써 광기를 감추고, 내 행동을 지켜보고 있는 거라고만 생각했다. 그렇기에 오늘까지 갖가지 가능성을 경계해 왔다.

하지만 지금 내 눈앞에 있는 것은, 정말로 『**평범한 어린아이**』였다.

화술에 의한 함정은 아닌 게 분명했다. 나도 지금껏 여러 번 속아 온 덕분에 그런 함정에 대해서는 일가견이 있고, 이세계에 와서 많은 인생경험도 쌓아 왔다. 무엇보다, 지금은 스킬 『감응』과 『속임수』를 구사해서 관찰하고 있다. 그녀가 틀림없이 본심 그대로를 얘기하고 있는 거라는 확신이 있었다.

전설 속에 등장하는 『통치하는 왕』과 지금 눈앞에 있는 로드가 너무나 달라서, 속이 울렁거릴 지경이었다. 그 기묘한 감각에 당황하는 내 앞에서, 로드는 연신 신신당부했다.

"카나밍, 꼭 돌아와야 돼. 『이곳』에서 계속, 계속 기다릴 테니까……!!"

지금껏 로드에 대해 갖고 있던 인상을 모조리 재검토해야 할 만큼 중대한 사태였다.

그런 탓에, 나는 좀처럼 대답할 말을 찾지 못했다. 그리고 내가 대답에 궁해져 있는 그 잠깐의 틈에, 뒤쪽에서 묵묵히 지켜보고 있던 노스휘가 앞으로 나섰다. 도저히 보고만 있을 수가 없다는 표정으로.

"로드, 무슨 어리석은 소리를 하고 계신 건가요? 그건 불가능해요."

"어, 응……?"

갑자기 끼어든 노스휘의 냉정한 말투에, 로드는 소스라치게 놀랐다.

"솔직히, 도저히 들어 줄 수가 없네요. 당신을 위해서라도 일찌감치 말씀드리겠는데, 『그 공간』의 수명은 이제 얼마 남지 않았어요. 당신이 얘기하는 『계속, 계속 기다린다』라는 건 현실적으로 불가능해요."

"수명? 그, 그런 건 없어. 왜냐하면 나는 『거기』서 『영원』히 살아갈 거니까……. 그렇게 정했으니까……."

"로드, 진심으로 하시는 말씀인가요?"

노스휘는 미간에 주름을 잡고, 꿈 많은 어린아이를 나무라듯 말을 이었다.

"잘 들으세요. 『영원』이란 건 없어요."

당연하다는 듯이, 지극히 당연한 섭리를 들이댔다.

323

하지만 로드는 그 말을 받아들이려 하지 않고, 떨리는 목소리로 반론했다.

"어, 없긴 왜 없어! 나, 나는 이미 천 년이나 『거기』서 살아왔는걸. 천 년이나! 그러니까 앞으로도 멀쩡할 거야! 멀쩡할 게 분명해!!"

"아뇨, 끝이에요. 제가 보기에, 그 공간의 수명은 앞으로 한 달 정도예요."

"하, 한 달……?"

나로서도 처음 듣는 얘기였다. 하지만, 이상하게도 그 얘기에서 위화감은 느껴지지 않았다. 일그러지기 시작한 그 세계의 하늘을 보았기 때문일까. 아니면 그 공간을 만든 게 나 자신이었기 때문일까. 한 달이라는 숫자를 받아들이는 데에는 아무런 거부감도 느껴지지 않았다.

"그 공간이 만들어진 유래에 대해서는 이미 들었어요. 그 지식을 바탕으로 한 추측입니다만, 아마 그곳의 수명은 처음부터 천 년으로 설정돼 있었을 것입니다."

노스휘는 자신의 추측을 제시했다.

그것은 나에게 있어서도 유익한 정보였기에, 제지할 타이밍을 놓치고 말았다.

"어……. 노스휘, 그게 무슨……."

"옛날의 카나미 님께서는, 천 년 후에 『이곳』에 찾아오기로 계획을 짜 두고 계셨습니다. 그래서 천 년을 기한으로 설정한 것입니다. 그 이상의 시간은 마력 낭비일 뿐이니, 당연한 일이죠."

"그, 그렇지만! 천 년이 지났어도 나는 전혀 안 사라졌는데……?!"

"만약에 카나미 님의 기억이 정확하다면, 이 이상 연장하는 것도 가능할 것입니다. 하지만 이 상황에서는 어렵겠네요. 카나미 님, 공간계 마법은 쓸 줄 아시나요?"

공간계 마법이라는 말을 들으니 반사적으로 『소지품』이 떠올랐지만, 그것에 대한 해석은 전혀 진척이 없었다. 지금은 지상에서 본 『시조 카나미』의 마법을 재현하는 것만으로도 벅찼다.

"공간계 마법은……, 아마 못 쓸 것 같아. 그보다 노스휘, 잠깐 좀 기다려 봐. 얘기 진행이 너무 빨라……."

노스휘의 냉정한 말투는, 지금의 로드에게는 너무 가혹했다.

나는 그런 생각에 노스휘를 말리려 했다. 그러나 노스휘는 고개를 가로저었다.

"아닙니다, 카나미 님. 이건 로드가 반드시 알아야 할 일이에요. ……로드, 이해하시겠어요? 붕괴는 이미 정해진 일입니다. 『계속, 계속 기다린다』 같은 소리나 하고 있다가는, 그 붕괴에 휘말리게 될 텐데요? 저는 당신의 친구니까, 그런 사태만은 막고 싶어요."

노스휘의 얼굴도 로드 못지않게 일그러져 있었다. 그 표정으로 보아, 그녀 역시 진심으로 그런 얘기를 하고 있음을 확신할 수 있었다. 하지만 그런 확신을 얻는 동시에, 다시 위화감이 느껴졌다. 로드에 대해서 느껴지는 위화감과 같은 위화감이었다.

"거, 거짓말……. 노스휘, 어떻게……."

"『그 공간』의 일그러진 하늘을 보면, 어쩌면 이제 유예 기간은 한 달도 안 남았을지도 몰라요. 빨리 각오를 다잡으세요. 안 그러면 늦고 말 거예요."

"다 거짓말이야……! 거짓말거짓말거짓말! 노스휘는 거짓말쟁이야!!"

"마법의 감정능력 면에서 저를 앞설 사람은 아무도 없을 거예요. 그리고 제가 거짓말을 한 적이 없다는 건 당신도 알고 있잖아요? 제 얘기에 틀린 점은 없습니다."

"우, 우우……. 그건……."

"종말은 이미 코앞에 닥쳐있어요, 로드. 『그 공간』이 종말을 맞이하면, 당신은 강제적으로 지상으로 갈 수밖에 없어요."

"지상에……? 그 지상에, 이제 와서……?"

노스휘는 조금의 빈틈도 없는 정론을 연신 토해냈다. 올바른 걸 얘기하고, 올바른 길을 제시했다. 그 모습은 마치 기도하는 수녀처럼 티 없이 맑고 청아했지만──

"그런 표정 지으실 것 없어요. 뒤집어 생각하는 거예요. 긍정적으로 받아들이세요. 오히려, 때가 된 것을 기뻐해야 할 거예요."

"해결 방법은 없는 거야⋯⋯?! 노스휘라면 어떻게 해 볼 수 있는 거 아냐?!"

"『그 공간』은 빛 속성이 아닌 차원속성 마법으로 구성되어 있어요. 제 힘으로는 불가능합니다. 그리고 만에 하나 제게 『그 공간』을 고칠 수 있는 힘이 있다고 해도, 저는 절대로 협조하지 않을 거예요."

"대체 왜?!"

"로드, 이제 할 만큼 했잖아요? 이제 스스로의 진정한 『미련』과 똑바로 마주할 때에요. 그런 곳에서 과거에 대한 후회에만 잠겨 있어 봤자 헛수고예요. 앞을 바라보세요. 네, 인간이란 앞을 바라보고 진화해 가는 생물이니까요. 이건 한계가 아니라 기회라고 생각하세요. 이 어두컴컴한 지하를 벗어나서 밝은 지상으로 나갈 수 있는 기회가 온 거예요. 자, 지금 당신이 해야 할 일은 이 기회에 감사하면서 앞으로, 앞으로──."

"시, 시끄러워!!"

그 정론은 어린 로드에게는 지나치게 가혹했다. 기어이 인계의 한계에 달한 그녀는, 분노를 터뜨리며 몸속의 마력을 난폭하게 해방했다.

라이너의 〈시어 와인드〉에 필적할 정도의 폭풍이 일어서, 이 자리에 있는 세 사람의 몸을 모조리 날려 버리려 했다.

나는 몸이 공중에 뜬 와중에도 바로 자세를 가다듬고 착지했다. 노스휘와 라이너도 마찬가지였다. 세 사람 모두, 마구잡이로 쏜 〈시어 와인드〉 수준의 바람에 대미지를 입을 레벨이 아니었다.

다만, 지금까지 뒤쪽에서 상황을 지켜보고만 있던 라이너는 분위기가 돌변했다.

쌍검을 뽑아들고 나와 로드 사이로 끼어들어서, 두 가디언을 쏘아보았다. 더 이상의 공격이 날아들면 요격하겠다는 기세였다.

"기다려, 라이너! 모두들 좀 진정해! 싸움은 절대 안 돼! 여기는 미궁 안이라고!"

"하지만 지크! 이 녀석들은──."

나는 당장이라도 뛰쳐나갈 것 같은 라이너의 옷자락을 뒤에서 잡아당겼다. 하지만 내가 제지할 수 있었던 건 그뿐이었다. 흉악한 힘을 간직한 두 가디언은 여전히 날나뜸을 거듭하고 있었다.

"시끄러워! 시끄러워시끄러워시끄러워! 노스휘, 왜 그렇게 시끄럽게 구는 거야!! 안 충분해! 천 년 가지고는 아직 한참 부족하다고! 그러니까 지상에는 못 가!! 절대로 못 간단 말야아아아!!"

"로드, 지금은 그런 철없는 소리를 할 때가 아니에요. 충분하지 않더라도, 가는 수밖에 없어요."

연신 짜증을 쏟아내는 로드와 달리, 노스휘는 이성적으로 보였다. 하지만 자세히 보니, 노스휘 역시 살짝 식은땀을 흘리고 있었다. 노스휘에게 있어서도 이 상황은 위험하게 느껴지는 모양이었다. 하지만 그렇다고 말다툼을 멈추려고 하지는 않았다.

"왜 그렇게 잘난 척인데?! 노스휘가 더 과거에 연연하고 있으면서!! 그렇게 착한 척밖에 못 하는 노스휘한테 내가 왜 그런 소리를 들어야 되는데?!"

"네──?! 제, 제가 착한 척을 하고 있다구요……?"

"착한 척 맞잖아! 『미련』은 이룰 수 없으니까 『미련』인 거야! 그렇게 쉽게 정면으로 마주할 수 있는 거였다면, 나는 애초에 『이곳』에 있지도 않았어! 노스휘는 자기 『미련』이 어떤 건지 제대로 알지도 못하면서, 잘난 척 잘난 척 잘난 척──!!"

로드는 오른손을 난폭하게 휘둘러서 노스휘에게로 비취색 마력을 퍼부었다. 그러나 노스휘는 빛나는 마력으로 태연하게 그것을 상쇄시켰다.

말다툼이 가속되어 감에 따라, 두 사람의 마력은 폭발적으로 부피를 불려 나갔다.

이 정도면 아예, 무의식 중에 흉악한 마탄을 서로에게 퍼부어대는 거나 다름없는 상태였다.

"잠깐, 둘 다 그만 둬……! 마법은……!"

이대로 마법을 퍼부어대다가는, 미궁의 몬스터들까지 말려든 대전쟁이 벌어지고 말 것이다. 그런 상황만은 피해야 했다.

"노스휘한테도『미련』이 있는 거 아냐?! 그『미련』은 지상에서, 미래에서 이루어지는 거야?! 나와 마찬가지로 과거에서 이루어지는 거 아냐?! 두 번 다시 이룰 수 없는『미련』아냐?!『그 공간』이 부숴지면 가장 곤란한 건 노스휘 아냐?!"

"그럴 리가……, 없어요. 저는 로드와는 사정이 달라요. 아무렇게나 함부로 말하지 마세요. 그리고 지금은 제가 아닌 당신 얘기를 하는 거잖아요……!"

노스휘는 로드의 얘기를 부정했다. 하지만 동요하는 기색이 역력했다. 살짝 감돌고 있던 식은땀의 양이 점점 늘어났다. 말다툼이 길어지면 길어질수록, 로드의 노스휘의 거리는 점점 가까워졌다. 이윽고 드잡이를 할 수 있을 정도까지 가까워져서, 서로가 서로에게 손을 내뻗었다.

"──앗!"

스킬『감응』이 발동했다. 그것은 정수리에 내리꽂히는 것만 같은 경고였다.

지금 두 사람이 접촉하도록 내버려둬서는 안 된다고 직감하고, 재빨리 마법을 외쳤다.

"──마법〈디폴트〉!! 저 둘을 떼어놔!!"

공간을 조작해서, 로드와 노스휘 사이에 10미터 정도의 거리를 만들었다.

"카나밍……?"

"카, 카나미 님……."

차원마법을 쓰고 나서야, 두 사람의 관심이 나에게로 향했다. 무엇보다 내가 진심으로 화를 내고 있다는 사실이 두 사람에게 전해졌다.

"진정하라고 했잖아!! 둘 다, 장소를 좀 생각해!!"

그 질책을 들은 노스휘는 부끄러워하는 기색을 보였고, 로드는 미안한 듯 고개를 숙였다. 물리적으로도 시간적으로도 여유가 생긴 덕분에, 두 사람 모두 조금이나마 이성을 되찾은 모양이었다. 그 약간의 냉정과 시간 끝에, 먼저 입을 연 건 로드였다.

"……오늘은, 그만 돌아갈래."

로드는 토라진 듯 혼자 돌아가려 했다. 당장이라도 울음을 터뜨릴 것 같은 얼굴을 감추듯이 등을 돌렸다. 나는 그 뒷모습을 향해 말을 걸었다.

"돌아가겠다니……. 설마 여기서 혼자 걸어서 돌아가겠다는 거야?"

"작정하고 날아가면 금방 돌아갈 수 있으니까 걱정할 것 없어……. 좀 지나치게 흥분했던 것 같으니까, 바람이라도 쐬면서 머리를 식혀야겠어……. 모두, 미안……."

"아, 잠깐!"

내 제지를 뿌리치고, 로드는 날개를 펼쳐서 날아올랐다. 그 비상 속도는 너무나도 빨라서, 미궁을 역주행하는 그녀를 막을 도리가 없었다.

그리고 우리 세 사람은 우두커니 미궁에 남겨졌다.

라이너는 로드가 떠나간 것을 보고는 안심한 듯 쌍검을

칼집에 집어넣었다. 하지만 노스휘는 불안해하는 기색이 역력했다. 항상 기품 넘치고 늠름하기만 하던 표정이 무너져 있었다.

"카, 카나미 님……. 제가 잘못 생각한 걸까요? 로드의 친구로서 올바르게 행동하려고 한 건데……."

"아니, 노스휘는 옳은 말을 했어. 그 점은 틀림없어. 다만, 이건 올바른 말을 한다고 해서 해결될 수 있는 문제가 아니었던 모양이야. 특히 로드 같은 어린애를 상대로 할 때는, 정론이 오히려 역효과를 낼 때가 있으니까."

"로드가 어린애……?"

노스휘의 말은 옳았다.

약간 가혹했는지는 모르지만, 틀림없이 친구로서 올바른 충고를 해 주었다. 로드가 가진 가디언의 힘을 두려워해서 그 속사정을 제대로 캐 보지도 못했던 나에 비하면, 훌륭하다고 표현할 수 있을 정도였다.

하지만 두 사람의 사고방식이 치명적인 수준으로 어긋났던 것이다. 어느 한쪽이 나쁘다는 게 아니라, 단순히 타이밍이 나빴던 게 아닐까 싶었다.

"로드가 어린애라서, 제가 올바른 말을 해도 문제가 해결되지 않는 건가요?"

"그래. 때와 장소에 따라 다르지만, 그럴 때도 있어."

"그, 그렇, 군요……. ──큭, 아윽!"

별안간 노스휘가 머리를 싸쥐고 주저앉았다. 나는 그 갑작스런 사태에 놀라다. 그녀가 고통에 찬 표정을 보인 건, 미궁에 들어온 이후로 이번이 처음이었다.

"노스휘! 왜 그래……?"

"아뇨, 머리가 좀 아파서…….."

"괜찮아? 로드만 그런 게 아니라, 너도 여유가 없어 보이는데……."

"그럴지도 모르겠네요……. 로드의 얘기를 듣고 저도 찔리는 부분이 있어서……."

노스휘는 내 손을 빌려서 비틀거리며 일어섰다. HP가 감소한 것 같지는 않았지만, 혹시 모르니 라이너에게 회복마법을 부탁하려 했다. 그러나 노스휘는 그것을 거절했다.

"라이너, 감사합니다. 하지만, 그러실 필요 없어요. 그보다 어서 앞으로 나아가요. 방금 그 말다툼 때문에 시간을 소모했어요."

"아니, 미궁 탐색을 계속하겠다는 거야……?""네, 로드가 그런 얘기까지 한 이상, 제가 지상으로 돌아가는 걸 멈출 수는 없어요. 무엇보다, 저는 카나미 님께 도움이 되어 드리기 위해 여기에 있는 거니까요. 네, 저는 그러기 위해 있는 거예요. 그러니까 어서……. 어서……!!"

걱정하는 나와 라이너를 제쳐두고, 노스휘는 대리석 회랑을 혼자 걸어가기 시작했다.

표정은 괴로워 보이건만, 그 뒷모습에서 용솟음치는 마력은 점점 더 부풀어가고만 있었다. 로드와의 말다툼을 거치면서, 가디언으로서의 존재감이 엄청나게 증가한 것이다.

그것은 다시 말해, 그녀의『미련』이 부풀어 오르는 뜻이기도 했다.

『빛의 이치를 훔치는 자』가 회랑의 빛 안쪽을 향해 유령처럼 걸어갔다. 불길하기 그지없는 광경이었다. 도무지 그런 그녀의 뒤를 따라갈 수는 없었다.

"아냐, 노스휘. 일단 돌아가자. 비아이시아로 돌아가서, 다시 한 번 로드와 대화를 해 보는 게 좋을 것 같아. 좀 아쉽긴 하지만, 오늘의 미궁 탐색은 57층까지만 하자."

"하지만……! 카나미 님은 한시라도 빨리 지상으로 돌아가셔야 하는 것 아니었나요……?!"

"그야 그렇긴 하지만……. 그래도 지금의 로드를 그냥 내버려둘 수는 없어. 그리고 노스휘도 로드와 말다툼을 한 뒤로 몸이 안 좋아 보여."

"제 몸에 대한 걱정은 하실 필요 없습니다! 그보다, 저는 카나미 님께 도움이 되어 드리고 싶습니다! 네, 분명 그게 저의『미련』이었을 거예요! 그러니까 저는——!!"

"정말 나를 위하는 마음이 있다면, 오늘은 여기서 돌아가 줘. 노스휘와 로드 덕분에 미궁 탐색은 충분히 진척됐어. 그러니까, 오늘은 이만 됐어."

나는 광신자처럼 주장하는 노스휘의 말을 가로막고, 강경한 어조로 설득했다.

그 말을 들은 노스휘는 일그러진 표정으로 고개를 숙이

고, 나약한 목소리로 대답했다.

"그럼, 하다못해 56층으로 가는 계단까지는 가게 해 주십시오. 아마 계단 부근이 몬스터가 가장 적을 테니, 〈커넥션〉을 안전하게 사용할 수 있을 것입니다."

"알았어. 거기까지만 가고 돌아가자."

방침이 정해지고, 우리는 미궁 탐색을 재개했다.

빠른 걸음으로 걷는 노스휘 뒤를 나와 라이너가 쫓아가는 형태였다. 하지만 진형은 아무런 상관도 없었다. 아까 그렇게 격렬한 난전이 벌어졌었건만, 57층의 몬스터들은 우리에게 다가오지 않았다. 뭔가를 두려워하듯, 멀찍이서 방관만 하고 있을 뿐이었다.

채 한 시간도 되지 않아, 우리는 56층으로 이어지는 계단을 발견했다. 그리고 나는 그 부근의 적당한 위치에서 마법을 영창했다.

"드디어 도착했네. 여기쯤에 만들면 안전하겠지. ――마법 〈커넥션〉."

보라색 문이 생성되자, 노스휘도 뒤이어 마법을 영창했다.

"그럼, 이 문에 접근하지 말도록 근처의 몬스터들과 『대화』를 해 두겠습니다."

57층은 장해물이 적은 층인 만큼, 이곳도 시야가 탁 트여 있었다. 노스휘는 눈에 보이는 모든 몬스터들에게 빛을 쬐였다. 그녀의 얘기가 사실이라면, 이 〈커넥션〉과 〈라이트〉의 콤비네이션을 통해 56층으로 가는 워프 존이 확보된 셈이었다.

단 며칠 사이에 비약적인 전진에 성공한 것이다.

하지만 그 대신 복잡한 문젯거리를 떠안게 된 것도 사실이었다.

어제의 분위기만 보고 두 가디언은 서로 상성이 좋을 거라 생각했는데, 실상은 전혀 달랐다. 두 사람은 서로를 적대할 생각까지는 없어 보였지만, 사고방식에 너무나도 큰 차이가 있었다.

생각만 해도 골치가 아팠지만, 이 문제로부터 도망칠 수는 없었다.

"카나미 님, 이제 이 문은 걱정하실 것 없습니다. 그럼, 이만 돌아가죠."

"알았어."

우리는 노스휘를 선두로 〈커넥션〉을 통과, 로드의 세계── 비아이시아로 돌아갔다.

〈커넥션〉을 통해 미궁 탐색으로부터 복귀한 나는, 곧바로 〈디멘션〉을 전개했다. 로드를 찾는 데에 그다지 긴 시간은 걸리지 않았다. 미궁에서 헤어진 지 아직 한 시간도 되지 않았는데, 그녀는 이미 성 안에 있었다.

"찾았어. 그 녀석, 서고에……, 아니, 보관고에 있어."

보관고에 있는 찢어진 그림 더미 속에서, 로드는 쪼그리고 앉아 있었다. 눈가에는 어렴풋이 눈물이 반짝이고 있고, 코 전체가 빨갛게 충혈되어 있었다.

이제 그럭저럭 진정된 것 같아 보였지만, 이곳에 돌아온 뒤로 계속 혼자 울고 있었떤 모양이었다.

노스휘와 라이너를 데리고 성의 창고로 향했다. 녹슨 서고 문은 열려 있었다. 하지만 보관고로 통하는 문은, 타인을 거부하듯 꽉 잠겨 있었다.

이 문을 여는 건 어렵지 않다. 나나 노스휘나, 굳이 마법을 영창할 것도 없이 문을 세게 밀기만 해도 부숴 버릴 수 있을 것이다. 하지만 이 문을 우격다짐으로 부숴 버리면, 이제 두 번 다시는 문을 열 수 없게 된다. 물리적인 의미로도, 정신적인 의미로도.

그래서 나는 밖에서 말을 걸려 했다. 하지만 로드가 그런 나를 제지했다. 로드를 궁지로 내몬 책임을 지고, 자기가 대화를 하고 싶은 모양이었다. 나는 노스휘의 의견을 받아들여, 한 발짝 물러서서 지켜보기로 했다.

"로드, 저희들 지금 돌아왔어요. 문을 좀 열어 주실 수 없을까요?"

다정한 음색으로 호소했다. 노스휘는 일단 얼굴을 마주하는 것을 우선시했다.

"싫어. 지금은 만나기 싫어."

그러나, 돌아온 것은 명백한 거절.

로드는 문 밖에 우리가 있다는 걸 이미 알고 있었던 것이리라. 대답은 곧바로 돌아왔다.

그 명확한 거절에 노스휘의 얼굴이 흐려졌다. 하지만 이내 마음을 다잡고, 모습이 보이지 않는 상태인데도 고개를 숙이며 말했다.

"미안해요, 로드. 아까는 말이 지나쳤습니다. 사과할게요."

"아니. 노스휘는 사과할 필요 없어. 나야말로 괜히 소리쳐 대서 미안."

노스휘의 진지한 사과가 통했는지, 로드도 부드러운 사과로 대답했다. 어느 정도 시간이 흐른 덕분인지, 미궁에서의 울화는 가라앉은 모양이었다.

분위기가 약간이나마 누그러진 것 같은 느낌이었다. 적어도 아까 미궁에서 벌어졌던 것 같은 일촉즉발의 긴장감은 사라졌다. 뒤에서 지켜보고 있던 라이너도 칼자루에 대고 있던 손을 떼었다. 그가 보기에도, 일단 고비는 넘긴 것처럼 느껴진 것이리라.

양쪽의 사과가 오가고, 부드러운 분위기 그대로 대화가 이어졌다.

"그렇지만 노스휘는, 아직도 내가 지상으로 돌아가야 한다고 생각하고 있는 거지?"

"네. 저는 그게 올바른 길이라고 믿어요."

비록 사과는 했을지언정, 노스휘는 여전히 자기 의견을 철회하지 않은 모양이었다. 그 말을 들은 로드는 약간 애석

한 듯 대답했다.

"그게 올바른 길이라는 건 나도 알아. 그렇지만 나는, 올바르다는 이유로 그 길을 택할 만큼 어른스럽지는 않아……. 그러니까, 미안……."

서로 대화를 주고받을 수 있는 수준이 되기는 했지만, 둘의 의견은 여전히 평행선을 그리고 있었다.

로드는 지상으로 돌아갈 생각이 없었다.

"그, 그렇지 않아요! 로드는 그 누구보다도 훌륭한 어른이었어요! 호적수였던 제가 보증할게요! 당신은 어른이에요……! 그 누구보다도……!"

"──아냐."

"그렇지 않아요……! 『통치하는 왕』이 어른이 아니라면, 세상에 어른이라고 할 수 있는 사람이 누가 있다는 거죠……?! 그 전장에 있던 그 누구도……!!"

"나는 그게 싫어서 『이곳』에 있는 거야. 그러니까, 그건 아냐."

"네?"

로드는 거듭 부정했다. 노스휘는 그 이중의 부정을 이해하지 못해서, 대답할 말을 좀처럼 찾지 못했다. 그런 노스휘에게 로드가 다시 사죄와 거절의 말을 건넸다.

"정말 미안해, 노스휘……. 오늘은 혼자 있고 싶어……."

비통한 목소리에 의한 그 부탁은, 노스휘를 물러나게 하기에 충분한 무게감이 있었다.

"네⋯⋯."

노스휘는 싸늘하게 닫혀 있는 문에서 비켜서서, 우리 쪽을 보며 고개를 가로저었다.

"죄송해요. 저 때문에 로드가⋯⋯."

"아니, 그건 어쩔 수 없는 일이야. 로드도 혼자서 마음을 정리하고 싶겠지. 한동안 혼자 있게 해 주자."

노스휘가 아닌 내가 말을 걸었더라도, 결과는 같았을 것이다.

왕이라는 자리를 싫어한다는 건 어렴풋이 느끼고 있었지만, 어른이라는 걸 완고하게 부정하는 이유까지는 아직 알 수 없었다. 그 이유를 이해해 줄 수 있는 자가 아니면, 그녀를 설득하는 건 불가능할 것이었다.

지금은 섣불리 건드리지 말고, 혼자 있게 해 주는 편이 좋을 것이다. 사정도 모르는 사람이 마음에도 없는 말을 함부로 건넸다가는, 오히려 더 위험한 사태를 초래할 것이다. 그리고 로드는 지금, 자신의 울분을 스스로 가라앉히고 있다. 굳이 우격다짐으로 이 보관고에 쳐들어갈 이유는 없을 것이다.

지금 내가 할 수 있는 건, 한 시라도 빨리 미궁 탐색을 진행해서, 그녀의 가족인 『나무의 이치를 훔치는 자』 아이드를 데려와 주는 것뿐이다.

하지만 그렇게 냉정하게 분석하고 있는 나와는 달리, 노스휘는 줄곧 떨고만 있을 뿐이었다.

"아아……. 이번에도 실수만 저지르고 있어요……. **이번에도……."**

스스로를 책망하듯 이를 악문 채, 내 손을 붙잡고 물었다.

"카나미 님, 저는 어떻게 했어야 하는 걸까요? 가르쳐주세요. 올바른 행동을 해도 해결되지 않는다면, 대체 어떻게해야……."

나는 저도 모르게 살짝 뒷걸음질을 쳤다. 노스휘의 눈에는 나에 대한 절대적인 신뢰가 깃들어 있었다. 얼마 전의 라이너가 그랬던 것처럼 나라면 다 해결해 줄 거라는 맹신이담긴 눈매였다.

"미안……. 그건 나도 몰라……."

"──네?! 카, 카나미 님도 모르신다구요?"

내가 고개를 가로젓는 걸 본 노스휘는 놀라서 되물었다.

지금껏 보인 적 없는 그 표정으로 미루어보아, 라이너보다도 더 나를 맹신하고 있었음을 알 수 있었다. 어쩌면 정말 신으로 여기고 있는 게 아닐까 싶을 만큼──

"그래서 나도 지금껏 로드에게 아무 말도 해 주지 못했던거야."

"정말로, 카나미 님도 모르시는 게 있다는 말씀인가요……?"

"그야 당연하지. 모르는 게 워낙 많아서, 나는 항상 잘못된 해답만 내고 있어."

천 년 전의 『시조 카나미』는 믿을 가치가 있는 사람이었는지도 모르지만, 지금의 나는 그렇지 않다는 사실을 얘기했다. 지금도 스스로가 하고 있는 행동에 대한 자신 같은 건 없었다.

로드나 노스휘에게 해 줄 더 좋은 말이 있는 건지도 모른다. 하지만 무슨 얘기를 해야 좋을지 알 수 없었다. 최선의 답을 찾아보고, 망설인 끝에, 가까스로 대화를 이어나가고 있는 게 고작이었다.

그런 나의 약한 소리를 듣고, 노스휘는 "카나미 님도 잘못을……"이라고 중얼거렸다.

"노스휘, 내 생각에는, 올바르다고 생각한 행동을 하는 것만 가지고는 안 되는 게 아닌가 싶어. 그것만 가지고는 부족한 것 같아. 그러니까, 그 부족한 부분은 이제부터 다 함께 생각해 나가자. 아마 그게 제일 좋은 방법일 거야."

혼자서는 알 수 없는 일도, 둘이서 생각하면 알 수 있을 때가 있다. 노스휘의 손을 마주잡고, 얼마 전에 라이너에게 했던 말처럼, 노스휘의 힘도 빌리고 싶다는 뜻을 전했다.

"올바른 것만 가지고는 안 된다……. 제가 사라지지 못하는 이유도 거기에 있는 걸까요? 그렇다면, 로드가 얘기했던, 두 번 다시 이룰 수 없는『미련』이라는 건……."

노스휘는 내 말에 대꾸하는 대신, 손을 가슴에 댄 채 생각에 잠겨 있었다. 올바른 것만이 전부가 아니라는 것을, 스스로의 문제에도 대입시키고 있는 모양이었다.

"일단 오늘은 로드를 혼자 있게 해 줄까 해……. 그동안 우리는 우리가 할 수 있는 일을 하자. 이제 우리는 다음 미궁 탐색을 위해서 대장간에 가 볼 생각인데, 노스휘는 어떻게 할래?"

미궁을 10층 가까이 진행하는 동안, 시간은 이미 저녁에 가까워져 있었다. 내일의 미궁 탐색을 생각하면, 레이넌드 씨가 공방을 떠나기 전에 서둘러 찾아가야만 했다.

"아뇨, 죄송해요. 저도 로드처럼 혼자서 생각할 시간을 가지고 싶어졌어요."

충분히 고민한 끝에, 노스휘는 고개를 가로저으며 동행을 거부했다.

로드나 내가 한 말들을 진지하게 생각해 보고 싶은 모양이었다. 어차피 대장간에 가 봤자 노스휘에게 줄 수 있는 건 없으니, 굳이 말릴 이유도 없었다.

"그래, 그렇게 해. 내일 미궁 탐색 준비는 우리 둘만 있어도 충분하니까."

"그럼 실례할게요. 잠시 성 안이라도 산책하고 있겠습니다……."

이렇게 해서, 노스휘는 성에 남기로 하고, 나와 라이너는 레이넌드 씨의 집으로 가기 위해 성을 나섰다.

늘 그랬듯 고풍스러운 복도와 안뜰을 지나, 비아이시아 시가지로 나아갔다.

◆ ◆ ◆ ◆ ◆

풍부한 녹지로 둘러싸인 길을 걷는 동안, 몇 번인가 도시 주민들이 말을 걸어 왔다. 개중에는 "부인이 돌아왔다면서?"라며 놀리는 사람도 있어서, 대답이 궁해질 때도 있었다.

어색한 웃음으로 얼버무리며 걷는 동안, 라이너가 진지한 표정으로 내게 물었다.

"이봐, 지크. 미리 확인해 두고 싶은데, 너는 로드와 노스휘 두 사람을 구해줄 생각이야?"

이제 나와 단둘이 있게 된 덕분에, 비로소 하고 싶던 말을 할 수 있게 된 모양이었다. 나와는 달리, 라이너는 로드나 노스휘에 대한 경계심이 강했다.

"로드를 구해주는 건 레이넌드 씨와 약속한 일이니까. 물론, 가능하면 노스휘의 『미련』도 내가 해소해 주고 시어. 라이너는 안 그래?"

"솔직히……, 그 둘은 나한테도 지크한테도 감당하기 버거운 존재들이야. 구해준다는 표현이 민망하게 느껴질 만큼, 그 둘은 **강하니까.**"

그 말투는, 검이나 마법의 달인을 표현하는 단어로서의 '강하다'가 아니라, 당해낼 도리가 없는 자연재해를 표현하는 '강하다'에 가까웠다.

"로드와 노스휘가 강하다는 건 사실이야. 지상의 그 어떤 사람도 당해낼 수 없을 만큼의 힘을 갖고 있겠지. 하지만 아무리 강한 힘을 갖고 있다고 해도, 그 녀석들 역시 우리와 같은 고민을 안고 있는 것 아닐까 싶어. 우리와 마찬가지로 고민하고, 마찬가지로 웃는 인간……. 어디에나 흔히 있는 여자아이야."

"**그것**들을 여자로 취급하는 것 자체가 비정상적이라는 자각은 없는 거냐? 그 엄청난 마력을 목격해 놓고도, 정말 두렵지 않은 거야?"

"팰린크론 같은 소리를 하네……. 물론 좀 무섭긴 해. 하지만, 그래도 구해주고 싶어……. 그래도, 어떻게든……."

내 머릿속에 떠오른 것은, 그녀들과 같은 가디언이었던『불의 이치를 훔치는 자』아르티의 최후. 괴물과도 같이 강하고, 현자와도 같이 깊은 견식을 갖고 있던 그녀의 최후가 최후에 보인 것은, 가녀린 여자아이 같은 표정이었다.

가능한 한 로드와 노스휘를 이해해 주고 싶었다. 공포 때문에 이해를 단념하는 짓은, 이제 두 번 다시 하고 싶지 않았다.

"지크, 그 녀석들의 무서운 점은 마법뿐만이 아냐. 지금껏 걸어 온 인생의 무게, 가디언이라는 지위의 무게, 혼 그 자체의 무게, 모든 게 보통 수준이 아냐. ……다시 한 번 물어볼게. 그래도 그 녀석들을 구해줄 거야? 나는 당초 예정대로 두 가디언들과는 거리를 두는 편이 좋지 않을까 싶어. 너를 섬기는 기사로서, 그렇게 충고하지."

아마 이것이 최후의 충고이자, 최후의 확인이리라.

라이너는 내가 여동생을 구하기 위해 살아가고 있다는 걸 알고 있다. 그 일에 방해가 될지 모르는데 그래도 상관없겠느냐고, 은연중에 지적해 주고 있는 것이다. 내가 걱정하지 않도록 진심어린 걱정을 해 주고 있다. 그 따뜻한 우정에 훈훈함을 느끼며, 나는 고개를 끄덕였다.

"그래, 구할 거야. 특히 로드는, 이제 더 이상 적으로 생각할 수가 없어."

가디언으로부터 도망친다 해도, 그 너머에 기다리는 건 분명 훨씬 더 비극적인 결말일 뿐이리라. 로웬 때처럼 정면으로 마주하는 편이 더 긍정적인 결말을 맺을 수 있을 것이다.

오늘까지 겪어 온 그 경험들을 헛되이 하지 않기 위해서라도, 절대로 가디언에게서 도망치지 않겠다고 다짐했다.

내 단호한 대답을 들은 라이너는 땅이 꺼질 듯 한숨을 짓더니, 기가 막힌다는 듯 웃었다.

"그래? 내 입장에서는 그것도 상관없어. 내 역할은 지크를 보조하는 것뿐이니까. 그리고 나도 그 바보를 적이라고 생각하지는 않아. 이웃의 좀 모자란 아가씨 같은 느낌이야."

당연한 일이라는 듯, 그 고난의 길에 함께해 주겠다고 했다.

"고마워, 라이너…… 정말 큰 도움이 될 거야."

"인사는 필요 없어. 나는 지크와 라스티아라를 지키는 기사── 아니, 그 이전에 네 동료니까."

그 말을 들으니 라이너의 성장을 실감할 수 있었다. 라이너는 이제 더 이상 비좁은 시야를 지닌 소년 기사가 아니다. 거듭된 싸움을 이겨내며, 심신이 모두 성숙해져 가고 있다.

가디언들에 대한 불안은 아직 가시지 않았지만, 내 곁에는 믿을 수 있는 동료가 있다. 아르티 때와는 상황이 다르다. 이번에는 정말 최선의 결말을 이끌어낼 수 있을 것이다.

그렇게 확신하는 사이에, 우리는 레이넌드 씨의 집에 도착했다.

그런데 웬일인지 레이넌드 씨는 공방이 아닌 집 앞에서, 안절부절못하는 표정으로 두리번두리번 주위를 둘러보고 있었다.

"어라, 무슨 일인데 그러세요, 레이넌드 씨?"

"음, 애송이군. 아니, 손녀를 찾느라 말이지……."

아마 베스를 찾고 있는 모양이었다. 다행히 내 마법은 사람 찾기에 딱 좋은 성능을 갖고 있었다. 나는 곧바로 비아이시아 전체에 〈디멘션〉을 깔아서 그녀의 모습을 찾아보았다.

시간도 마력도 별로 필요 없었다. 베스는 생각보다 가까운 곳에 있었던 것이다.

"찾았어요. 『마왕성』 근처에 멍하니 서 있네요……. 으음, 여기는 꽃밭인가……?"

거대한 면적을 자랑하는 마왕성 뒤쪽에는, 각양각색의 꽃이 흐드러지게 피어 있는 작은 공간이 있었다. 베스는 거기서 바람에 흔들리는 꽃을 보고 있었다.

"그래, 성 쪽에 있단 말이지? 그나저나, 꽃밭이라니…….
아니, 멀리 간 게 아니라면 상관없어……. 그냥 안으로 들
어가지."

"걱정되신다면 제가 가서 데려올까요?"

"아니, 그럴 것까지는 없어."

레이넌드 씨는 베스의 위치를 듣고 마음에 짚이는 게 있었
던 모양이다. 하지만 그러면서도 내 제안을 딱 잘라 거절했
다. 그리고 우리를 데리고 공방 안으로 이동하기 시작했다.

보아하니 우리의 용건을 짐작하고 있는 모양이었다. 공방
안으로 들어가자마자, 바로 라이너가 장착하고 있는 장비
들을 확인하기 시작했다. 자신이 만든 장비의 상태와, 다른
장비와의 상성을 눈으로 직접 살펴보는 것 같았다.

"으음. 네가 라이너란 말이지……. 내 검은 사용해 본 모
양이군."

"저기, 라이너라고 합니다. 사용감이 아주 좋은 검이라 큰
도움이 됐습니다."

레이넌드 씨가 매서운 얼굴로 노려보는 바람에, 라이너는
약간 겁에 질려 있었다.

"혹시 더 필요한 게 있으면 말해. 지금 갖고 있는 것보다
나은 걸 만들어줄 테니까."

"아뇨, 지금 있는 것들 정도면 충분히—."

"안 돼. 잔말 말고 말해. 탐색하면서 느낀 문제점이 한두

개 정도는 있을 거 아니냐?"

"아, 네. 문제점이라면, 글쎄요……."

레이넌드 씨는 근엄한 말투로 라이너가 원하는 걸 캐내려 했다. 예전에도 언급한 적이 있었지만, 역시 자폭 성향이 강해도 너무 강한 그 마법 도구들이 마음에 안 드는 모양이었다.

미궁에서의 전투에 대한 상세한 정보들을 캐물으면서, 라이너에게 필요한 장비들을 정해 나갔다.

"——그리고 미궁에서 문제가 되는 건……. 아, 바람 속성 몬스터에게는 제 공격이 잘 안 통하는 것 같은 느낌이 들었어요. 아니, 제가 바람 속성 공격밖에 못 하니까 그건 당연한 거지만요."

"으음. 내가 손을 대는 바람에, 『루프 브링어』는 완전히 바람속성으로 변했으니까 말이지. 그런 고민이 생기는 건 당연한 거다. 그럼 바람 속성의 적을 상대하는 데 필요한 검이 더 있는 편이 좋겠군."

레이넌드 씨는 주위를 둘러보았다. 하지만 이 공방은 최근에는 수리만 하던 공방이었다. 지금 라이너가 사용하고 있는 무기에 필적할 만한 물건은 없었다.

"애송이, 뭐 좀 쓸 만한 물건 없나?"

"검 말인가요? 지금 남아있는 건……, 이것밖에 없네요."

그렇게 말하면서 내가 『소지품』 속에서 꺼낸 것은,

[헤르빌샤인 가문의 성쌍검 『편익』]
공격력2
한쪽 날개를 잃어서, 본래의 힘은 상실되었다

예전에 미궁의 제단에서 얻은 물건이었다.

"이름에 헤르빌샤인 가문이 들어간 별 보면 라이너에게 적합한 무기 같긴 한데, 이건 두 자루가 한 쌍을 이루는 무기라서 한 자루만 있으면 본래의 힘을 발휘하지 못한다는 모양이에요."

"흐음. 듣고 보니 이것 하나만 가지고는 마석의 밸런스가 형편없군. 쌍검을 전제로 만들어진 검이란 말이지? 그래도 좋은 검이야. 완성도도 높고, 재료도 좋은 광석을 썼어. 임시로 쓰기에는 충분해. ……적어도, 이제 쉽게 부러지지는 않을 거다."

레이넌드 씨는 『편익』을 받아 들고, 응시하면서 감정했다.

『표시』에만 의존하는 내 감정과는 달리, 레이넌드 씨는 검의 세부적인 면까지 이해하고 있는 것 같았다. 내가 알 수 있는 건 어디까지나 수치상의 공격력뿐이고, 그 검의 강도 같은 것까지는 알 수 없다.

"애송이, 내일부터 그걸 쓸 수 있도록 연마해 둬라. 그리고 라이너가 허리에 찰 수 있도록 칼집에 새 가죽 띠를 달아 둬."

"아, 네. 연마해 둘게요."

레이넌드 씨가 돌려준『편익』을 받아 들고, 곧바로 작업대로 향했다.

허드렛일이 완전히 몸에 익은 나는 아무런 주저도 없이 레이넌드 씨의 지시에 따랐다. 하지만 그 검을 쓰게 될 장본인인 라이너 쪽에서 불만의 목소리가 나왔다.

"아, 아니, 잠깐만요! 저는 지금도 검 두 자루를 차고 있는데요? 여기서 더 늘리라는 건가요?"

"그래, 세 자루 차고 다녀. 전장에서 비상용 검을 갖고 다니는 건 흔히 있는 일이야. 너 정도 근력이라면 그리 부담도 되지 않을 테고."

"아니, 별로 안 무거운 사실이지만⋯⋯. 저는 가능한 한 간소한 편이 좋아요. 제 전투 스타일은 속도를 이용해서 적을 공격하는 타입이라⋯⋯."

"간소하다고 해서 다 좋은 건 아냐. 그리고 넌 아직 젊으니까 다양한 스타일을 익혀 두는 게 좋아. 잔말 말고 세 자루 차고 다녀. 나는 거짓말 같은 거 안 해."

"저기⋯⋯. 그게 먼 미래에 도움이 된다는 건 저도 알아요. 하지만 지금 필요한 건 당장 도움이 되는 전력이에요. 그러니까 저는 한 가지에만 특화된 장비가 더 좋을 것 같아서⋯⋯."

"네가 특화돼 있는 자폭술은 눈 뜨고 볼 수가 없어. 네가 허무하게 나가떨어져 버리지 않도록 어느 정도는 무게 추를 다는 게 나아."

"아니, 제 말은……! 참 말귀를 못 알아들으시네요! 저는 지금 다른 전투 방법에 매달리고 있을 여유가 없다는 거예요! 가디언들이나 지크와 어깨를 나란히 하려면, 이 스타일로 밀고 나갈 수밖에 없단 얘기에요!!"

상대가 어른이기에 지금껏 감정을 억눌러 오던 라이너가, 결국 인내심의 한계에 달해서 언성을 높였다. 언성을 높이는 정도가 아니라, 노기까지 드러내며 레이넌드 씨를 몰아붙였다.

아까는 분명히 성장이 느껴졌었지만, 역시 아직 갈 길이 먼 모양이었다.

"아, 라이너. 레이넌드 씨는 제법 강하시니까 조심──."

의외의 사실이지만, 레이넌드 씨는 손을 쓰는 속도가 빨랐다. 여기서 일하는 동안, 몇 번인가 손날에 얻어맞은 적이 있었다. 이대로 뒀다가는 나와 똑같은 신세가 될 것 같아서 주의를 주려 했지만, 그런 내 목소리는 예상을 초월하는 광경에 의해 틀어 막혔다.

"흐음. ──〈플레임 액셀〉."

"끄악!!"

레이넌드 씨의 커다란 주먹이 빨간 마력을 휘감은 채 라이너의 이마를 정확히 때렸다. 일격에 의식이 날아가 버려서, 라이너는 콰당 하는 커다란 소리를 내며 바닥에 고꾸라졌다. 레이넌드 씨는 레벨이 30 이상인 데다, 근력에 특화되어 있다. 게다가 천 년 전에 존재하던 미지의 열마법 같

은 것을 통해 강화되어 있기에, 제아무리 라이너라도 버텨
낼 재간이 없었던 모양이다.

"좋아. 다음은 마법도구에 대한 조정 차례군."

아무 일도 없었다는 듯, 레이넌드 씨는 공방 바닥에 널브
러진 라이너의 장비를 뒤지기 시작했다. 말다툼하는 게 귀
찮아서 기절시킨 채로 일을 진행할 작정인 모양이다.

내 시선을 알아챈 레이넌드 씨는 잠시 손을 멈추었다.

"음. 애송이도 말릴 거냐?"

"……아뇨, 부탁드릴게요."

잠시 고민한 끝에, 고개를 가로젓고 오히려 장비 조정을
부탁했다.

라이너가 한 말은 일리가 있었다. 하지만 그렇다고 해서
레이넌드 씨의 말이 틀린 것도 아니었다. 이것 또한, 올바
르다는 것만 가지고는 해결되지 않는 문제인 셈이었다.

라이너의 현재 전투 스타일은 지나치게 극단적이었다. 하
루 이틀에 끝날 싸움이라면 그것도 나쁘지 않다. 하지만 라
이너의 인생은 길고, 아직 수십 년 이상 더 남아있는 것이
다. 장기적으로 보자면, 몸을 상하게 하는 전투 방식을 바
꾸는 게 현명하다는 점은 명백했다.

원칙적으로 따지면 그 충고는 내 역할이었으리라. 그 역
할을 레이넌드 씨가 대신해 준 것이다. 제지하기는커녕, 오
히려 감사를 표해야 할 상황이었다.

이렇게 해서 내가『편익』의 칼날을 가공하는 동안 레이넌

드 씨는 기절한 라이너의 마법도구들을 뜯어내서 "이건 쓸 만 하지만, 이건 쓸모없겠군" "이건 자결용이잖아. 부숴 버려야겠군"이라는 식으로 멋대로 선별작업을 진행했다. 그 작업과 병행해서 미궁 탐색의 상황에 대해서도 확인해 나갔다.

"그래서 애송이, 오늘은 어디까지 갔지?"

"56층까지요."

"뭐야, 60층대는 가볍게 클리어했다는 거잖아. 이 정도 속도면 지상까지도 금방 갈 수 있겠는데."

"솔직히 말해서, 60층의 가디언이 협조적으로 굴어 준 덕분이에요."

"호오. 그 가디언이라는 건 어디의 어떤 녀석이었지?"

"『빛의 이치를 훔치는 자』노스휘였어요."

"흐음. 『깃발』노스휘란 말이지. 그 녀석은 어디로 튈지 모르는 인상이었는데……. 아니, 애송이와 원래 부부 사이였다니, 당연하다면 당연한 거겠지만."

보아하니 레이넌드 씨도 나와 노스휘가 부부였다는 사실을 알고 있는 모양이었다.

"하지만 문제가 없는 건 아니에요……. 아까 노스휘가 얼마 안 가서 이 비아이시아가 무너질 거라는 얘기를 하는 바람에, 로드가 성에 틀어박혀 버렸거든요……."

비아이시아의 붕괴는 『이곳』서 살아가는 모든 이들에게 있어서는 사활이 걸린 문제였다. 도시의 최고령자로 보이는 레이넌드 씨에게는 미리 얘기해 둘 필요가 있었다.

"호오. 노스휘 녀석이, 이제 곧『이곳』이 무너질 거라는 소리를 했단 말이냐?"

"네, 한 달밖에 안 남았다고 했어요. 혹시 알고 계셨나요?"

이건 레이넌드 씨에게도 충격적인 정보일 거라 생각했지만, 그는 차분했다.

재확인하듯이, 스스로의 소실까지 남은 일수를 뇌까렸다.

"그래, 앞으로 한 달이란 말이지……. 뭐, 애송이가 나타난 뒤로 어렴풋이 전조가 보여서 예상은 하고 있었어."

"여기는 원래부터 천 년 동안만 유지될 세계로 만들어진 곳이었다는 모양이에요. 그리고 노스휘 말로는, 그 수명을 늘릴 수 있는 방법은 제 차원마법밖에 없다고 했어요."

"그렇겠지. 노스휘는 거짓말을 한 게 아닐 거야."

"제가 공간계 차원마법을 사용하면 해결할 수 있는 방법이 있을 거라고는 하는데……."

"애송이 네가『이곳』을 걱정할 필요는 없어. 우리는 여기가 언제 붕괴돼도 상관없다는 각오를 마친 상태니까. ……뭐, 로드를 제외하고 말이지."

내가 스스로의 역량 부족을 안타까워하자, 레이넌드 씨는 내 등을 두드려 주며 고개를 가로저었다.

"로드는『이곳』의 붕괴를 받아들이려 하지 않았어요. 이대로 가면『이곳』과 같이 무너져 버릴 거예요. 그러니까, 한시라도 빨리 아이드를 로드 곁으로 데려올 생각이에요. 미궁 탐색 자체는 순조롭게 진행되고 있으니까, 불가능한 얘기는 아니에요."

"그래. 가장 험난한 고비인 가디언의 층은 끝났으니 말이지. 그렇게 터무니없는 얘기도 아닐 거다. 남은 일은 건강에 조심하면서 꼼꼼하게 준비하는 것 정도겠지."

"네. 이 준비가 다 끝나거든 곧바로 성으로 돌아가서 휴식을 취하고……, 내일 아침에 다시 미궁에 가 볼 생각이에요."

"빠르군. 내일 미궁에 가려는 거냐?"

"솔직히, 불길한 예감이 들어서……. 최대한 서두르고 싶어요."

레이넌드 씨 앞이기 때문인지, 주저 없이 약한 소리를 털어놓을 수 있었다.

눈앞에 있는 고련한 대장장이에는 그만큼의 포용력이 있었다. 그리고 정신없이 미궁 공략 준비를 서두르는 나를 보고, 대장장이는 한숨을 지었다.

"명심해라, 애송이. 무리하지 말라는 소리는 안 하겠지만, 죽는 건 절대 안 돼. 살아있지 않으면 아무것도 할 수 없다는 걸 잊지 마라."

레이넌드 씨는 죽은 뒤에도 『이곳』에 계속 존재하고 있다. 천 년 동안, 수많은 것들을 이룰 수 있는 시간이 있었을 것이다. 그런데도 "살아있지 않으면 아무것도 할 수 없다"는 것이다.

아마 실제 경험에서 우러나온 말이리라.

"로드를 구해 달라고 애송이한테 부탁해 놓고 이런 소리를 하는 것도 좀 그렇지만……, 그 일에만 얽매이지는 마. 로드를 걱정하는 건 좋다. 하지만 자기 자신을 소홀히 여겨서는 안 돼. 그러다가는 아무도 구하지 못한 채 무너지고 마니까. 오늘밤은 마음을 가라앉히고 찬찬히 생각해 봐. 경우에 따라서는 모든 걸 다 내팽개쳐 버릴 각오로 말이다. 어차피『이곳』일은 천 년 전의 일일 뿐이야."

"모든 걸 다 내팽개쳐 버릴 각오로……?"

"『이곳』은 세상의 흔한 젊은이들처럼 미래의 희망으로 넘쳐나는 곳이 아냐. 오히려 그 반대지.『이곳』은 묘지나 마찬가지다. 이제 남은 건 종말밖에 없어. 너희들이 외면해 버린다고 해도, 나는 원망 같은 거 안 해."

온화한 말투로, 오리의 장래를 우선시해 주었다. 레이넌드 씨는 로드와 노스휘와의 언쟁 때문에 내가 심신 모두 지쳐 있다는 걸 간파하고 있는 것이리라.『로드를 구해달라』는 자신의 소원을 뒷전으로 미뤄 버렸다. 내 부담을 덜어주기 위해서…….

"레이넌드 씨……."

솔직히, 눈물이 날 것만 같은 기분이었다.

이 이세계에 온 뒤로── 아니, 원래 세계에서의 인생까지 포함하더라도, 이토록 나를 걱정해 준 어른은 처음이었던 것 같다. 촉촉이 젖은 눈에서 눈물이 흐르지 않도록, 나는 감사의 말을 전했다.

"감사합니다. 레이넌드 씨 같은 분이 계셔 주셔서 정말 다행이에요."

"흥. 딱히 내가 없더라도 애송이라면 혼자서든 어떻게든 다 해결했을 거다. 내가 알고 있는『시조 카나미』라는 남자는 그런 남자였으니까."

하지만 레이넌드 씨는 시선을 피한 채, 나의 그런 솔직한 감사를 외면했다. 약간 쑥스러워하는 것처럼 보이기도 했다.

"그렇지 않아요. 저는 혼자서는 금방 망가져 버리는 사람이에요. 하지만 레이넌드 씨의 말씀 덕분에 마음이 많이 가벼워졌어요. 저기……, 꼭 아버지 같다는 생각까지 들던데요?"

"아버지라고?"

내 솔직한 감상을 들은 레이넌드 씨의 눈이 휘둥그레졌다.

"아니, 저는 원래 아버지가 안 계셔서, 그냥 어렴풋이 그런 느낌이 든다는 뜻으로……."

"애송이는 아버지가 안 계셨단 말이지……. 어쩐지……."

정확히 말하자면『부모님이 나에 대한 육아를 포기했다』라고 표현하는 게 옳았지만, 레이넌드 씨는 뭔가에 납득한 기색이었다. 천 년 전의 나는 부모에게서 교육다운 교육을 받지 못한 녀석처럼 보였던 건지도 모른다. 아니, 지금도 그렇게 보이는 건지도 모른다. 어린아이처럼 위태로워 보여서 이렇게 걱정하는 것 같았다.

"하지만, 나와 아버지를 겹쳐 보는 건 틀렸어. 나는 아버지로서 실격이다. 결국, 가족 중에 누구도 이해해 주지 못했어. 그런 탓에 혼자만 혼을 소모하지 않고 이렇게 오래 살고 있는 거지. 만약에 애송이가 나중에 아이를 낳더라도, 절대로 나를 모범으로 삼지는 마."

"그건 어려울지도 모르겠는데요. 이미 제법 존경하고 있어서요."

"그랬다가는 나와 같은 바보 멍청이가 될 뿐이야."

"레이넌드 씨처럼 될 수 있다면, 그것도 나쁘지 않을 것 같은데요."

"이미 고치기는 글러먹은 것 같군. 바보 멍청이 놈."

레이넌드 씨는 단념했다는 듯 절레절레 고개를 저었다.

나는 미소 띤 얼굴로 그 모습을 바라보다가, 얘기하는 동안 완성시킨 물건을 내보였다.

"──이제야 다 됐네요. 헤르빌 가문의 성쌍검 『편익』을, 라이너가 쓸 수 있도록 완성시켰어요. 보시기에 어떻죠?"

"으음, 흠 잡을 데 없는 완성도군. 이제 라이너의 마법도구를 선별해서, 부족한 걸 보충하기만 하면 되겠어."

내가 『편익』의 칼집에 단 가죽 띠를 확인한 다음, 레이넌드 씨는 공방선반에 상비되어 있는 마법도구들을 뒤지기 시작했다. 장비하게 될 당사자의 의사와 무관하게, 라이너의 장비들이 차례차례 변경되어 갔다. 그 모습을 보다가, 나는 문득 말을 꺼냈다.

"레이넌드 씨. 만약에 『이곳』이 붕괴될 때가 오면, 저와 같이 지상으로 가시지 않겠어요?"

"내가, 지상에⋯⋯?"

이 지하에서뿐만이 아니라, 지상에서도 힘을 빌리고 싶었다. 그런 바람이 나도 모르게 입 밖으로 흘러나온 것이다.

"네, 저희와 같이⋯⋯. 모든 일이 다 순탄하게 풀리면, 그런 식의 종말도 안 될 건 없지 않을까요? 묘지에서 나가는 심정으로 같이 가는 거예요. 로드의 앞날을 지켜보면서, 지상에서 다시 대장간 일을 하시는 거죠. 제가 아는 공방을 가르쳐 드릴게요."

"하긴, 로드 녀석이 행복을 찾는 모습을 지켜볼 수 있다면 그게 제일이지만⋯⋯."

"그리고⋯⋯, 로드뿐만이 아니라, 레이넌드 씨가 하시고 싶으신 소원도 이루는 거예요."

레이넌드 씨는 항상 남들만 걱정하고 있다.

좀 더 스스로의 행복을 생각해도 좋지 않을까 싶었다.

"내가 하고 싶은 일이라⋯⋯."

레이넌드 씨는 스스로의 행복에 대해 곱씹어보며, 물건을 찾던 손길을 멈추고 아련한 눈길로 먼 곳을 바라보았다.

몇 십 년 이상을, 아니, 그보다 더 오랜 시간 동안, 그런 것에 대해 생각해 본 적이 없는 것이리라. 충분한 시간을 정적 속에서 보낸 후, 자신이 하고 싶은 일을 찬찬히 가르쳐

주었다.

"그럼, 그때가 되면 베스 녀석을 데려가야겠군. 조금이라
도 재시작이 가능할지도 몰라."

"분명히 할 수 있을 거예요."

결국 레이넌드 씨의 입에서 나온 것은 본인이 아닌 다른
이의 이름이었다. 역시 레이넌드 씨는 레이넌드 씨구나 하
고 생각하면서, 나는 더 이상의 추궁은 포기하고, 그 소원
이 이루어지기를 기도했다.

"흐음…… 그럼 애송이, 지금 지상은 어떻게 돌아가고
있지?"

"지금 미궁 위에는 연합국이라는 커다란 나라가 생겨났어
요. 모험가, 아니, 탐색가들이 넘쳐나니까, 솜씨 좋은 대장
장이는 부르는 게 값일 거예요. 그리고——."

우리는 장래의 밝은 비전을 얘기하면서, 라이너의 장비를
완성시켜 나갔다.

그리고 그 작업이 끝났을 때, 나는 오늘 손에 넣은 마석을
돈으로 바꿔 달라고 레이넌드 씨에게 부탁했다.

할 일을 다 마친 나는 미소 띤 얼굴로 레이넌드 씨와 작별
을 고한 후, 공방을 떠났다.

강제적으로 장비를 변경당한 채 기절해 있는 라이너를 짊
어진 채, 시가지를 걸었다. 그러면서 돈을 식료품으로 바꾸
었다. 도시 주민들의 의심 어린 눈길을 좀 받기도 했지만,
기절한 게 라이너라를 알고는 다들 납득하는 기색이었다.

361

아마도 라이너가 끔찍한 고생을 하고 있다는 건 최근 며칠 사이에 일상생활로 여겨지게 된 모양이었다. 그런 도시의 변화에 쓴웃음을 지으면서, 나는 성으로 돌아갔다.

로드는 보관고에서 고양이처럼 웅크린 채 잠들어 있고, 노스휘는 아까 베스가 있던 꽃밭에 앉아서 혼자 하늘을 올려다보고 있었다.

검은 하늘 때문에 정확한 시간은 알 수 없었지만, 이미 밤에 가까운 시간인 건 틀림없었다. 이대로 취침을 취해야겠다는 생각에, 방 침대에 라이너를 내려놓은 다음, 침대에 드러누워서—— 눈을 감기 전에 오늘까지 얻은 성과를 확인해 보았다.

[스테이터스]

이름 : 아이카와 카나미 HP353/353 MP1165/1165-200

클래스 : 탐색가

레벨 25

근력14.01 체력15.54 기량20.77 속도25.87 지능20.79

마력45.23 소질6.21

선천 스킬 : 검술3.79

후천 스킬 : 체술1.56 차원마법5.33+0.40 마법전투0.79

감응3.56 지휘0.89 후위기술1.01

뜨개질1.15 속임수1.34 대장장이1.00 봉제0.68

신성야금0.56

가장 크게 성장한 부분은 마력. 거기에 맞춰서 MP의 양도 상승했다.

　물론, 단순한 스테이터스뿐만이 아니라 스킬 수치도 상승했다.

　스킬 『대장장이』가 충분히 쓸 만한 수준이라 할 수 있는 수치가 되고, 나도 모르는 사이에 스킬 『지휘』『후위기술』이 생겨나 있었다. 다만, 직접전투계 스킬은 전혀 상승하지 않은 것 같았다.

　참고로 라이너 쪽은——

[스테이터스]

이름 : 라이너 헤르빌샤인　HP409/409　MP102/281

클래스 : 기사

레벨 27

근력14.04　체력10.21　기량11.76　속도16.88　지능13.40

마력10.76　소질3.87

선천 스킬 : 바람마법 2.57

후천 스킬 : 신성마법1.27　검술2.38　혈술1.12

마력조작0.89　집중응축0.56　최적행동1.22　불굴1.11

　순조롭게 성장하고 있었다. 나와는 달리 직접전투계 스킬의 성장 폭이 컸다. 로드에게서 배운 덕분인지 『바람마법』 수치가 단숨에 0.50 가까이 상승해 있었다. 지금까지 수많은 사람들의 스테이터스를 보아 왔지만, 단기간에 이렇게까지 수치가 상승한 걸 본 건 처음이었다. 더불어『마력조작』과『집중응축』스킬까지 손에 넣은 걸 보면,『바람의 이치를 훔치는 자』라는 명성에 걸맞은 성장이었다. 물론 주목해야 할 건 마법뿐만이 아니었다.

나는 침대에 기대어 세워져 있는 세 자루 검 가운데 하나를 살펴보았다.

[아레이스 가문의 보검 로웬]
가디언 로웬의 마석을 깃들인 검
공격력 27
장착자의 레벨만큼 공격력이 가산
장착자에게 로웬 아레이스의 검술을 상기시킴
형상변화가능 장착자에게 땅마법+2.00

그는 지하 생활을 하면서『땅의 이치를 훔치는 자』의 제자가 되기도 했다. 계속『아레이스 가문의 보검 로웬』을 사용해 온 덕분에 스킬『검술』이 대폭 상승했다. 의도한 그대로였다. 나는 이미 아레이스의 검술을 완전히 마스터한 상태인 만큼, 이 정도의 급상승은 기대하기 힘들었을 것이다. 좀더 욕심을 부리자면, 라이너가 땅마법도 익혀 주길 바랐었지만, 세상일이란 그렇게 순탄하게 풀리지만은 않는 모양이다.

나뿐만이 아니라 라이너의 성장까지 확인한 나는, 소파 위에서 혼잣말을 뇌까렸다.

　"참 힘든 하루였어……. 천 년 전의 나도 이만큼 힘들었을까……."

　가능하면 그런 생각은 하고 싶지 않았지만, 저도 모르게 의식이 천 년 전으로 기울었다. 『이곳』은 지상과는 달리 천 년 전의 흔적이 많이 남아있기 때문이리라.

　무엇보다, 로드와 노스휘라는 두 가디언의 존재가 크게 작용했다.

　오늘의 말다툼이 있고 난 후로, 그녀들의 천 년 전이 궁금해서 견딜 수가 없었다.

　무엇보다, 그 때 두 사람에게서 느껴졌던 위화감이 아직 사라지지 않았다.

　로드도 노스휘도, 뭔가 더 큰 이상이 있었던 것 같다는 생각이 드는 것이다.

　그렇다……. 분명 천 년 전에 그 녀석들은——

　"——윽!"

　별안간 가디언들의 모습이 선명하게 뇌리에 떠올랐다.

　그것은 지금의 두 사람이 아닌, 왕의 자리에 걸맞게 화려한 차림을 한 두 사람의 모습이었다.

　"그래……. 그 때 나는 분명 만났었어……."

　조금씩이나마 기억이 되살아났다.

　플래시백 같은 이 현상은 전에도 느껴본 적이 있었다. 이건 레벨업에 따라 내 혼이 과거의『시조 카나미』에 가까워져 가면서 발생하는 상기현상이다.

『차원의 이치를 훔치는 자』의 마석이 마력을 얻으면서 본래의 힘을 되찾아 가고 있는 거겠지.

그 사실을 이해하는 동시에, 나는 눈을 감았다. 그 현상을 최대한으로 발생시키는 방법을 본능적으로 이해하고 있는 것이다. 나는 기억 정리에 가장 적합한 곳으로 향했다.

심층심리 속 깊은 어둠의 밑바닥.『천 년 전의 꿈』에 다다르기 위해, 나는 졸음에 거스르지 않고 잠들었다.

4. 마왕

어둡다.

새까맣게 어두운 물속을 걷고 있는 것 같은 느낌이었다.

그곳은 너무나도 깊어서 빛조차 전혀 들어오지 않는 『영역』이었다.

손가락 하나 까딱하기도 힘들고, 한 발짝 나아가는 데만도 몇 초나 되는 시간이 걸리는 세계였다.

그래서 나는 곧바로 몸에서 힘을 빼고 물속을 떠돌기로 했다. 이 어둡고 무거운 세계 속을 스스로의 의지로 나아가는 건 현명한 행동이 아닌 것이다.

부력에 의해, 몸은 조금씩 위로 떠올랐다.

위로, 또 위로 떠오르다 보니, 조금씩 물속에 빛이 비쳐들기 시작했다.

그 빛 속에는 많은 것들이 보였다.

얼어붙어 버린 호수 위에 서 있는 흑발의 소녀── 어둠 침침한 지하실에서 촛불 불빛에만 의지해 살아가는 흑발의 소년── 만 권이 넘는 책들에 둘러싸여 흔들의자에 앉아있는 초로의 사내── 탑의 정상에서 고통에 찬 표정으로 시를 읊는 금발의 여인── 그리고 찬란하게 빛나는 머리칼을 나부끼는 소국의 공주님이──

이쯤에서 나는 스스로가 꿈을 꾸고 있다는 것을 깨달았다.

그리고 눈에 보이는 모든 것들이 내 오래된 기억이라는 것도 깨달았다.

사도 레거시 때문에 계승에 실패한『시조 카나미』의 기억 조각들이 되살아나고 있는 것이다. 몸속에 있는『마의 독』이 증가하면서 기억이 복원되고 있다는 건 의심의 여지가 없었다. 물속에서 떠오르는 거품처럼, 하나씩 하나씩 기억이 되살아나고 있다.

나는 그 기억들 가운데 하나를 선택했다.

내가 본능적으로 선택한 것은, 지금 나와 가장 인연이 깊은 사람과의 기억.

──로드와의 첫 만남에 대한 기억이었다.

꿈속에 보이는 것은, 수많은 백성들의 환호를 받으며 개선행진을 하는 비취색 머리칼의 소녀.

평범한 소녀가 아니었다. 사나워 보이는 거대한 짐승의 등에 올라타서, 수천 명에 이르는 병사들을 거느린 채, 폭풍처럼 쏟아지는 찬사 속을 나아가는 젊은 여왕이었다.

그 수많은 백성들은 모두 수인이었다. 그리고 나는 그 도시가 비아이시아와 비슷하다는 걸 깨달았다. 나도 알고 있는 비아이시아의 큰길을, 비취색 머리칼의 소녀를 중심으로 한 부대의 행렬이 개선행진을 하듯 나아가고 있었다.

──이게 나와 로드의 첫 만남?

환호성을 내지르는 백성들 중에는 네 명의 나그네가 섞여 있었다.

마법으로 변장을 하고 있지만, 나는 그 전원의 이름을 다 알고 있었다. 금발의 여인은 사도 시스, 흑발의 소녀는 히타키, 가장 어려 보이는 소녀는 티아라. 그리고 가면 쓴 소년이 『시조 카나미』.

어째선지, 하나같이 고양이 귀에 고양이 꼬리를 달고 있었다.

그 시기의 북부는 수인들밖에 출입할 수 없었던 건지도 모르지만, 그 종족 선택에서 나의 독단적인 취향이 느껴졌다. 저게 무슨 얼빠진 짓인가 하고 과거의 내 행동에 어이없어 하며, 나는 계속 꿈을 지켜보았다.

개선 퍼레이드 속에 서 있는 내 표정은 진지했다.

진지한 표정으로 비취색 머리칼의 소녀──로드를 멀리서 바라보고 있었다.

지금 내가 알고 있는 로드와는 달리, 그 소녀는 존엄과 기백이 흘러넘치고 있었다.

평소에 입는 옷이 아닌 고급스런 비단옷을 입고, 그 위에 두꺼운 갑옷을 덧입고 있었다. 머리에는 보석을 듬뿍 달아 장식한 왕관이 얹혀 있어서, 그녀가 왕이라는 것을 주위에 과시하고 있었다. 물론 이때도 동네 계집아이처럼 묶고 다니던 비취색 머리를 공중에 나부끼고 있는 상태였다. 다만, 그 등에 달린 날개는 감추지 않고 의연하게 펼치고 있었다.

그 모습을 보면 누구나, 그런 그녀를 그림으로 남기고 싶어 하리라.

──아아, 진짜 근사한 왕이었구나.

그런 생각이 들 만큼, 그 로드의 얼굴에는 조금의 빈틈도 없었다.

당연하다는 듯 승리를 차지하고, 백성들의 대환영을 태연한 얼굴로 받아들이는 모습. 그야말로 왕 중의 왕. 분명히 여왕이건만, 로드의 얼굴은 성별을 느낄 수 없을 만큼 늠름하고, 고결하고, 고고하고, 퉁명스러웠다.

백성들 틈에 섞인『사도』와『성인』이 그 왕에 대해 평가했다.

"저게『광왕』이야? 하긴 그런 이름이 붙을 만큼의 풍격은 있어 보이기는 한데, 티아라가 보기에는 어때? 저 사람, 어떻게 생각해?"

"인기가 엄청 많아 보이네─. 하긴 남쪽에서는『광왕』이라고 부르지만, 여기에서는『통치하는 왕』이니까 말이야. 으음, 소문이란 믿을 게 못 되는구나─, 하는 생각이 들었어."

사도 시스가 목말을 타고 있는 티아라에게 묻자, 명쾌하기 그지없는 대답이 돌아왔다. 그 대답을 들은 사도 시스는 "그러게 말이야"라며 쓴웃음을 지었다. 그리고 여동생인 히타키의 목소리가 이어졌다.

"앞으로는 다른 나라에 관한 소문은 안 믿는 게 좋겠어요. 설마, 북쪽의 임금님이 이렇게나 미인일 줄이야……."

중간에 말끝을 흐렸다. 옆에 있는 오빠── 즉『시조 카나미』의 분위기가 변했기 때문이었다.

『시조 카나미』는 로드를 『주시』하고 있었다.

"왜 그러세요, 오빠?"

히타키가 걱정스런 얼굴로 묻자,『시조 카나미』는 대답했다.

"아니, 상상했던 것과는 달라서 좀 놀란 것뿐이야."

"상상 이상으로 미인이라서요?"

"그, 그게 아냐! 그런 얘기가 아니라고! 난 진지한 얘기를 하는 거야"

"그럼 어떤 점이 달랐다는 거죠?"

"뭐랄까, 저 임금님, 괴로워 보여. 지금도 누군가에게 도움을 청하고 있는 것 같은 느낌이고……."

진지하게 로드를 바라보던 『시조 카나미』의 평가는, 지금의 내 평가와 같았다.

로드라는 소녀는, 예나 지금이나 변함없이 괴로워하고 있었다.

줄곧 도움을 청하고 있는 것처럼 느껴졌다.

하지만 그런 내 평가에 대한 당시 동료들의 반응은 신랄했다.

"아아, 어련하시겠어요. 미인을 볼 때면 항상 그 소리를 하시는 것 같은데요?"

"그래, 맹우는 그 못된 버릇 좀 고쳐야 된다니까."

"스승님, 또야아?"

그 말투로 보아, 내가 항상 미인을 보면 물고 늘어지곤 했다는 걸 알 수 있었다.

지금 나는 미궁의 심층부에서 고생하고 있건만, 이『시조 카나미』는 대체 뭘 하고 있는 건가 싶어서 부아가 치밀었다. 아니, 이『시조 카나미』도 나라는 건 알고 있지만.

"아니, 내 얘기는 그런 게 아니라, 정말 그렇게 보이는 거라 니까……. 하지만 상대는 북쪽의 임금님이니 말이지……."

"절대 안 돼, 스승님. 우리는 떠도는 나그네, 그것도 정체를 밝힐 수 없는 몸이니까. 저 멋있는 임금님한테 접근했다 가는, 더 이상 북쪽에 있을 수 없게 될 거야."

『시조 카나미』는 미련을 못 버린 채 물고 늘어졌지만, 주위의 반응은 싸늘하기만 했다. 애초에 로드가 도움을 청하고 있다는 말 자체를 아무도 믿지 않는 모양이었다.

"지금 우리가 해야 할 일은 단 하나. 마력 수집. 그걸 잊으면 안 돼."

성인과 사도의 타박에,『시조 카나미』는 마지못해 고개를 끄덕였다.

"그래, 나도 알아. 알고 있다고……."

그런 가운데, 오직 한 사람── 히타키만은 한 마디 말도 없이『시조 카나미』의 표정을 살피고 있었다. 가면 속에 있는 표정까지 꿰뚫어보려는 듯, 그 검은 눈동자로 응시하고 있었다.

그러는 동안에도 왕의 개선 퍼레이드는 이어져서, 로드의 모습은『시조 카나미』일행은 시야에서 사라져 버렸다. 네 사람은 왕이 떠나간 후에도 그치지 않는 열광 속을 걸어 자리를 떠났다. 결국 『시조 카나미』의 얘기는 무시당해서, 가능한 한 로드에 대한 접근은 피하기로 방침이 정해졌다.

——그렇다.

첫 만남은, 엇갈림이 전부였다.

『시조 카나미』와 로드가 협력하게 된 건, 그보다 훨씬 뒤의 일이었을 것이다.

히타키가 괴물로 변하고, 사도 시스며 티아라와의 관계가 끊어진 뒤였다.

그렇기에, 만남의 꿈은 여기서 일단 끊어졌다.

——나는 다시 한 번 깊은 물속 같은 꿈속으로 되돌아왔다.

물속은 조금씩 빛으로 물들어 가고 있었다. 그 빛이 물속을 가득 채웠을 때, 나는 꿈이 끝나 가고 있다는 예감을 느꼈다.

꿈이 끝나기 전에 최대한 기억을 되찾아 둬야겠다는 생각에, 나는 필사적으로 주위를 두리번거렸다.

그리고 다음으로 내가 발견한 것은 ——탑 같은 성 안을 걷는 소년 소녀의 기억.

순간, 그 둘이 누구인지 알 수 없었다. 하지만 그 얼굴을 보니 단번에 그 이름을 알아챌 수 있었다. 『시조 카나미』와 노스휘였다.

이번에는 이 두 사람의 만남에 대한 기억인 모양이었다.

하지만 그 둘은 모두 내가 알고 있는 모습과는 조금 달랐다.

노스휘는 지금과 마찬가지로 프릴이 달린 검은 옷을 입고 있는 미소녀였다. 다른 점이 있다면, 머리색뿐일 것이다. 지금보다 색소가 약간 옅은 것 같은 느낌이었다.

『시조 카나미』쪽은, 흑발이 목 밑까지 자라 있었다. 지금 내 모습보다는,『세계봉환진』에서 나타났을 때의 몸과 비슷했다.

그 머리 길이로 보아, 아까 보았던 로드와의 첫 만남 이후로 제법 많은 시간이 흘렀다는 걸 알 수 있었다. 아마 여동생이 괴물로 변한 후, 사도 시스에게 복수하기 위해 단독 행동을 하던 시기이리라. 노스휘의 얘기에 따르면, 나는 사도 시스에게 한 번 패한 이후로 넋이 나가 버린 상태가 됐다고 했다. 이건 그 시기의 광경인지도 모르겠다.

『시조 카나미』의 생기 없는 공허한 눈이 그 추측을 뒷받침해 부었다.

마치 몽유병 환자처럼 비틀거리며 걷는『시조 카나미』. 노스휘가 옆에서 그런 그를 부축해 주고 있었다. 얘기로는 들었지만, 실제로 이렇게 보니 참 못 봐줄 몰골이었다.

"카나미 님, 이쪽입니다."

두 사람은 화려한 장식품들이 늘어서 있는 회랑을 걷고 또 걸었다.

연신 자빠지려 하는『시조 카나미』를, 노스휘가 거듭 안아서 지탱했다.

단둘이서 걷던 그들은, 이윽고 성 안에 있는 어떤 커다란 방으로 들어갔다. 방 중앙에는 20명 이상이 동시에 쓸 수 있을 만큼 기다란 테이블이 있고, 그 위에는 두 사람 몫의 식사가 차려져 있었다.

"오늘의 아침식사입니다. 자, 같이 먹어요."

노스휘는 바지런하게 『시조 카나미』의 시중을 들어.

둘이서만 쓰기에는 너무 넓은 방이었다. 바닥에는 미술관에 깔려 있을 법한, 섬세한 무늬가 들어간 융단. 천장에는 마석으로 만들어진 호화로운 샹들리에. 벽에는 세로 폭이 10미터는 넘을 법한 그림들이 줄줄이 걸려 있었다. 솔직히, 돈으로 떡칠을 해서 조잡해 보이기만 하는 방이었다.

그런 방에 단 두 사람밖에 없는 건 약간 기묘해 보이기까지 하는 광경이었다.

"맛은 좀 어떠신지요? 제가 새벽부터 일어나서 만든 것입니다. 카나미 님이 좋아하시는 음식들을 한가득……."

대답이 돌아오지 않으리라는 걸 알고 있으면서도, 노스휘는 그렇게 말을 걸면서 스푼으로 음식을 떠서 『시조 카나미』의 입에 먹여주었다.

초점 없는 시선을 이리저리 움직이면서도, 『시조 카나미』는 가까스로 식사를 해 나갔다.

가슴 아픈 광경이었다.

『시조 카나미』의 비참한 상태도 그랬지만, 노스휘의 모습도 마음 편히 보기 힘들었다.

계속 억지 미소를 짓고 있기는 하지만, 그 미소는 완전히 말라붙은 미소였다.

『시조 카나미』와 함께하는 시간이 기쁜 건지, 그 뺨은 약간 홍조를 띠고 있었다. 하지만, 그 기쁨을 넘고도 남는 슬픔이 있는 게 분명해 보였다.

웃고 있지만, 그 눈은 당장이라도 눈물이 흐를 것처럼 젖어 있었다.

울 것 같은 웃음을 머금은 채, 계속 식사 시중을 들어 주고 있었다.

그 도중이었다.

"앗, 입가에……."

약간 자세가 무너지는 바람에, 『시조 카나미』의 입가에 끈적끈적하게 음식이 묻고 말았다.

그것을 본 노스휘는 손을 뻗었다. 하지만, 이내 그 움직임을 멈추었다.

얼굴에 짓고 있던 표정이 한층 더 짙어졌다.

기쁨과 슬픔의 비율은 그대로 유지한 채, 감정만이 부풀어 가고 있음을 알 수 있었다.

그리고 연신 『시조 카나미』의 뺨을 어루만지려 하다가, 그 손을 거두곤 했다.

몇 분의 시간을 들여 주저와 결단을 되풀이한 결과, 결국은 테이블 냅킨으로 『시조 카나미』의 입가를 닦아주었다.

동시에 눈물이 흘렀다.

조금 남아있던 기쁨마저도 결국 사라져 버린 것이리라.

완전히 슬픔에 사로잡힌 노스휘는 눈매를 힘없이 늘어뜨린 채, 그 검은 마노 같은 눈에서 굵은 눈물방울을 흘렸다.

"아버지……."

하늘을 우러러보며 뇌까린 말은, 아버지라는 말.

그 말의 의미는 알 수 없었지만, 그게 더없이 소중한 존재라는 것은 그 음색만 봐도 알 수 있었다.

하지만, 그것을 보고도『시조 카나미』는 아무런 말도 하지 않았다. 움직이지 않았다. 반응조차 없었다.

그 사실이 소녀를 한층 더 슬프게 했다.

외면하고 싶은 기억이었다.

──하지만, 이것이 노스휘와 나의 만남.

틀림없이, 이것이 첫 만남이다.

꿈이라는 걸 알면서도, 나는 손을 뻗어서 그 소녀의 눈물을 멈춰 주고 싶다는 충동에 휩싸였다.

그러나 그 손은 닿을 수 없었다. 이것은 이미 끝나 버린 일. 과거의 일.

그렇기에 쉴 새 없이 흘러내리는 눈물 소리는 그치지 않았고, 이윽고── 뭔가 촉촉한 것이 내 뺨을 어루만졌다.

'──어?!'

내 뺨이었다. 하지만 그것은 꿈속의『시조 카나미』얘기가 아니었다. 꿈을 꾸며 잠들어 있는 나의 감각이었다. 그 자극에 의해, 노스휘와의 첫 만남에 대한 기억은 중단되고 말았다. 수면에 돌이 떨어진 것처럼, 기억에 흩어져 나갔다.

뺨을 촉촉하게 적시는 미지근한 감각과 함께, 자신이 서서히 꿈에서 깨어 가고 있다는 걸 실감할 수 있었다.

그리고, 나는 무거운 눈꺼풀을 들어 올려서 의식을 완전히 각성시켰다.

◆ ◆ ◆ ◆ ◆

눈을 떴다.

눈꺼풀을 들어 올리는 동시에 눈에 들어온 것은, 어제 아침과 거의 비슷한 광경이었다. 서로의 코와 코가 맞닿을 거리에 노스휘의 얼굴이 있고, 그 검은 마노 같은 눈동자에는 잠든 내 모습이 비추어지고 있었다.

거의 같은 광경이었지만, 다른 점도 약간 존재했다.

다만, 그 약간의 차이가 너무나도 치명적이었다. 어제와는 달리, 노스휘는 잠든 내 위에 올라타서, 그 작은 입으로부터 핑크색 혀를 내뻗어 내 뺨을 핥고 있었던 것이다.

질척, 하고 침이 묻는 소리가 들리고, 혀가 날름거리며 뺨을 기고 있었다.

"──어어?!"

상황을 이해한 순간, 나는 반사적으로 노스휘를 밀쳐 버리려 했다.

그러나 몸이 움직이지 않았다. 쿵 하는 소리와 함께, 양팔과 양 다리에 고통이 느껴졌을 뿐이었다.

379

자동으로 발동한 〈디멘션〉과 『감응』을 통해 스스로가 처한 상황을 파악했다.

　지금 나는 커다란 침대에 큰 대자로 누워 있었다. 그리고 양 팔과 양 다리는 마법으로 만들어진 빛나는 밧줄 같은 것으로 묶여 있었다. 자세히 보니, 오른손의 줄이 침대 밑을 통해 왼손의 줄과 이어져 있었다. 양 다리 역시 마찬가지였다.

　힘만 쓰는 것만으로는 벗어날 수 없는 결박이었다.

　"안녕히 주무셨는지요, 카나미 님."

　핥는 것을 중단한 노스휘가 미소 띤 얼굴로 기상 인사를 건넸다.

　"노, 노스휘……?"

　꿈속에서 들려온 소리와 미지근한 감촉은 노스휘의 소행임을 알 수 있었다. 하지만 상황이 이 지경에 이른 이유를 알 수가 없었다. 바로 전에 바지런하게 식사 시중을 들던 노스휘의 모습을 본 탓인지, 엄청난 낙차가 느껴졌다.

　"무슨 생각으로 이런 짓을——!"

　나는 당혹스러움을 감추지 못하고 노스휘에게 언성을 높여 물었다.

　"네……. **곰곰이 생각한 결과에요.**"

　하지만 그녀는 딱히 동요하는 기색도 없이 내 뺨을 어루만질 뿐이었다.

　"곰곰이 생각했다면서, 왜 이런 결론이 난 건데?! 잔말 말고 빨리 이거 풀어 줘!"

결박당한 팔을 버둥거리면서 해방을 요구했지만, 돌아온 것은 홍조 띤 얼굴로 고개를 가로젓는 대답뿐이었다. 노스휘는 내 요구를 무시한 채, 자신의 요구만을 말했다.

"……괜찮겠죠?"

말로는 확인을 취하는 시늉을 했지만, 내 대답 따위 듣고 있지 않다는 걸 훤히 알 수 있었다. 뭐가 괜찮다는 건지 이해하지 못하고 있는 내 뺨을 어루만지고, 검지로 내 목덜미를 간질이고, 손바닥으로 쇄골을 문질렀다. 야릇하면서도 뜨거운 숨결과 함께, 그녀의 얼굴이 다가왔다.

지금 노스휘가 뭘 하려 하는 것인지, 조금씩 이해가 되기 시작했다. 그 추측이 정확하다면, 그것은 너무나도 뜬금없고, 너무나도 비상식적이고, 너무나도 불결했다.

"그래요, 원래부터 이렇게 했어야 했어요……! 그도 그럴 것이, 우리는 부부였으니까요……! 부부지간이라면, 이런 걸 해도 이상할 건 전혀 없잖아요……? 그렇죠, 카나미 님……?! 제 말이 맞죠……?!"

"너, 역시——!"

……큰일이다.

큰일도 보통 큰일이 아니다.

전투에서 느껴지는 죽음의 예감과는 다르지만, 그에 맞먹는 오한이 등줄기를 타고 흘렀다.

"카나미 님은 계속 이세계에서 생활하셨고……, 그것도,

381

미궁에 계속 갇혀 지내셨죠? 그러다 보면 여러 모로 곤란하신 부분도 많으셨겠죠. 단순히 그런 답답함을 저에게 발산한다고 생각하셔도 좋아요. 부탁드리겠습니다…….”

이유나 경위는 알 수 없었지만, 이 밤색 머리칼의 소녀는 나에게『그렇고 그런 것』을 하려 하고 있었다. 순간적으로 스스로의 얼굴이 굳어지는 것을 알 수 있었다.

뺨이 붉게 물드는 ──게 아니라, 파랗게 질렸다.

눈앞에 있는 소녀는 아름다웠다. 라스티아라에 비견될 만큼, 내가 생각할 수 있는 최고의 미모를 가진 소녀라 해도 과언이 아니었다.

투명하게까지 보이는 살결에는 얼룩 하나 없고, 그 밤색 머리칼은 한 올 한 올이 고혹적으로 찰랑이며 환상적으로 반짝였다. 모든 것을 빨아들일 것만 같은, 활짝 핀 새하얀 꽃 같은 매력이었다. 게다가 그 검은 마노 같은 눈동자는, 원래 내가 살던 세계의 사람들을 연상케 하는 친근한 빛깔이었다. 만약에 그녀가 내 세계 사람이었다면, 최정상급 아이돌이나 모델로서 한 세기 이상을 군림했을 게 틀림없다.

그런 미소녀 노스휘가 나를 원하고 있다. 상식적으로는, 당황하면서도 조금은 기뻐하는 게 정상일 것이다. 그것이 남자로서의 정상적인 반응일 터였다. 하지만 지금 내게 느껴지는 것은 강렬한 공포뿐이었다. 좀 심한 표현일지도 모르지만, 생리적인 혐오감까지 느껴졌다.

이유는 알 수 없지만, 노스휘에게는 절대 손을 대선 안 된다고 생각했다.

물론, 상식적으로 이 상황이 범죄적인 상황이라는 것도 알고 있었다.

그래서 나는 일반론으로 차근차근 노스휘를 설득하려 시도했다.

"노스휘, 일단 진정해……. 그런 건 서로 좋아하는 사람들끼리, 서로의 양해 하에 해야 하는 거지, 만난 지 얼마 되지도 않은 우리가 해서는 안 되는 거야. 너도 그 정도는 이해하겠지……?"

그러나 효과가 없었다. 미간이 살짝 찌푸려지긴 했지만, 그녀는 여전히 내 몸을 어루만지는 손길을 멈추지 않았다.

"서로의 양해가 있으면 된다는 말씀이죠? 그럼 카나미 님, 지금 인정해 주세요. 이것이 일방적인 행위가 아닌, 사랑에 바탕을 둔 행동이라는 걸 인정하세요. 지금 당장."

"지금 당장이라니……, 이 상황에서?!"

"네, 지금 당장이요. ──〈라이트 나이프〉"

빙긋 웃고, 노스휘는 마법을 영창했다. 아주 잘 들 것 같은 식칼 모양의 흉기를 빛으로 생성해서, 그걸 내 목덜미에 살포시 갖다 댔다.

"흉기 들이대지 마! 그런 건 상호 간의 양해가 아냐!"

"아, 죄송해요. 저도 모르게 버릇이 나와서……."

손톱 깨물다가 꾸중 들은 어린아이처럼 부끄러워하며 빛의 칼날을 없앴다. 그 익숙한 협박 솜씨에, 나의 혼란은 한

층 더 가속되었다.

"부탁이에요. 일생의 소원이니, 제『미련』을 해소시켜 주세요……."

"잠깐. 진짜로 좀 진정해 봐. 이게 네『미련』이었다는 거야……? 정말로?"

"네. 저는『증명』을 원했던 게 분명해요…….『친구』같은 걸로는 조금도 마음이 풀리지 않았어요! 역시 저는 카나미 님밖에 없어요! 지금도 옛날에도, 오직 카나미 님뿐이었어요! 그런 카나미 님과의『증명』을 갖고 싶어요! 저와 카나미 님이 이어져 있다는 걸 확신하게 해 줄『증명』! 제가 사명을 다했다고 말할 수 있는『증명』! 그『증명』만 있으면, 저는 분명——!!"

노스휘는 그녀답지 않게 언성을 높여 소리쳤다.

그 기세에 밀리는 게 두려워서, 나도 언성을 높였다.

"그렇다고 해도! 나를 묶어 놓고 억지로 빼앗는 게 올바른 일이라고 생각해?! 노스휘는 정말 그래도 되는 거라고 생각해?! 그건 말도 안 되잖아!"

노기를 품은 내 목소리 앞에서, 노스휘의 기세는 조금씩 사그라지기 시작했다.

"그건……, 올바른 일이라고 생각하지는 않아요. 하지만 올바른 일을 하는 것만으로는 안 된다고 말씀하신 건 카나미 님이셨잖아요……."

"그런 뜻으로 한 말이 아니잖아! 적어도 이건 절대 아냐!!"

"그럼 어떤 의미로 하신 말씀이었다는 거죠……? 저에게 있어 카나미 님은 절대적이고 정의롭고 완벽한 존재였어요! 그런 카나미 님께서 자신의 말에 대한 확신을 뒤엎는 말씀을 하시니까, 이렇게 곤혹스러워하고 있는 거예요! 저는 그렇게 멋진 카나미 님께 다가가고 싶었어요! 예나 지금이나, 어떻게든 다가가서 만지고 싶다고 생각해 왔어요……! 그래요. 역시 그게 바로 저의『미련』……!! 오랜 세월 동안 품어 온 저의 후회……!!"

소리치면서, 노스휘의 얼굴이 점점 더 다가왔다. 당장이라도 내 얼굴에 그녀의 작은 혀가 닿을 것만 같았다. 이 정도면 서로 말다툼이나 주고받고 있을 상황이 아니었다.

이대로 가다가는 일방적으로 당할 수밖에 없겠다고 직감한 나는, 최종 수단인 마법을 발동시켰다.

"──마법 〈디스턴스 뮤트〉!!"

차원의 벽을 빠져나가게 해 주는 마법 〈디스턴스 뮤트〉.

그 마법이 가진 힘은 공격이 전부가 아니었다. 얼마 전에 문을 여는 데 사용했던 것처럼, 폭넓은 사용 용도를 가진 마법이었다. 팔 전체를 뒤덮는 게 아니라, 순간적으로 양 팔다리에만 전개해서 결박에서 벗어났다.

그 익숙지 않은 우격다짐 마법 구축 때문에, 마력이 듬뿍 소모되고 말았다. 머릿속에 송곳으로 구멍을 뚫은 것 같은 고통이 몰아쳤다. 하지만 이 정도 고통은 한두 번 겪는 것도 아니었다. 이성을 유지한 채, 자유를 되찾은 양손으로 노스휘를 붙들었다.

노스휘는 빛의 밧줄에 의한 포박에 대해 자신감이 있었던 모양이다. 그런 내 반격에 제대로 대처하지 못해서, 아까와는 입장이 뒤바뀌어 침대에 내팽개쳐졌다.

나는 곧바로 방 밖으로 도망치려 했지만,

"카나미 님! ――마법 〈라이트 스태프〉!!"

창문을 비롯한 모든 출입구에 빛으로 이루어진 봉이 나타나서 가로막았다. 그 창살들에 하나같이 터무니없는 수준의 마력이 깃들어 있는 게 느껴져서, 발을 멈출 수밖에 없었다.

평범하게 도망쳤다가는 뒤에서 붙잡힐 뿐이다. 나는 다시 노스휘 쪽을 돌아보고 외쳤다.

"노스휘! 지금은 이럴 때가 아니잖아?! 하다못해 내가 기억을 되찾을 때까지는 기다려야지! 그게 올바른 순서잖아!!"

노스휘는 여전히 미소를 머금은 채, 느릿느릿 침대에서 일어섰다.

"네, 저도 처음에는 그렇게 생각했습니다. 순서로 따지자면, 저의 『미련』은 가장 마지막에 해결해야 할 문제니까요……. 그러니까 우선 지상으로 돌아가서, 카나미 님의 여동생을 구하고, 로드를 구하고, 카나미 님의 기억이 돌아올 때까지 느긋하게 기다렸다가 제 마음을 전하려고 했어요. 네, 지금도 그게 올바른 방법이라고 생각해요. 틀림없이, 그게 가장 올바른 길이겠지요――."

"그럼, 왜 그렇게 하지 않는 건데?!"

노스휘의 대꾸는 생각보다 훨씬 이성적이었다. 말이 전혀 안 통했던 종전의 적들과 비하면, 가 차이는 확연했다. 하지만 그 점이 오히려 공포를 더 부채질했다. 그것은 바꿔 말하자면, 노스휘는 지금 지극히 이성적인 판단 끝에 이 상황을 선택했다는 뜻이 되기 때문이다.

"하지만 로드와 카나미 님을 보고 깨달았어요. 아니, 이건 천 년 전에도 생각했던 일이에요."

담담하게 말하는 노스휘에게 혼란은 찾아볼 수 없었다.

처음에 얘기했던 대로, 모든 것이 심사숙고 끝에 내린 결론임을 알 수 있었다.

이윽고, 노스휘는 이 이성적인 폭주의 이유를 설명했다.

"——왜냐하면, 올바른 쪽이 항상 손해를 보니까요."

노스휘는 웃고 있었다. 그러나 그 미소는 눈동자에 눈물이 고인, 처절한 미소였다.

단순명쾌하기 그지없는 그 이유에, 나는 말문이 막혔다.

훨씬 복잡하고 기괴한 이유가 나올 거라 대비하고 있었던 만큼, 이런 대답은 전혀 예상하지 못했던 것이다.

"천 년 전에, 저는 어른스러운 척 하다가 모든 걸 잃었어요. 그 때 저는 모처럼 카나미 님을 손에 넣을 기회를 얻었으면서도, 그걸 놓치고 말았어요. 올바른 행동을 해야 한다는 가르침을 받아서, 배운 대로 올바른 행동을 했지만, 그 결과 남은 건 죽음과 후회뿐이었어요. 저는 그 결과를 받아들일 수가 없어요. 착한 행동을 한 자에게 좋은 결과가 돌아오지 않는 세계. 착한 일을 하면 할수록 더더욱 불행해져 버린 인생. 그런 식의 결말은 도저히 받아들일 수가 없었어요…….”

그 호소는 『미련』으로서 충분히 정당성이 있었다.

인간이 살면서 흔히 겪는 이야기인 것이다.

게다가 거기에 죽은 자의 말이라는 무게가 더해져서, 어떻게 손을 대 볼 수도 없는 절규로 변해 있었다.

“그렇지 않아”라는 식의 대꾸는 차마 할 수 없었다. 안이한 위로의 말도 건넬 수 없었다.

결국 말문이 막힐 수밖에 없었고, 노스휘의 진심어린 절규만이 이어졌다.

“어른이 되어 살아 봤자 손해만 볼 뿐이라면, 다른 사람들처럼 저도 어린애가 될 거예요. 철든 채로 사는 건 싫어요. 착한 척 하며 사는 건 힘들어요. 정말로, 너무 힘들어요…….
이제는……, **한계**에요…….”

떨리는 노스휘의 눈동자는, 나와 로드를 부러워하고 있었다.

그녀의 타고난 성격 대문인지, 그 눈동자에 질투 같은 검은 감정은 조금도 없었다.

단순히 부러워하고 있었다. 그래서 단순히 따라하려 하고 있는 것이다.

그리고 나는 이해했다.

그것은 내 오해의 결집체였다. 어제 겪은 일련의 소동에서 가장 크게 동요한 것은 로드가 아닌, 눈앞에 있는 소녀였다는 것을 깨달았다. 그리고 그 결과, 어젯밤에 노스휘는 한계를 맞이한 것이다. ──지금, 노스휘의 마음은 밑동부터 꺾이려 하고 있다.

"로드 말이 다 옳았어요. 로드는 역시 저보다 더 어른이었던 거예요. 사람의 인생을 제대로 이해하고 있어요. 착한 척만 해서는 아무것도 달라지지 않는 법……. 올바른 행동만 해서는 행복을 얻을 수 있을 리가……, 없어요!!"

마음에서 우러나오는 그 쉰 목소리에, 나는 압도당하지 않을 수 없었다.

노스휘를 설득하려던 내가 도리어 설득당하고 말 지경이었다.

"올바르게 살아야 한다고 항상 배워 왔고! 배운 대로 올바르게 살아 왔고! 마지막 순간에는 올바른 그대로 죽어 버리고! 저는 그렇게 되고 나서야 겨우 깨달았어요! 올바르게 살라는 말, 그건 그렇게 가르친 사람이 자기만 좋으라고 한 말일 뿐이었어요! 네, 어렴풋이 알고 있었어요! 올바른 사람일수록 불행해진다는 것 정도는!!"

솔직히 말해서, 노스휘가 하는 말은 나도 충분히 이해가 가는 얘기였다.

이 이세계에서 겪은 경험만 해도 그런 경우가 차고 넘칠 지경이었기에, 대책 없이 그 기세에 떠밀릴 수밖에 없었다.

노스휘는 그렇게 한 발짝도 움직이지 못하는 나에게로 점점 더 다가왔다.

거부할 수가 없었다. 왜냐하면, 이 소녀는 순수하게 행복을 갈구하고 있는 것뿐이기 때문이다.

그 행동에 악의는 전혀 없었다. 물론 적의도 없었다. 오직 친애만이 있을 뿐이었다.

물리쳐 버리기에는, 너무나도 아름다웠다.

"그래서 저는 생각했어요. 네, 이제 솔직하게 말씀드릴 게요.

아주 오래 전부터 저는, ──**잘못을 범하고 싶었어요**."

『빛의 이치를 훔치는 자』의 『미련』이 밝혀졌다.

"잘못을 범하고, 범하고, 또 범하는 한이 있더라도, 저는 행복을 얻고 싶어요. 그리고 행복한 마음으로, 행복한 끝을 맞고 싶어요. 그것이 저의 『미련』──."

어느 틈엔가, 『빛의 이치를 훔치는 자』가 손길이 닿을 거리까지 다가와 있었다. 그녀는 어쩔 줄 몰라 하는 내 양 뺨을 양손으로 붙잡았다.

"이게 옳지 못한 행동이라는 건 알고 있어요……. 그래도, 저는 카나미 님의 모든 것을 빼앗고 싶어요. 천 년 후인 지금, 여기서……."

두 개의 검은 눈동자가, 광기를 띤 채 내 모습만을 비추고 있었다.

노스휘가 진심으로 나를 갈망하고 있다는 건 알 수 있었다. 하지만 그렇다고 그리 쉽게 수긍할 수도 없었다. 나는 도망치듯이 다시 한 번 그녀의 소원을 확인했다.

"그『증명』이라는 걸 손에 넣으면, 정말 너는 만족할 수 있는 거야? 정말 이런 식으로 해서『미련』을 해소할 수 있을 거라고 생각해? 미안하지만, 내 생각에는 전혀 그렇지 못할 것 같은데?"

"하지만, 이제, 그것 말고 다른 건 생각도 안 나는걸요……."

거침없이 대답이 돌아왔다.

그런 노스휘의 주저 없는 태도에, 나는 당황했다.

이대로 그녀가 원하는 것을 주기만 하면, 60층의『시련』은 끝날지도 모른다. 그건 내 입장에서도 나쁘지 않은 일이다. 매력적이면서『더없이 편한 얘기』인 것이다.

그러나 내 이성은 그『더없이 편한 얘기』를 의심했다.

그도 그럴 것이, 상황이 편한 쪽으로 흘러갔을 때 좋은 결말을 맞이한 적은 한 번도 없었던 것이다.

덧붙이자면, 근본적으로 이것은『옳은 일』이 아니다.

당연한 얘기다. 이건 강간에 가까운 짓이었다. 법적으로나 인도적으로나 문제가 있었다.

그 점으로 미루어보아, 이런 식으로 해서 제대로『미련』이 해소될 리가 없을 거라 생각했다.

노스휘의 말마따나, 이 부조리한 세상에서는『올바른 일』만 해서는 불행해질지도 모른다.『옳지 않은 일』을 선택했을 때 더 행복해질 수 있을지도 모른다.

하지만 이렇게 잘못을 범해서 얻은 것을 통해 사라진다면, 그녀는 정말로 수긍할 수 있을까? 또 다른 후회만 생겨나는 것은 아닐까?

모든 일이 끝난 뒤에, 또 다시 "이것도 아냐"라고 중얼거리는 노스휘의 모습이 눈에 선했다. 스킬『감응』뿐만이 아니라, 경험을 통해 얻은 감이 그렇게 말하고 있었다.

그리고 무엇보다──

전투 때처럼 정신없이 움직이는 사고. 그 끝에서, 황금빛 눈동자의 소녀가 찬란하게 반짝이는 장발을 나부끼고 있었다. 그 어떤 순간에도, 내 뇌리에서 떠나지 않는 소녀가 있었다.

──라스티아라 후즈야즈.

어제『색시』라는 말을 들었을 때부터, 줄곧 알고 있었다.

절대로 노스휘를 받아들일 수 없는 가장 큰 이유는, 바로 라스티아라였다.

합리적으로 생각하면, 남편이라는 지위를 활용해서 노스휘라는 가디언을 이용하는 것이 가장 좋은 방법이리라. 그렇게 한 덕분에 지상까지 걸리는 시간은 절반 이하로 줄어들었다.

하지만 나는, 그 사실을 알면서도 실행할 수 없었다.

아주 단순한 이유였다. 왜냐하면, 나에게는 좋아하는 다른 여자가 있기 때문이었다.

그랬기에, 거짓말로라도 부부라는 걸 인정할 수는 없었

다. 그저 그런 어린애 같은 이유. 그 점을 이해한 순간, 사고는 끝났다. 합리적인 손익 계산을 버리고, 제멋대로 말이 입에서 흘러나왔다. 그것은 오랜 고민 끝에 깨달은 나의 본심.

"안 돼, 노스휘……. 그것만은 안 돼. 절대로 못 해……."

자신의 생각을 외면하지 않은 채, 노스휘를 똑바로 응시하며 목소리를 쥐어짰다.

그 대가로, 싸늘한 후회가 가슴속에 차올랐다.

눈앞에서 불행에 한탄하는 소녀가 아닌, 여기에 있지도 않은 소녀, 라스티아라를 우선시해서 거부한 셈이니 그럴 만도 했다. 그 죄책감은 결코 지울 수가 없었다.

노스휘는 슬퍼하겠지. 얼굴을 찌푸리고, 눈물을 흘릴지도 모른다. 그런 끝에 그녀와 싸움이 벌어진다 해도, 그것은 내 책임이다.

어떤 사태가 벌어지더라도 대응할 수 있도록, 나는 임전 태세를 취했다.

어떤 질책이라도 받아들이겠다는 각오를 다졌고──

"──어?"

그러나 그 각오는 헛수고가 되었다.

내 눈에 들어온 것은 정반대의 광경이었던 것이다.

노스휘의 얼굴에 나타나 있는 것은 슬픔 어린 표정이 아니었다. 슬퍼하기는커녕, 그녀는 입가를 끌어올린 채 웃고 있었다.

예기치 못한 행운을 만난 사람처럼, 기쁨에 가득한 웃음을 머금고 있었던 것이다.

그리고 가장 큰 변화는 그녀의 마력.

마력이 눈에 띄게 줄어들어 있었다. 노스휘의 몸이 흐려져 있었다.

나는 이 현상에 대해 알고 있었다. 그것은 가디언이 『미련』을 해소했을 때 일어나는 현상. 마음속에 남아있던 후회가 사라지는 바람에, 몸을 유지하기가 힘들어진 것이다.

그녀의 존재 그 자체가 세상에서 사라져 가는 것처럼 보일 만큼 흐릿하게——

"노, 노스휘…… 몸이……."

나는 그 갑작스러운 현상에 혼란스러워하면서 노스휘의 몸을 가리켰다.

"——네? 아, 네. 제, 제 몸에 무슨 문제라도?"

웃으면서 넋이 나가 있던 노스휘도 정신을 차렸다.

그리고 양손을 눈앞으로 가져가서, 자기 몸에 일어난 이상을 깨달았다.

"몸이 흐려졌잖아……? 이건 『미련』의 해소……?"

노스휘 역시 그 현상의 의미를 알고 있는 모양이었다.

그녀는 지금, 이 자리에서, 자기 인생의 염원 일부가 해소되었다는 것을 깨달았다.

놀라서 눈이 휘둥그레진 와중에도, 노스휘는 가만히 고민에 잠겼다.

아마 그녀가 고민하고 있는 것은 자기『미련』의 정체이리라. 그도 그럴 만 한 일이었다. 얻을 수 없을 거라 생각했던 것이 별안간 눈앞에 나타난 것이다. 그 원인을 찾는 것은, 인간으로서 당연한 일이었다.

그리고 그 원인을 깨달았을 대, 노스휘의 웃음은 한층 더 짙어졌다.

"아핫……."

참 시시한 일이라는 듯 웃었다.

정숙한 그녀에게 어울리지 않는 표정으로, 자포자기라도 한 듯 커다랗게 웃음을 터뜨렸다.

"아핫, 아하하하핫──!"

그녀는 자신의『미련』을 이해하고, 그『비련』을 비웃고 있었다.

아니, 웃는 것이라고 표현하기에는 너무나도 이질적이었다.

뭔가 업신여김 같은 게 깃든 얼굴로, 진심 어린 조소를 터뜨리고 있었다.

"노스휘……? 정말 지금『미련』이 사라진 거야……?"

반쯤은 확신이 있었지만, 그래도 나는 머뭇머뭇 물었다.

"아하핫. 네. 전부 다는 아니지만, 그런 것 같아요. 그리고 이제야 좀 보일 것 같아요. 저의 진정한『미련』, 그 진정한 의미가."

노스휘는 후련한 표정으로 고개를 끄덕이며 대답했다.

──나는 분명 노스휘의 말을 부정했는데도?

　내가 그렇게 생각하는 건 당연한 이치였다.

　"대체 왜……. 이 타이밍에……."

　"그럴 리가 없다고 생각했는데……. 뭐, 기껏해야 이런 거였겠죠……."

　노스휘는 감회에 젖은 듯 혼자서 연신 고개를 끄덕였다.

　하지만 나는 따라서 고개를 끄덕일 수 없었다.

　노스휘는 나를 덮치긴 했지만, 미수 단계일 뿐이었다.

　잘못을 범하지는 않았다. 잘못을 범하는 게 『미련』이라고 그렇게 우겨댔으면서, 이렇게 허무하게 끝나 버리다니 위화감만 느껴질 뿐이었다.

　납득하지 못하고 있는 나를 위해, 노스휘가 설명을 이어 갔다.

　"카나미 님, 아마 저에게 있어서 『잘못을 범한다』는 건, 오늘까지 알고 있었던 『올바른 것의 부정』이었던 모양입니다. 그래요, 『부정』만으로 충분했던 거예요……."

　노스휘는 그것을 끝으로 설명을 마쳤다. 그녀는 그것으로 설명이 끝난 거라 생각하는 것이리라. 여전히 어리둥절해하는 나를 무시한 채, 하늘을 우러러보며 다시 웃음을 터뜨렸다.

　"우훗, 우후후! 아핫, 아하하하핫──!! 고작 이런 거였다니!! 하핫, 이런 제가 『성녀』니 『깃발』이니 하는 소리를 들었다니! 정말 우스운 일이에요! 폭소가 멈추지를 않네요!! 아하하하핫——!!"

　노스휘는 웃음을 그치지 않았다.

　솔직히 섬뜩한 광경이었다. 하지만 그녀가 너무나도 흡족한 표정으로 웃고 있었기에, 그걸 제지하기도 꺼림칙했다. 그녀의 즐거움에 찬물을 뿌리지 않도록, 조심스럽게 말을 걸었다.

　"이, 이봐, 노스휘……. 결국 네 『미련』은 뭐였던 거지? 나도 이해할 수 있게, 조금 더 알기 쉽게 설명해 주면 안 될까……?"

　"으음–. 후훗, 요점만 말씀드리자면, 저는 카나미 님이 제 철없는 응석을 들어 주기를 바랐던 거라고 할 수 있겠죠."

　노스휘는 이쪽을 돌아보며, 고양이 같은 표정으로 찬찬히 설명을 시작했다.

　"응석 한 번 부리지 않고 살아온 인생이었으니까요……. 그 울분을 풀 수만 있다면 뭐든 상관없었던 모양이에요. 너무 간단해서 도리어 맥이 빠질 정도라니까요……. 우후훗."

　일리 있는 얘기였다.

　그렇다면 갑자기 몸이 흐려진 것도 이해가 갔다. 하지만 그것을 고분고분 믿기는 힘들었다. 처음부터 그녀에게서 느껴졌던 수상함이 몇 배로 더 부풀어 올랐기 때문이었다.

　"저기, 그 말은……."

　"방금, 카나미 님께 철없는 응석을 부린 덕분에 인생의 울분을 조금 풀 수 있습니다. 그 덕분에 몸이 흐려진 거죠. 저기……, 그러니까, 죄송합니다, 카나미 님. 부부라는 『증명』
이 필요하다는 건 완전히 잘못 짚은 것이었습니다. 제 소원
은 『철없는 응석을 부리는 것』. 네, 그것뿐이었어요."

그 말과 동시에, 내 퇴로를 차단하고 있던 빛의 봉이 사라
졌다.

적어도, 강제로 부부의 연을 맺으려는 생각은 이제 없는
모양이었다.

한 마디로, 노스휘의 『미련』은, 마법을 써서 나를 결박해
야 할 만큼 거창한 일이 아니었다는 것. 훨씬 더 사소한 바
람이었다는 것.

이 노스휘도, 로웬이 그랬던 것처럼 순순히 사라질 수 있
는 걸까. ——정말로?

"노스휘의 『미련』은, 철없는 응석을 부리는 게 전부야……?"

"네. 응석을 부리는 것뿐이에요. 그러니까, 카나미 님은
굳이 그걸 들어주실 필요는 없답니다. 제가 응석을 부리는
것만으로도 충분한 것 같으니까요."

내가 이루어줄 필요는 없다는 말까지 하는 노스휘.

그것은 쉬워도 너무 쉬운 『미련』이었다. 물론, 스스로의
마음에 솔직해질 때까지 많은 고뇌를 겪긴 했을 것이다. 하
지만, 식스티 가디언과의 싸움이 고작 이런 형태로 끝난다
는 얘기를 들으니, 도무지 믿을 수가 없었다. 스스로를 안
심시키기 위한 의미도 겸해서, 나는 그녀에 대한 적극적인
협력을 제안했다.

"아니, 노스휘, 착각하지는 마. 나는 노스휘의 응석을 하나도 들어주기 싫다는 게 아냐. 이번에는 안 되지만, 어느 정도 응석은 들어줄 수 있으니까……."

"후훗. 여기 다정하시네요."

그런 내 말을 들은 노스휘는 웃었다. 어제는 단 한 번도 보인 적이 없는 웃음이었다.

"그럼 다정하신 카나미 님. 그 말씀을 믿고 철없는 응석을 좀 부릴게요."

그리고 다시 고양이처럼 웃으며, 물 흐르듯 매끄러운 움직임으로 내게 다가와 손을 잡으려 했다.

과민해져 있는 내 감각은 그 움직임을 처음부터 파악하고 있었다. 하지만 그 동작에는 마력이나 적의가 티끌만큼도 존재하지 않았기에, 그 손을 뿌리칠 수는 없었다.

"그럼 부탁드릴게요. 혹시 괜찮으시면, 제『친구』인 로드의 기운을 북돋워 주시면 안 될까요? 설득해 달라는 말씀까지는 안 드릴게요. 그저, 어제까지의 로드로 돌려주세요."

"로드를……?"

노스휘의 손에 손을 꼭 붙잡힌 채, 나는 약간 맥이 빠지는 기분이었다.

노스휘의 새로운 응석은 너무나도 청렴해서, 거부의 여지가 없는 것이었다.

"로드와 화해하고 싶어요. 왜냐하면 저와 로드는『친구』니까요."

"그 정도라면 괜찮아. 로드의 기운을 북돋워서, 너와 화해하게 해 줄게."

"감사합니다. 카나미 님은 정말 다정하시네요. 후훗, 아핫, 아하하하하──!"

노스휘는 내가 응석을 들어 주자 다시 웃었다.

마치 인생 속 행복의 정점에 달한 사람처럼 신이 나 보였다.

"즈, 즐거운가 보네……. 아니, 자기 인생의 해답을 찾아낸 거나 마찬가지니까, 그렇게 즐거워하는 것도 이해는 가지만……."

"후후훗. 아아, 죄송해요. 하지만, 이게 제 『미련』이라는 걸 알게 된 이상, 웃는 걸 참을 수가 없으니까요."

"하긴 참는 건 안 좋지……. 하고 싶은 말은 하는 게 제일이고, 웃고 싶을 때는 웃는 게 제일이니까……."

그래도 한도라는 게 있지 않나 하는 생각도 들었다.

이렇게 태도가 180도 바뀌어 버리니, 곤혹스럽지 않을 수 없었다.

"네. 그러니까 얼마 남지 않은 인생은 마음껏 응석을 부리면서 살아갈 생각입니다. 후훗, 다행이에요. 카나미 님과 로드를 만나서, 정말 다행이에요. 이 날, 이곳, 이 지위에서 우리 세 사람이 다 같이 모인 것 자체가 운명이 아닐까 싶어요. 그래요, 이건 운명이에요! 두 분 덕분에 저는 진정한 저를 알 수 있게 됐어요!!"

그 말을 끝으로, 노스휘는 내 손을 놓고 방 밖으로 나가려 했다.

정말로 완전히 만족한 모양이었다. 그 발걸음은 경쾌해서, 마치 깡충깡충 뜀이라도 뛸 것 같은 기세였다. 문을 열고 나가기 직전에, 노스휘는 나를 돌아보고 말했다.

"아. 라이너는 복도 쪽에 멍석말이를 해 뒀으니까, 가서 회수해 주세요. 제가 얘기하면 일이 더 악화될 것 같으니까, 제가 사과하더라고 카나미 님이 라이너에게 전해 주시겠어요?"

어쩐지 라이너가 방에 없다 싶더라니, 아마도 밖에 내던져 놓은 모양이었다.

"그래, 알았어……."

"그럼 부탁드릴게요. 꼭 부탁드릴게요."

신신당부하듯 두 번이나 그렇게 말했다. 그리고 노스휘는 마지막으로 허공을 올려다보며 중얼거렸다.

"저는 이제 참지 않을 거예요. 왜냐하면, **드디어 저는 아이가 됐으니까요──.**"

그런 말을 남기고, 노스휘는 방을 떠나갔다.

심야에 어울리는 정적이 방에 돌아오고, 밤의 야음이 점점 더 짙어져 갔다.

"하아……."

폭풍이 휩쓸고 지나간 자리에 남은 것 같은 공허함이 나를 지배했다. 졸음은 이미 완전히 날아가 버렸다. 잠깐 숨을 돌리고, 노스휘가 열어젖히고 나가는 바람에 싸늘한 바람이 불어 들어오는 문을 통해 복도로 나갔다.

노스휘의 모습은 이미 사라지고 없었다. 그저, 빛나는 마법의 끈으로 둘둘 말려 있는 라이너가 복도 한쪽 구석에 널브러져 있을 뿐이었다.

내가 그를 발견하는 동시에, 재갈을 비롯한 모든 결박이 해제되었다.

자유를 되찾은 라이너는, 일어서면서 입으로 숨을 커다랗게 들이쉰 다음 소리쳤다.

"──그 망할 여자가! 괘, 괜찮아, 지크?! 그 녀석한테 무슨 짓 당한 거 아냐?!"

"나는 괜찮아. 노스휘랑 얘기를 좀 한 것뿐이니까."

"뭐라고?! 그 자식, 고작 얘기나 하려고 나를 멍석말이했다는 거냐?!"

라이너는 분개하면서 마력을 내뿜었다. 방금 이곳을 떠난 노스휘를 당장이라도 쫓아갈 기세였다. 하지만 지금 쫓아가 봤자 도리어 노스휘의 역습에 얻어맞기만 할 것 같았기에, 나는 중재에 들어갔다.

"노스휘의 인생에 관한 중요한 얘기였어. 무슨 일이 있더라도 훼방이 끼어드는 건 피하고 싶었던 모양이니까, 좀 관대하게 봐 줘. 노스휘도 미안하다고 했어."

"인생에 관한 얘기……? 칫, 그렇다면 그렇다고 말을 했으면 됐을 거 아냐."

라이너는 가디언의 구조를 알고 있는 만큼, 그 얘기의 중요성도 알고 있기에, 입을 다물었다.

　"그래서 찬찬히 대화해 본 결과, 노스휘의 『미련』이 『철없는 응석을 부리는 것』이었다는 게 밝혀졌어. 보아하니 노스휘는 생전에 단 한 번도 응석을 부린 적이 없었다나 봐……."

　"응석? 흐음, 응석이라. 그래서, 어떤 응석을 부렸지?"

　"자기 힘으로는 힘들 것 같으니까, 자기 대신 로드의 기운을 북돋워 달랬어. 그러니까 날이 밝으면 다시 한 번 로드를 찾아가 볼 생각이야."

　"로드의 기운을 북돋워달라는 것……. 그 정도라면 나쁠 것 없지……. 그런데 지크, 그 『철없는 응석을 부리는 것』이 『미련』이라는 말, 정말로 믿어? 솔직히 나는 노스휘 녀석이 하는 말들은 하나같이 수상하게만 느껴져. 단도직입적으로 묻겠는데, 거짓말 아냐?"

　내가 가능하면 언급하지 않으려 했던 말을, 라이너는 대놓고 확인하려 들었다.

　알고 있었다. 지금의 노스휘는 여러 모로 이상하다. 예측할 수 없는 불안이 느껴졌다. 경우에 따라서는 지상 귀환의 장해물 정도를 넘어서, 목숨을 위협할 적이 될지도 모른다.

　그런 가능성을 두려워하는 라이너의 모습은, 얼마 전의 나와 똑같았다. 가디언이자 몬스터였던 『불의 이치를 훔치는 자』 아르티에 대한 의심을 거두지 못하던 내가, 지금 눈앞에 있는 것이다. 그렇기에 나는 과거의 자신을 향해, 힘주어 고개를 가로저어 보였다.

"그럴지도 모르지. 그래도 나는 노스휘를 믿을 거야……."

지금도 때때로 생각하곤 한다. 만약에, 그 때, 내가 아르티의 소원으로부터 도망치지 않고 진지하게 마주했더라면 어떻게 되었을까…….

그것을 확인하기 위해서라도, 노스휘의 응석을 들어주고 싶었다.

그다지 여유가 없는 상황인 건 사실이지만, 그건 지상으로 가면서도 충분히 할 수 있는 일이다. 로드의 기운을 북돋워주고 싶다는 나 역시 갖고 있었다. 그렇게 해서 두 가디언이 얌전해질 수 있다면, 도전해 볼 가치는 충분했다. 그 생각에 수긍한 건지, 라이너는 한숨을 지으며 뇌까렸다.

"하아……. 알았어. 주인이 그렇게 말하면, 기사는 잠자코 그 말에 따르는 수밖에. 조금 더 상황을 지켜보도록 하지."

"고마워, 라이너."

대화를 마친 우리는, 싸늘한 복도에서 방으로 돌아왔다.

돌아오는 길에 살짝 〈디멘션〉을 펼쳐서 문제의 소녀를 찾아보았다.

로드는 여전히 보관고 안, 부서진 그림들 속에서 몸을 웅크리고 잠들어 있었다.

쿨-, 쿨-, 하는 소리를 내며 자는 그 모습은 더없이 앳되어 보였다. 나도 로드처럼 소파에 드러누워서 몸을 웅크렸다. 그리고 눈을 감았다. 아직 피로가 남아있었던 건지, 나는 이내 의식을 잃었다. 옆 침대에 누운 라이너도 마찬가지였다.

이렇게 해서, 오늘 하루가 정말로 끝났다.

내일은 노스휘의 소원대로 로드의 기운을 북돋워주어야 한다. 그렇게 결의하고, 나는 다시 한 번 어둠 속으로 가라앉아 나갔다. 다만, 애석하게도 더 이상의 꿈은 꾸지 못했다.

더없이 중요한 것이 분명한 과거를 기억해 낼 기회는, 이렇게 떠나가고 말았다.

◆ ◆ ◆ ◆ ◆

이튿날 아침. 밤에 일어난 소동의 영향 때문인지, 기상시간이 약간 늦어지고 말았다.

그래도 노스휘의 응석을 이루어주기 위해 일어나자마자 〈디멘션〉을 펼쳤다.

세세한 미궁 탐색 준비는 라이너에게 맡기고, 나는 로드를 찾아보았다. 노스휘의 부탁은, 가능하면 미궁 탐색 전에 끝마쳐 두고 싶었던 것이다.

하지만, 로드의 모습을 발견하기 전에 성의 이상이 먼저 눈에 들어왔다.

정확히 말하자면, 성 밖, 성문 앞에 사람들이 모여 있었던 것이다.

 그 무리의 선두에는 베스의 모습이 있었다. 불안 가득한 표정으로 성 안의 상황을 엿보고 있었다. 다른 주민들도 같은 표정으로 술렁거리고 있었다. 그들의 대화 중에 "로드"라는 단어가 있었기에, 나는 우선 성문 쪽으로 향하기로 했다.

 내가 성문 앞에 모습을 나타내자, 선두에 있던 베스가 먼저 내게 말을 걸었다.

 "앗, 기사단장님! 안녕히 주무셨어요! 저기, 로드 님이 성에서 안 나오셔서 이렇게 찾아왔어요! 혹시 어떻게 된 일인지 모르세요?"베스는 초조한 기색이 역력한 얼굴로 로드를 걱정하고 있었다.

 내 대답을 기다리지도 않고, 잇따라 말을 보냈다.

 "실은 저, 어젯밤에 로드 님을 만나기로 약속했었어요. 그런데 어제 아무리 기다려도 약속 장소에 안 오시고⋯⋯! 오늘도 날이 밝았는데도 안 나오시는 걸 보고 뭔가 좀 이상하다 싶어서, 그래서 이렇게──!"

 주위 사람들도 같은 심정인 듯, 쉴 새 없이 걱정 어린 말들을 건넸다.

 "대체 무슨 일이 있었던 걸까요, 로드 님⋯⋯."

 "병 같은 건 한 번도 걸려 본 적이 없는 분인데."

 "아침에 로드 님이 돌아다니지 않는 게 도대체 얼마만인지⋯⋯."

그 목소리들을 들으니 로드가 국민들에게 얼마나 사랑받고 있는지가 똑똑히 전해졌다. 그리고 로드가 하루도 빠짐없이 시내에 나오고 있다는 것도 알 수 있었다.

하지만 좀 이상하게 느껴지는 점도 있었다. 나는 방금 내가 나온 성문을 쳐다보았다.

거기에는 그 누구도 거부하지 않고 활짝 열린 성문이 우뚝 솟아 있었다.

"모두 왜 이렇게 모인 건지는 알겠어. 그런데, 그렇게 걱정되면 성 안으로 들어가 보면 되는 거 아냐……?"

"네? 그야, 저희는 성 사람이 아니니까요. 그래서 이렇게 어쩔 줄 몰라 하고 있는 거예요."

베스뿐만이 아니라, 다른 모두도 같은 표정이었다.

그 어떤 중대한 일이 있더라도 국민은 성에 들어갈 수 없다. 그것이 『이곳』의 법이라고 은연중에 말하고 있는 것이다.

"알았어. 로드의 상황은 기사단장인 내가 살펴보고 있을 테니까, 다들 여기서 기다려."

이 공간의 특이성을 깨달은 나는, 주민들을 대신해서 성 안 탐색을 맡기로 했다.

"감사합니다, 기사단장님……!"

한껏 고개를 숙이는 베스와 주민들을 뒤로 하고, 나는 서둘러 성 안으로 돌아왔다. 그 도중에 〈디멘션〉으로 어제 로드가 있던 보관고를 살펴보았지만, 거기에는 아무도 없었다. 안뜰과 전망대에도 없었다. 로드가 좋아하는 곳들을 샅샅이 뒤지는 작업이 끝나 갈 무렵, 간신히 그 모습을 발견했다.

로드가 가장 싫어할 거라 생각했던 곳. 알현에 사용되는 옥좌의 방이었다.

그 방 가장 안쪽에 있는 옥좌── 그녀는 그 옥좌 뒤에 풀죽은 얼굴로 쪼그려 앉아 있었다.

그리고 그녀는 혼자서 뭔가를 중얼거리고 있었다. 같은 단어를 거듭 되풀이하며, 연신 읊조리고 있었다.

"『나는 걸을 길을 가리지 않는다』『나는 바람』──, 그리고 『나는 가속하는 혼』『가속한다』『가속한다』『가속한다』──."

그것이 『영창』이라는 건 바로 알 수 있었다.

하지만 뭔가 마법을 사용하는 것도 아니고, 그녀의 비취색 마력이 증가하지도 않았다. 그러나 그 『영창』에 의해 모종의 『대가』가 치러지고 있는 건 분명했다.

얻는 것은 아무것도 없이, 오로지 잃기만 하는 행위였다.

옥좌의 방으로 들어간 나는, 노크 대신 일부러 발소리를 크게 내며 로드에게 다가가서, 멀찌감치 떨어진 곳에서 말을 걸었다.

"로드, 그 『영창』, 괜찮은 거야……?"

"응, 괜찮아. 마음이 편해지게 하는 주문 같은 거니까."

로드도 백전노장인 만큼, 이미 한참 전부터 나의 접근을 알아채고 있었던 모양이었다. 동요하는 기색 없이 질문에 대답했다.

"베스가 걱정하면서 밖에 와 있어."

"아, 그러고 보니……. 베스랑 놀기로 약속했었지……."

"베스뿐만이 아냐. 도시 사람들이 모두 와 있어."

"모두……, 왔구나. 그렇구나."

대답하는 목소리에는 기운이 없었다.

영원히 존재할 거라 믿어 왔던 세계의 붕괴에 절망하고 있는 것처럼 보였다.

그런 상황에서 그녀의 기운을 북돋워주는 건 쉽지 않아 보였지만, 그래도 내가 할 수 있는 일은 다 해 볼 생각이었다. 하지 않고 후회하는 것보다는, 할 수 있는 걸 다 해 보고 후회하는 게 나았다.

"그래, 로드를 걱정하고 있어. 그러니까 밖에 나가서 얼굴이라도 보이는 게 어때? 사람들을 만나면 마음이 조금은 달라질지도 모르잖아."

"모두가 로드를 걱정해서 와 있다고? 하하, 그렇구나. 『로드』를 말이지……."

로드는 자조 섞인 목소리로 자신의 이름을 되뇌었다. 그런 끝에, 힘없이 중얼거리며 몸을 웅크렸다.

"어느 쪽 『로드』를 걱정하는 건지……. 모두들, 이제 진짜 나를 알고 있으면서……."

그 중얼거림은 다른 누구를 향한 것이 아니라, 그냥 독백이었다.

의미를 전부 다 알아들을 수는 없었다.

이것이 로드 입장에서 원치 않는 상황이라는 것만 어렴풋이 짐작할 수 있을 뿐이었다.

"있잖아, 카나밍……. 나는 지상 같은 곳에 가고 싶지 않아……."

"그래, 그건 알고 있어."

"지상에 가면, 나는 분명 또 기대를 받게 될 테니까……. 나는 그게 싫어……."

계속, 나약한 한탄을 거듭했다.

"기대를 받으면 몸이 무거워지니까 싫어……. 지상은 싫어……."

너무나도 나약한 모습이서, 얼마 전의 내 모습이 겹쳐 보이는 것만 같았다.

방금 확신을 얻었다.

로드에게 꿍꿍이 같은 건 없다. 마왕으로서의 노회한 면모 같은 건 티끌만큼도 없다. 여기에 있는 것은, 그저 나약한 어린아이일 뿐이다. 그런 그녀를 구해주려면, 정면에서 다정하게 손을 잡아주는 수밖에 없다고 생각했다.

"알았어. 지상으로 가라는 소리는 더 이상 안 할게. 노스휘도 그런 말 못 하게 할게. 그러니까 이제 그런 표정 짓지 마."

"──응?"

그녀의 말을 모두 받아들이는 내 말에, 로드는 오히려 당혹스러워했다.

그런 대답이 돌아오리라고는 생각지 못했던 것이리라. 떨리는 목소리로 되물었다.

　"그, 그렇지만……. 내가 하는 말은, 저기……."

　"『이곳』이 붕괴할 때까지는 아직 시간이 남아 있잖아? 그전에 내가 네『미련』을 해소시켜 줄게. 그러면 모든 문제가 해결되는 거야. 불만 가질 사람은 아무도 없어."

　"내『미련』을 해결할 수 있다고……? 카나밍이?"

　절대적인 자신이 있는 건 아니었다. 그래도 나는 그녀의 기운을 북돋워주기 위해 힘찬 목소리로 긍정했다.

　"그래. 그러니까 이제 걱정할 것 없어. 당장 네 동생을『이곳』으로 데려와 줄게."

　"응……? 아이드를 데려와 주겠다구?"

　"그래. 레이넌드 씨와 의논해 보고, 그게 제일 좋은 방법이라는 생각이 들었어. 지금 나는 천 년 전의 기억이 없어. 그러니까 네 모든 걸 이해해 줄 수는 없어. 그렇다면 천 년 전의 기억을 갖고 있는 사람 중에 너와 친했던 녀석을 데려오면 되지 않을까 하는 결론이 나왔어. 그런 녀석이라면 가족이—— 아이드 녀석이 안성맞춤이겠지."

　"하지만, 아이드가 여기 오면……, 다시……."

　"너희 남매가 가디언이 된 건, 분명 천 년 후에 재회하기 위해서였을 거야. 나는 그렇게 생각해. 그래, 그럴 게 분명해. 왜냐하면, 가족은 그 무엇보다 소중한 거니까. 가족을 가장 잘 이해해 줄 수 있는 건 가족뿐이야. 그러니까 아이드를 만나서, 찬찬히 의논하고, 자신의 『미련』을 다시 찾아 내는 거야. 그러면 네 『미련』은 해소될 수 있어."

희망을 주기 위해 약간 과장한 면은 있을지언정, 대부분은 꾸밈없는 내 본심에서 우러나온 말이었다. 가족의 재회가──남매간의 재회가, 두 사람의 『미련』을 해소해 줄 것이다.

그런 생각에 한 말이었지만,

"──하지 마, 카나밍. 그것만은 절대 안 돼."

로드에게서 돌아온 것은 전면적인 거부였다. 로드는 찡그린 얼굴로 고개를 가로저었다.

"싫어⋯⋯. 아이드는 만나고 싶지 않아⋯⋯."

"아이드는 네 동생이잖아? 세상 그 누구보다 너를 잘 이해하고 있을──."

"싫단 말이야!!"

내 말을 끝까지 기다리지도 않고, 로드는 고함을 질렀다. 그리고 벌떡 일어나서, 옥좌 등받이 위로 얼굴을 내밀었다. 옥좌 테두리를 힘껏 움켜쥐고, 나에게 그 거부의 이유를 쏟아냈다.

"싫어! 지금 아이드를 만나면, 다시 완벽한 임금님 노릇을 해야 하는걸! 기껏 천 년이나 들여서 『통치하는 왕』 노릇을 벗어났는데! 다시 원래대로 돌아가 버리잖아!!"

옥좌의 테두리 부분이 우지끈 부서지고, 로드는 놀라는 나를 향해 연신 소리쳤다.

"다시 임금님 노릇이라니, 싫어! 다시 그 기회를 짊어져야 하다니, 싫어! 왜냐면 나는, 나느으은——!!"

눈가에 눈물이 맺혀 있었다.

하지만 로드는 그 눈물이 떨어지기 전에 고개를 숙여서, 옥좌에 이마를 대어 눈물을 감추었다.

"이대로 『이곳』에서 살아가면, 그것만으로도 나는 사라질 수 있으니까……. 그러니까, 아이드는 필요 없어……. 이 비아이시아의 평화로운 시간이 지금 나의 소원이니까……. 소원, 이니까……."

그리고, 로드는 처음의 소원으로 회귀했다.

『이곳』에서 천 년을 살았는데도 아무런 소용이 없었던 소원에 매달리려 들었다.

"카나밍은 괜한 짓 하지 마……. 『이곳』에서 나랑 같이 지낼 생각이 없다면, 나를 그냥 내버려 둬……."

로드는 무릎을 꿇고 주저앉아서, 소매로 눈물을 훔쳤다. 『통치하는 왕』이라는 이름과는 도무지 어울릴 수 없는 소녀의 모습에, 내 입에서도 저절로 목소리가 튀어나왔다.

"어떻게 그냥 내버려 두라는 거야……!! 로드, 나는 반드시 너를 구해줄 거야……! 그러니까, 그런 표정 짓지 마……!"

스킬 『디 커버넌터(최심부의 맹약자)』가 발동되고 있기 때문일까. 아니면 로드의 기운을 북돋워주겠다는 노스휘와의 약속 때문이었을까. 단순히 울고 있는 소녀를 구해주고 싶었기 때문이었을까. 그것이 내 사명처럼 느껴졌기 때문이었을까. 스스로도 알 수 없었다.

딱 짚어 한 가지 이유만 들 수는 없었지만, 하여튼 절대 외면할 수는 없었다.

"나를 구해주겠다고……?"

"그래."

"**다시**, 그 때 그랬던 것처럼, 그 카나미가 나를 구해주겠다는 거야……?"

"그래."

로드는 고개를 들었다. 그리고 그 표정이 희망의 빛이라도 발견한 듯 누그러졌다.

나 역시, 드디어 희망의 실마리를 발견한 것 같은 기분이었다.

기운을 북돋워줄 수 있는 기회는 지금밖에 없을 것이다.

신중하게 표현을 골라 가며, 로드의 소원이 이루어지는 미래를 제시했다.

"쉽게 말해, 아이드 녀석이 너에게 기대를 하지 않으면 되는 거잖아? 그럼 나와 라이너가 아이드를 때려눕혀 줄게. 그런 다음에, 지금의 로드는 글러먹었으니까 기대해서는 안 된다고 아이드를 똑똑히 타이르는 거야. 『너에게 기대하지 않는 동생』을 반드시 데려와 줄게. 그러면 되는 거지?"

"……!!"

로드의 눈이 휘둥그레졌다.

외로운 잘 타는 이 녀석이 가족을 만나고 싶어 하는 건 분명했다.

보관고에 있는 그림들 가운데, 아이드의 어린 시절 모습이 그려진 것들이 멀쩡했던 것만 봐도 알 수 있었다. 무엇보다, 오늘까지 이 녀석이 살아 온 생활이 하나의 해답을 제시해 주고 있었다.

"너에게는『가족』이 필요한 게 분명해. 마음을 허락할 수 없는 누군가가 없으니까, 아무리 시간이 흘러도 사라지지 못하는 거야. 그것 말고 다른 이유는 생각도 나지 않……!"

"그런 거야……·? 나한테는『가족』이……, 마음을 허락할 수 있는 누군가가 필요했던 거야……? 그러고 보니……, 그랬던 것 같기도 하고……—."

그래서 로드는 나와 라이너가 떠나는 걸 막으려 했다.

가짜로라도『가족』처럼 같이 우고 지낼 수 있는 누군가를 원했기 때문이다.

"반드시 네『가족』을 데려와 줄게. 그러니까 기운 내. 노스휘도 그랬어. 너는 웃는 표정이 훨씬 잘 어울린다고——."

그 말을 끝으로, 나는 로드와의 마지막 거리를 좁혔다. 천천히 걸어가서, 옥좌 뒤로 돌아가서, 주저앉으려 하던 로드에게 손을 내밀었다.

"최대한 빨리 다녀올게. 그러니까 너는『이곳』에서 웃는 얼굴로 기다려 줘. 나뿐만이 아니라 라이너도 있어. 이제 아무것도 걱정할 것 없어. 아무런 걱정도 필요 없어, 로드."

로드는 다시 몸에 힘을 주어, 내가 내민 손을 붙잡았다.

이윽고, 일어섰다. 오랜 고뇌의 해답을 얻은 것처럼, 연신 힘주어 고개를 끄덕였다.

"그, 그래. **라이너도 있지**……. 그래, 맞아……."

"그래, 노스휘도 있어. 그 녀석, 너와 화해하고 싶댔어. 나중에라도 만나러 가도록 해."

노스휘와의 관계를 중재하는 것도 중요한 일이었다. 나는 잊지 않고 그녀의 존재를 강조했다.

노스휘의 응석은 이것으로 들어 준 셈이었다.

"응, 노스휘도 있어……. 이제 괜찮은 거, 겠지……."

자신이 혼자가 아니라는 확신을 얻으면서, 로드의 표정은 눈에 띄게 밝아져 갔다.

이제 토라져서 어딘가에 틀어박히는 일은 없을 것 같았다.

"좋아, 이제 좀 기운이 났나 보네. 그럼……, 베스와 노스휘도 만나 보도록 해."

"으, 응……. 그렇지만, 지금 당장은 쑥스러우니까, 조금 있다가 만나러 갈게. 평소 같은 표정을 되찾고, 생각이 정리된 다음에……."

"그래, 그렇게 해."

자세히 보니, 눈 밑이 빨갛게 부어 있었다.

로드는 여자로서 외모에 신경이 쓰이는 모양이었다.

나도 이런 상황에서 그녀를 억지로 보낼 만큼 무신경한 놈은 아니다. 무엇보다, 평소와 같은 로드의 얼굴로 나타나야 베스나 도시 주민들도 안심할 수 있을 테니까.

"그럼, 나는 그만 가 볼게. 미궁에 가야 하니까."

방금 나눈 약속을 지키기 위해서라도, 지금은 서둘러야만 했다. 나의 미궁 탐색 성공은, 『이곳』에 있는 모든 이들에게 있어서 반드시 필요한 일이었다.

로드는 그런 내 말에 고개를 끄덕여 대답했다.

그리고 흔들림 없는 발걸음으로——**옥좌에 앉았다.**

"응, 다녀와. 그리고, 고마워, **카나미**…… . 드디어 내 진정한 소원이 이루어질 수 있을 것 같아…… ."

윤기 도는 비취색 머리를 매만지면서, 로드는 미소로 나를 배웅했다.

더할 나위 없이 아름다운 그 몸짓에, 자르르 소름이 돋았다.

하나의 골짜기를 지난 로드의 모습이, 약간 어른스럽게 보인 것이다.

——다른 사람도 아닌 로드가 어른스럽게 보인다?

그 모습은 너무나도 이질적이어서, 오한이 등에 달라붙은 채 떨어질 줄을 몰랐다.

로드는 분명히 기운을 되찾았다. 누가 봐도 그렇게 판단할 것이다.

"그래, 당장 이루어줄게. 기다리고 있어."

어쩌면 방금 내 설득은, 실패한 건 아닐지언정, 그렇다고 성공한 것도 아닌지도 모르겠다.

하지만 그렇게 느껴진다 해도, 나는 결국 가는 수밖에 없었다.

그 말을 끝으로, 나는 옥좌의 방을 나섰다. 그리고 성 밖으로 걸어갔다.

성문 앞에서 기다리고 있는 사람들에게 설명을 해 주는 게 먼저였다.

사람들을 안심시키기 위해, 나는 밝은 미소를 지으며 낭보를 전했다.

"로드는 활기차게 잘 있었어. 아마 조금만 더 있으면 나올 거야."

울고 있었다는 건 감춰 두기로 했다. 아마 로드도 그렇게 해 주기를 바랄 것이다.

"활기차게……? 그럼 왜 도시에 나오시지 않은 걸까요……?"

그 보고를 들은 베스와 주민들이 어리둥절해 하는 기색이었기에, 나는 그럴싸한 구실을 지어냈다.

"아―, 그건……. 어제 내가 미궁에서 로드의 옛 친구를 데려왔거든. 그 녀석이랑 밤늦게까지 얘기하다가, 오늘 아침에 늦잠을 잔 모양이야."

"로드 님의 옛 친구라구요……?"

도시 주민들의 술렁거림이 한층 더 커졌다.

로드에게 친구가 있었다는 게 그렇게까지 놀랄 만한 일인가?

"그래. 나와는 달리 동성 친구라서 그런지, 엄청나게 흥분하더라고."

"그랬군요……."

아직 완전히 믿기는 힘들었지만, 기사단장이라는 지위에 있는 내가 하는 말이니 믿을 수밖에 없다는 식의 분위기였다.

"정말이야. 오전 중에는 성 밖으로 나올 테니까, 그때 로드를 만나거든 물어보도록 해. 다른 사람들도 걱정 말고 돌아가도 돼."

언급하지 않은 부분이 있긴 하지만, 그렇다고 거짓말을 한 건 아니었다. 거짓말이 아니라고 그 자리에 있는 모두에게 거듭 주장했다. 그런 내 말에, 주민들은 가슴을 쓸어내렸다.

"병에 걸리신 건 아니라는 거지? 그렇다면 다행이야……."

"후우……. 뭐야, 깜짝 놀랐잖아……."

"로드 님이 무사하시기다니, 그럼 됐지 뭐."

남녀노소를 불문하고, 사람들이 뿔뿔이 흩어지기 시작했다. 물론, 개중에는 로드가 나올 때까지 여기서 기다리겠다는 사람도 있었다. 그 필두는 다름 아닌 베스였다.

"그렇지만, 오늘은 딱히 할 일도 없으니까 여기서 로드 님을 기다리기로 할게요."

"응. 알았어."

"그런데 기사단장님은 오늘 뭘 하실 건가요?"

"나는 미궁에 갈 거야. 그쪽이 내 본업이니까."

"그런가요……. 같이 기다려 주시면 좋았을 텐데……."

"미안해. 그렇게 할 수는 없어. 무슨 일이 있어도 최대한 빨리 지상으로 가 봐야 해서……."

"아뇨, 전 괜찮아요."

베스는 아쉬워하는 기색이 역력했다. 입으로는 괜찮다고 했지만, 눈이 나에게 애원하고 있었다. 하지만 여기서 시간을 잡아먹을 수는 없었다.

나는 곧바로 발걸음을 돌려서 성 안으로 돌아갔다.

"그럼 이만……."

성문에서 멀어지면서, 다시 〈디멘션〉을 펼쳤다. 이번에는 노스휘를 찾기 위해서였다. 그녀가 부탁한 대로 로드의 기운을 되찾아 주었다는 걸 빨리 보고해 두고 싶었다. 그러지 않으면 뭔가 일을 저지를 것 같은 느낌이 들었다.

로드가 콧물을 훌쩍이며 마음을 가라앉히고 있는 옥좌의 방 옆을 지나, 성 전체에 마력을 침투시켰다.

그 결과, 노스휘가 라이너와 함께 내 방에 있는 것을 발견했다.

보아하니, 나와 엇갈려서 내 방에 찾아온 모양이었다.

천적과 단둘이 있게 된 상황에 새파랗게 질려 있을 라이너를 구해주기 위해, 서둘러 방으로 돌아갔다. 그리고 문을 열고 방 안으로 들어가는 동시에, 노스휘의 인사가 날아들었다.

"후후훗. 안녕히 주무셨어요, 카나미 님. 그리고 고마워요. 아기고양이처럼 까다로운 로드의 기운을 이렇게 쉽게 되찾아 주시다니, 얼마나 감동했는지 모른답니다. 네, 정말이지 감동했다니까요."

그 인사로 미루어보아, 그녀는 나와 로드가 나눈 대화의 전말을 알고 있는 게 분명했다.

"잘 잤어, 노스휘? 아마 로드는 이제 괜찮을 거야. 아이드를 두들겨 패서 데려와 주겠다고 약속했더니 기운을 되찾았어. 아마 조금 있으면 노스휘를 찾아올 테니까, 로드가 오거든 따뜻하게 맞이해 줘."

"네, 물론 그렇게 할 생각이에요. 그러니까, 저는 『이곳』서 로드를 기다리도록 할게요. 정말 죄송하지만, 저는 오늘 미궁 탐색에는 동행할 수 없을 것 같아요."

"아니, 원래부터 이건 나와 라이너가 해야 할 일이었으니까, 마음 쓸 것 없어."

"후훗, 감사합니다. 정말 다정하신 분이네요, 카나미 님은. 그럼, 저는 계속 이렇게 응석이나 부리도록 할게요. ……아아, 그나저나, 자기 멋대로 한다는 건 정말 좋네요! 마음이 깨끗해지는 느낌이에요! 후후훗, 이제 정말로 『미련』달성에 의해 제가 소실될 때가 머지않은 건지도 모르겠어요……!"

대화 틈틈이 연신 웃음소리를 섞어서, 자신이 사라질 때가 되어 감을 강조했다.

하지만, 그 말을 곧이곧대로 믿을 수는 없었다.

본인은 이제 얼마 안 남았다고 했지만, 당장 사라지는 건 아닐 것이다. 몸의 존재감이 옅어지는 정도로 미루어보아, 앞으로도 몇 번쯤은 더 응석을 들어줘야 하리라.

　내가 의심을 품건 말건, 노스휘는 큭큭거리고 웃으며 방의 침대에 걸터앉았다.

　"아아……. 로드, 어서 와 주세요. 저는 당신을 기다리고 있어요. 네, 언제나, 언제까지나……. 저는 기다리는 데에는 일가견이 있으니까요……. 후후훗."

　이불에 등을 기대고, 두 눈으로 허공을 이리저리 바라보며, 로드의 방문을 기다리기 시작했다.

　"그럼, 아이드를 데려와야 하니까, 나는 이만 미궁에 가볼게."

　나에게는 나의 역할이 있다. 그것을 달성하지 못하면, 기껏 두 사람이 화해한다고 해도, 전부 다 물거품이 되고 만다.

　"네. 저는 카나미 님의 미궁 탐색이 성공하기를 기도하고 있을게요."

　"──마법 〈커넥션〉."

　노스휘의 격려를 맞으며, 내 방 한쪽에 마법의 문을 생성했다.

　그리고 나와 라이너는 미궁 안으로 들어갔다.

　어제의 세이브 포인트인 57층 끝까지 거리를 단축할 수 있었다.

　새하얀 빛으로 가득 뒤덮인 공간에 도착한 나는, 주위의 적들을 정찰했다.

노스휘의 마법 덕분인지, 주위에 있는 몬스터는 얼마 되지 않았다. 육안으로 우리를 확인한 몬스터도 있지만, 전의는 전혀 없어 보였다. 눈앞에는 56층으로 가는 계단이 있었다.

다섯 번째 미궁 탐색이 시작된다. 예전처럼 다시 2인 파티로 돌아와서 진행하는 탐색이다.

딱히 의논할 것도 없이, 나와 라이너는 자연스럽게 계단 쪽으로 발걸음을 옮겼다.

"지크, 괜찮겠어? 그렇게 쉽게 일을 떠맡다니. 아이드를 데려오는 건 그렇게 간단한 일이 아닐 텐데."

단둘이 있게 되자 라이너는 주저 없이 내게 의문을 표현했다.

"로드를 구해낼 방법이 그것 말고는 떠오르지 않아서 말이야……. 해내는 수밖에 없어……."

새삼 자기 입으로 얘기하면서, 스스로의 결의를 다졌다.

로드를 위해 미궁 탐색 속도를 올리겠다는 결의였다.

오늘까지 나는, 여동생을 위해 최대한 빨리 미궁 탐색의 속도를 높여 왔다.

다만 그건 어디까지나, 여동생의 신변 안전이 확보된 상태에서, 확실한 돌파를 의식한 최고 속도였다.

하지만, 이제 그 정도로는 부족하다.

——**늦을 것 같다**는 예감이 들었다.

이세계에서 여러 번 죽음의 고비를 넘긴 기억이, 내게 그렇게 호소하고 있었다. 흉악한 강적들과 싸워 온 경험이 그렇게 하라 권하고 있었다. 얼핏 보면, 지금 두 가디언은 밝은 분위기를 내뿜고 있다. 하지만, 그 밝음 속에 불온한 공기가 숨어있는 것 역시 틀림없었다.

노스휘는 구김살 없는 웃음을 보이면서도, 아직 마음속 깊은 곳까지는 털어놓지 않았다.

로드는 희망에 눈을 반짝였지만, 전혀 나를 바라보고 있지 않았다.

그렇기에, 후회가 남지 않도록, 진정한 의미에서의 최고 속도 미궁 탐색을 시작하겠노라고 선언했다.

"라이너, 이번 도전으로 지상까지 나가자. 단번에 끝내는 거야."

미궁에 들어온 것을 계기로 본심을 털어놓게 된 것은 라이너뿐만이 아니었다.

나도 마찬가지였다. 이제야 이 말을 입 밖으로 내놓을 수 있었다.

"이, 이번 도전에……?! 제정신이야, 지크? 지상까지는 아직 50층도 넘게 남았잖아……?!"

당연히, 라이너는 그 무리한 요구에 놀라서 되물었다.

"그래, 제정신이야. ——마음 단단히 먹고 끝내자."

미궁은 아직 반 이상이나 남아있다. 숫자로 따지면 56층. 단순히 시간으로 계산해도 56시간 전후. 그것을 단 한 번의 미궁 탐색으로 끝내 버리겠다니, 제정신이 아닌 소리로 들리는 것도 당연한 일이었다. 하지만 나는 내 말을 무를 생각이 없었다.

"오늘 나는 성을 바쁘게 돌아다니면서 간신히 상황을 무마했어……. 이제 더 이상은 한계야. 그 둘과 얘기해 보고 확신했어. 이제 시간이 없어."

앞장서 걸어가면서 단호하게 말했다.

내가 나타나고, 로드와 만나고, 노스휘를 소환하고, 천 년 전의 세 사람이 『이곳』에 모인 것을 계기로, 계속 정체되어 있던 비아이시아의 무언가가 움직이기 시작했다.

"하지만, 로드는 기운을 되찾았고, 노스휘와 화해할 수 있도록 상황도 정비해 놨잖아? 그런데도 그렇게까지 조바심을 내야 되는 거야?"

"그건 아마 표면상으로만 그런 걸 거야. 지금까지 여러 가디언들과 싸우면서 얻은 경험을 바탕으로 한 추측인데, 그 둘 모두 분명히 좀 이상해……."

어제 미궁 탐색을 마칠 때와 비하면, 두 사람 모두 표정 자체는 밝아졌다.

로드의 울분은 가라앉았고, 노스휘도 얌전해졌다.

보기에는 모든 게 순조로운 것 같다. 하지만, 나는 그 정도로 낙관하기에는 너무도 험난한 인생을 살아왔다.

심지어는 전보다 더 궁지에 내몰린 것 같은 감각까지 들었다.

"지크가 하고 싶은 말이 뭔지는 알겠어. 하지만 절대로 혼자서는 가지 마. 지상으로 가겠다면, 나도 거들 수 있는 기회를 줘."

내 시야가 너무 좁아졌다고 생각했는지, 라이너가 못을 박듯이 말했다.

"그래, 무리한 짓은 안 할게. 아니, 애초에 이건 라이너가 없으면 힘든 일이야. 라이너가 도와주지 않는다면 아마 불가능할 거야."

이건 진심에서 우러나온 말이었다. 이미 목숨 건 싸움을 몇 번 벌인 사이이기에, 나와 라이너는 서로의 진심을 털어놓을 수 있다. 게다가 최근 며칠 동안 미궁탐색을 하는 과정에서 서로의 사고방식도 공유할 수 있었다. 그 강점을 최대한으로 살리고 싶었다.

"가자, 라이너. 이제부터는 쉬지 않고 진행할 거야."

"사람 참 험하게 부려먹는 파티 리더님이군……. 하지만, 대환영이야."

우리는 서로의 말을 의심하지 않고, 하나의 목적을 향해 일치단결해서, 56층으로 이어지는 계단을 올랐다. 그리고 그런 우리의 눈앞에 펼쳐진 것은, 항상 보아 왔던 석조 회랑.

이제 미궁의 구조는 통상적인 것으로 돌아와 있었다. 아직 벽이 희미하게 빛을 발하고 있기는 했지만, 저층부의 우락부락한 암반과는 다른 복잡한 미로가 주축을 이루고 있음을 〈디멘션〉으로 확인할 수 있었다.

차원마법을 쓰는 나에게 있어서 미궁이라는 특색은 있으나마나 한 장해물이었다. 그 익숙한 회랑에 안심하면서, 우리는 〈디멘션〉을 통해 파악한 최단 코스를 종종걸음으로 나아갔다. 그 과정에서 몇 마리의 몬스터와 조우했지만, 공격을 받는 일은 없었다. 노스휘가 얘기한 대로, 빛 속성의 특색이 남아있는 동안은 호전적 몬스터는 나타나지 않는 것 같았다. 56층은 아직 안전지대인 모양이었다.

아직 여유가 있을 때를 활용해서, 우리는 내가 꺼낸 무모한 제안의 세부 사항에 대해 의논하기로 했다.

"하지만 지크. 이번 탐색에서 지상까지 간다고 해도, 식량은 어떻게 할 거지? 이제 한 끼 분량 정도밖에 안 남았는데?"

라이너가 현실적인 부분에 대해 물었다.

지금 『소지품』 안에 있는 식량은 지상까지 가기에는 턱없이 부족한 양이었다. 어제 로드가 마구 먹어치운 것도 한 이유였지만, 근본적으로 식량이 부족했다.

"식사는—— 이제부터는 계속 참자."

"다, 단순명료한 해결법이네……."

근본을 뒤엎어 버리는 내 대답에, 라이너의 목소리가 떨렸다. 폼을 잡으면서 "돕겠다"고 나서기는 했지만, 그 단순 무식한 계획을 듣고는 약간 후회하는 것 같았다.

"아니, 아무런 계산도 없이 이런 소리를 하는 건 아냐. 배가 고파지면 컨디션 악화는 피할 수 없겠지만, 앞으로 통과하게 될 층에서는 그게 그렇게까지 뼈아픈 타격이 되지는 않을 거야."

"하긴, 적이 앞으로 계속 약해져 가는 건 사실이겠지만……."

얼마 전에 40층 부근에서 라스티아라 등과 함께 몬스터를 사냥했을 때, 딱히 적이 강하다고 느껴지지는 않았었다. 40층대에 진입하기만 하면, 60층대처럼 몬스터를 두려워할 필요는 없어질 것이다.

"시간 계획도 다 세워 뒀으니까 걱정 마. 그리고 나는 지상부터 40층까지의 길을 완전히 암기하고 있으니까, 실질적으로 남은 층은 16층뿐이야. 그리고 이 16개의 층은 한 층을 클리어하는 데 2시간쯤 걸린다고 치고, 필요한 시간은 32시간쯤. 그리고 길을 알고 있는 40층은, 시간낭비 없이 진행하면 총 20시간 정도면 갈 수 있을 테니까, 다 합하면——."

"으음……."

"간단하게 말하자면, 이틀쯤 안 자고 안 쉬면서 가면 끝난다는 거지."

상세한 숫자를 언급하니 라이너의 얼굴이 일그러졌기에, 대강의 시간을 얘기했다.

그렇다. 단 이틀 정도만 참으면 되는 것이다.

승산이 충분한 도전이다. 다만, 평소의 나였다면 절대로 하지 않을 도전이라는 점은 틀림없었다.

손익을 최우선으로 생각하면, 이런 위험부담을 짊어지는 건 불합리한 일이기 때문이다.

나는 원래 소심한 성격이라, 100퍼센트의 승률과 절대적인 안전이 없으면 미궁에 들어가는 게 두려워서 견딜 수가 없었다. ——하지만, 그것도 이제 그만두기로 했다.

100퍼센트의 승률과 절대적인 안전 따위는 환상일 뿐이다. 이제 뼈저리게 잘 알고 있다. 세상에 100퍼센트라는 건 존재하지 않는다는 걸.

그렇게 최대한의 안전과 여유만 생각한 탓에, 나는 항상 뒤처지고 말았던 것이다.

최근 며칠 동안, 나는 로드의 힘이 나를 크게 웃돈다는 이유로 지나치게 신중하게 굴었었다.

그 점을 반성하고, 용기를 내서, 위험부담을 감수하더라도 여정을 서두르기로 했다. 예전에는 미궁이 무서워서 제대로 달리지도 못했지만, 지금의 나라면 달려서 돌파하는 것도 가능할 터였다.

앞으로 남은 16층 정도를 건너뛰고, 건너뛰고, 또 건너뛰어 버릴 작정이다.

"이틀 동안 잠도 안 자고 쉬지도 않는다니……. 지크가 이렇게까지 위험한 방법을 선택한 걸 보면, 아주 단단히 작정한 모양이군."

"그래, 진짜로 마음이 급해. 아니, 원래는 처음부터 이렇게 했어야 했어."

지금 돌이켜보면, 이 지하생활을 처음 시작할 때 사용했던 스킬 『디 커버넌터』가 내 초조감을 지워 버렸다는 걸 똑똑히 알 수 있었다. 정신적인 안정을 준 것 자체는 고마운 일이지만, 그것이 정신적인 해이를 유발한 것 역시 틀림없는 사실이었다.

"지크, 길이 좀 어두워진 것 같은데…….."

이번 탐색의 탐색 방침을 의논하다 보니, 우리는 어느덧 56층의 깊은 곳까지 도착해 있었다. 여전히 빛 속성 몬스터가 중심을 이루고 있었기에, 전투 한 번 없이 순조롭게 여기까지 올 수 있었다.

하지만, 여기부터는 눈에 띄게 회랑의 밝기가 달라지기 시작했다. 안쪽으로 나아가면 나아갈수록 빛의 양이 줄어들고, 이따금씩 수명이 다 된 전구처럼 깜박거릴 때도 있었다. 그 모습은 빛 속성이라는 안전지대가 끝나 가는 것을 나타내는 것처럼 보이기도 했다.

"그래, 조심하면서 진행하자. 노스휘가 얘기한 것처럼, 이제 슬슬 적의 속성이 바뀔 때가 된 건지도 몰라."

경계를 강화하며, 우리는 어둠침침한 회랑 속을 성큼성큼 나아갔다.

그리고 회랑의 밝기가 다른 층과 비슷한 수준으로 어두워졌을 때쯤, 55층으로 이어지는 계단에 도달했다. 계단을 오르기 전에, 가볍게 〈디멘션〉을 전개시켰다.

55층에서 도사리고 있는 것은 찬란하게 빛나는 몬스터가 아닌, 사나워 보이는 몬스터들이었다. 회랑은 천장이 약간 높고, 자주 보았던 회랑들처럼 지저분한 바위로 이루어져 있었다.

"라이너, 이제부터는 몬스터가 덮쳐들 거야. 최대한 적들을 피해 가면서 갈 생각이긴 하지만, 그래도 전부 다 피해 갈 수는 없을 테니까, 잘 부탁할게."

"그래, 알았어. 늘 그랬듯이 전위는 내가 맡지."

라이너를 선두로 해서, 우리는 55층으로 내려갔다.

그리고 〈디멘션〉을 통해 산출한 최단 코스를 통해 지상으로 향했다.

──그러다 보나, 빛의 층과는 달리 순조롭게 나아갈 수 없는 구간이 등장했다.

무슨 수를 써도 피해갈 수 없는 위치에 몬스터가 도사리고 있는 것이다. 그럴 경우에는 둘이서 기습을 가해야만 했다. 이전의 탐색과는 달리, 한 마리씩 간을 보는 과정도 없었다. 안전보다 시간 절약을 우선시해서, 우격다짐으로 밀어붙였다.

가장 먼저 상대하게 된 몬스터는 늑대와 비슷하게 생긴 짐승형 몬스터. 일반적인 늑대와 다른 점이 있다면, 그 네 다리일 것이다. 살점으로 이루어진 다리가 아니라, 밀집된 마력에 의해 이루어진 다리로 허공을 디디며 걷고 있었다.

[몬스터]스카이 울프 : 랭크52

이름은 스카이 울프.

이름 그대로 하늘을 달리는 늑대. 우리는 그 스카이 울프의 사각으로부터 기습을 가했다.

라이너는 적을 향해 똑바로 내달리고, 내가 그 뒤를 따랐다.

그렇게 돌진해 가면서, 나는 여유를 갖고 전위의 기사에게 말을 걸었다.

"아까 잠도 안 자고 쉬지도 않고 가겠다고 한 거 말이야, 한 가지만 정정하자면……, 나는 라이너만큼 이 상황을 위기라고 생각하지는 않아. 왜냐면, 우리는 강해졌으니까. 특히 라이너, 너는——."

습격을 알아챈 스카이 울프가 이쪽을 돌아보았다. 워낙 반응 속도가 빨라서, 기습은 성공하지 못하고 오히려 반격에 노출되었다. 적을 인식한 스카이 울프의 두 앞발이 살벌한 형태의 갈고리로 변형되었다.

라이너는 바닥을 내달리고, 스카이 울프는 공중을 내달려서, 서로 교차한다.

그 첫 충돌. 라이너의 쌍검과 스카이 울프의 갈고리 및 송곳니가 충돌, 양쪽 모두 뒤로 나가떨어졌다. 뒤이은 두 번째 충돌. 라이너와 스카이 울프가 조금 전과 똑같이 돌격하는 것을 보고, 나는 영창 없이 마법을 발동시켰다.

첫 번째 교차 때 관전에만 집중한 덕분에, 나는 두 번째 충돌의 움직임을 예측할 수 있었다. 그 정보를 바탕으로, 〈디멘션 · 디퍼런스〉를 아주 살짝 사용해서 양측의 공격 궤도를 변경시켰다. 변경된 궤도는 채 1센티미터도 되지 않는 거리. 하지만 그 효과는 막대했다.

"──〈와인드 플랑베르주〉!"

라이너의 혼신을 다한 마법검만이 상대에게 적중했다.

그 결과, 스카이 울프의 몸은 절단되고, 빛이 되어 사라졌다.

전투가 끝나고, 나는 확신에 차서 아까 하던 말을 이었다.

"──라이너, 네 힘은 이미 차원이 다른 수준이 됐어."

라이너의 공격력은 이런 심층부에서도 통할 수준까지 올라 있었다. 사용하는 검의 영향도 있겠지만, 앞으로 점점 약해질 몬스터들을 상대로 한 전투라면, 선수를 쳐서 최강의 일격을 날리기만 해도 승리할 수 있다.

라이너는 떨어진 마석을 내게 던지면서, 어리둥절한 표정으로 고개를 갸웃거렸다.

"그렇게 강해진 건가? 그냥 적이 약해진 것뿐이라는 생각밖에 안 드는데……. 예를 들어 가디언들에 비하면 약해도 한참 약한 거 아냐?"

"아니, 그건 비교 상대가 너무 강한 거야. 라이너 너는 스스로에 대해 좀 더 자신감을 가져도 돼."

라이너와 처음 만났을 때, 그는 한 자릿수 층수의 몬스터에게 잡아먹힐 위기에 처해 있었다.

하지만 다음에 만났을 때는, 자살행위 수준이기는 했을지언정, 틀림없이 내게 육박했었다. 그리고 그 다음에 만났을

433

때는 동료들과 힘을 모아 나를 궁지로 내몰았다. 그리고 최근인 펠린크론과의 전투 때는 완전히 재능이 만개해서, 나와 대등한 수준이 되었다. 게다가 지금은 천 년 전의 마왕인 로드에게서 마법을 배우고, 천 년 전의『신성야금』보유자인 레이넌드 씨가 제작한 장비를 충실히 갖추고 있으며, 레벨까지 오른 상태인 것이다.

이런 게 강해진 게 아니라면, 그 누구를 보고 강해졌다고 할 수 있단 말인가.

"바람의 기사로서 라이너만큼 완성도가 높은 녀석은 세상에 없어. 예를 들어, 이런 지형이 나오더라도…….'

우리는 얘기하면서도 발걸음을 멈추지 않고 이동을 계속했다.

장해물이었던 스카이 울프를 처치한 우리는, 다음 구역으로 들어섰다. 석조 회랑의 모양이 다시 바뀌어서, 한층 더 거친 길로 변했다. 벽이라기보다는 벼랑에 둘러싸인 것 같은 상태의 험한 바위 길 같은 구간이었다. 평탄한 길이 오히려 더 적을 지경이고, 때로는 깎아지른 듯한 절벽을 통과해야 하는 곳도 등장했다. 라이너의 마법은 그런 상황에서 맹활약을 발휘했다.

"──〈와인드〉!"

바람의 부력 덕분에, 산에서도 자유자재로 뛰어다니는 산양처럼 손쉽게 절벽을 오를 수 있었다. 거기에 로드 밑에서 단련한 섬세한 마력 컨트롤을 더하니, 쓸데없는 마력과 체력의 소비를 억제할 수 있었다. 자연회복만으로도 감당할 수 있는 범위의 바람마법이기에, 라이너의 MP는 실질적으로 감소가 없었다. 이 정도 응용 능력이라면, 완전히 물속이었던 35층에서도 아무 문제없이 행동할 수 있을 것이다.

"이렇게 쉽게 대응할 수 있잖아. 나는 대응의 폭이야말로 곧 힘이라고 생각해. 라이너 정도면, 전투 방법에 따라서는 어느 가디언과도 충분히 싸워 볼 만 할 거야."

이건 좀 지나친 칭찬일지도 모르지만, 그렇게 되기를 바라는 마음은 진심이었다.

그도 그럴 것이, 지금 세계에 소환되어 있는 가디언은 아이드, 로드, 노스휘, 이렇게 셋이나 되는 것이다.

경우에 따라서는 동시에 여러 명의 가디언과 싸워야 할 상황도 발생할 수 있다. 그런 상황이 벌어지면——

"전투 방법에 따라서는……, 가디언과도……."

라이너는 그런 내 생각을 정확하게 이해하고, 각오를 다잡으려 하는 것 같았다.

그렇게 얘기를 나누며 20분쯤 절벽을 올랐을 때, 조류형 몬스터에 대처하던 우리는 54층으로 올라가는 계단에 도착했다. 늘 그랬듯 〈디멘션〉으로 다음 층의 상황을 대충 파악한 다음, 곧바로 돌입했다.

이 층 역시 절벽이라는 특수한 구역이 곳곳에 존재했지만, 기본적으로는 일반적인 석조 회랑으로 구성되어 있었다. 한층 더 약해진 적들을 상대하며, 미궁의 최단거리 코스를 최고 속도로 내달렸다. 이쯤 되니 체력과 마력의 분배가 가장 큰 문제로 다가왔다.

그 문제에 대한 대응의 일환으로, 나는 몬스터와의 전투 중에 라이너에게 무기 교체를 권했다.

"――라이너! 이 녀석들은 바람 속성이 잘 안 통하는 것 같아!『실프 루프 브링어』는 집어넣고『편익』으로 바꿔 써! 그리고 이 녀석을 상대할 때 바람마법은 최대한 절약해!"

"그러고 보니 세 번째 검이 있었지! 그렇게 할게!!"

라이너는 능숙하게 한쪽 검을 칼집에 집어넣고, 어제 새로 손에 넣은 검으로 바꾸어 들었다.

『편익』은 본래의 힘을 되찾지 못한 무기였다. 하지만 바람 속성의 특성이 짙은『실프 루프 브링어』로는 벨 수 없는 적을『편익』으로는 벨 수 있을 때가 있었다. 우리는 이렇게 세세한 작전을 곁들여서 마력을 절약해 가며, 앞을 가로막는 적을 모조리 섬멸했다.

"후우. 지크가 지시해 주니까 싸움이 엄청 편한데……."

"아니, 아직 멀었어. 내 스킬『지휘』의 수치도 아직 형편없이 낮은 수준이고."

"전에는 시아 레거시가 리더였고, 그 전에는 플랑 누님이 리더였으니까 말이지……."

"하긴, 그 둘에 비하면 좀 낫긴 하겠지……."

라이너는 리더다운 리더와 함께 싸워 본 경험이 없는 모양이었다. 그는 안심하고 전위를 맡을 수 있는 상황에 감동하고 있었다.

적의 랭크가

그리고는 이내 미궁 공략을 재개하면서, 나는 라이너가 얘기한 "싸우기 편하다"라는 말을 곱씹어보았다.

적의 랭크가 내려간 덕분에 자연스럽게 나온 말이리라. 방심은 금물이지만, 나 역시 라이너와 같은 감상을 느끼고 있었다.

"좋아. 이제부터는 나도 앞에서 싸울게. 지금부터는 더 속도를 내서 전진하자."

『크레센트 펙트라즐리의 직검』을 뽑아 들고, 나도 전위에 가담하겠다고 통보했다. 신중함을 버리고, 적 퇴치의 속도를 한층 더 끌어올리겠다는 계산이었다.

"알았어, 주인. 이론 따위 없어."

나에 대해 전폭적인 신뢰를 품고 있는 라이너는, 잠깐의 주저도 없이 내 통고에 동의했다.

그리고 본격적인 강행군이 시작되었다.

지형이건 적이건, 기본적으로 모조리 무시.

희귀한 몬스터나 성스러운 무기가 있는 제단이 나오더라도 무시.

눈길도 주지 않고 무시하고, 무시하고, 무시하고, 오로지 위를 향해 내달렸다.

빠르게, 더 빠르게──! 마음속으로 그렇게 되뇌면서, 우리는 54층, 53층, 52층을 주파했다.

그 마구잡이 진행의 부작용으로, 배후로부터 몬스터들의 습격을 받는 상황도 생겼다. 그럴 때는 마력을 주저 없이 소비해서 우격다짐으로 처치했다.

더욱더 더욱더『빠르게』──, 『빠르게』『빠르게』『빠르게』──!!

마치『영창』이라도 하듯, 더 빨리 지상으로 돌아가기를 기원했다.

그 가속에 의해 안전이라는『대가』가 지불되었지만, 그 효과는 막대했다. 숨이 턱밑까지 차오르고, 몇 번이가 적의 공격을 받는 상황도 발생했지만, 일반적인 탐색시간의 절반이 되지 않는 시간 소모로 미궁을 공략해 나갔다.

이렇게 우리는 미궁 탐색 속도의 가속에 성공, 미리 예정했던 중간지점 가운데 하나인 50층── 즉『바람의 이치를 훔치는 자』의 층에 다다랐다.

무사히 50층에 도달한 우리는, 주위의 상태를 살펴보았다.

"여기가 50층……, 로드의 층이구나……."

눈앞에 펼쳐진 세계는 초원으로 가득 차 있었다.

동생 아이드의 층인 40층과 비슷한 구조로, 딱히 새로운 점은 눈에 띄지 않았다. 바람속성이라는 것을 강조하듯이 몸을 후려치는 돌풍이 몰아치긴 하지만, 그것뿐이었다.

라이너는 주위의 위험을 확인하고, 발걸음을 내디뎠다.

"그런데 지크, 지금 로드 녀석은 66층 뒷면에 있잖아. 이런 경우에 가디언은 어떻게 되는 거지? 아무도 안 나오는 건가?"

"아르티의 경우에는 그랬어. 가능하면 여기서 잠시 휴식을 취하고 나서 가고 싶은데……."

가디언이 없다면, 50층은 최적의 휴식공간인 셈이다.

벌써 몇 시간이나 쉬지 않고 걸었다. 가능하면 다리를 좀 쉬고 싶었다.

50층 내부의 안전을 확인하기 위해 걷다 보니, 점점 구름의 움직임이 험악해지기 시작했다. 비유적인 의미가 아닌, 현실적인 의미의 표현이다. 50층 중앙에 다가가면 갈수록, 미궁 내부임에도 천장에 구름이 가득 끼기 시작한 것이다.

그리고 이내 구름에서 빗방울이 떨어지기 시작했다. 미궁의 돌풍까지 겹쳐져서, 마치 폭풍우 속에 있는 것 같은 느낌이었다. 바닥에 돋아난 풀들이 바다의 파문처럼 일렁이고 있었다.

"한가운데에서는 비가 내리나 보네. 쉬려면 구석 쪽으로 가는 게——."

우리가 휴식에 부적합한 중앙으로부터 벗어나려 했을 때였다.

폭풍우 속—— 50층의 중심에 한 사람의 모습이 보였다.

무릎을 꿇고 있던 사람이, 지금 막 일어서려 하고 있는 중이었다.

눈에 익은 광경이었다.

그것은 가디언의 층에 인간이 침입했을 때 일어나는『소환』의 모습이 분명했다.

"로, 로드……?"

곧바로 〈디멘션〉을 전개하면서, 상대방의 정체로 추측되는 인물의 이름을 뇌까렸다.

그러나 거기에 있던 것은——

"아뇨, 저예요. 카나미 님."

밤색 머리칼을 늘어뜨린 검은 눈동자의 소녀가, 이쪽을 돌아보며 내 이름을 불렀다.

잘못 알아볼 리가 없었다. 바로 얼마 전에도 같은 광경을 본 적이 있었던 것이다.

50층에 나타난 것은, 분명 60층에서도 나타났었던 노스휘였다.

나와 라이너는 그 등장에 놀람을 감추지 못했다. 우리가 그렇게 놀라건 말건, 노스휘는 주위를 둘러보면서 혼자 상황을 납득했다.

"후훗……. 오랜만이라 불안했었는데, **보험은** 무사히 성공한 모양이네요. 상당히 많은 제한이 걸려 있기는 하지만, 제 본래 마법도 문제없이 운용할 수 있을 것 같아요."

자신의 양손을 바라보며, 노스휘는 쿡쿡 웃었다.

"노스휘가 왜 여기에 있는 거야……?"

"아아, 지금의 카나미 님은 모르고 계신가요? 가디언의 층에 처음 사람이 들어오면, 『이방인 소환』의 술식이 발동해서 『이치를 훔치는 자』 하나가 소환되게 돼 있다는 걸."

"『이방인 소환』이라고……? 아니, 가디언들이 『소환』되는 건 나도 알아. 하지만 그렇다면 여기서는 로드가 나와야 하는 거 아냐?"

"네, 원래는 로드에게 새겨져 있던 술식이었죠. 하지만 조금 전에 제가 『대화』를 통해서, 그 술식의 대상을 로드에게서 저로 변경했답니다. 술사가 없는 마법 같은 거라서, 아주 쉽던걸요?"

별 대수로운 일도 아니라는 듯, 노스휘는 미궁의 근간에 얽힌 술식의 개조에 대해 언급했다.

"그런 게 가능한 거야……? 그런데 왜 굳이 그런 일을……."

노스휘가 사용하는 빛마법의 심오함에 놀라고, 당황했다. 『소환』의 대상을 바꾼 이유를 알 수가 없었다. 눈앞에 있는 이 소녀가 무슨 생각을 하는지 알 수가 없었다.

그렇기에, 지인이 눈앞에 있는데도 발걸음이 앞으로 움직여 주지를 않았다.

스킬 『감응』이, 50층에 나타난 노스휘에게 다가가서는 안 된다고 경고하고 있었다. 뒤에 있는 라이너 역시 나와 비슷한 표정이었다.

그런 우리를 보며, 노스휘는 다시 웃었다.

큭큭 하고, 큭큭 하고, 웃음을 그치지 않았다. 이윽고 그녀는──

"하여튼, 이 뒤로는 보내드릴 수 없습니다. ——〈라이트 로드〉. 그리고 또 하나, 〈노스휘 플래그(빛의 깃발)〉."

마법을 사용해서 오른손에 빛나는 깃발을 생성, 우리의 길을 막겠다는 뜻을 내보였다.

"——!"

그 말과 동시에, 폭풍우 속에 긴장이 감돌았다.

담소의 자리가 전장으로 뒤바뀐 것을 느낄 수 있었다.

나는 한 발짝 후퇴하고, 라이너는 쌍검을 뽑아들었다.

이에 맞서, 노스휘는 연무라도 펼치듯 빛의 깃발을 휘두른 다음, 50층의 대지에 그 깃발을 꽂았다. 의외로 빛의 깃발은 무기가 아닌 본래의 용도로 이용되는 모양이었다.

깃발이 꽂힌 순간, 공간 내 마력의 색이 바뀌었다. 비취색 바람의 마력에 흰색 빛의 마력이 덧씌워지고, 50층은 빛으로 가득 채워졌다.

호전적인 성격의 라이너조차도 그 상황을 보고는 발걸음을 멈출 수밖에 없었을 만큼, 그것은 엄청난 격변이었다. 속성이 돌변한 공간 안에서, 노스휘는 나른한 목소리로 말을 걸었다.

"하아, 카나미 님……. 그나저나 너무 빠르시네요. 아침에 길을 떠나신 지 아직 다섯 시간 정도밖에 안 지났잖아요? 점심시간이에요, 점심시간. 혹시 오늘 안에 지상까지 나가시려는 건가요? 그렇게까지 급하시다면 미리 말씀해주셨어야죠. 저에게도 제 나름의 사정이라는 게 있으니까요. 후훗."

　여전히 온화한 미소를 머금고 있다. 마치 조금 전의 적대 선언 따위는 없었던 일인 양, 우호적인 미소였다. 나와 라이너의 당혹감은 한층 더 강해져만 갈 뿐이었다.

　그리고 대답할 말을 찾지 못해 당혹스러워하는 나에게, 노스휘의 제안이 날아들었다.

　"그러니까, 로드의 준비가 갖춰질 때까지 여기서 잠시『대화』를 하시는 게 어떨까요?"

　이것이야말로 자신의 주특기라는 듯, 노스휘는『대화』를 권했다.

　현재 상황을 전투로 파악한 나의 뇌가 고속으로 돌아갔다. 두뇌 속 물질이 둔탁한 소리를 내며 맥동해서, 온몸의 신경을 모조리 깨웠다.

　지금 판단이 늦어지면── **패한다.** 나는 그렇게 생각했다.

　그런 고속 사고 끝에, 나는 우선 정보 수집을 선택했다. 오른손을 등 뒤로 돌려서, 뒤에서 대기하고 있는 라이너에게 "기다려"라고 수신호를 보냈다.

　"그럼 한 가지 물어볼게. 로드가 하고 있다는 준비라는 게 뭐지?"

　"단순하게 말씀드리자면,『시련』의 준비를 하고 있답니다."

　두뇌 다음으로, 이번에는 심장이 두근 하고 맥동했다.

　──『시련』.

　솔직히, 뼈아픈 기억밖에 없는 단어였다.

통산 다섯 번째『시련』이 눈앞에 다가와 있다는 것을 알게되자, 사고의 속도는 한층 더 빨라졌다.

"대체 왜 이제 와서 새삼스럽게『시련』같은 걸……."

"새삼스러운 일이 아닙니다. 카나미 님이 50층에 도착한 지금이야말로, 그『시련』에 가장 적합한 때니까요. ……자, 저는 대답했습니다. 다음에는 카나미 님이 대답해 주십시오. 제 질문은……, 카나미 님께서는『과거』와『미래』중에 어느 쪽을 더 소중히 여기시나요? 저는 그 점이 정말 궁금하답니다."

노스휘는 일문일답의 응수를 요구했다. 아직 물어보고 싶은 게 더 있었다. 그리고 상황을 좀 더 관찰해 보고 싶다는 이유도 있었다. 철없는 응석을 받아주기로 한 약속의 일환으로서, 나는 그 질문에 대답했다.

"알았어. ……둘 중에 하나를 고르라면,『미래』겠지. 정확히 말하자면『지금』이 가장 소중한 거라고 생각해."

솔직하게 대답했다. 노스휘 뒤에서 반짝이는 깃발의 빛이, 마치 취조실에 있는 조잡한 스탠드 조명처럼 보였다. 조금의 거짓도 용납지 않는 압력이 느껴졌다.

"그렇군요. 한 마디로 카나미 님께서는,『과거』따위는 이제 알 바 아니라는 말씀인가요? 중요한 건『과거』보다『지금』?『지금』만이 전부라는 건가요?"

"전부라고는 안 했어. 하지만『과거』만 쳐다보고 있다가는 앞으로 나아갈 수 없어. 이건 예전에 네가 했던 말이기도 하고…….”

“그 말씀은 다시 말해, 만약에 『과거』에 죄가 있었다고 해도, 기억에 없으니까 그냥 모른 척 하겠다는 뜻인가요? 천 년 전의 일이니까 시효가 다 지난 일이라고? 그것 참 긍정적인 발상이에요. 뭐, 하긴 그 점은 저도 동의하긴 하지만요.”

비꼬는 기색이 역력한 대답이었다.

노스휘는 내 답변을 기다리지 않고 혼자서 동의를 이어 갔다.

“네, 과거만 아쉬워하고 있어 봤자 달라지는 건 아무것도 없습니다. 앞을 바라보며, 지금 해야 할 일을 해야 하죠. 그것이 『올바른 일』이라는 건 저도 이해해요.”

어제 노스휘가 로드를 타이르던 말과 비슷했다. 하지만, 어쩐지 남 얘기를 하는 것 같은 서먹함이 느껴졌다. 그 심경 변화를 조금도 놓치지 않도록, 나는 다시 질문을 던졌다.

“이번에는 내가 물어볼 차례야. 로드는 왜 이제 와서 『시련』 같은 걸 하려고 하는 거지?”

“그게 지금 로드의 응석이기 때문이에요. 저는 『친구』로서 그 응석에 협조하고 있는 거구요. 결국, 지금 저는 『바람의 이치를 훔치는 자』의 대행을 맡고 있는 셈이랍니다. 후훗, 깜짝 놀라셨나요? 저, 카나미 님의 지금 심경을 알고 싶어요.”

“그래, 깜짝 놀랐어. 만약 이 층에 사람이 있다면 그건 로드일 거라고 생각했으니까. 그리고 네가 50층 가디언이 대행을 자처한다는 건, 다시 말해…….”

“네, 층을 지키는 가디언이 하는 일은 단 하나, 자격을 갖지 못한 자의 통과를 막는 것. 그러니까 카나미 님 일행은 통과시킬 수 없어요. 왜냐하면, 두 분 모두 로드의 『시련』을 이겨내지 못했으니까요. 후훗, 후후훗.”

아까 그 적대선언은 잘못 들은 게 아니었다.

그리고 노스휘가 제정신으로 그런 태도를 취하고 있다는 것도 알게 되었다.

긴장감이 더해지는 가운데, 나는 가장 궁금했던 점을 물었다.

“있잖아, 노스휘. 우리가 떠난 뒤에 로드와 화해는 했어?”

“물론 바로 화해했어요. 로드가 웃으면서 용서해 줬답니다. 그리고 저는 『대화』를 통해 『소환』의 대상을 양보 받아서, 지금 이렇게 10층에 있는 거죠. 네, 저는 카나미 님 덕분에 로드와 『친구』가 될 수 있었어요. 다만──.”

노스휘는 양손을 펼쳐서 50층의 상태를 강조했다.

“보시면 아시겠지요. 로드는 지금도 울고 있어요. 표정은 웃고 있지만, 분명 울고 있어요.”

끝도 없이 펼쳐진 초원. 주변부는 화창하지만, 그 중심부는 폭풍우.

그것이 지금 로드의 상태라는 것이 노스휘의 말이었다.

아르티가 했던 말이 떠올랐다. 그녀는 10층을 가리켜 “내 것"이라고 얘기했었다. 그 점은 다른 마왕들도 마찬가지인 것이리라.

"『친구』로서, 저는 울고 있는 로드의 미소를 되찾아주고 싶어요……. 이 눈물의 비를 어떻게든 그치게 해 주고 싶어요……."

"로드는 역시 울고 있는 거야……?"

"네, 혼자 있을 때는 울고 있어요. 그러니까, 제 철없는 응석은 아직 끝나지 않은 셈이 되죠."

노스휘는 여전히 웃으면서, 어제 자신이 얘기했던 소원을 다시 언급했다.

"자, 다시 로드를 만나러 가도록 하세요. 그리고 다시 기운을 북돋워 주세요. 그게 이루어질 때까지, 제 소원은 끝나지 않을 거예요. 그게 저의 『미련』이니, 그럴 수밖에 없잖아요?"

"로드의 기운을 북돋워주려면 아이드를 데려오는 수밖에 없어. 바로 갔다가 돌아올게. 그 대까지 기다려주면 안 될까?"

"못 기다립니다. 왜냐하면, 아까부터 계속 아이드 얘기를 하고 계시지만, 딱히 그게 꼭 필요한 건 아니니까요."

"필요 없지는 않을 텐데. 로드에게는 로드를 이해해 줄 수 있는 『가족』이 필요해."

"맞아요. 로드는 『가족』을 원하고 있죠. 저도 그렇게 생각해요."

"그럼 왜——!"

동의의 뜻은 보였지만, 대화는 전혀 진척이 없었다. 그 끝 없는 반복에 짜증이 나서, 나는 결국 언성을 높였다.

하지만, 그 기세는 예상치 못한 말에 꺾여 버리고 말았다.

"로드의『가족』이라면, 이미 있잖아요."

근본적인 전제부터 뒤엎어 버리는 발언이었다. 나는 그 의미를 이해할 수 없었다.

아니, 엄밀히 말하자면, 추측은 할 수 있었지만 그 추측을 받아들일 수가 없었던 것이다.

"로드의『가족』이……? 어디에……?"

"거기에."

노스휘는 가리켰다.

내 뒤에서 살기를 내뿜고 있는 소년. 라이너를.

"기뻐하도록 하세요, 헤르빌샤인. **당신이 로드의 새로운 남동생이에요.**"

추측이 현실로 바뀌었다. 그 순간, 이 통행 차단의 진정한 목적을 알 수 있었다.

"로드에게 왕다운 면을 원하지 않는 동생. 거리낌 없이 본심을 털어놓고 얘기할 수 있고, 곁에 있기만 해도 즐거 워지는 동생. 같은 바람속성에, 가르치는 보람이 있고, 귀 엽기 그지없는 동생. 후후, 완벽 그 자체죠. 라이너만 있으 면, 아이드 따위는 필요 없어요. 그게 로드가 내놓은 해답 이에요."

"——〈와인드 플랑베르주〉!!"

"이런."

더 이상 말이 이어지기 전에, 라이너가 노스휘를 향해 검을 휘둘렀다.

바람을 마검에 휘감아 온 힘을 다해 휘두른 일격이었지만, 노스휘는 날렵하게 회피했다.

전투 개시가 늦어진 건 나뿐이었다.

그 못난 모습을 보고, 라이너는 검을 휘두르면서 외쳤다.

"지크!! 아직도 이 녀석이 적이 아니라고 믿는 거냐?! 이 태도를 봐! 틀림없어! 이 녀석들은 무슨 일이 있어도 우리를 보내주지 않아! 이제 그만 단념해!!"

노스휘의 응석은 가능한 한 들어주고 싶었다. 적이 아니라고 끝까지 믿고 싶었다.

그런 덧없는 소원이 깨져 나가는 소리가 들려왔다.

"틀렸어요, 라이너. 저는 보내드리지 않으려는 게 아니에요. 그냥 좀 출발점으로 돌아와 달라는 것뿐이에요. 자, 카나미 님, 66층으로 좀 돌아가시지 않겠어요? 로드가 웃음을 되찾을 때까지, 여기는 통행금지니까요. 그러니까 하는 수 없어요. 몇 번이고, 몇 번이고, 다시 처음으로 돌아가는 거예요. 후훗, 후후훗——!"

노스휘의 일관된 응석은 『로드의 웃음』. 하지만 로드를 웃게 만들려면 아이드가 필요하다. 그리고 그 아이드를 데려오려면 지상으로 가야만 한다. 그렇건만, 노스휘는 지상으로 가려거든 로드를 웃게 만들라고 우기는 것이다.

이쯤 되니, 애초에 그 응석을 이룰 생각 자체가 없는 거라는 생각밖에 들지 않았다.

"지크! 굳이 처치할 필요는 없어! 옆으로 빠져나가기만 하면 돼! 그 정도라면 지크도 싸울 수 있을 거 아냐?!!"

라이너와 노스휘의 말이 오가는 가운데, 나는 각오를 다잡았다.

"해 보는 수밖에 없겠어……!"

여기서 가디언 『빛의 이치를 훔치는 자』 노스휘와 싸울 각오를.

"해 보실 건가요? 하지만 미완성 상태인 카나미 님과 미숙한 기사의 힘만 가지고 저를 상대하려면, 여러 모로 부족한 면이 많을 텐데요?"

검을 뽑아 드는 나를, 노스휘는 다정한 표정으로 요격하려 했다. 땅에 꽂혀 있던 빛의 깃발을 뽑아서 창처럼 움켜쥐고, 그 끝부분을 우리에게 들이댔다.

"후훗. 문자 그대로 레벨의 차이를 가르쳐드리지요."

그 말과 함께, 노스휘의 빛 속성 마력이 폭발적으로 팽창했다.

그와 동시에 나와 라이너가 내달렸다. 신호 따위는 없었다. 그럼에도 완벽하게 일치하는 호흡으로 좌우로 갈라져서 통과하려 했다.

그런 우리의 행동에 맞서, 노스휘는 빛 깃발의 길이를 조절해서 옆으로 크게 쓸어버리려 했다. 워낙 반격 범위가 넓어서 나와 라이너 양쪽 모두에게 닿을 정도였다.

"그대로 뛰어, 라이너! 거리를 조작해서 빗나가게 만들 테니까——마법 〈디폴트〉!!"

나는 노스휘의 반격을 막기 위해 차원마법을 구축했다.

공간을 압축하는 대신 잡아 늘렸다. 그 작용에 의해 발생한 거리만큼 노스휘의 휩쓸기 공격은 어긋나고, 빗나가게 될 것 ——이라 생각했다.

"——어?!"

흐물흐물하게 늘어났던 공간이, 순식간에 흐물흐물 압축되어 되돌아왔다.

기껏 만들었던 틈이 금세 메워져서, 오차가 복원된 것이다.

휩쓸기 공격에는 아무런 거리의 오차도 발생하지 않았고, 나와 라이너는 깃발 끝에 얻어맞고 말았다. 나는 재빨리 팔로 방어했지만, 원심력에 의해 증가한 충격 때문에 몸이 나가떨어졌다. 뼈가 부러져도 이상할 게 없을 만큼 강력한 공격이었다. 실제로 내 마력만 믿고 있던 라이너는 방어에 사용했던 팔이 탈구되어 버린 것을 〈디멘션〉을 통해 파악할 수 있었다.

"빌어먹을! 지크, 뭐가 어떻게 된 거야?!"

나가떨어진 라이너는, 곧바로 일어서면서 내게 원인을 물었다.

"내가 쓴 것과 같은 마법을 쓴 건가……? 아니, 그건 아냐. 같은 마법을 **내가** 쓴 건가?"

원인을 찾아 나갔다. 아까 발생한 마법은 〈디폴트〉가 두 번. 덧붙이자면, 그 두 차례 사용된 〈디폴트〉의 출처는, 틀림없이 나였다.

첫 번째는 내가 의식적으로 내쏜 것이 맞았다. 하지만 두 번째는 내가 의도한 게 아니었다.

"후후훗, 느긋하게 얘기나 하고 있을 때인가요?"

내가 정보를 정리하고 있는 사이에, 노스휘가 내달렸다.

그 표적은 라이너. 부상당한 상대를 먼저 제압하겠다는 꿍꿍이가 분명했다.

그런 노스휘를 막기 위해, 나는 마법을 통한 이동을 시도했다.

"──〈디폴트〉!!"

거리를 줄이기 위해 공간을 압축하려 했다. 그러나──

"이, 이번에도?!"

마법이 성립하지 않았다.

공간을 압축하기가 무섭게, 곧바로 다시 늘어나고 말았다.

같은 마법이 정반대의 방향애서 동시에 발동하는 바람에, 아무런 효과도 얻을 수 없었던 것이다.

의심의 여지가 없었다. 노스휘를 상대할 때는, 저절로 마법이 이중으로 발동된다.

그것도 정반대로, 상쇄시키는 동시 발동이었다.

내가 그렇게 마법을 실패하는 동안, 노스휘와 라이너가 접촉했다.

라이너는 접근전이 벌어지기 전에 돌풍 마법을 사용하려 했다.

"──〈시어 와인드〉!! 뭐야?!"

나와 마찬가지였다. 마법 〈시어 와인드〉는 분명히 발동했다. 하지만 그것은 동시에 발동된 또 하나의 마법 〈시어 와인드〉에 의해 상쇄되고 말았다.

그런 상황에서, 빙긋 미소를 머금은 노스휘가 덮쳐들었다.

라이너는 탈구되 팔을 움직여서, 검과 깃발을 충돌시키는 식으로 가까스로 방어에 성공했다. 하지만 라이너는 힘에서 밀렸다. 나머지 팔까지 빠져 버릴 것 같은 충격에 의해, 다시 저 멀리 내팽개쳐지고 말았다.

"라이너! 마법이 이중으로 발동해서 효과가 상쇄되고 있어! 내 지원은 기대하지 마! 될 수 있으면 마법도 쓰지 마!"

나는 마법이 아닌 다리를 움직여서 라이너의 구원에 나섰다.

그러면서, 이 이해할 수 없는 상황에 대한 분석을 시도했다.

이 공간에서 가장 수상한 것은 단 하나. 노스휘의 손에 들려 잇는 빛 깃발에 온 신경을 집중시켰다. 그리고 그 깃발을 중심으로 차오르는 빛 속성 마력의 움직임을 세부 중의 세부까지 추적했다.

그 결과, 그녀가 가진 〈노스휘 플래그〉가 가진 진정한 능력을 간파할 수 있었다.

저 깃발이 무기가 아닌, 정신간섭계 마법의 발동 매체라는 것을 깨달았다.

깃발에서 발생하는 빛이, 노스휘가 언급한 『대화』 마법을 상시적으로 발생시키고 있는 것이다.

그 대상이 우리가 아니기에 알아채지 못했다. 빛의 마법이 흘러 들어가고 있는 대상은――

"우리의 『피』에!! 노스휘의 빛 속성 마력이 스며들고 있어!!"

대상은 육체가 아닌 『피』. 아니, 정확히 말하자면 『피』 속에 새겨져 있는 술식이리라. 마법의 술식 그 자체에 직접 『대화』를 걸고 있는 것이다. 그리고 그 상대인 술식에는 자아가 존재하지 않기에, 무조건적으로 『대화』가 해결되어 버리고 있다.

말 못 하는 갓난아기를 속이는 것처럼, 빛의 마력이 술식을 지배하고 있었다.

"라이너! 이 빛의 우리 『피』 속에 있는 마법의 술식을 지배하고 있어! 노스휘의 마법은 상대가 생물이 아니라도 성립하는 모양이야! 이게 강제력 없는 『대화』의 마법이라는 건 순 거짓말이야! 어떻게든 빛의 마력을 씻어내야 돼!!"

알 수 없는 현상의 정체는 파악했다. 하지만 대응이 쉽지 않았다.

먼저 마법의 매개체가 되는 빛 그 자체를 물리적으로 피할 수가 없었다. 빛은 항상 공간 전체를 가득 채우고 있기에, 중화도 불가능했다.

그리고 이중 발동하고 있는 마법은 우리의 마력이 아닌, 『피』 속에 스며든 노스휘의 마력을 이용하고 있기에, 아무런 위화감도 부담도 없이 발동된다. 이 점이 핵심이었다.

우리의 마력은 줄어들지 않았다. 사용되는 건 노스휘의 마력뿐. 어둠마법처럼 강압적인 게 아닌, 더할 나위 없이 유화적인 방법. 그렇기에 사전에 알아챌 수가 없었고, 막아내기도 힘들었다.

"씻어내라니, 지금 그럴 시간이 없잖아——!"

방어일변도의 버거운 싸움을 벌이고 있는 라이너는 아마 불가능할 것이다.

그렇기에 나는 온 힘을 다해 달려가려 했다. 그리고 간신히 라이너를 지원해 줄 수 있는 거리까지 다다랐을 때, 노스휘가 이쪽으로 고개를 반쯤 돌렸다. 엿보이는 옆얼굴의 입가가 일그러지고, 마법명을 읊었다.

"——차원마법 〈커넥션〉."

빛마법이 아닌 차원마법. 마법명을 읊조린 건 노스휘지만, 발동시키는 건 나.

"크윽——!"

내 왼팔에서 멋대로 마법이 용솟음쳤다.

정신을 차리고 보니 마법 구축은 이미 끝나 있었다.

바로 근처의 땅바닥에, 초대형 〈커넥션〉이 마치 바닥에 달라붙은 것처럼 완성되었다. 지금껏 한 번도 만들어 본 적이 없었던 거대한 문이었다. 색깔은 보라색이 아닌 흰색. 밀도가 워낙 짙어서, 어지간한 수단으로는 파괴할 수 없다는 걸 척 봐도 알 수 있었다. 내 힘으로는 절대로 만들 수 없는 마법이, 마치 함정용 구덩이처럼 50층 바닥에서 입을 쩍 벌렸다.

"그럼, 단번에 꿀꺽 삼켜 버릴까요."

그런 노스휘의 목소리에 맞추어, 그녀의 움직임이 빨라졌다. 그 속도로 보아, 지금까지는 의도적으로 속도를 억제하고 있었다는 걸 알 수 있었다. 당연한 일이지만, 부상당한 라이너는 대처할 수 없었다.

빛의 깃발 끝부분에 배를 얻어맞아서, 호흡곤란 상태에 빠졌다. 그 순간에 부드러운 손바닥 같은 깃발의 천 부분이 라이너를 휘감는가 싶더니, 뒤이어──

"──그럼, 슈-웃!!"

깜찍한 구령과 함께, 라크로스라도 하듯이 라이너를 거대한 〈커넥션〉 속에 쑤셔 넣었다.

다른 곳으로 강제 이동된 것이다. 아마 로드의 『시련』이 마련되어 있는 곳이리라.

"라이너!!"

"일단 한 명…….'

미소 띤 얼굴의 노스휘가, 느릿느릿 이쪽을 돌아보았다.

큰일이다……. 아마 이번에는 나를 〈커넥션〉 속에 쑤셔 넣을 작정이리라.

순간적으로, 내가 스스로 〈커넥션〉 안으로 뛰어든다는 선택지가 머릿속에 떠올랐다. 하지만 라이너는 그것을 원하지 않으리라. 모든 생활을 함께해 온 친구다. 그 정도는 말 안 해도 알 수 있었다.

무엇보다, 나 스스로가 라이너에게 한 말이 있었다.

자기희생은 편한 길이지만, 그만두자―― 내 입으로 분명히 그렇게 말했었다.

라이너를 구하러 가고 싶은 충동이 휘몰아쳤지만, 그건 그저 내 마음만 편해지는 길일뿐이다.

지금은 서로 갈라지는 한이 있더라도, 한 시 바삐 아이드를 데려오는 것이 최선이다. 지상에만 가면, 지원군도 얼마든지 기대할 수 있었다. 그렇기에 나는――

"빌어먹을!!"

이를 악물고 내달렸다. 노스휘도 〈커넥션〉도 아닌, 49층으로 통하는 계단을 향해, 온 힘을 다해 질주했다.

"후훗, 이제야 천 년 전의 카나미 님 같은 면모가 보이네요. 목표를 위해서라면, 거치적거리는 건 잘라 버리는 것. 참으로 『올바른』 선택이에요. 저라도 그렇게 했을 것입니다."

노스휘는 그런 나의 전력질주를 한달음에 따라잡아서, 나란히 달렸다. 그리고 그 어마어마한 완력을 발휘해서 깃발을 옆으로 휘둘렀다.

"그게 아냐!! 나는 라이너를 신뢰하고 있는 것뿐이야! 그
녀석이라면 혼자서도 길을 개척해 나갈 수 있어!"

검으로 깃발을 쳐내면서 맞받아치고, 다시 노스휘 쪽으로
돌아서서 전투태세를 취했다.

노스휘의 신체능력은 비정상적으로 높았다. 달려서 따돌
리는 건 불가능한 일임을 깨달은 나는, 하는 수 없이 검으
로 노스휘를 격퇴하기로 마음먹었다. 그녀가 사용하는 빛
마법의 구조에 대해서는 이미 파악하고 있기에, 스킬『감응』
과 검을 중심으로 싸우는 수밖에 없었다.

"이건……?"

검과 깃발을 맞부딪치며 싸우다가, 노스휘는 미간을 찌푸
렸다.

훨씬 손쉽게 나를 제압할 수 있을 거라 생각했던 것이리
라. 지금까지 줄곧 후위를 맡아 왔던 나의 스킬『검술』이 가
진 높은 수준에 놀란 기색이었다.

로웬의『검술』에는, 신체능력의 차이를 메울 수 있을 만큼
의 힘이 있었다. 하지만 그렇다고 해서 단번에 베어 버릴 수
있을 만큼의 우위까지 만들 수 있는 건 아니었다.

어떻게든 이 자리를 벗어날 틈을 찾으면서, 나는 말과 무
기를 휘둘렀다.

"빌어먹을! 이런 귀찮은 마법을 숨기고 있을 줄은 몰랐어,
노스휘!!"

"딱히 숨겼던 건 아니에요. 타인에의 헌신은 빛마법의 기

초인걸요. 저는 카나미 님 일행에게 마법을 나누어드리고 있는 것뿐이랍니다."

"그 마력이 멋대로 우리 마법을 쓰고 있잖아!"

"마법의 발동은 『피』와의 『대화』를 통해 확실하게 허가를 받은 것입니다. 욕을 들은 이유를 없을 텐데요."

"내 마력을 쓸 거면 내 허락을 받아! 『피』가 아니라 나와 『대화』해야지!!"

"그랬다가는 술식을 빌리는 걸 거절당할 테니까……."

"당연하지! 그게 일반적인 거야! 『피』와 『대화』라니, 대체 무슨 말도 안 되는 소리냐고!!"

"후훗, 죄송합니다. 상대의 약점과 『대화』하는 것이 평화 교섭의 기본이니까요."

"크윽——!"

유들유들하게 피해 버리는 노스휘.

대화도 그랬지만, 전투에서의 손맛도 시원치 않았다.

내 『검술』과의 정면승부를 일찌감치 포기한 노스휘는, 깃발의 형태를 갖가지 모양으로 변화시켜 가며 대응하기 시작했다. 기본적으로는 봉술이지만, 중간에 창, 도끼, 장도(長刀), 장검, 쌍검, 단검 등, 변화무쌍하게 무기를 바꾸어 가며 싸웠다. 게다가 그 모든 무기를 손발처럼 능숙하게 다루었다. 스킬 『무기전투』의 수치가 높은 것뿐만이 아니라, 개별 스킬까지 완비하고 있는 것이 분명했다.

신체능력의 차이가 큰 데다, 변화무쌍하게 변하는 무기

까지.

이미 5분 가까이 싸우고 있지만, 이대로 가면 한 시간을 싸워도 무너뜨릴 수 있을 것 같지가 않았다.

체력이 깎여나가고 숨이 차오르기 시작했다. 이마에는 굵은 땀방울이 흘러서, 당장이라도 눈에 들어가 버릴 것만 같았다.

"하악 하악, 하악──!!"

나는 숨을 고르기 위해, 전투를 일시 중단하고 펄쩍 뛰어 후퇴했다.

노스휘는 그런 나를 쫓아오는 대신, 49층으로 통하는 계단을 등지고 서서 웃었다.

"후우……. 저는 이런 지구전에는 일가견이 있답니다. 네, 참는 것에는 이골이 나 있으니까요."

가볍게 숨을 내쉬고, 태연한 표정을 보이는 노스휘.

피로가 전혀 없는 건 아니었지만, 나에 비하면 하늘과 땅만큼의 차이가 있었다.

땀을 훔치며, 나는 상황의 열악함을 재확인했다.

노스휘는 마법을 전력으로 사용하지 않은 채, 굳이 나의 『검술』과 정면대결을 벌이고 있다. 다시 말해, 자신이 유리한 분야에서 싸우는 것도 아닌데 이렇게까지 강하다는 것이다.

상황을 타개하려면, 그에 상응하는 무모한 작전이 필요하리라.

그리고 무모한 작전이라는 대목에서 뇌리에 떠오르는 것은, 지상에서의 기억. 가장 무모하게 굴었던 것은 바로 팰린크론과의 싸움 때였다. 그 싸움이 끝날 무렵, 나는 사기적으로 강한 그 마법을……

──그 『마법』을 써야 하는 건가?

그건 아마, 지금 내가 쓸 수 있는 마법 중에 최고위의 마법에 해당할 것이다.

하지만 그 마법은 전투용이 아니다. 그뿐만이 아니라 『대가』도 크다. 될 수 있으면 이 몸으로는 쓰고 싶지 않았다. 그리고 그 마법을 사용한 것은 팰린크론과의 전투 단 한 번. 이번에도 제대로 발동하리라는 보장은 없었다. 불확정 요소가 너무 많았다.

마음먹고 승리를 취하고자 한다면, 지금 꺼내 들 수 있는 카드에 마력을 모조리 쏟아 붓는 게 좋다.

하지만 여기는 아직 50층. 미궁의 중반 중의 중반. 한가운데였다. 혹시 노스휘를 이긴다 해도, 연료가 떨어지면 결국 비아이시아로 돌아가는 수밖에 없다.

전력을 다한 전투도 불가능한 위치였기에, 상황을 타개할 방법이 떠오르지 않았다.

노스휘는 그런 내 답답한 마음을 간파하고 있는 것이리라. 내 불안감을 부채질하면서, 느긋하게 내 대응을 살피고 있었다.

"후후훗. 저는 편한데요? 굳이 여기서 무리하지 않더라도, 카나미 님을 소모시키기만 하면 자연스럽게 제 승리가 되니까요. ……자, 카나미 님. 라이너도 없는 상황에서, 그렇게 지친 몸으로 지상까지 가실 수 있겠어요? 마력은 충분히 남아있나요? 이제 슬슬 배가 고플 때가 되지 않았나요? 후훗, 후후훗.”

노스휘는 자신의 승리조건을 이해하고 있다. 그 우위를 바탕으로 나를 타일렀다.

“카나미 님, 무모한 행동 따위 하지 마시고 일단 한 번 비아이시아로 돌아가시지요. 그리고 로드의 『시련』을 받도록 하세요. 카나미 님에게는 그래야 할 의무가 있습니다. 네, 이건 가디언의 층을 지나고자 하는 자가 짊어진 의무니까요.”

그 말을 듣고, 내 생각은 굳어졌다.

무모한 짓은 아직 시작도 하지 않았다. 이 정도는 무모함의 범주에 끼지도 못한다.

“덧붙이자면, 이것은 책무이기도 합니다. 카나미 님은『과거』에 대한 책임을 지셔야 합니다. 그러니까, 저와 같이 돌아가시지요. 전정한 천 년 전의 비아이시아로——!!”

무모한 짓은, 지금부터다——!

온 힘을 다해 노스휘를 물리치고, 기백으로 지상까지 도달하고 말 것이다——!!

“——마법 〈디폴트〉! 〈디폴트〉 〈디폴트〉 〈디폴트〉!!”

마법을 외치면서 내달렸다. 다시 전력질주를 시도하면

서, 온 힘을 다한 차원마법을 연발했다.

마법이 상쇄되리라는 건 알고 있었다.

그러니까 일단 숫자로 밀어붙이는 것이다.

공간의 왜곡을 무수히 발생시켜서, 노스휘 옆을 통과하는 루트를 대량으로 발생시키려 했다. 어쩌면 노스휘는 다수의 마법에는 대처하지 못할 가능성도 있었다.

"그런 식으로 나오시는군요……. 예측범위를 벗어나지는 못합니다만."

하지만 노스휘가 손바닥을 내밀자, 모든 공간의 왜곡이 순식간에 복구되어 갔다. 이 막무가내 돌격을 예측하고 있었음을 확신할 수밖에 없는 대처였다.

그러나 일이 이렇게 되리라는 것쯤은 나도 예상하고 있었다. 가디언이라면 이 정도쯤은 해낼 수 있는 법이다.

〈디폴트〉의 효과를 얻지 못한 나는, 노스휘를 향해 정면으로 돌진하는 상태가 되었다. 그런 상황에서, 진짜 노림수였던 마법을 주저 없이 내쏘았다.

"——마법 〈디스턴스 뮤트〉!!"

와삭와삭 두뇌가 깎여 나가는 것 같은 소리를 들으며, 〈디스턴스 뮤트〉를 온몸에 휘감았다.

수가 안 된다면 질로 승부하는 것이다.

하나의 마법에 마력을 극한까지 실어서, 동등한 마력을 마련할 수 없게 만드는 것. 이대로 노스휘의 몸속을 통과해서 49층의 계단까지 도달해 보일 작정이었다.

"그렇게 짙은 농도를 재현하려면 등골이 휘겠는걸요. 하지만 그 마법은 이미 본 적이 있습니다. 물질을 통과하는 거죠?"

내 돌진을 보면서도 노스휘의 대응은 차분했다. 마법 상쇄는 일찌감치 포기했다.

하지만 그렇다고 내 온몸에 휘감긴 〈디스턴스 뮤트〉에 대처할 방법이 없는 건 아니었다. 노스휘 입장에서 보면 상쇄는 하나의 수단일 뿐. 굳이 거기에만 연연할 필요는 없었다.

"그러니까, 이 작전도 제 예측범위 안입니다. ——마법 〈디스턴스 뮤트〉. 제 오른손만을 그 이긋닌 차원의 위상에 맞추도록 하죠. 아주 조금만이지만요."

노스휘는 나를 이용해서 손에 미약한 〈디스턴스 뮤트〉를 휘감았다. 그리고 그 손으로, 정면에서 달려드는 내 손을 붙잡고 바이스처럼 움켜쥐었다.

"크윽——! 이, 이거 놔——!!"

나는 그 손을 뿌리치려 했지만, 노스휘는 그런 내 힘을 교묘하게 무마시켰다. 『검술』에서는 내가 노스휘를 압도했지만 『체술』에서는 반대였다. 무엇보다, 노스휘는 싸움에 익숙했다. 그런 확신이 들 만큼 차분한 체술로, 노스휘는 내 팔을 붙잡은 채 미궁 천장에 닿을 만큼 드높이 도약했다.

그 착지 지점에 있는 것은, 떡하니 입을 벌린 〈커넥션〉.

"외통수에요. 지상에는 가실 수 없습니다. 네, 두 번 다시, 절대로 가실 수 없습니다."

"이걸 그냥——!!"

노스휘는 웃으면서—— 내 팔을 움켜쥔 채로 떨어져 내렸다.

나와 함께, 미궁의 깊은 바닥으로. 차원을 넘어서 16층만큼의 거리를 낙하해 갔다. 〈커넥션〉의 이동 시간은 순식간이었다. 찰나의 암흑이 지나고, 이내 세계가 뒤바뀌었다.

폭풍우 몰아치는 황량한 미궁에서, 아무도 없는 천 년 전의 성으로.

출발점으로, 다시 끌려왔다.

5. 영계(靈界)를 달려 나가다

곤두박질 친 곳에 기다리고 있던 것은 널따란 공간.

처음에는 내 방으로 돌아올 줄 알았는데, 노스휘는 전혀 다른 곳에 〈커넥션〉을 마련해 두고 있었던 모양이었다. 아니, 애초에 아까 노스휘가 적대의사를 표명한 순간부터, 내 방의 〈커넥션〉과 57층의 〈커넥션〉은 이미 사라져 있었다. 노스휘가 사전에 모종의 공작을 펼쳐 두었음을 알 수 있었다.

도망칠 곳의 선택지가 줄어든 것을 확인하고 있으려니, 노스휘는 뼈가 부러져라 움켜쥐고 있던 내 손을 놓았다. 그리고 약간 떨어진 곳에서 옥좌에 앉아있는 비취색 머리칼의 여인을 향해 손을 흔들었다.

"저 왔어요. 이렇게 제대로 데려왔답니다, 로드."

옥좌가 있었다. 즉 여기는 성의 중앙에 있는 옥좌의 방인 모양이었다. 굵은 기둥들이 장엄하게 늘어서 있고, 그을려서 변색된 석벽에는 대량의 촛불들이 을씨년스럽게 일렁이고 있었다.

문은 두 개뿐. 왕이 백성들을 맞이하는 데 쓰이는 커다란 문과, 옥좌 뒤에 있는 왕의 전용 문.

커다란 문 쪽으로부터 옥좌까지, 호화로운 자수가 새겨진 융단이 깔려 있었다.

나는 그 융단 위에 무릎을 꿇고 있는 상태였다.

최악 중에서도 최악이었다. 그렇게 서둘러서 50층까지 도착했건만, 다시 66층 뒷면으로 돌아오고 만 것이다.

출발점으로⋯⋯!!

일그러진 얼굴로 이를 악물고 있는 내게, 또 다시 최악의 상황이 더해졌다.

"──『가속한다』『가속한다』『가속한다』『가속하는가속하는가속하는혼』──"

짤막한 『영창』을 난잡하게 되풀이하고 있는 것은, 이쪽에서 고개를 돌린 비취색 머리의 여인.

비취색으로 빛나는 마력이 옥좌를 물들이고 있었다. 그리고 로드 뒤의 벽에 드리워져 있는 다수의(이 비아이시아국의 문장으로 보이는, 새와 검의 의장이 그려진) 작은 깃발들이 흔들리고 있었다.

기묘한 광경이었다. 밀폐된 방이건만, 바람이 불고 있는 것이다.

그 바람은 깃발뿐만이 아니라 로드의 머리카락도 흔들고 있었다.

평소와는 달리, 로드는 비취색 포니테일을 푼 상태였다. 그것은 이틀째 아침에 정원에서 본 그녀와 비슷한, 꿈속에서 본 고귀한 『통치하는 왕』 그 자체였다.

고개를 푹 숙이고 있던 로드의 얼굴이, 이제, 천천히 들어올려졌다.

그녀의 에메랄드색 두 눈동자와 눈이 마주쳤다. 찬란하게 빛나고 있는데도, 마치 새까만 막에 덮여 있는 것처럼 신비로운 어두움이 느껴졌다. 폭풍우 몰아치는 삼림을 두 개의 구체에 응축시켜 넣은 것만 같았다. 애교 따위는 티끌만큼도 없이, 위엄만이 흘러넘치고 있었다.

나도 모르게 가슴속에 공포가 샘솟았다. 하지만, 동시에 자애의 마음도 샘솟았다.

그럴 수밖에 없을 만큼, 옥좌에 앉은 로드는 위태로워 보였다. 임계점 직전에 도달해 있는 것처럼 느껴졌다.

건드리면, 부서진다.

그런 생각이 들었기에, 그녀에게 무슨 말을 건네야 할지 알 수가 없었다.

하지만 옆에 있는 노스휘는 친숙하게 말을 걸었다.

"──으응? 어라, 이상하네요. 라이너는 어디로 간 거죠? 분명히 여기에 떨어뜨렸을 텐데, 모습이 안 보이네요……."

그 말을 들은 로드의 어깨가 움찔 떨렸다. 나에게서 시선을 떼고, 짜증이 묻어나는 목소리로 뇌까렸다.

"레이넌드 월스 녀석에게 당했어……. 여기서 전투가 벌어진 걸 알아챈 녀석이 끼어들어서, 라이너를 데리고 떠나버렸지 뭐냐……."

"아아, 그렇게 된 거였군요. 그나저나, 역시 전투가 벌어졌다는 거네요."

"부정당했어……. 부정을……!!"

로드의 말투가 이상했다. 모습뿐만이 아니라, 말투에서도 애교가 사라져 있었다. 가짜가 아닐까 하는 의심이 들 정도의 격변이었다.

"혼의 소모를 견뎌낸 유일한 국민, 레이넌드 월스 장군 말씀이죠? 보아하니, 『이곳』의 시간축을 조정하더라도 그 남자만은 자유롭게 행동할 수 있는 것 같더군요. 그나저나 카나미 님과 싸우는 수십 분 정도의 시간에 로드를 따돌리다니……, 아무리 한물갔어도 대전의 맹장은 역시 대단하네요."

"뭐, 월스 녀석……! 나를 보고 이상하다고 했어……! 망가졌다는 소리까지 하지 뭐냐……! 감히 나를 보고, 나를 보고……!"

자기 자신에 대한 호칭 자체는 전과 딱히 달라진 게 없었다.

표현 자체는 그대로여지만, 의미가 전과는 다르게 느껴졌다. 분위기가, 행동거지가, 말투가, 모든 것이 달랐다. 노파 같은 그 말투는, 내가 알던 로드가 아니었다.

불길한 예감을 주체하지 못하는 나와는 무관하게, 두 사람은 얘기를 계속했다.

"아아, 어쩜 그렇게 심한 말을……. 죄송해요, 로드. 『이곳』의 구조상, 그 남자가 규칙을 무시할 수 있는 가능성이 있다는 건 알고 있었어요. 이건 제 실수였어요."

노스휘는 호들갑스럽게 한탄하고, 호들갑스럽게 사과했

다. 그 진부한 연기에서는 항상 섬뜩한 감각이 묻어났다. 그러나 로드는 아무런 위화감도 없이 그런 노스휘의 연기를 받아들였다.

"내 말 좀 들어 봐, 노스휘!! 월스 녀석은, 감히 나를 배반하고 카나미 일당과 공모했어……! 나에게서 소중한 『신하』와 『동생』을 앗아가려 들었어……! 대체 왜냐. 대체 왜, 나에게 다정하게 굴지 않는 월스 녀석만 아직까지 남아있는 게야……. 예나 지금이나, 사사건건 방해만 해 대고! 용서 못해, 절대 용서 못해……!!"

"아이, 가엾은 로드. 그럼 제가 나서서 당신을 괴롭힐 후환을 끊어 드릴게요. 지금 당장이라도."

노스휘의 목소리는 부드러웠지만, 잔학함이 묻어나고 있었다. 거친 말을 쏟아내던 로드는, 그 인정사정없는 말에 전율했다.

"끊어 버린다……? 그게 무슨 말이지……?"

"로드에게 이제 『장군』 같은 건 필요 없지 않나요? 『이곳』에서 의식을 갖고 있는 건 『당신』과 『저』, 『신하』와 『남동생』, 이 넷만 있으면 충분해요. 나머지는 관객 역할에만 충실하게 하는 거예요. 그러는 편이 당신이 원하는 세계에 더 다가갈 수 있으니까요."

"워, 월스를 없애겠다는 거냐……? 용서할 수 없는 행동을 저지르긴 했지만, 그 녀석이 끝까지 비아이시아를 섬긴 충신이라는 것도 사실인데……. 굳이 없앨 것까지는……."

"그 다정함 때문에 헤르빌샤인을 놓치시게 된 거예요. 무엇보다, 당신의 세계에 『장군』이 필요한가요? 월스 장군의 혼은, 이제 그만 해방시켜 주는 게 나아요."

"…………!"

속사포처럼 이어지는 노스휘의 말에 떠밀려서, 로드는 천천히 고개를 끄덕였다.

"후후홋. 잘 생각하셨어요. 너무 열심히 사느라 고생한 아이들끼리, 같이 처음부터 다시 시작하기로 약속했잖아요? 걱정하실 것 없어요. 제가 금방 그 불안을 없애 드릴 테니까……. 그러니까 평소의 당신으로 돌아오세요. 자, 마음을 가라앉히고……."

"으음……."

다독이는 노스휘의 말에 로드의 분노가 가라앉았다.

그 모습을 본 노스휘는 흡족한 듯 웃고, 방을 떠나려 했다.

"그럼 저는 이만 가 볼게요. 그러는 동안, 로드는 카나미 님을 설득해 주세요."

"그래……. 이번에는 벗의 말을 따르도록 하지……. 우선 『시련』부터 하는 거다……."

노스휘는 커다란 문을 통해 나가고, 나와 로드만이 옥좌의 방에 남았다.

대화가 이어지는 동안 내가 움직이지 않았던 건, 로드와 대화해 보고 싶었기 때문──이 아니라, 단순히 등을 보일 수 없을 만큼 강력한 마력에 노출되어 있었기 때문이었다.

내가 옥좌의 방에 떨어진 뒤로, 로드는 줄곧 왕이라는 지위에 걸맞은 압력을 내게 가하고 있었다.

그런 그녀가, 드디어 내게 말했다.

"잘 왔다, 나의 기사단장이여. 나는 계속 그대를 기다렸느니라."

"로드, 맞아……?"

먼저, 내가 품고 있던 가장 큰 의문을 던졌다. 그 전제가 틀렸다면, 여기에 머물러 있을 이유가 없었다.

"내가 로드라면, 이상한가?"

로드는 우아한 몸짓으로 고개를 갸우뚱거렸다.

"좀 그렇긴 해……. 그 말투가 너무 구식이라서."

로드의 흔적은 있었다. 『표시』 역시 그녀를,

[피프티 가디언] 바람의 이치를 훔치는 자

라고 판단했다.

"그렇군, 이상하단 말이지……. 하지만 이게 본래의 나인데 말이야……."

"어쩌다가……, 그렇게 된 거야?"

"아아, 바람의 영창에 따른 『대가』를 이용했어. 그걸 통해 잠시 옛날로 돌아온 거지."

애교가 사라지고, 엄숙해졌다. 아기 동물 같은 몸짓이 사라지고, 움직임이 느긋해졌다. 풋풋한 면모는 찾아볼 수 없고, 눈에서는 생기가 사라졌다. 다른 누가 보더라도 나와 같은 감상을 느낄 게 분명했다.

──늙었다, 라고.

로드의 날카로운 안광이, 내 표정에서 그런 감상을 읽어낸 모양이었다. 살짝 웃고는, 자신의 몸을 가리키며 정정했다.

"홋, 늙은 게 아니야. 이건 오히려 회춘한 거다. 지금까지는 너무 늙는 바람에 말투가 완전히 망가져 있었는데, 원래는 이게 정상이었다. 이제야 어린아이로 돌아온 게지."

이런 노인 같은 말투로 "어린아이로 돌아왔다"라는 소리를 하니, 영문을 알 수가 없었다.

"아아, 모든 것이 다 그립구나……. 그래, 나는 원래 이런 말투였었지. 하지만 아직 멀었어……. 『이치를 훔치는 자』의 인생이 워낙 길다 보니, 진정으로 돌아왔다고 하자면 앞으로도 훨씬 더 오랜 옛날로 돌아가야 해. 그렇고말고. 훨씬 더 오랜 옛날로 돌아가야……."

로드는 허공을 이리저리 응시하며, 혼잣말처럼 주절주절 중얼거렸다.

그 모습은 병적이었다. 열에 들뜬 환자처럼, 로드는 내게 말을 걸었다.

"이봐, 카나미. 『아이』와 『어른』의 경계가 언제라고 생각하지?"

그것이 지금 로드가 안고 있는 가장 큰 문제일까.

누가 『아이』이고 누가 『어른』인지. 무엇보다, 자신은 지금 어느 위치에 있는지.

그것을 궁금해 하는 기색이었다.

대답이 궁해서 어물거리는 나에게, 로드는 온화한 표정으로 고개를 저으며 말했다.

"괜찮다. 대답에 대해 딱히 큰 기대를 하는 건 아냐. 나 스스로도 아직 모르겠으니까. 하지만, 이거 하나는 확실하게 말할 수 있다. 천 년 전, 여기 앉아있던 거창한 말투의 임금님은 어린애였어. 어른이었지만, 그 누구보다도 더 어린애였지."

천 년 전의 『통치하는 왕』은 어린애였다고, 천 년 전의 본인이 말했다.

"정말이지 옛날 생각이 많이 나는구나. 옛날에도 이렇게 이 옥좌에서 카나미를 맞이했었지. 수많은 가신들의 반대를 뿌리치고 말이야. 하하."

감회에 젖은 표정으로 과거의 이야기를 하는 것 같았지만, 나는 그 얘기를 전혀 따라갈 수 없었다.

"미안하지만, 나는 그 때 일을 기억 못 해."

"기억이 안 난다 해도 대답을 듣고 싶은 게다. 천 년 전의 내가, 왜 『남연맹』 지도자의 남편인 카나미를 『북연맹』에 받아들였는지……, 알겠느냐?"

기억나는 게 없으니, 나는 고개를 가로젓는 수밖에 없었다.

"으음. 이제 그 진정한 이유를 가르쳐주마. 가신들에게는 그냥 입에서 나오는 대로 대충 설명해 줬지만, 진정한 이유는—— 카나미만이 『왕을 그만두라』고 말해 줬기 때문이었다."

이 대목에서 조금이나마 로드의 심정을 짐작할 수 있었다. 아마, 로드는 처음부터 이 말을 하고 싶었던 것이다. 기억을 잃은 나에게 가장 먼저 전하고 싶었던 얘기이리라.

"카나미는……, 이 노인네 같은 말투에 대해, 대놓고 이상하다고 말해 줬어. 더 어린애다운 말투로 얘기하라는 말도 해 줬어. 주위의 기대에 부응하려 하는 건 좋지만, 하나도 안 어울린다고……, 내게 그렇게 말해줬단 말이다……."

그리고, 다시 내게서 그 말을 듣고 싶은 것이리라.

그 광기 어린 표정을 보면 훤히 알 수 있었다.

"나는 분명히 『북부의 구세주』였다. 하지만 그때의 나에게 있어 카나미는 『나의 구세주』였어. 물론, 입으로는 한 번도 그런 말 한 적 없지만."

눈웃음을 머금은 채 과거의 광경을 회상하는 로드는, 누가 봐도 어른으로 보였다.

어린아이는커녕, 과거를 그리워하며 여생을 보내려 하는 노인의 모습으로만 보였다.

"단 한 번도 입 밖으로 내지 않았던 내 심정을, 카나미만이 이해해 주었어……! 카나미만이 내 괴로움을 알아채고, 구해주겠다고! 소원을 이루어주겠다고, 그렇게 말해 주었단 말이다! 카나미여! 다시 한 번, 내가 듣고 싶은 그 말을 해 줘! 지금 이 순간, 그 때의 책임을 다해 줘! 나의 『신하』가 되어, 내 『남동생』이 되라고 라이너를 설득해 줘!"

이것이 로드가 찾아낸 해답.

바로 오늘 아침만 해도, 나는 로드에게 "구해주겠다" "소원을 이루어주겠다"고 얘기했었다. 그러나 그 말을 다시 한 번 되풀이할 수는 없었다.

당연한 일이었다. 지금 이 상황에서는, 같은 말이라도 의미가 전혀 달라진다. 지금 로드를 구하겠다고 말한다면, 그건 아이드를 데려오겠다는 뜻이 아니라, 라이너를 로드의 새로운 남동생으로 만들어주겠다는 뜻이 되는 것이다.

그럴 수는 없었다. 그 거짓 끝에 무엇이 기다리고 있을지, 나는 그 누구보다도 잘 알고 있다.

"로드, 그럴 수는 없어."

가만히 고개를 가로젓는 내 태도에, 로드는 당혹스러워하고, 부들부들 떨었다.

내 입장에서는 당연한 거부였지만, 그녀 입장에서는 그렇지 않았던 모양이다.

"대, 대체 왜 안 된다는 것이냐……? 부탁이다. 카나미. 나의 『신하』가 되어 줘……. 이 비아이시아라는 나라는, 그대가 있어야만 성립될 수 있어……. 그건 옛날에도 그랬고, 지금도 마찬가지야……. 나 혼자 힘으로는, 이제 한계야……."

중얼중얼 약한 소리를 내뱉으며, 흔들리는 불꽃처럼 불안정한 로드가 옥좌에서 일어섰다.

"노스휘가 그러더구나. 카나미와의 공명마법을 쓰면『이곳』의 수명을 연장시킬 수 있을지도 모른다고 말이다. 다만, 그 마법은 카나미가 계속『이곳』에 있어야 한다는 조건이 붙을 거라고도 얘기했어. 그러니 제발『이곳』에서, 영원히『이곳』의 수명을 연장시켜 줘…….."

그건 처음 듣는 요구였다. 나는 경계태세를 취했다.

위험에 내몰려 있는 것은 라이너뿐만이 아니었던 모양이다.

"설마, 나를『이곳』에 가둬 놓을 작정이야…….."

"그러고 싶다. 내가『이곳』에서 계속 카나미를 기다려 온 건, 아마 그 때문일 게야. 그래, 아주 오랜 시간 동안 계속, 계속 카나미를 기다려 왔단 말이야……!!"

광기에 이어서, 이번에는 애정 가득한 표정으로.

에전의 가디언들이 그랬던 것처럼, 로드는 내게 손을 내밀어다.

"카나미가 다른 가디언들의 전말에 대해 얘기해 준 걸 듣고, 나는 확신했어! 가디언들은 모두, **카나미를 기다리고 있는 게야!** 죽어서 혼만 남게 된 뒤에도! 깊은 땅속에 옭아메이고, 기억이 풍화돼도! 괴물이 되어, 천 년이 지나도! 그런 뒤에도 계속『이계에서 나타난 구원자』아이카와 카나미를 기다리고 있어! 그러니까 카나미에게는……, 그 괴물들의『미련』을 풀어 줄 의무가 있다고, 나는 그렇게 생각해……. 그러니까, 부탁한다……. 부탁이야……."

"그러니까……, 내가 『이곳』에 남는 건 의무라는 얘기야?"

"그래, 그거야……. 『이곳』에서 내 마음의 평온을 유지해 줘……."

지나치게 일방적인 그 소원에서 시작된, 나 스스로는 알지도 못했던 의무──거기까지는 좋다.

그 정도는 용인할 수 있다. 하지만, 로드가 스스로의 소원을 오인하고 있는 것만은 도저히 허용할 수 없었다. 분노까지 느껴졌다.

"틀렸어……!! 로드! 그런 식의 평온 유지법은 잘못된 거야! 『이곳』서 넷이서 기다려 봤자, 너는 아무것도 달라지지 않아! 애초에 『가족』을 다른 사람으로 대체한다는 것 자체가 말도 안 돼! 네가 소중히 남겨 두고 있던 『가족』은, 그 그림 속에 그려진 아이드잖아?! 라이너가 아니잖아! 그 고아원에서 지내던 시절의 『친구』들은, 『나』도 『노스휘』도 아냐! 대체품을 마련해서 쓸데없이 시간만 늘려 봤자! 네 고통의 시간만 더 늘어날 뿐이야! 자기 본심을 오인하지 마! 내가 당장 아이드라는 진짜 남동생을 데려다줄게! 그러니까, 너는 그냥 기다리고 있기만 하면 돼──!!"

"그건 아냐……!! 카나미! 아이드는 더 이상 내 남동생이라고 할 수 없어! 녀석은 이제 나를 왕으로서 숭배하는 존재로 변해 버렸어! 그런 건 필요 없어! 필요 없단 말이다!!"

내 노기 섞인 질책을, 로드는 더 큰 노기를 담은 질책으로 맞받아쳤다.

"이제 아이드 녀석도 셀드라 녀석도 필요 없다! 지금 나에게는 새로운 『남동생』과 『친구』가 있어! 애초에 아이드는 피가 이어진 사이도 아니었어! 이제 새로운 『남동생』을 맞아들이는 데 무슨 문제가 있다는 거지?! 이제 내 곁에는 『라이너』와 『노스휘』가 있어! 그리고 내가 가장 신뢰하는 『신하』도 있어!"

『신하』라는 말과 함께 손가락으로 가리킨 것은, 바로 나였다.

로드는 이미 우리 이외의 사람들은 안중에도 없었다. 그녀에게 있어서는, 『이곳』에 사로잡혀 있는 세 사람만이 세상의 전부였다. 과거 따위, 아이드와 고아원 식구들 따위, 처음부터 존재하지도 않았던 것——마치 그렇게 생각하는 것처럼, 우리 셋 이외에는 관심조차 없었다.

"깨닫고 보니, 더 이상은 멈출 수가 없더구나……. 억누를 수가 없더란 말이다……. 내가 진정으로 원했던 건, 손에 닿지 않는 먼 곳으로 떠나 버렸다고만 생각했어……. 하지만 그건 내 착각이었다는 걸, 오늘 아침이 되어서야 겨우 깨달았어……! 어느새, 내가 원했던 것들이 모두 갖춰져 있었던 거야! 모든 것들이, 어느샌가, 『이곳』에! 아아, 천 년을 기다렸던 보람이 있었던 게야! 천 년이나!! 하핫, 하하하하하하——!!"

로드는 눈에서 초점이 사라진 얼굴로 웃었다.

그 눈을 보고, 나는 진정한 의미로 이해했다.

머리 꼭대기까지 차올랐던 노기가 사라져 가는 것을 느꼈다.

"그러니까, 카나미를 지상으로 보낼 수는 없어! 말귀 안 통하는 아이드는 이제 두 번 다시 안 만나! 『이곳』에는 『카나미』『노스휘』『라이너』만 있으면 돼! 아니, 충분한 정도가 아니라, 완벽해! 크하하하하!!"

로드의 두 눈은, 보고 싶은 것만 보고 있었다.

더 이상은 의심의 여지가 없다. 로드는……, 이미 한참 전에 망가져 버린 것이다.

생각해 보면 당연한 일이었다. 처음 만났던 때가 떠올랐다.

천 년이나 살아온 여자아이가, 그렇게 태연하게 얘기할 수 있을 리가 없지 않은가…….

마치 평범한 여자아이처럼 웃을 수 있을 리가 없다…….

"이제 과거 따위 알 바 아냐!! 새로운 과거를 만들어낼 시간은 얼마든지 있어! 이 비아이시아의 평화는 영원토록 계속될 게야! 지나칠 만큼 열심히 애쓰면서 살았던 나와 노스휘에게는 보상이 필요하니까! 그래, 보상 말이다! 보상 하니까 또 하나 생각나는 게 있구나! **누군가**가 나에게 상을 주기로 약속했었어! 북부를 영원토록 평화롭게 만들어주겠다고 약속했어! 그 약속은 꼭 지켜야지! 그 두 가지가 다 성립되면 『미련』은 저절로 사라지게 될 게야! 그래, 나는 사라질 거야! 사라지고 말겠어! 하핫, 하하하하하핫——!!"

망가져 버린 로드는, 틀린 게 분명한 『미련』을 믿으며 웃었다. 그녀는 이미 그 가짜 『미련』을 믿지 않고는 스스로를 유지할 수도 없을 만큼 넝마가 되어 있었다.

지금까지의 내 상상은 안이했다.

로드는 이곳이 만들어진 지 수백 년 만에 미쳐 버렸다고 레이넌드 씨가 분명히 가르쳐주었건만…….

망가지지 않을 리가 없다고, 그러니까 좀 구해달라고, 그렇게 부탁했었건만…….

상상력이 부족했다.

『이곳』 주민들이 혼이 소모되고 자동으로 천 년 전의 모습이 재현되는 가운데, 외톨이가 되어 버린 로드. 줄곧 스스로의 『미련』에 대한 자문자답을 거듭한 끝에, 자신이 원하던 가족은커녕 그 누구도 돌아오지 않는다는 것을 알게 된 로드. 그대로 **천 년**.

나는 그토록 아득히 긴 시간을 살아온 로드의 심정을 진정으로 이해해 주고자 했었던가? 『미련』을 풀 도리가 없다는 걸 깨닫고, 영원이 사라질 수 없을지도 모른다는 공포에 젖은 소녀의 마음을, 조금이라도 위로해 주려 했었던가?

전설 속에 등장하는 그 유명한 『통치하는 왕』이니, 당연히 별 문제 없을 거라고만 생각했었다. 아니, 그걸 넘어서, 뭔가 꿍꿍이가 있는 것 아닐까 하는 의심까지 했었다.

안이해도 너무 안이했다.

눈을 뜨자마자 무슨 일이 있어도 지상으로 가야 했던 것이다. 필요하다면 이 비아이시아에서 식량을 훔쳐서라도 무작정 갔어야 했다. 당장이라도 아이드를 데려왔어야만 했다. 아니, 로드의 목덜미를 붙들고 지상으로 끌어냈어야 했다.

왜냐하면, 로드는 처음 만난 그 순간부터 이미 늦어 버린 상태였으니까…….

"아니야……."

후회와 절망이 몸속을 채워 나가는 가운데, 나는 스스로가 도출해 낸 "늦었다"라는 말을 부정했다. 포기할 수는 없다. 이런 식의 결말은 이제 두 번 다시 겪기 싫었다.

뱃속 깊은 곳의 단전에 다시 힘을 불어넣고, 로드의 길을 조금이라도 바로잡으려 시도했다.

"아니지 않다."

하지만 로드에게서 돌아온 것은 광기 어린 즉답.

"아니야!!"

"아니지 않아! 다른 사람도 아닌 나 자신이, 이게 『미련』이라고 하지 않느냐! 그런데 뭐가 틀렸다는 것이냐?!"

"그래도 아닌 건 아니라는 거야!!"

"카나미! 나를 구해주겠다고 그랬지 않았더냐?! 오늘 아침에도, 그 옛날에도! 카나미가 나를 구해주겠다고 그랬으니까, 그래서 나는! 나는──!! 하아!! 하악, 하악!!"

언쟁이 감정의 충돌로 변해 버린 탓인지, 로드는 과호흡

증세 같은 상태에 빠졌다. 숨을 들이쉬고 있건만, 마치 내쉬는 것 같은 호흡. 숨을 내쉬고 있건만 마치 들이쉬는 것 같은 호흡. 뜻대로 숨이 쉬어지지 않아서 얼굴을 찌푸리는 로드.

　그 숨막힘을 견디다 못한 로드는 『영창』의 『대가』에 손을 뻗었다.

　"휴, 휴욱──, 하, 하악!! 가, 『가속한다』── 나는 『가속한다』『가속한다』『가속한다』『가속한다』『가속한다』──!!"

　그것은 마음이 가벼워지고 즐거워지는 『영창』.

　『대가』로 인해 마음을 깎아내고, 깎아내고, 또 깎아내서, 마음을 가볍게 만들어 나간다. 하지만 그 『영창』은 쓰면 쓸수록 일그러지고, 미쳐 가고, 그 말 뒤에 다른 의미를 동반하게 된다. 처음에는 간소한 것이었을 『영창』이 무거운 것으로 승화해 나갔다.

　"──『가속한다』『가속한다』『가속한다』──, 『나는 가속하는 혼』──『가속한다(취광翠光을 흘리며)/가속한다(바짝 뒤따르며)/가속한다(끝없이 내달리는 혼)』『가속한다(죽음을 잉태하며)/가속한다(더더욱 빠르게)/가속한다(끝없이 내달리는 혼)』, 『가속한다(꿈을 잃고)/가속한다(텅 빈 채)/가속한다(끝없이 내달리는 혼)』──!!"

　약물중독자 같은 그 표정으로 보아, 로드가 『영창』에 의존하고 있다는 걸 알 수 있었다. 쾌활하지도 장엄하지도 않은, 처참하게 흐트러진 그 모습을, 나는 차마 눈 뜨고 지켜볼 수가 없었다.

"로드!! 그『영창』은 이제 그만 해! 그걸 쓰면 이성적으로 애기를 할 수 없어!!"

"하, 하하, 하하하……. 무슨 소리를 하는 게냐……. 나는 이렇게 이성적이다만……?"

흐트러진 비취색 머리 사이로 엿보이는 로드의 눈에는 이성이 깃들어 있었다.

분명히……, 여러 모로 망가져 있긴 하지만,『영창』의 영향인지, **아직은** 대화가 성립하고 있었다.

그럼, 생각해 보자.

예전의 경험을 떠올렸다. 가디언을 물리친 건 언제나 싸움이 아닌, 다른 무언가였다. 그 무언가를 찾아낼 수만 있다면, 아직 늦지는 않았을 터——!

"알았어. 너는 이성적이란 말이지, 로드? 그럼, 내 경험담을 하나 들어 줘. 그건 내가 걸어 온 길이고, 지금의 네가 걸어가려 하는 길이기도 해."

"나, 나의 길……? 그게 대체 뭐냐……."

"전에 한 번, 나도 다른 여자아이를『여동생』이라 생각하면서 지냈던 적이 있었어. 그 때 애기를 하려는 거야."

"——!"

그 애기는 로드에게 있어서도 놀라운 것이었던 모양이다.

눈이 휘둥그레져서 흥미를 드러내며, 아무 말 없이 계속 애기를 들어 주었다.

"나는 전에 한 번『이치를 훔치는 자』에게 패배해서 기억

과 자아가 애매해진 채, 히타키가 아닌 다른 여동생과 함께 가짜 행복 속에 갇힌 적이 있었어. 하지만, 그런 가짜 세계가 부서지는 건 순식간이었어! 가짜 세계에서 행복을 얻더라도, 그건 절대로 만족을 주지 못해! 나는 그 점을 잘 알고 있어! 만약에 네가 그 누구의 기대도 받지 않는 세계로 도망친다고 해도, 네가 기대를 받던 과거는 사라지지 않아! 마음속 깊은 곳에서 말로 형언할 수 없는 비명이 터져 나오고, 견딜 수 없이 고통스러워지고, 결국은 더 이상 거기에 있을 수도 없게 될 거야!"

지상의 라우라비아에서 지내던 생활을 떠올리고, 나는 그 후회를 로드에게 전했다.

"그러니까, 지금 네가 해야 할 일은! 자기 기분만 좋은 가짜 세계로 도망치는 게 아냐! 과거와 마주하고, 과거를 청산하는 거야!"

"——나, 나는 그런 거 못 한다! 그런 걸 할 수 있었다면, 지금 『이곳』에서 이렇게 지낼 일도 없었어!"

"아무리 라이너라는 『너에게 기대하지 않는 남동생』을 마련한다고 해도, 『너에게 기대하는 남동생』 아이드가 있었다는 사실은 변하지 않아! 그 사실이 마음속 한 구석에 달라붙어 있는데, 『미련』이 사라질 수 있을 것 같아?! 대용품은 어디까지나 대용품일 뿐이야!!"

"감히이이이……, 그렇게 옳아 보이는 소리만 지껄이다니이이……!!"

하지만 로드에게는 전해지지 않았다. 그것은 어디까지나 내 경험일 뿐이다. 그 경험은 나에게 있어서는 피와 살이었지만, 로드에게 있어서는 남의 일일 뿐이었다.

"카나미가 하는 얘기는, 다 어른의 이론이다! 그 이론대로 움직일 수 있었다면 애초에 이 고생을 할 일도 없었어! 지금 나는 어른이 아니라 어린애라서, 잘못된 걸 알면서도 그렇게 할 수밖에 없단 말이다! 그릇된 걸 알면서도 그릇된 짓을 저지르고 만단 말이다!"

기어이 로드는 대화를 내팽개치고 떼를 쓰기 시작했다.

그것은 어제 로드와 노스휘 사이에 오간 대화의 결말과 똑같았다. 지금의 로드에게 올바른 얘기를 해 봤자 무용지물. 그 점을 알고 있으면서도, 나는 또 그런 소리를 하고 말았다.

"나는 어린애가 되기로 마음먹었다! 노스휘와 같이 어린 시절을 다시 시작할 게야! 노스휘도, 나와 같이 어린애로 돌아가 주겠다고 했어!"

"다시 시작할 수 있다고 해도! 그건 네가 보냈던 어린 시절과 같을 수는 없어!"

그 말을 들은 로드의 어깨가 바르르 떨렸다. 그리고 눈물이 그렁그렁해진 채 신음하기 시작했다.

"우, 우우……! 우, 우으우우우으우……!!"

로드는 살짝 정론을 얘기하기만 해도 울음을 터뜨리려 했다. 외모와 말투에서 위엄이 넘치기에 착각하고 있었지만,

지금 그녀의 실체는 그 누구보다도 어린 것이다.

"대체 왜냐?! 왜 나만 안 된다는 거냐?! 로웬의 소원은 이루어줬잖아?! 노스휘의 소원도 들어 주고 있잖아?! 차별하면 안 돼! 차별은 좋지 않아! 나는 툭 하면 우는 사람이야! 아무도 없는 곳에서 혼자서 울기만 한단 말이다!"

눈물이라는 것은 그만큼의 압력이 있다. 일단 한 번 울기 시작하면, 이성적인 대화는 불가능해진다. 그리고 이 이상 문답을 계속하면 로드는 아예 대성통곡을 할 것이다.

"큭……."

말문이 막혔다. 원래부터 알고는 있었지만, 로드에게는『말이 아닌 다른 무언가』를 마련해 주어야만 한다. 하지만 지금의 나는『올바르기만 한 말』밖에 준비할 수 없었다.

나는 로드를 타이르는 것을 단념했다.

"알았어……. 그게 네가 내놓은 대답이란 말이지……. 로드, 미안. 내가 너무 늦는 바람에 이렇게 됐어……."

그리고 사과했다. 그 사과를 들은 로드는 공세를 되찾아서, 눈물 젖은 눈가를 훔치고 웃었다.

"하, 하하. 무슨 소리를 하는 거지? 늦었다고? 카나미는 늦지 않고 제대로 왔어. 『이곳』이 붕괴하기 전에 도착해 주었지 않느냐. 그 점에 대해서는 고맙게 생각하고 있어, 카나미."

"하지만, 너를 돕기에는 너무 늦었어……. 아무것도 기억해 내지 못한 상태에서는, 너한테 무슨 말을 해 줘야 할지

찾을 수가 없어……. 옛날의 너를 잊어버려서, 미안. 정말 미안……."

더 이상은 대화 자체가 성립되지 않았다.

갈망하기만 하는 로드와 사과하기만 하는 나. 끝없는 평행선이었다.

설득을 단념한 나는, 마지막으로 지금껏 궁금해 하던 다른 안건을 물었다.

"이봐, 로드, 마지막으로 하나만 가르쳐줘. 이건 노스휘가 너한테 제안한 거야?"

"그건 아니다, 카나미. 오히려 내가 노스휘에게 권한 거야."

"그렇구나……."

일이 이렇게 된 것을 노스휘 탓으로 돌리고 싶은 심정이 살짝 있었다. 하지만, 역시 그렇지는 않았던 모양이다. 만약에 노스휘가 없었다 하더라도, 로드는 머지않아 이런 행동을 벌였을 것이다.

"보아하니 대화는 이제 끝인 것 같구나……. 그럼 다 포기하고 나와 싸우고, 그리고 져라. 걱정 마라. 『이곳』 생활도 그리 나쁘지는 않으니까. 내가 보증하지. 어린 시절이란 누구에게나 근사한 법이야. 우리 넷이서, 정답게 영원도록 함께 지내는 거다."

"그건 거절할게. 이제 와서 어린애처럼 살 수는 없어. 그리고 나는 가야만 해. 여동생과 동료들이 지상에서 기다리고 있으니까……."

"그렇겠지……. 그렇다면——."

대화는 끝나고, 로드의 마력이 왈칵왈칵 부풀어 올랐다.

로드 설득에 실패한 이상, 나는 지상으로 가야만 했다. 나도 아까 노스휘가 나간 문으로 나가기 위해, 축발에 힘을 실었다. 하지만 그와 동시에 개전의 마법이 발사되었다.

"——〈시어 와인드〉!!"

귀에 익은 중급 바람마법의 이름. 익숙한 돌풍의 마법 구축.

하지만, 작용하는 결과는 차원이 달랐다.

로드의 어마어마한 마력을 듬뿍 머금고 발사된 〈시어 와인드〉는, 돌풍이 아닌 폭풍. 막대해도 너무 막대한 바람이 옥좌의 방을 가득 메우고, 공기를 너무 많이 불어넣은 풍선처럼 방이 파열되었다.

내 온몸에 몰아치는 바람. 그리고 그 폭발과 더불어, 파괴된 성의 파편까지 내게 덮쳐들었다.

자세가 무너지는 와중에도, 〈디멘션〉을 통해 그 모든 파편들의 궤적을 예측해서 검 한 자루로 쳐냈다. 그리고 바람마법이 사라진 자리에 남은 것은 두 사람. 검을 움켜쥔 나와, 비취색 입자를 등에서 분출시키는 로드, 이렇게 둘만이 옥좌의 방에 남았다.

〈시어 와인드〉에 의해 천장과 벽을 상실한 옥좌의 방은, 바깥 공기에 노출되고, 쏟아져 내리는 비에 젖기 시작했다. 지금껏 날씨의 변화가 없었던 비아이시아에, 어째선지 지금은 폭풍우가 몰아치고 있었다. 아까 그 50층처럼, 밖에는 바람이 몰아치고, 폭우가 시야를 가득 메웠다.

빗방울이 흐르는『크레센트 펙트라즐리의 직검』의 칼끝을 로드에게 겨누면서, 나는 도주를 위해 뒷걸음질 쳤다.

"나는 포기할 생각 따위 없고, 패배할 생각도 없어. 너를 위해서라도, 나는『이곳』에서 나가고 말 거야. 물론, 라이너는 내가 데려갈 거고."

"안 된다. 절대로 못 보낸다. 주위를 똑똑히 봐라. 이제는 도주에 필요한 식량도 구할 수 없을 텐데."

로드는 양손과 날개를 펼쳤다. 옥좌의 방은 성의 정상부에 있기에, 차폐물이 사라진 지금은 성 밑의 광경을 한 눈에 내려다볼 수 있게 되어 있었다. 〈디멘션〉의 일부를 외부로 뻗어서, 비아이시아 시가지를 슬쩍 살펴보았다.

"도시의 구조가, 바뀌었잖아……?"

폭풍우 때문에 〈디멘션〉의 마력이 흐트러져서 확신하기는 힘들었지만, 내가 알고 있던 비아이시아가 아니라는 건 틀림없었다.

성 밑에 펼쳐져 있던 것은, 예전과 비슷하지만 분명히 다른 시가지. 가장 큰 차이점은 넓이였다. 예전과는 비교도 할 수 없을 만큼 영토가 넓어져 있었다. 이 세계의 특징이었던 세계의 경계가 보이지 않았다. 단순한 나라가 아닌, 나라의 무리—— 제국이라는 이름이 어울릴 법한 넓이였다. 풍성한 자연과 나무들로 장식되어 있는 것은 예전과 같았지만, 색이

491

전혀 달랐다. 녹색이 아니라, 그을린 갈색이 곳곳에 흩뿌려져 있는 것이다. 그것은 마치, 전쟁의 불길에 휩싸인 폐허. 아니, 불씨는 아직 타고 있었다. 새빨간 불길이 드문드문 남아있었다. 평화로운 나라, 비아이시아는 사라져 있었다.

지금 『이곳』에 있는 것은 아마, 전쟁을 통해 영토를 확장시키고, 지금도 전쟁 중인 나라들.

"이것이 『이곳』의 진정한 모습이다……! 이것이야말로 우리의 진실. 카나미, 나와 같이, 우리가 저지른 죄를 헤아려 보자꾸나. 비록 몇 천 년이 걸리는 한이 있더라도……!"

이곳이 천 년 전에 로드와 내가 버렸던 『북연맹』이라는 걸, 직감적으로 알 수 있었다.

그 순간, 정체 모를 무언가가 발목을 붙잡는 것 같은 느낌이 들었다. 빗방울이 뺨을 때리고, 온몸이 젖은 채로, 나는 이해했다.

지상으로 가는 길을 막는 가장 큰 장벽은, 이 천 년 전이라는 『과거』다.

그리고 그 『과거』가 바로, 로드가 마련한 『시련』.

양팔과 날개를 펼치고, 거칠어진 호흡을 가다듬지도 않는 로드를 보며, 나는 주먹을 움켜쥐었다. 붙잡혀 있는 다리에도 힘을 주었다. 상황은 급변했지만, 나의 결의는 여전히 달라지지 않다. 단 하나도 달라지지 않았다.

──이번 도전으로 지상에 나가는 것.

길만은 절대 오인하지 않는다. 한시라도 빨리 『과거』와 미궁을 넘어서, 동료들이 기다리는 지상으로 돌아갈 것이다. 눈앞에서 고통 받고 있는 『바람의 이치를 훔치는 자』를 구하기 위해서라도.

　천 년 후의 『지금』, 나는 결코 멈춰 서지 않겠노라고 다시 한 번 맹세하며, 내달렸다.

작가 후기

드디어 나왔습니다. 『이세계 미궁의 최심부를 향하자』 9권입니다. 이쯤 되면 『이세계 미궁에서 **지상**을 향하자』라고 해야 할 것 같다는 생각도 들지만, 이건 틀림없이 『이세계 미궁의 최심부를 향하자』 9권입니다.

이번 권의 내용에 대해 언급하자면, 제목 사기에 가까웠던 다른 권들과는 달리, 미궁물에 딱 어울리는 내용이었다고 생각합니다. 다만, 그런 만큼 미궁 안의 어둠침침한 장면이 많았던 것 같기도 하니까……, 다음 권은, 그 어둠침침함을 모조리 날려 버리는 밝은 내용으로 할 생각입니다. 주인공 카나미가 히로인이자 보스이기도 한 두 『이치를 훔치는 자』들을 어떻게 넘을 수 있을 것인가. 그리고 그는 지상에서 기다리고 있던 순정파 히로인들을 어떤 표정으로 만날 것인가. 기대해 주시기 바랍니다.

그리고 끝으로 사죄 타임── 매번 쓰는 말입니다만, 매번 소리 높여 외치고 싶을 만큼 감사하게 느끼고 있습니다. 우선 표지의 멋진 노스휘에게 감사를. 솔직히, 8권의 마지막 부분으로 미루어보아 이번 표지는 로드가 될 줄 알았지만, 다음 전개를 고려해서 노스휘로 결정했습니다. Web 연재판에서 노스휘가 워낙 인기가 많으니 하는 수 없지요. 이어서, 이 책을 구입해 주신 분들을 비롯해, 이 책의 출간에 관련된 모든 분들께도 감사를. 정말 진심으로 감사드립니다. 이 9권이 나올 수 있었던 건 다 여러분 덕분입니다. 그럼 이만!

Aim the deepest part of the different world labyrinth 9
©2017 Tarisa Warinai
First published in Japan in 2017 by OVERLAP, Inc.
Korean translation rights reserved by Somy Media, Inc.
Under the license from OVERLAP, Inc., Tokyo JAPAN

이세계 미궁의 최심부로 향하자 9

2018년 8월 24일 1판 1쇄 인쇄
2018년 9월 1일 1판 1쇄 발행

저   자 와리나이 타리사
일러스트 우카이 사키
옮 긴 이 박용국
발 행 인 유재옥
본 부 장 조병권
담당편집자 정영길
편   집 김다솜 김민지 김혜주 이문영 이성호 정영길 조찬희
미   술 강혜린 박은정
라이츠담당 박선희 오유진
디 지 털 최민성 박지혜
인쇄제작처 코리아피앤피
발 행 처 ㈜소미미디어
등   록 제2015-000008호
주   소 서울시 마포구 토정로222, 403호 (신수동, 한국출판콘텐츠센터)
판   매 ㈜소미미디어
마 케 팅 한민지 이모토 요코
전   화 편집부 (070)4164-3962, 3963 기획실 (02)567-3388
         판매 및 마케팅 (070)4165-6888, Fax (02)322-7665

ISBN 979-11-6190-775-8 04830
ISBN 979-11-5710-166-5 (세트)